PAUL ET VIRGINIE

BERNARDIN DE SAINT-PIERRE

Paul et Virginie

PRÉSENTATION, NOTES ET VARIANTES
PAR JEAN-MICHEL RACAULT

*Édition critique du texte de 1789,
glossaire, chronologie synoptique,
bibliographie, annexes*

Nouvelle édition mise à jour

LE LIVRE DE POCHE
Classiques

La présente édition de *Paul et Virginie* reprend pour l'essentiel la version initialement publiée en 1999 au Livre de Poche « Classiques ». Toutefois la présentation matérielle a été remaniée, la bibliographie a été actualisée, les matériaux critiques ont été mis à jour et complétés.

Auteur de divers ouvrages sur les littératures de voyage et les récits utopiques de l'Âge classique et des Lumières, Jean-Michel Racault a également publié de nombreux travaux sur Bernardin de Saint-Pierre, recueillis pour certains dans son livre *Bernardin de Saint-Pierre. Pour une biographie intellectuelle* (Honoré Champion, « Les dix-huitièmes siècles », 2015). Organisateur en 2009 du colloque *Bernardin de Saint-Pierre et l'océan Indien* publié aux éditions Classiques Garnier en 2011, il dirige l'édition en cours des *Œuvres complètes de Bernardin de Saint-Pierre* chez le même éditeur (six volumes prévus).

© Librairie Générale Française, 2019, pour la présente édition.
ISBN : 978-2-253-24028-0 – 1re publication LGF

INTRODUCTION

Un classique à redécouvrir : pour un procès en révision

Certains livres, peu nombreux, s'affranchissent de leur auteur, voire pour ainsi dire d'eux-mêmes, ou du moins de leur support écrit, pour exister de façon autonome dans la conscience collective à la manière des mythes. *Paul et Virginie* est de ceux-là. Tout le monde connaît ou croit connaître l'histoire du couple enfantin, y compris ceux qui n'ont pas lu le récit de Bernardin de Saint-Pierre, et peut-être ignorent même que cette histoire est tirée d'un roman ; Mérimée, grand amateur de mystifications, s'était amusé à présenter un Mauricien de ses amis comme « le fils de Paul et de Virginie » à une dame crédule, sans susciter autre chose qu'un intérêt poli : Paul et Virginie ? Bien sûr, qui ne connaît ?[1]

L'œuvre ainsi entrée au panthéon des représentations collectives jouit d'une situation à la fois

---

1. L'anecdote est citée dans l'édition de *Paul et Virginie* de Pierre Trahard (nouvelle édition revue par E. Guitton, Paris, Bordas, 1989), laquelle reproduit également les jugements rapportés plus loin.

confortable, puisque, lue ou non lue, sa notoriété et sa pérennité sont garanties, et singulièrement dangereuse, car l'écart se creuse entre le texte générateur et la légende à laquelle il a donné naissance et qui tend à se substituer à lui. D'où le malaise et quelquefois la déception des lecteurs de *Paul et Virginie*, surpris de ne pas retrouver dans le livre l'idée qu'ils s'en faisaient, affrontés à une œuvre datée, « témoignage archéologique d'une culture qui n'est plus la nôtre[1] », qui déroute tant par l'apparence d'une simplicité presque enfantine – d'autres plus sévères parleront de naïveté, voire de niaiserie – que par la forme volontiers pompeuse d'un discours orné qui semble le comble de l'artifice. Ce livre plus célèbre que réellement lu aurait-il besoin d'être défendu ? Les rééditions des cent dernières années s'entourent souvent de précautions oratoires et presque d'excuses, comme si s'intéresser à ce récit autrefois célèbre mais désormais perçu comme désuet revenait à avouer un fond de candeur naïve ou, au mieux, un goût malsain du paradoxe ; comme si, en somme, l'ouvrage ne pouvait séduire que l'enfance et les âmes innocentes qui en ont conservé l'esprit, ou bien les esthètes légèrement pervers qui, l'ayant perdu, en cultivent du moins la nostalgie.

Faut-il rappeler les griefs récurrents adressés à *Paul et Virginie* ? Étiemble, qui pourtant l'édita en 1965 dans le second volume des *Romanciers du XVIIIe siècle* de la collection de la Pléiade, y voyait « un des livres les plus médiocres et les plus lus de la littérature fran-

---

1. Jean Ehrard, préface à son édition de *Paul et Virginie*, Paris, Folio-Gallimard, 1984, p. 9.

çaise ». Conformisme roublard, imagerie sulpicienne, exotisme de pacotille – « fade confiture de goyaves », selon la formule cinglante du critique Fernand Vandérem, faiblesse artistique et indigence de la pensée, érotisme hypocrite dissimulé sous l'emphase vertueuse (Étiemble encore) ; en somme, ce récit à classer parmi les « romans roses » serait selon Albert Camus un « ouvrage proprement affligeant » (*L'Homme révolté*, 1951). Tous ces jugements à l'emporte-pièce relèvent d'une critique d'humeur quelquefois amusante, le plus souvent injuste ou gratuite[1].

Ces réactions épidermiques illustrent le danger de déclassement qu'encourt une œuvre « consacrée » lorsqu'elle est étouffée, voire supplantée par sa propre légende, ou lorsqu'elle devient un objet culturel reconditionné pour le public enfantin. Très tôt, *Paul et Virginie* fait figure de « classique » au sens propre du terme, mine d'extraits à usage scolaire, source d'abrégés ou de réécritures : dès 1837 paraît une édition destinée aux classes, « expurgée avec soin par une société d'ecclésiastiques » (Tours, Mame, 1837), souvent réimprimée. Elle inaugure une longue série d'exploitations pédagogiques, d'ordre moralisant ou simplement didactique[2], le plus souvent à l'intention

---

1. Voir l'interprétation pour le moins déconcertante donnée par Étiemble encore (introduction aux *Romanciers du XVIIIe siècle*, tome II, Paris, Gallimard, Pléiade, p. XXXII, 1965) des paroles de l'aumônier à Madame de La Tour, la félicitant de sa soudaine richesse.

2. Voir Bernard Bray, « *Paul et Virginie*, un texte variable à usages didactiques divers », *Revue d'Histoire Littéraire de la France*, n° 5, 1989, p. 856-878.

des écoles chrétiennes ; ainsi cette édition « revue et annotée par l'abbé Jouhanneaud, Directeur de l'Œuvre des Bons Livres, publiée avec l'approbation de Mgr l'Évêque de Limoges » (1873). Singulier destin pour une œuvre marquée par l'esprit des Lumières, déiste et même discrètement anticléricale ! Les transpositions iconographiques contribueront elles aussi beaucoup à cette transformation d'un texte en répertoire de poncifs et recueil de « scènes à faire ». Si l'originale publiée en 1788, à la suite des *Études de la Nature*, ne comporte pas d'illustrations, la première édition séparée (1789) en contient quatre, et beaucoup de celles du XIXe siècle sont illustrées ; parmi elles, quelques réalisations marquantes dans l'histoire du livre, comme l'édition Didot de 1806 et l'édition Curmer de 1838. Mais la mise en images du roman déborde bientôt le cadre bibliophilique pour envahir les décors de la vie quotidienne par l'entremise des chromos, des papiers peints, des assiettes décorées[1]...

Toutefois, la dévaluation subie par toute œuvre qui glisse dans le champ de la culture scolaire ou populaire n'explique pas seule la sévérité des appréciations. Celles-ci traduisent également l'inconfort du lecteur face à un récit d'une trompeuse simplicité dont les codes de lecture en réalité lui échappent. Le texte rebute tantôt par une sorte d'emphase saugrenue, tantôt par une puérilité appliquée, qui l'une et l'autre sonnent faux à des oreilles modernes. « Rassurez-vous, infortunée créature ! » s'écrie Virginie – douze ans ! – à

---

1. Paul Toinet, *« Paul et Virginie », répertoire bibliographique et iconographique*, Paris, Maisonneuve et Larose, 1963.

l'adresse de la négresse marronne qu'elle s'apprête à secourir. Ainsi s'expriment les personnages de la comtesse de Ségur. Et comment ne pas déplorer le point d'orgue mièvre (« Et avec son petit mouchoir blanc, elle lui essuyait le front et les joues, et elle lui donnait plusieurs baisers ») qui clôt les chants alternés des deux enfants parvenus au seuil de l'adolescence ?

Cependant cette « naïveté » ne serait-elle pas plutôt le fait du lecteur ? En réaction contre une certaine vulgate spontanéiste qui, dans le louable but de « dépoussiérer » les œuvres du passé, suggère l'élimination des gloses parasitaires, postule la transparence des textes et valorise l'immédiateté de la lecture, il faut voir en *Paul et Virginie* un livre paradoxalement difficile et, malgré l'impression première, peu accessible au lecteur non préparé. À l'image du site où son action se déroule – un espace clos par des montagnes infranchissables au cœur d'une île lointaine de l'océan Indien, en somme une île dans une autre île située aux antipodes de l'Europe –, le récit se place sous le double signe de la *fermeture sur soi* et de la *distance*, les deux motifs se rejoignant dans un troisième, celui de la *séparation* à respecter ou à transgresser, de la *frontière* chargée de protéger l'intégrité du royaume d'enfance, mais qu'il était nécessaire de franchir pour que l'histoire ait lieu et pour que le récit nous en soit transmis.

1. Un art de la distance

La distance, en effet, est inhérente à la fois au mode d'organisation du texte et à la relation que le lecteur entretient avec lui, peut-être aussi au plaisir particulier qu'il dispense.

Espaces : l'ici et l'ailleurs

Distance géographique d'abord. L'action se déroule à l'île de France (actuelle île Maurice), alors colonie française comme les deux autres îles de l'archipel des Mascareignes, l'île Bourbon (La Réunion) et la petite île Rodrigues. Malgré une implantation humaine plus récente qu'à Bourbon, l'île de France l'emporte vite sur sa voisine comme escale sur la route maritime des épices et comme base arrière des possessions françaises dans l'Inde.

Nanti d'un diplôme d'ingénieur militaire presque aussi douteux que ses quartiers de noblesse, l'aventurier désargenté qui se fait alors appeler « le chevalier de Saint-Pierre » débarque à Port-Louis, capitale de l'île, le 14 juillet 1768[1]. Il y restera jusqu'en novembre 1770, ingénieur surnuméraire sans affectation précise, puisqu'il a refusé de rejoindre le poste qui lui était destiné à Madagascar, chargé de travaux subalternes de « maître maçon », dit-il lui-même, qu'il exécute avec négligence, et rémunéré en demi-solde dans un pays où

---

[1]. Pour la biographie de Bernardin de Saint-Pierre, se reporter à la chronologie synoptique.

le coût de la vie est élevé ; toutes raisons qui peuvent expliquer le tableau très noir qu'en dresse le *Voyage à l'île de France* (1773) publié à son retour en France. C'est son premier livre. On a quelque mal à imaginer qu'il puisse concerner l'île de rêve aujourd'hui vantée aux touristes par les agences de voyages. Nostalgique de l'Europe, en proie à un intense sentiment d'exil, peu sensible en général à la splendeur de la nature tropicale que célébrera pourtant *Paul et Virginie*, l'auteur du *Voyage à l'île de France* s'indigne surtout de la médiocrité et de la violence qui marquent la société coloniale. Bernardin se montre révolté par les horreurs de l'esclavage et rêve à une autre forme de colonisation, fondée sur des communautés d'agriculteurs libres cultivant eux-mêmes leurs terres sans le secours d'une main-d'œuvre servile.

Une approximation de ce modèle est proposée dans la petite collectivité de *Paul et Virginie*, publié en 1788, dix-sept ans après son retour. Sans être uniformément idyllique – la vision de la société coloniale y reste critique, et la nature elle-même y joue un rôle ambivalent, tantôt tutélaire, tantôt destructeur –, l'image s'y est radicalement transformée. L'île quittée est maintenant parée des séductions de l'ailleurs – l'ailleurs, hélas, est toujours là où l'on n'est pas –, la nostalgie s'est glissée dans un nouvel objet tandis que le sentiment d'exil changeait de sens, l'île-enfer devenant, ou peu s'en faut, une île-paradis. Celle-ci n'est pas la colonie réelle et historique que l'auteur a parcourue, mais plutôt ce qu'elle a peut-être été autrefois ou aurait pu être : une île rêvée en somme, quoiqu'il déclare dans son « Avis sur cette édition » de 1789 avoir voulu décrire « des sites réels, des mœurs dont on trouverait peut-être encore aujourd'hui des modèles dans quelques parties solitaires de l'île de France, ou de l'île de Bourbon qui en est voisine ». C'est dans cette dernière en effet, ou plutôt dans l'image largement mythique et en réalité historiquement dépassée qu'on s'en faisait alors à l'île de France, qu'il faut chercher le modèle social du roman. La vie sur le domaine rappelle beaucoup celle des « anciens habitants de Bourbon » célébrés par la lettre XIX du *Voyage à l'île de France*.

Les désillusions du retour en Europe, les incertitudes d'une vie matérielle difficile – Bernardin, qui n'a trouvé aucun nouvel emploi, s'enferme dans une existence humiliante de quémandeur aigri vivant de la charité des bureaux –, le sentiment de ratage personnel d'un apprenti écrivain qui gâche du papier sans parvenir à donner une forme publiable à ses écrits, la frustration sociale d'un ambitieux malchanceux et maladroit affronté à une société bloquée où toutes les places sont prises, suffisent à expliquer cette surprenante idéalisation. L'« anti-voyage[1] » de 1773 s'achevait sur une condamnation radicale et d'ailleurs très neuve de l'ailleurs, du voyage et des prestiges de l'exotisme au nom de l'enracinement dans la terre natale retrouvée : « Heureux qui revoit les lieux où tout fut aimé, où tout parut aimable, et la prairie où il courut, et le verger qu'il ravagea ! Plus heureux qui ne vous a jamais quitté, toit paternel, asile saint ! ». *Paul et Virginie* au contraire est

---

1. Selon la formule d'Yves Benot, dans la préface de son édition du *Voyage à l'île de France*, Paris, Maspero-La Découverte, 1983, p. 13.

considéré comme le texte fondateur de l'exotisme au sens moderne du terme, celui qui fait entrer dans la littérature les paysages de l'ailleurs et peut-être la notion même de paysage littéraire, les descriptions d'animaux et de végétaux inconnus, les gammes de sensations qui s'attachent à ces réalités neuves : odeurs, saveurs, couleurs surtout, grande innovation dans notre littérature, avec une prédominance du vert et du rouge, thématiquement antagonistes comme le sont l'harmonie végétale et la suggestion violente du sang.

Mais, puisque l'autre n'est autre que par rapport au même et en relation avec lui, l'ailleurs seul n'est pas l'exotisme, ou du moins il ne l'est que dans le mouvement d'incessant va-et-vient qui le confronte à l'ici, lui surimposant ainsi les réalités familières de notre monde. Les oscillations biographiques de l'auteur entre l'Europe et l'île se prolongent pour ainsi dire à l'intérieur du roman, dans son intrigue, dans sa géographie, dans son onomastique même. Pur hasard sans doute, l'île se nomme île de France et sa capitale Port-Louis, ce qui est aussi le nom du port breton où Bernardin s'embarqua à bord du *Marquis de Castries*. Comme toute colonie peut-être, mais ici de manière explicite, elle s'établit en écho antipodique à sa métropole, contrepartie australe de la France lointaine – le trajet exige quatre à cinq mois de bateau en moyenne –, mais unie à elle par les trajectoires personnelles de tous les personnages, voire des simples témoins : le narrateur initial est un « Européen » de passage dans l'île, et c'est d'Europe aussi que viennent Madame de La Tour et Marguerite, originaires de Normandie et de Bretagne, et même le Vieillard récitant ; inversement, Virginie, qui appartient à la première génération créole puisque comme Paul elle est née dans l'île – ce roman du dépaysement exotique est aussi un roman de la créolisation, de l'enracinement dans l'ailleurs de l'Européen transplanté devenu autochtone –, accomplira en sens inverse et pour son malheur l'impossible retour, enfermée sur l'ordre de la tante de Madame de La Tour « dans une grande abbaye auprès de Paris » : le cercle est bouclé, l'île de France insulaire a rejoint imaginairement la province métropolitaine dont elle porte le nom.

À l'intérieur même de l'île, la topographie de l'action romanesque établit une autre distance. Les deux familles dont l'histoire est narrée se sont établies loin de la mer, dans un site encaissé, entouré de montagnes abruptes, désigné par les vocables de « bassin », d'« enclos », d'« enceinte » ou encore de « nid », se coupant ainsi du monde qui les environne, et notamment de la société coloniale de l'île où règnent injustice et violence, sans toutefois réussir à préserver leur enclave heureuse de la corruption extérieure. Distance plus morale que spatiale, mais qui aboutit à une tripartition de l'espace romanesque réparti en trois territoires entre lesquels se joue l'action : l'Europe, l'île, l'enceinte de la concession ; d'où une situation d'une singulière complexité, qui n'est plus la relation binaire entre l'Ici et l'Ailleurs habituelle dans le récit exotique.

Temps : jadis et naguère, la mémoire et les ruines

Paul et Virginie met également en jeu une distance d'ordre temporel, ne serait-ce d'abord que par l'écart chronologique et aussi culturel qui s'interpose entre le lecteur d'aujourd'hui et un texte plus que deux fois centenaire (1788), tributaire de codes esthétiques et de systèmes de représentation qui nous sont devenus étrangers : néo-classicisme et préromantisme, rousseauisme et « sensibilité », naturalisme déiste et providentialisme finaliste. *Paul et Virginie* est nourri d'œuvres « canoniques » : le *Télémaque* de Fénelon, ou l'*Émile* et surtout *La Nouvelle Héloïse* de Rousseau, comme de genres aujourd'hui oubliés : le « conte moral » à la Marmontel ou la pastorale à la Florian, plus de très nombreuses réminiscences antiques. Cités ou allusivement présents, Virgile, Horace, Lucrèce, Homère, la Bible tissent un riche réseau de références mythologiques qu'on ne peut limiter à une simple fonction d'ornement.

Mais la distance temporelle s'établit aussi à l'intérieur même du récit, entre les différentes strates de la durée et les diverses instances narratives qui l'organisent. L'histoire qui nous est narrée est doublement lointaine. Entre la publication du livre et la rencontre avec le Vieillard dans une région isolée des montagnes de l'île, que relatent ses premières pages, s'étend une durée non précisée, qui doit être de l'ordre d'une vingtaine d'années si l'on choisit de lier l'épisode – tout nous y invite – au séjour de Bernardin de Saint-Pierre à l'île de France (1768-1770). Les ruines des cabanes, habitées « il y a environ vingt ans » par deux familles heureuses, introduisent au récit du vieil homme tout en suggérant un nouveau saut temporel : l'histoire qu'il raconte s'étend entre 1726 (date de l'arrivée dans l'île de Madame de La Tour) ou 1727 (date vraisemblable de la naissance de Virginie) et les années 1744-1745 (mort de Virginie dans le naufrage du *Saint-Géran*, puis disparition des membres survivants de la « petite société »).

Rien donc de très ancien, quoique les faits relatés soient pour une part antérieurs à la naissance de l'auteur (1737). À l'île de France, comme dans tous les pays neufs, la perception du temps est curieusement modifiée : des faits récents prennent l'aspect d'événements historiques reculés, des édifices d'une ancienneté toute relative accèdent à la dignité de « ruines » et même de « monuments », comme les cabanes au pied desquelles se déroule le récit. Celui-ci met en scène une époque sans doute déjà quasi légendaire de la vie de la colonie à la période où Bernardin y séjourna, celle des premiers temps de son établissement (1721 ; l'action débute en 1726) et du gouvernorat de Mahé de La Bourdonnais (1735-1746), perçue à distance comme une sorte d'âge d'or vertueux et frugal.

Peu importe à cet égard que l'auteur malmène quelque peu l'exactitude historique : les commencements de la colonie furent très durs et La Bourdonnais, administrateur énergique mais autoritaire, ne fut guère populaire parmi les colons[1]. C'est la dimension légendaire qui l'emporte, de même qu'elle l'emporte pour l'affaire du naufrage du *Saint-Géran*, souvent abusivement tenue pour la source principale du récit. L'évé-

---

1. Marcelle Lagesse, *L'Île de France avant La Bourdonnais (1721-1735)*, Publications des Archives de l'île Maurice, n° 12, Port-Louis (île Maurice), Imprimerie Commerciale, 1972, et Philippe Haudrère, *La Bourdonnais*, Paris, Desjonquères, 1992.

nement est historique (il eut lieu le 17 août 1744) ; Bernardin en a modifié la date (qu'il place dans la nuit du 24 au 25 décembre 1744) et les circonstances : toute la population de l'île y assiste alors qu'il eut lieu sans témoins. On a construit des romans, en interprétant de manière abusive quelques indications contenues dans les dépositions des rescapés, sur d'hypothétiques idylles de bord entre les jeunes passagères et les officiers de marine du vaisseau ; mieux aurait valu sans doute se demander – nous y reviendrons – pourquoi l'auteur a ainsi altéré les circonstances de la catastrophe.

Bernardin joue avec subtilité sur la distance temporelle, d'« environ vingt ans », dit le Vieillard, un peu plus sans doute si l'on tient à une chronologie cohérente, qui sépare les deux niveaux du récit. Le temps du narré est enchâssé à l'intérieur du temps de l'acte narratif : les deux séquences symétriques sur lesquelles s'ouvre et se referme le roman décrivent le site à présent abandonné du domaine d'autrefois avec ses cabanes en ruine. Le tableau idyllique de l'enfance de Paul et de Virginie, ainsi encadré par des images de mort, sera nécessairement appréhendé par le lecteur à travers la vision de sa destruction ultérieure. L'adhésion naïve au bonheur des deux héros est de la sorte rendue impossible, puisqu'on le sait voué d'avance à périr. C'est dire qu'une recréation de l'état paradisiaque, celle que semble proposer le noyau du récit, est nécessairement illusoire : le livre n'en offre qu'une image nostalgique dont il dénonce par avance l'irréalité.

Si la ruine souligne la distance du passé au présent, elle peut aussi les relier. Les restes des cabanes, où la trace de ce qui fut vivant subsiste dans ce qui est mort, sont une machine à remonter le temps, comme ces vestiges enfouis et ces inscriptions antiques dont le Vieillard fait la théorie : « Quelque plaisir que j'aie eu dans mes voyages à voir une statue ou un monument de l'Antiquité, j'en ai encore davantage à lire une inscription bien faite. Il me semble alors qu'une voix humaine sorte de la pierre, se fasse entendre à travers les siècles, et s'adressant à l'homme au milieu des déserts, lui dise qu'il n'est pas seul, et que d'autres hommes, dans ces mêmes lieux, ont senti, pensé, et souffert comme lui. »

De Diderot à Volney ou à Chateaubriand, la méditation sur les ruines, symboles du passage du temps et de la vanité des choses, est un thème majeur de la littérature de la « crise des Lumières » ; *Paul et Virginie* donne à cette topique d'époque une autre dimension, celle d'une présence-absence, de l'affirmation paradoxale d'une pérennité à l'intérieur du révolu qui tout à la fois creuse l'écart temporel et en autorise le franchissement.

Genres : pastorale ou roman ?

On doit enfin distinguer dans *Paul et Virginie* une distance esthétique, d'autant plus importante à cerner qu'elle peut échapper au lecteur, ou plutôt lui apparaître seulement comme la manifestation maladroite ou naïve d'une faiblesse artistique, non comme l'expression concertée d'un ensemble de choix stylistiques ou génériques. Le refrain est connu : *Paul et Virginie* est un mauvais roman, puéril, mièvre, emphatique, voire ridicule. Le lecteur, prisonnier d'un horizon d'attente issu du réalisme romanesque du XIXe siècle – norme toujours dominante, quoi qu'on en pense –, lorsqu'il aborde *Paul et Virginie* dans le même esprit à peu près qu'il le ferait d'un roman de Zola, est constamment gêné par ce qui lui apparaît comme des maladresses car il ne trouve pas dans le récit un reflet plausible de la « vie », une imitation acceptable du réel. L'effet mimétique y fonctionne mal, le ton paraît faux et le roman conventionnel.

Mais est-ce bien un roman ? L'auteur n'utilise jamais ce mot, sinon par dénégation (« Cependant, il ne m'a point fallu imaginer de roman pour peindre des familles heureuses », indique l'« Avant-propos » de 1788), et lui préfère à plusieurs reprises celui de *pastorale* (préfaces de 1788, 1789 et 1806) ou encore, nuance importante, d'« espèce de pastorale », comme le précise le texte liminaire de l'originale. Le genre, mort aujourd'hui et devenu à peu près incompréhensible pour le lecteur contemporain, est dans les années 1780 « la dernière nouveauté de la mode[1] ». Sans entrer dans le détail de ses multiples variétés – idylle, églogue, pastorale dramatique et même, curieux hybride, roman pastoral –, on peut rappeler

---

1. Jean Fabre, « *Paul et Virginie* pastorale », in *Lumières et romantisme*, Paris, Klincksieck, nouv. éd., 1980, p. 222-257 (cit. p. 243).

la définition qu'en donne Marmontel[1] : « L'objet de la pastorale me semble devoir être de présenter aux hommes l'état le plus heureux dont il leur soit permis de jouir, et de les en faire jouir en idée par le charme de l'illusion. » La pastorale, précise-t-on encore, doit décrire « des amours champêtres dans leur plus agréable simplicité », qui ont pour héros des bergers « tels qu'on s'imagine qu'ils ont été dans l'égalité et l'abondance du premier âge, avec l'ingénuité de la nature, la douceur de l'innocence et la noblesse de la liberté ». C'est dire que, à la différence de celui du roman, l'univers idyllique de la pastorale n'a pas de référent réel. Excluant toute obligation de réalisme, le genre se propose de représenter un monde délibérément fictif, celui de l'Âge d'or : rêverie sur l'origine, la pastorale joue sur l'éloignement temporel et le décalage culturel. On retrouve dans *Paul et Virginie* nombre de ces caractéristiques : idéalisation de la nature et des êtres, exclusion de l'univers social (du moins aussi longtemps que l'action reste confinée au cadre clos du domaine), insertion d'intermèdes lyriques, où cependant la prose poétique se substitue à la forme versifiée, comme dans les chants alternés des deux enfants, imités du *Cantique des cantiques* et des *Bucoliques*.

Cette « espèce de pastorale » présente toutefois divers écarts à la norme du genre. La nécessité d'une distance temporelle maximale n'est qu'imparfaitement respectée : le lecteur de 1788 n'est pas transporté à l'époque infiniment lointaine de l'Âge d'or,

---

1. Dans l'article « Églogue » de l'*Encyclopédie*.

mais seulement un demi-siècle plus tôt. Ce faible écart chronologique est compensé toutefois par l'ampleur du déplacement spatial. Comparant sans excès de modestie son « humble pastorale » aux « poèmes sublimes » d'Homère, Bernardin estime dans le *Préambule* de 1806 que « l'éloignement des lieux comme celui des temps en met les personnages à la même distance, et les couvre du même respect ». La règle du *major e longinquo reverentia* (« le respect augmente avec la distance »), invoquée par Racine pour *Bajazet*, vient ici justifier cette étonnante nouveauté, la pastorale moderne exotique : « Nos poètes ont assez reposé leurs amants sur le bord des ruisseaux, dans les prairies et sous le feuillage des hêtres. J'en ai voulu asseoir sur le rivage de la mer, au pied des rochers, à l'ombre des cocotiers, des bananiers et des citronniers en fleurs » (« Avant-propos » de 1788).

La pastorale d'autre part implique une fin heureuse. Un mariage souvent, comme dans *Daphnis et Chloé*, vient consacrer le terme des épreuves et le bonheur des amants. Contre cette tradition, la catastrophe du *Saint-Géran* réintroduit le tragique dans l'univers conventionnel de l'idylle, tandis que la disparition finale de tous les personnages en dénonce le mensonge : le bonheur au sein de la nature n'est qu'un rêve d'enfance, incompatible avec les réalités de la vie adulte, que seule pourrait pérenniser la promesse d'une réunion dans la mort esquissée par le dénouement.

Enfin, même en sa phase heureuse, le récit est loin de présenter l'aspect uniformément idyllique requis par le genre. Ainsi Bernardin s'est-il abstenu d'éluder, comme il aurait pu le faire, la réalité de l'esclavage, même si, à côté de sa version « réaliste » (dans l'épisode de la négresse marronne), il en présente avec les personnages de Domingue et de Marie une réinterprétation paternaliste et lénifiante. Et si l'exclusion du social est une règle du genre, elle n'est qu'imparfaitement réalisée ici : toujours présente à l'arrière-plan, la société coloniale de l'île exerce à l'intérieur même du domaine une influence délétère sur Madame de La Tour, restée sensible aux préjugés du monde.

Ces écarts s'accordent du reste avec la présence d'autres éléments qui, eux, sont de type romanesque affirmé, comme le rapport revendiqué au vrai ou la narration à la première personne : à la différence de la pastorale, d'emblée donnée pour fictive, le roman au XVIIIe siècle évite de se présenter comme tel, le *je* du narrateur – ici le Vieillard témoin de l'histoire des deux enfants – venant appuyer de l'autorité de son témoignage la pseudo-véracité du récit dont se réclament les avant-propos successifs. *Paul et Virginie*, aussi bien comme pastorale que comme roman, est une œuvre atypique, s'écartant de la première par sa tonalité, sa forme narrative et son dénouement, du second par ses fortes résonances mythiques et son extrême stylisation.

Esthétique : les jeux de la chair et du marbre

Celle-ci, qui est sans doute pour beaucoup dans la gêne ressentie par le lecteur non prévenu, se trouve renforcée par les codes esthétiques du temps dont le texte est imprégné. Le « genre descriptif », qui triomphe dans la poésie didactique de la fin du XVIIIe siècle (Jacques Delille, *Les Jardins*, 1782)[1], trouve également dans la prose de *Paul et Virginie* une illustration privilégiée, avec ces scènes dont l'immobilité sculpturale, celle des statues de Canova, évoque aussi l'intensité expressive des peintures de David ou des dessins de Füssli : ainsi l'image de Virginie au bain, fixée dans une sorte d'intensité hallucinatoire par cette figure descriptive que l'ancienne rhétorique appelle hypotypose, ou la vision plus apaisée des deux silhouettes enfantines sous la pluie, enveloppées dans le jupon bouffant de la fillette comme « les enfants de Léda, enclos dans la même coquille ».

Cette esthétique du tableau vivant – songeons aux pantomimes à sujet biblique exécutées par les deux enfants –, qui fige les mouvements en attitudes et fixe l'instantané dans une immobilité hyperréaliste, est à relier au « style Louis XVI[2] », qui pétrifie tout ce qu'il touche et conjugue étrangement l'esthétique expressionniste au goût du drapé à l'antique. Bernardin multiplie les références à la statuaire, notamment aux sujets mythologiques traités par la sculpture néo-classique : « À leur silence, à la naïveté de leurs attitudes, à la beauté de leurs pieds nus, on eût cru voir un groupe antique de marbre blanc, représentant quelques-uns des enfants de Niobé. » Mieux, cette minéralisation du

---

1. Édouard Guitton, *Jacques Delille et le poème de la nature en France de 1750 à 1820*, Paris, Klincksieck, 1974.
2. Robert Mauzi, introduction à son édition de *Paul et Virginie*, Paris, Garnier-Flammarion, 1966, p. 16.

vivant s'étend à l'univers végétal : sous la lumière crépusculaire, les troncs des arbres « paraissaient changés en colonnes de bronze antique », comme pétrifiés par cette esthétique de la distance qui convertit les décors naturels en éléments architecturaux.

À cet effet de distanciation contribue également beaucoup le mode de narration utilisé. En la supposant vraie, l'histoire de Paul et Virginie telle qu'elle s'est « réellement » déroulée nous demeure inaccessible. Nous ne l'appréhendons qu'à travers le récit qui en rend compte, celui d'un vieil homme qui en fut jadis le témoin, récit lui-même retranscrit par un auditeur dont rien, après tout, ne garantit la scrupuleuse fidélité. Entre la substance des faits et leur mise en texte s'interpose donc une double distance narrative, le filtre d'une double subjectivité responsable de leur métamorphose esthétique. On sait que, contre la simple reproduction de la réalité brute, l'esthétique classique préconise « l'imitation de la belle nature », c'est-à-dire d'une version choisie, stylisée et idéalisée du réel plus conforme à l'idée qu'on se fait des choses qu'à ces choses mêmes. Rien sans doute de bien poétique dans l'existence de deux misérables familles de « petits Blancs » perdues avec leurs enfants illettrés et incultes dans les montagnes d'une lointaine colonie. Toutefois ce n'est pas cette version « réaliste » et malheureusement vraisemblable de l'histoire de Paul et Virginie que nous livre le récit du Vieillard, mais un discours esthétiquement élaboré confinant parfois au poème en prose, ponctué de citations latines, chargé de références culturelles et d'allusions mythologiques, investi d'une souveraine dignité que, sans doute, le modèle ne possédait pas.

Dramaturgie du sublime et théâtre de la cruauté

Hiératisme, stylisation, pétrification, *distance* surtout sont à mettre en relation avec cette catégorie fondamentale de l'esthétique à la fin des Lumières : le sublime, qui n'est pas un état superlatif du beau, mais une notion d'une nature différente. Le beau est fini, clos, harmonieux, autonome. Le sublime, où coexistent *megaloprepès* et *deinos*, le grandiose et le terrible, est associé à la verticalité, à l'arrachement, au convulsif, parfois à une démesure emphatique qui lui fait côtoyer dangereusement le ridicule ; mais surtout il suppose « la relation d'un objet perçu comme élevé à un témoin placé dans une région basse, voisine du sol (*humus*) et contraint à l'humilité[1] ».

Si, dans *Paul et Virginie*, le tableau du monde du bassin, par son caractère harmonieux et clos, présente quelque affinité spontanée avec la catégorie du beau, c'est à celle du sublime qu'il faut rattacher la scène célèbre du naufrage où Virginie, « levant en haut des yeux sereins, parut un ange qui prend son vol vers les cieux ». Tout y est rassemblé : le contraste entre le déchaînement des vagues et l'immobilité sereine de la vierge, la transfiguration angélique qui consacre sa métamorphose à sa véritable identité, le mouvement

---

1. Baldine Saint-Girons, *Fiat Lux. Une philosophie du sublime*, Paris, Quai Voltaire-Edima, 1993, p. 24.

du regard élevé vers le ciel (en latin, *sublimis*) qui suggère l'appel d'une transcendance, une sorte de déhiscence verticale qui arrache l'être à lui-même et le tableau à ses propres limites ; enfin, sur le rivage, cette foule réduite à l'impuissance – toute la population de l'île est là, gouverneur en tête –, figée dans cette *distance* qui est celle du spectateur de la cérémonie tragique.

Il y aurait beaucoup à dire sur les suggestions théâtrales qui jalonnent cette scène, le rideau de brume brusquement levé dévoilant le *Saint-Géran* livré à la tempête, l'éloquence gestuelle de la victime sacrificielle et les attitudes se substituant aux mots – encore la pantomime –, la terreur et la pitié qui frappent les spectateurs fascinés, quoique personnellement à l'abri du danger sur la rive. On ne retiendra que ce dernier aspect, à mettre en rapport avec les propos du Vieillard : « Comme un homme sauvé du naufrage sur un rocher, je contemple de ma solitude les orages qui frémissent dans le reste du monde ; mon repos même redouble par le bruit lointain de la tempête. »

L'idée est empruntée à Lucrèce : c'est le motif bien connu du *suave mari magno* (*De Natura Rerum*, II, 1) et du plaisir ambigu naissant « du sentiment de notre sécurité, qui redouble à la vue du danger dont nous sommes à couvert ». Ce plaisir teinté de perversité, chargé même de résonances sadiennes, est au principe du « bonheur négatif » analysé avec beaucoup d'acuité dans les *Études de la Nature*[1]. Le naufrage contemplé

---

1. Les textes essentiels se trouvent dans l'Étude X, « Des concerts », et dans l'Étude XII, « Du sentiment de la mélan-

du rivage, parce qu'il établit une infranchissable distance entre le spectateur et le déroulement pathétique d'un drame auquel il ne peut rien, exaspère le contraste entre le sentiment de la sécurité personnelle et le péril de mort encouru par autrui. L'observateur peut à la fois, et sans remords puisque les circonstances lui interdisent toute intervention efficace, participer intensément à l'angoisse et à la souffrance de la victime, et tirer pour son propre compte de cette souffrance une jouissance esthétique innocentée par l'impossibilité d'agir.

L'analyse de cet épisode-clé peut se prolonger dans trois directions. La première consisterait à y voir une forme « douce » et un peu hypocrite de la cruauté sadienne, le spectateur n'étant ici pour rien dans un mal qu'il n'a pas provoqué – toute la différence est là – mais dont pourtant il retire à la fois pitié et plaisir. La seconde, confortée par l'évidente théâtralité du tableau et la distance infranchissable séparant l'espace scénique – le pont du *Saint-Géran* – du monde des spectateurs massés sur le rivage, rapporterait cette émotion un peu trouble à une variante de la *catharsis* produite par la représentation tragique. On peut enfin y voir un reflet du mode d'action du récit tout entier et du plaisir spécifique qu'il dispense. Le véritable spectateur ici, c'est le lecteur, lui aussi mis à distance d'une histoire pathétique dans laquelle il ne peut intervenir, contraint d'assister passivement

---

colie ». Voir le commentaire très éclairant de Michel Delon (« Le bonheur négatif selon Bernardin de Saint-Pierre », *Revue d'Histoire Littéraire de la France*, 1989, n° 5, p. 791-801).

jusqu'à la fin à son déroulement inéluctable, pris pareillement entre l'empathie affective qui le fait participer aux souffrances de la victime et la contemplation de sa propre émotion devenue objet de plaisir esthétique.

« Les images du bonheur nous plaisent, mais celles du malheur nous instruisent », dit au Vieillard récitant l'auditeur anonyme de son récit, cet « Européen » en qui on peut voir un double de l'auteur mais aussi un substitut du lecteur ; ne serait-il pas plus juste de dire qu'elles nous instruisent *et* nous plaisent ? Bernardin, qui s'interroge dans les *Études* sur les causes de l'étrange plaisir que nous tirons des histoires les plus tristes, le sait mieux que personne.

2. Cercles, frontières, passages

Le principe de la clôture interne gouverne à la fois la spatialité du récit et son mode de composition. Le texte s'organise si l'on peut dire en cercles concentriques autour d'un centre sacré, le site nommé *Le Bain de Virginie* où sont plantés les deux cocotiers qui symbolisent l'enracinement des deux enfants dans le sol de l'île et constituent les arbres totémiques de la petite communauté. De même, la construction de l'œuvre, ordonnée à partir d'un point central selon des règles strictes de parallélisme et de symétrie, manifeste une rigueur rare chez l'auteur, qui d'ordinaire peine à donner à ses ouvrages une configuration définitive, voire une ordonnance un peu cohérente. L'attestent l'inachèvement des *Harmonies de la Nature* (posthumes) et l'état chaotique dans lequel sont restés de vastes projets narratifs comme *L'Arcadie* et *L'Amazone*, la première abandonnée au premier livre, le seul qui ait été achevé et publié (1788), la seconde demeurée manuscrite et sans doute impubliable, à l'exception des fragments qui apparaissent dans les *Œuvres complètes* posthumes. À la différence de ces œuvres « ouvertes », inachevées et inachevables, *Paul et Virginie* est un texte circulaire et clos ; ou du moins il l'est progressivement devenu, les hésitations du manuscrit en témoignent, le récit trouvant de lui-même sa propre structure d'une manière vraisemblablement non préméditée.

Aux quatre parties, d'étendue à peu près égale, distinguées par Robert Mauzi – l'idylle, la péripétie, l'interlude, la catastrophe –, il faut joindre, les encadrant symétriquement, un sommaire d'ouverture et un sommaire de clôture, puis un prologue et un épilogue constituant ses limites externes. Une telle structure (tout à fait analogue à celle d'*Atala* de Chateaubriand, récit qui en est sans doute inspiré) rend compte du dispositif d'enchâssement narratif utilisé, lequel fait se succéder deux narrateurs hiérarchiquement ordonnés, le premier ayant pour fonction d'introduire et de relayer auprès du lecteur la narration du second.

Ouverture : du paysage au récit

Le prologue, constitué par les trois premiers paragraphes, plante le décor de l'action romanesque et introduit *in fine* le personnage du Vieillard récitant.

Il s'agit pour l'essentiel d'une description topographique de la partie nord de l'île contemplée depuis les montagnes qui dominent Port-Louis, la capitale. Elle emprunte la forme d'abord d'un panoramique orienté vers l'extérieur, le regard balayant méthodiquement le paysage d'ouest en est, puis d'une évocation, géographiquement moins précise, mais plus affectivement marquée, de l'espace clos du « bassin » entouré de montagnes où se dressent les ruines des deux cabanes. D'abord pris en charge par un observateur purement virtuel (« on aperçoit sur la gauche... »), le regard s'incarne en un narrateur anonyme, mais personnalisé (« J'aimais à me rendre dans ce lieu... »), dont tout suggère qu'il convient de l'identifier à l'auteur : Bernardin décrit ce même site dans le *Voyage à l'île de France*[1]. Il est de la plus haute importance que la rencontre entre le narrateur premier et le Vieillard témoin d'un lointain passé se déroule précisément en ce lieu-frontière, au seuil de deux espaces antagonistes, l'un largement ouvert sur l'immensité extérieure, l'autre jalousement refermé sur sa clôture interne.

Chants de l'innocence

Le sommaire d'ouverture correspond au début du récit du Vieillard, bref historique résumant à grands

---

[1]. Cette description occupe la fin de la lettre XVIII du *Voyage*. L'auteur propose d'utiliser ce site particulièrement difficile d'accès comme camp retranché dans l'hypothèse d'une invasion de l'île.

traits l'existence des deux mères et leurs malheurs (« En 1726, un jeune homme de Normandie, appelé M. de La Tour... »), leur exil dans l'île, leur installation sur la concession et le partage du domaine sous l'autorité du Vieillard, sorte d'acte fondateur de la micro-société. Le commentaire élégiaque du récitant sur les vestiges du passé (« Hélas ! il n'en reste encore que trop pour mon souvenir ! »), qui nous ramène au présent de l'acte narratif, marque la fin de ce segment et l'ouverture du véritable récit par la naissance des deux enfants, sur qui désormais il restera centré.

La première partie (« l'idylle » selon Robert Mauzi) s'identifie au temps de l'innocence : elle relate l'enfance de Paul et de Virginie entrelacée à une évocation de la vie quotidienne sur le domaine. La tonalité en est essentiellement descriptive ; les quelques commentaires du Vieillard scandent la suite des tableaux, celui du jardin ou celui des divertissements champêtres. Elle s'achève sur un double monologue lyrique qui est l'un des plus beaux passages du livre, les chants alternés de Paul et de Virginie. Elle baigne presque tout entière dans une atmosphère édénique – les enfants sont explicitement comparés à Adam et Ève – sous le triple signe de l'ignorance (ils ne savent pas lire), de l'innocence (ils sont « comme frère et sœur ») et de l'immanence (« Ils croyaient que le monde finissait où finissait leur île ; et ils n'imaginaient rien d'aimable où ils n'étaient pas »).

Dans cet Éden enfantin, le temps semble ne pas couler ; du moins s'agit-il d'une durée répétitive accordée aux rythmes de la nature et au cours des saisons qui exclut le surgissement de l'imprévu et donc le recours à la narration événementielle : temps végétal des floraisons et des fructifications, temps cyclique des travaux et des jours, qui n'induit ni changement ni dégradation. L'espace y est pareillement circulaire et clos : presque tout se déroule à l'intérieur du site doublement insulaire du « bassin » où se trouve l'habitation. Le monde extérieur existe à peine ; il n'intervient qu'à deux reprises, et à chaque fois pour susciter un nouveau repli sur l'enclave préservée du domaine. En y faisant fugitivement entrer l'influence délétère de l'Europe, la lettre de la méchante tante de Madame de La Tour rappelle à cette dernière que « le malheur ne [lui] est venu que de loin ». À l'opposé, l'expédition des deux enfants auprès du riche planteur de la Rivière-Noire afin d'obtenir la grâce de l'esclave marronne, incursion dans l'espace externe et découverte de la violence sociale de l'esclavage, introduit une première brèche dans l'harmonie paradisiaque avec l'ouverture de la conscience à la réalité du Mal (« Mon Dieu ! qu'il est difficile de faire le bien ! il n'y a que le mal de facile à faire »).

Chants de l'expérience

Cette désagrégation de l'innocence édénique s'accomplit véritablement dans la seconde partie, où l'irruption des forces mauvaises issues du dehors – mais aussi, ce qui est plus grave, consubstantielles à l'intériorité des êtres et à la nature même – induit une mise en route de l'action et une accélération du temps. Elle débute avec l'épisode du bain nocturne de Virginie, passage de l'enfance à l'adolescence, de l'amour fraternel à l'amour passionnel, sinon incestueux (s'ils ne sont pas frère et sœur par le sang, les deux enfants se perçoivent comme tels depuis toujours), vécu dans le malaise et dans la honte : « L'infortunée se sentait troublée par les caresses de son frère. » L'éveil pubertaire – puisque c'est bien de cela qu'il s'agit – opacifie le monde en brisant la relation transparente que l'héroïne entretenait avec les autres, avec la nature et avec elle-même : Virginie s'enferme dans le silence, fuit la compagnie de Paul, s'abandonne à la mélancolie au milieu du décor heureux du jardin, éprouve la honte de sa propre nudité. Problème difficile : si la thèse du roman, énoncée dans l'avant-propos[1], entend démontrer la bonté de la nature, source de toute félicité, comment y faire entrer les troubles de l'adolescence, dont il est clair que la cause est endogène et purement naturelle ? Et comment justifier l'interdit de l'inceste, dont tout un courant de la philosophie des Lumières (qui aboutira au *Supplément au voyage de Bougainville* de Diderot) s'ingénie à démontrer l'origine exclusivement culturelle, puisque rien en lui ne contrarie la nature ?

C'est la même question que soulève le tableau de l'ouragan et de la destruction du jardin, semblablement placé sous le signe de l'antagonisme thématique de l'eau et du feu et construit en exact parallélisme avec l'épisode précédent. La Nature, jusque-là puissance

---

[1]. « Je me suis proposé aussi d'y mettre en évidence plusieurs grandes vérités, entre autres celle-ci : que notre bonheur consiste à vivre suivant la nature et la vertu » (« Avant-propos » de 1788).

tutélaire que l'optimisme finaliste de Bernardin tend à identifier à la Providence, s'y mue en force dévastatrice, et conservera désormais ce rôle[1]. La causalité externe intervient aussi dans l'intrigue, puisque c'est une seconde lettre de la tante de Madame de La Tour, appuyée par les représentants qualifiés de la société coloniale de l'île – le gouverneur et l'aumônier –, qui entraîne le départ de Virginie pour la France. Refermant la seconde partie, l'ultime dialogue nocturne des deux adolescents à la veille de la séparation fait écho sur un mode grinçant et amer aux chants alternés qui marquaient la fin de la précédente.

Souligné par le glissement de l'imparfait itératif au passé simple, le passage de la norme descriptive de l'idylle au régime de la narration événementielle correspond à une mutation de la durée, non plus cyclique mais linéaire, et à une entrée véritable dans l'action à la faveur d'une série de péripéties et d'incidents organisés en crescendo culminant avec le départ de Virginie. En contraste avec la clôture initiale du domaine sur lui-même dans la phase édénique, c'est à présent l'ouverture spatiale sur le dehors qui l'emporte, soit par un mouvement d'expansion centrifuge de ses habitants – l'embarquement de l'héroïne a été précédé par le projet avorté d'envoyer Paul aux Indes pour y faire fortune –, soit à la faveur de l'invasion du « bassin » par le monde extérieur, ses représentants et

---

1. Sur ces contradictions, voir notre étude « Virginie entre la nature et la vertu : cohésion narrative et contradictions idéologiques dans *Paul et Virginie* », *Dix-Huitième Siècle*, n° 18, 1986, p. 389-404.

ses valeurs : la lettre fatale, la visite de La Bourdonnais, celle du prêtre, celle des marchands, vont de pair avec l'abandon, par la « petite société » qui jusqu'alors les incarnait, des valeurs vraies de la nature, au bénéfice des normes corrompues de la société. Ce qui motive aux yeux de Madame de La Tour la séparation des deux jeunes gens, ce sont les convenances sociales, les règles de la naissance – Paul est roturier, et qui pis est bâtard –, enfin et surtout cet argent qu'il importe d'aller recueillir et dont l'importance nouvelle – car on a bien su s'en passer jusqu'alors – consacre l'avènement du principe de réalité, la perte de l'innocence paradisiaque affrontée aux véritables ressorts, platement économiques, de l'existence sociale.

L'usage du monde

Marquée grâce au retour au récit-cadre à la faveur d'un bref échange – le seul du livre – entre le narrateur premier et le Vieillard récitant, l'articulation de la seconde à la troisième partie est encore soulignée par l'image cosmographique : « Semblable au globe sur lequel nous tournons, notre révolution rapide n'est que d'un jour, et une partie de ce jour ne peut recevoir la lumière, que l'autre ne soit livrée aux ténèbres » ; frontière encore, limite textuelle du bonheur et du malheur que le récit, parvenu exactement en son milieu, s'apprête à nous faire franchir en passant de son hémisphère lumineux à son hémisphère obscur.

Cette troisième partie correspond au temps de la séparation et de la réflexion, celui de l'absence de

Virginie. À peu près vide d'événements, elle soulève pour le romancier une difficulté technique : comment y faire sentir cependant l'écoulement de la durée ? En écho au grand panoramique de l'incipit, elle s'ouvre sur la contemplation surplombante de l'horizon marin depuis le sommet des montagnes d'où Paul observe au loin la voile du vaisseau emportant Virginie. Le récit de l'éducation du jeune homme, jusqu'alors « indifférent comme un Créole pour tout ce qui se passe dans le monde », suggère que l'acquisition des lumières et singulièrement l'apprentissage de l'écriture doivent s'interpréter, dans une perspective qui n'est pas éloignée de celle de Rousseau, comme l'indice de la fin de l'état de nature et de l'immanence qui l'accompagnait, la sanction négative de la séparation : l'écrit certes autorise la communication *in absentia*, mais s'il est devenu nécessaire, c'est qu'est définitivement abolie la communion immédiate entre « ces esprits bienheureux, dont la nature est de s'aimer, et qui n'ont pas besoin de rendre le sentiment par des pensées, et l'amitié par des paroles » ; ce que confirme du reste la découverte désabusée de l'Europe dans la lettre où Virginie relate sa propre éducation, parallèle à celle de Paul.

Deux longs inserts à la fonction problématique justifient pleinement le terme d'« interlude » utilisé par Robert Mauzi. Le grand monologue sur la solitude, sorte d'intermède lyrique sans rapport direct avec l'action, permet au Vieillard d'acquérir quelque consistance biographique en devenant personnage et non plus seulement récitant ou témoin. Très mal accueillies à la lecture publique qui fut faite du roman dans le salon de Mme Necker plusieurs années avant sa publication, et sans doute tout aussi indigestes pour le lecteur d'aujourd'hui, les moralités du Vieillard dans son dialogue avec Paul développent le thème des dangers de la vie sociale et de la corruption de l'Europe. Par là, elles laissent présager le dénouement : si la France est vraiment conforme à ce qui nous en est dit, comment Virginie pourrait-elle en revenir semblable à celle qu'elle était ? Il lui faut donc soit déchoir, soit mourir.

Quoique les commentaires et les dialogues l'emportent ici sur la description, l'éclipse presque complète du récit événementiel, puisqu'il ne s'y passe rien, rapproche cette troisième partie de la première, tout comme l'immobilité du temps. Toutefois il ne s'agit plus de l'éternel présent de l'immanence, mais d'une durée étirée et vide, creusée par l'absence et l'attente, occupée à défaut d'événements par les longs discours du Vieillard qui en soulignent justement la langueur. Quant à l'espace du domaine, il n'est plus guère présent, et c'est l'Europe, où se trouve Virginie, qui devient objet du discours et centre imaginaire du récit. Le monde extérieur a triomphé : le dehors est devenu pour ainsi dire point focal et, de lieu central, la concession a glissé vers la périphérie.

L'idylle funèbre

Ouverte par l'arrivée en vue de l'île du vaisseau qui ramène la jeune fille et refermée par la mort de Paul, la quatrième partie correspond à la « catastrophe » au sens théâtral du terme, ou mieux à une idylle funèbre qui s'ordonne en deux temps, d'abord un crescendo très dramatique qui culmine avec le récit du naufrage, puis un long decrescendo de tonalité mélancolique et alanguie relatant les funérailles de l'héroïne, solennisées par la participation de toute la population de l'île, les errances de Paul, le discours de consolation que lui adresse le Vieillard pour lui montrer que la mort est préférable à la vie, car elle est promesse d'immortalité. Le thème funèbre culmine enfin dans les appels aux survivants que Virginie morte adresse depuis les « rivages d'un orient éternel » de l'au-delà afin qu'ils l'y rejoignent. D'être confortée et validée par les songes parallèles de Marguerite et de Madame de La Tour, la prosopopée qui lui est prêtée par le vieil homme échappe à la convention rhétorique de la *consolatio mortis* pour devenir une parole inspirée, un authentique message oraculaire franchissant la frontière entre le monde des morts et celui des vivants.

Conformément à une loi d'alternance déjà rencontrée, la quatrième partie renoue, comme l'avait fait la seconde, avec le récit d'événements et une chronologie fortement resserrée : vingt-quatre heures entre l'annonce de l'arrivée du *Saint-Géran* et la mort de Virginie, deux mois entre sa mort et celle de Paul. En contraste avec le décentrement vers le monde européen observé auparavant, le récit se recentre à présent sur l'espace de l'île, à l'exclusion toutefois du monde clos du « bassin », qui n'est jamais plus évoqué, comme s'il se trouvait lié au stade à présent dépassé de l'innocence initiale ; après la mort de Virginie, Paul, comme aimanté par le souvenir de l'aimée, parcourt l'île en tous sens pour revoir les sites qui lui sont associés, récapitulant ainsi en accéléré les principaux épisodes du récit.

Toutefois c'est la scène du naufrage qui manifeste le plus clairement ces phénomènes de répétition. L'ouragan qui en est la cause réitère celui qui a détruit le jardin à l'ouverture de la seconde partie, et la mort de Virginie noyée sur le pont du navire a quelque chose à voir avec le bain nocturne dans lequel l'adolescente cherchait un remède à son « mal inconnu ». Les deux scènes mettent pareillement en jeu l'ambivalence de la nature, ici puissance destructrice en contradiction avec l'idéologie du roman, et particulièrement la signification maléfique de l'élément liquide : tout au long du récit, un dense réseau d'allusions désigne la mer comme une force mortifère, préparant ainsi le dénouement. Toutes deux en outre s'articulent autour de la nudité et du vêtement, du caractère naturel ou social de la pudeur, de l'acceptation ou du refus d'une identité sexuée. La baigneuse était troublée par la brusque conscience de sa propre nudité, équivalent d'une chute originelle et indice de l'expulsion hors du paradis terrestre de l'enfance. Virginie meurt ici d'avoir refusé de se dévêtir malgré les instances d'un matelot « tout nu, et nerveux comme Hercule », qui représente à la fois la brutalité de la sexualité adulte et la violence virile de l'instinct de survie. C'est à une transfiguration, asexuée, que correspond la vision ultime de la jeune fille en « ange qui prend son vol vers les cieux » : le refus de la différence des sexes est aussi un refus de la vie terrestre.

Reste que la « fatale pudeur » de Virginie fait problème. Le dix-huitième siècle s'est posé la question :

la pudeur est-elle le résultat d'un conditionnement social (Diderot), ou bien un fait de nature (Rousseau) ? Dans la première hypothèse, la réaction de la jeune fille, loin de recevoir la signification positive qui lui est habituellement donnée, reflète son éloignement des valeurs de la nature, peut-être même la sanction du contact corrupteur avec la société qu'elle a subi dans son exil parisien[1]. Dans la seconde, cette pudeur est bien conforme à la nature[2] ; mais c'est alors la nature même qui s'oppose à la conservation de la vie, ce qui revient à renier le naturalisme optimiste que le roman prétend illustrer.

Clôture : du récit au paysage

Symétrique du sommaire d'ouverture, un bref sommaire de clôture intervient à la suite pour résumer la destinée ultérieure des autres personnages après la mort des deux protagonistes ; seule survit un moment à la disparition rapide de tous les membres de la « petite société » la tante de Madame de La Tour, cause directe de tous ces malheurs, en proie aux démons du remords.

---

1. R. Mauzi, introduction à l'édition citée, p. 16.
2. Ph. Robinson, « Virginie's fatal modesty : thoughts on Bernardin de Saint-Pierre and Rousseau », *The British Journal for Eighteenth Century Studies*, V, n° 1, 1982, p. 35-48. Sur les enjeux philosophiques de la pudeur dans *Paul et Virginie*, voir aussi notre étude « Bernardin de Saint-Pierre et le mythe de Tahiti », revue *Wiek Oswiecenia* [*Siècle des Lumières*], université de Varsovie, 31, 2015, p. 29-51.

Puis, refermant le dernier cercle, intervient un épilogue parallèle au prologue. La boucle bouclée, le récit revient à son point d'origine, le paysage, avec une reprise abrégée de la description topographique initiale, cette fois prise en charge par le Vieillard narrateur second, où les mêmes sites sont à nouveau évoqués et nommés, mais à présent explicitement reliés à une histoire qui leur donne sens : « On voit près de l'île d'Ambre, au milieu des écueils, un lieu appelé LA PASSE DU SAINT-GÉRAN, du nom de ce vaisseau qui y périt en la [Virginie] ramenant d'Europe. L'extrémité de cette longue pointe de terre que vous apercevez à trois lieues d'ici, à demi couverte par les flots de la mer, que le *Saint-Géran* ne put doubler la veille de l'ouragan, pour entrer dans le port, s'appelle LE CAP MALHEUREUX ; et voici devant nous, au bout de ce vallon, LA BAIE DU TOMBEAU, où Virginie fut trouvée ensevelie dans le sable […]. »

L'interrogation implicite ouverte dans le prologue par les noms introduits sans explication qui y faisaient énigme – pourquoi cap Malheureux ? Tombeau de qui ? – reçoit enfin une réponse, et peu importe que celle-ci soit, bien évidemment, fictive[1]. Perpétuée par la mémoire collective, l'histoire de Paul et Virginie prend donc figure rétrospectivement de mythe étiologique, de légende fondatrice de l'espace insulaire. À travers elle, la colonie perdue au bout du monde, peuplée de déportés et d'exilés venus de partout et de

---

1. À l'exception, bien entendu, du site nommé LA PASSE DU SAINT-GÉRAN ; les autres noms sont antérieurs à la catastrophe et ne lui doivent rien.

nulle part (Afrique, Europe, Inde…), reçoit quelque chose comme une identité collective incarnée dans un passé et une terre. On sait depuis les livres de René Girard que la mort d'une victime innocente est souvent nécessaire à la fondation d'une communauté humaine[1]. Véritable Jeanne d'Arc mauricienne, Virginie remplit un rôle d'héroïne sacrificielle.

Le dernier mouvement de l'épilogue, toutefois, ne dégage pas une signification aussi positive. Ramenant son regard aux ruines des cabanes et au décor désert du « bassin » abandonné surplombé par le vol sinistre des éperviers, le Vieillard cesse de s'adresser à son interlocuteur, dont il semble avoir oublié la présence ; et ce sont les ombres des morts, donc le passé et l'absence, qu'interpelle à présent son apostrophe lyrique (« Jeunes gens si tendrement unis ! mères infortunées ! chère famille ! »), sans qu'il songe même à prendre congé de son vis-à-vis, à qui, dans la toute dernière phrase, le retour au récit-cadre restitue fugitivement la parole : « En disant ces mots, ce bon Vieillard s'éloigna en versant des larmes, et les miennes avaient coulé plus d'une fois pendant ce funeste récit. » Ici, pas d'autre communauté que celle qui naît du renvoi de chacun à sa propre solitude, ni d'autre communication que le partage à distance de la douleur.

Le découpage du livre met donc en évidence la rigueur de sa structure, qui résulte à la fois de la forme du récit encadré et de l'organisation spatiale du territoire romanesque. À l'image de l'« île dans

---

[1]. Voir notamment *La Violence et le Sacré*, Paris, Grasset, 1972.

l'île » de la concession, le récit s'ordonne en cercles concentriques, se répartissant autour de son centre en plans symétriques à la fois identiques et inverses qui font alterner le dedans et le dehors, le clos et l'ouvert, le descriptif et le narratif. Il est borné à ses deux extrémités par la réitération du même paysage, décliné d'abord d'ouest en est au prologue, puis d'est en ouest à l'épilogue, comme si se jouait sur cet axe spatial, celui du cours quotidien du soleil, une sorte de drame symbolique de la mort et de la renaissance. C'est toutefois un autre axe d'organisation de l'œuvre qu'on retiendra pour finir, celui qui passe par la genèse, l'effondrement et la renaissance d'un modèle social idéal.

Échec de l'utopie ?

Le tableau de la vie sur le domaine constitue indiscutablement une utopie, encore qu'assez différente de la forme classique du genre inaugurée par l'ouvrage de Thomas More (1516) et prolongée à la fin du XVIIe siècle par des récits comme l'*Histoire des Sévarambes* de Veiras (1677-1679)[1]. La rupture spatiale avec le monde réel n'est qu'esquissée : l'île de France, quoique lointaine, n'est pas une île de nulle part, et la

---

1. Cet ouvrage très lu vient alors d'être réédité (1787) au tome V de la collection des *Voyages imaginaires*, laquelle regroupe l'essentiel de la production utopique des trois siècles précédents. Pour une analyse développée, voir notre étude « *Paul et Virginie* et l'utopie. De la "petite société" au mythe collectif », *Studies on Voltaire and the Eighteenth Century*, n° 242, 1986, p. 419-471.

concession, quoique isolée dans son enceinte de montagnes, n'est pas inaccessible. L'altérité sociale est moins marquée : il s'agit ici d'une version idéalisée de l'entreprise coloniale fondée sur une culture vivrière autarcique, conforme aux thèses physiocratiques de Bernardin et peu éloignée de celles que l'intendant Pierre Poivre cherche à l'époque à faire prévaloir dans l'île ; le dispositif mis en place reste compatible avec l'ordre existant, puisque la vie communautaire n'exclut pas la propriété privée, « en sorte que ces deux amies étaient à la fois dans le voisinage l'une de l'autre, et sur la propriété de leurs familles » ; enfin l'échelle n'est pas la même : l'expérimentation utopique porte ici sur une micro-société réduite à six personnes, dont deux esclaves, éludant ainsi la mise en place d'une véritable société politique. Ces caractéristiques, toutefois, sont propres à une forme utopique nouvelle, celle des « petites sociétés », dont les modèles sont à chercher dans la communauté regroupée au sein du jardin de la petite métairie dans le chapitre final de *Candide* de Voltaire (1759), et surtout dans le tableau de la vie des époux de Wolmar sur leur domaine de Clarens que dresse Rousseau dans la quatrième partie de *La Nouvelle Héloïse* (1761).

Reste que cette utopie échoue – la « petite société » se désagrège avec le départ de Virginie, mais elle a déjà été ébranlée bien auparavant par l'épisode du « mal inconnu » – et que cet échec a besoin d'être interprété. Parmi les causes susceptibles de l'expliquer, on peut mentionner la rupture de la clôture par où s'introduit le mal extérieur. Les sociétés utopiques sont infiniment fragiles face aux contaminations venues du dehors ; or le « bassin » s'ouvre sur le reste de l'île par une brèche orientée au nord, direction symbolique de l'Europe. D'autres causes tiennent à l'intrusion de l'événement, et donc du devenir, dans un monde voué à l'immobilité ou à la répétition au sein d'une durée cyclique : le « mal inconnu » et l'ouragan entraînent cette « chute dans le temps » qui est aussi une sortie de l'utopie. Comme presque toutes les utopies, ainsi que le montre par exemple l'échec des diverses sociétés imaginaires mises en scène par l'abbé Prévost dans son grand roman philosophique *Cleveland* (1731-1739), la « petite société » de *Paul et Virginie* ne parvient pas à intégrer dans sa construction les passions individuelles : un tabou inexprimé mais rigoureux frappe la sexualité et l'amour, lequel, en cessant d'être purement fraternel, se charge de culpabilité, car il devient symboliquement incestueux. Reste enfin la cohérence problématique des fondements moraux et des bases philosophiques d'une telle communauté. Bernardin, qui déclare dans son « Avant-propos » de 1788 avoir « désiré réunir à la beauté de la nature entre les tropiques, la beauté morale d'une petite société », ajoute qu'il s'est également proposé de montrer à travers elle « que notre bonheur consiste à vivre suivant la nature et la vertu ».

Mais est-ce possible ? La formulation tend à identifier ces deux notions dans lesquelles il faudrait voir les valeurs fondatrices de la « petite société », ou du moins à suggérer leur compatibilité. Si telle est effectivement l'intention de l'auteur, il s'agit d'un sophisme. La nature n'est pas vertueuse, mais, au sens propre du terme, amorale ; la vertu, qui suppose la distinction du bien et du mal et l'entrée dans l'univers de la moralité, donc la sortie de l'état de nature, est nécessairement artificielle. Faut-il contourner la difficulté en posant *nature* et *vertu* comme des états non pas simultanés, puisqu'ils sont clairement incompatibles, mais successifs ? Il en est ainsi dans *La Nouvelle Héloïse*, où l'organisation de Clarens est explicitement placée sous le signe de la vertu – autrement dit de l'artifice – succédant à l'innocence naturelle désormais oblitérée par la faute. Mais rien dans *Paul et Virginie* n'autorise cette interprétation. La période heureuse de la « petite société » coïncide avec la phase romanesque où la nature est dominante, et c'est avec l'entrée dans celle de la vertu qu'elle semble se déliter. En outre, cette nouvelle phase du récit est déclenchée par deux événements on ne peut plus « naturels », l'éveil pubertaire et l'ouragan, comme si la nature y entrait en contradiction avec elle-même.

Les causes de l'échec sont donc évidentes. Encore faut-il en comprendre le sens. Doit-on considérer l'effondrement de la « petite société » comme une condamnation de l'entreprise utopique ? Tel est bien le cas, semble-t-il, dans les utopies de Prévost, qui sont en réalité des « procès de l'utopie » sinon des anti-utopies, mais nullement ici. La disparition de la communauté ne met pas en cause l'aspiration qui lui a donné naissance, et cette disparition n'est peut-être qu'une métamorphose ; sous l'échec apparent, il y a en réalité une récupération et un réinvestissement qui s'opère dans deux directions.

La première concerne le devenir posthume de la « petite société » et de ses habitants. Un dense réseau d'allusions mythologiques, dont la plus saillante surgit avec l'évocation gracieuse des « deux têtes charmantes renfermées sous [le] jupon bouffant » qui les abrite de l'averse, fait intervenir « les enfants de Léda, enclos dans la même coquille », autrement dit les Dioscures Castor et Pollux, héros de l'union fraternelle et de l'intimité gémellaire symbolisée par l'œuf unique qui les renfermait à leur naissance et leur est resté attaché dans la tradition iconographique. Fils de Léda et de son mari Tyndare pour l'un, de Léda et de Zeus qui la féconda sous la forme d'un cygne pour l'autre, ils sont cependant différents, l'un purement humain, l'autre de nature semi-divine. À leur mort, le jumeau divin obtient de son père Zeus que son frère humain soit retiré des Enfers pour partager avec lui le séjour céleste où, transformés en étoiles, ils forment la constellation des Gémeaux.

Tels sont, résumés à grands traits, les principaux éléments d'un scénario mythique avec lequel, jusque dans les détails, *Paul et Virginie* présente de saisissantes analogies. Retenons seulement celles qu'offre le dénouement. Virginie, le jumeau divin, comme le laissait pressentir l'« obliquité naturelle vers le ciel » de son regard, traverse la première une mort transfiguratrice – la nuit de la Nativité, précisément (24 décembre 1744) – qui lui donne accès au monde céleste où elle brille « pure et inaltérable comme une particule de lumière ». Ce n'est pas seulement Paul, son jumeau terrestre, qu'elle appelle auprès d'elle, mais Marguerite, Madame de La Tour, Domingue, Marie, et même le chien Fidèle !

Ainsi compris, le dénouement de *Paul et Virginie* n'est nullement tragique, malgré la mort qui frappe tous les personnages. À l'appel de la disparue, tous vont l'un après l'autre la rejoindre sur « ces rivages d'un orient éternel qu[´elle] habite pour toujours », afin d'y reconstituer la communauté détruite. Le paradis céleste final pérennise ainsi le paradis terrestre initial, qui n'en était que la préfiguration. Pour le spiritualisme platonisant de Bernardin, la mort soustrait à la mortalité.

Le devenir de l'île et de ceux qui y vivent offre à la « petite société » disparue une autre occasion de se perpétuer par-delà la mort. Le monde du « bassin » certes est détruit, ainsi que l'attestent les ruines des cabanes posées à l'orée du récit comme des stèles funéraires, et avec lui les valeurs qu'il incarnait face à la corruption du modèle social européen obsédé par l'argent et les privilèges de la naissance, mais aussi face à la société coloniale de l'île, copie conforme de la métropole aggravée de violence esclavagiste. À l'épilogue, la petite communauté n'est plus, mais le Vieillard imagine les ombres de Paul et Virginie s'employant à diffuser auprès de la population de la colonie « le goût des biens naturels, l'amour du travail et la crainte des richesses » ; c'est donc une reconstitution de l'utopie initiale, cette fois élargie à la dimension de l'île entière, qu'esquisse cet ultime développement. Parallèlement, les noms de lieux énigmatiques de l'incipit (baie du Tombeau, cap Malheureux) trouvent enfin leur justification. Leur étrangeté allusive était la promesse d'un récit ; ils sont devenus à l'épilogue la trace d'une histoire, celle des deux jeunes amants dont ils perpétuent la mémoire ; « histoire » qui est aussi le point d'ancrage d'une « Histoire », puisque l'aventure individuelle de Paul et de Virginie, ainsi inscrite dans la topographie et la toponymie de l'île, a pris une dimension de mythe fondateur d'une identité collective. Du moins en sera-t-il ainsi dans l'île de France rebaptisée île Maurice après la conquête anglaise de 1810, lorsque les colons français, devenus malgré eux sujets britanniques, feront du couple enfantin le symbole de leur enracinement et l'emblème de leur différence.

C'est donc à une unification interne de l'espace insulaire initialement organisé en cercles concentriques étanches, à l'image de l'œuf de Léda protégeant l'intimité du couple gémellaire, qu'aboutirait la phase ultime du récit. La clôture matricielle de l'enceinte de montagnes entourant la concession constituait le premier cercle, l'île le second, puis le monde du dehors le troisième, au-delà de la zone-frontière de l'étendue maritime. C'est la reprise en charge par la mémoire collective de l'île d'une histoire devenue légende qui assure le passage du premier au second. Transitant par la médiation des deux narrateurs successifs, le Vieillard récitant et son jeune interlocuteur venu du dehors, cette histoire a franchi la double distance de l'espace et du temps pour parvenir jusqu'à nous, lecteurs. L'acte de transmission du récit du second au troisième cercle abolit ainsi la frontière de l'île pour mettre cette dernière en communication avec le reste du monde, son ultime destinataire, sous la forme d'un livre ; livre à la fois fermé et ouvert, livre jouant simultanément sur une infinie distance et sur une proximité douloureusement intime.

3. Réception, réminiscences et réécritures

Une étude de la réception de *Paul et Virginie* qui se voudrait exhaustive sortirait des limites de la présente édition et déborderait d'ailleurs le domaine purement littéraire, puisqu'il faudrait y inclure non seulement l'histoire de l'accueil critique et celle des échos, prolongements ou réécritures du roman – sans oublier les transpositions diverses, notamment théâtrales, auxquelles il a donné lieu –, mais aussi y faire entrer les données quantitatives sur la diffusion de l'œuvre au fil des rééditions et traductions, ainsi que tout ce qui concerne l'illustration, l'iconographie, les dérivations ou exploitations thématiques de toute nature.

Des images au mythe

« Ce livre constitue le palmarès des éditeurs », écrit Paul Toinet dans son *Répertoire bibliographique et iconographique* de *Paul et Virginie*[1], qui en dénombre à la date de l'enquête (1963) plus de 500 éditions, dont environ la moitié faite de traductions en des langues très diverses. Le succès en effet est « foudroyant et universel » (56 éditions recensées jusqu'en 1799, dont 20 traductions). Une importante production iconographique accompagne et amplifie la diffusion de l'œuvre. Dès la première édition séparée, le texte s'accompagne d'illustrations : l'édition de 1789 en comporte quatre, trois sur des dessins de Moreau le Jeune,

---

1. *Op. cit.*, p. 3.

une sur un dessin de Vernet, qui donneront lieu à diverses suites gravées. Au fil des éditions ultérieures apparaissent d'autres suites gravées (quatre dessins de Schall gravés par Legrand, 1791 ; six figures de Schall gravées par Descourtis, 1795 ; trois figures de Debucourt, 1796). Lorsque paraît la grande édition in-4° de 1806 accompagnée d'une remarquable suite de figures sur des dessins de Lafitte, Girodet, Gérard, Moreau le Jeune, Prud'hon, Isabey, *Paul et Virginie* est déjà entré depuis une bonne dizaine d'années dans le répertoire de l'imagerie populaire, laquelle en exploitera intensivement les motifs jusqu'à l'orée du XXe siècle. À quoi il faut encore ajouter une foule d'objets et de documents iconographiques divers : le *Répertoire* de Toinet recense un ahurissant bric-à-brac d'affiches, papiers peints, tapisseries, assiettes décorées, pendules, éventails, vignettes publicitaires, boîtes ornées, timbres, bretelles brodées, etc.

Ainsi se met en place un processus collectif de diffusion de représentations et d'images par simple imprégnation visuelle, qui déborde très largement le cadre des lecteurs effectifs du roman, et même celui du public lisant. Détachée de son support textuel, devenue indépendante de son auteur, réduite à un scénario simplifié prenant pour points d'ancrage quelques épisodes toujours les mêmes – la scène du « jupon bouffant », la traversée du torrent, le naufrage, la mort de Virginie –, l'histoire des deux enfants se transforme en légende, ou plus exactement en *mythe*, « une histoire que tout le monde connaît déjà », selon la définition minimale mais très parlante que le romancier

Michel Tournier propose de cette notion[1]. On s'est gaussé du manque de modestie de Bernardin dans son « Préambule » de 1806, prévoyant pour son « humble pastorale [...] autant de célébrité que les poèmes sublimes de l'*Iliade* et de l'*Odyssée* en ont valu à Homère » ; *Paul et Virginie* est bien cependant, à sa manière, un mythe littéraire moderne.

Pour les transpositions iconographiques qui en constituent à la fois le symptôme et le véhicule, le lecteur pourra se reporter aux études spécialisées[2]. On s'est borné à quelques illustrations proprement littéraires du mythe qui esquissent sa constitution et son développement.

Dès la publication, le compte rendu enthousiaste du journaliste Delandine, dans le *Journal général de la France* du 13 mai 1788, atteste l'intensité de l'emprise esthétique et surtout émotive que le récit exerce sur son lecteur en réveillant en lui les passions adolescentes. De façon beaucoup plus contestable, le *Génie du christianisme* (1802) attribue ce pouvoir d'attraction aux « beautés religieuses de l'ouvrage », réinterprétant dans un sens chrétien le déisme naturaliste de Bernardin. Lui-même plus qu'il ne veut bien

---

1. Michel Tournier, *Le Vent Paraclet*, Paris, Folio-Gallimard, 1981, p. 189.

2. Outre l'ouvrage de Toinet déjà cité, voir notamment : Hinrich Hudde, *Bernardin de Saint-Pierre : « Paul et Virginie ». Studien zum Roman und seiner Wirkung*, Munich, W. Fink Verlag, 1975 ; François Cheval et Thierry-Nicolas C. Tchakaloff (éd.), *Souvenirs de « Paul et Virginie ». Un paysage aux valeurs morales*, Saint-Denis de la Réunion, Musée Léon Dierx, et Paris, Adam Biro, 1995 [catalogue d'exposition].

l'admettre héritier des Lumières, Chateaubriand apparaît dans *Atala* (1801) comme un disciple et presque un imitateur de Bernardin de Saint-Pierre. La relation d'intertextualité est tout à fait explicite, et d'ailleurs revendiquée, dans *Indiana* (1832), roman de jeunesse de George Sand, dont l'épisode final se déroule à l'île Bourbon et reprend, dans un décor exotique similaire, mais sur un mode plus passionné et plus trouble, le thème du « vert paradis ».

« Livre dangereux » ou récit édifiant ?

Dans les années 1840 apparaît un nouveau mode de relation intertextuelle avec le texte fondateur, qui en rend manifestes les pouvoirs, mais aussi éventuellement les dangers : confiée à un personnage du texte dérivé, la lecture du récit de *Paul et Virginie* se met elle-même en scène et devient un ressort de l'action romanesque. Lamartine, qui dit avoir été initié enfant au sentiment de la poésie par les gravures tirées de *Paul et Virginie* et d'*Atala* et tient conjointement Bernardin et Chateaubriand pour les « deux grands génies de la poésie moderne » (Nouvelle Préface de *Jocelyn*, 1840), fait dans *Graziella* (1849) de la lecture à haute voix de *Paul et Virginie* l'acte décisif qui éveille à l'existence spirituelle la fille d'une famille de pauvres pêcheurs napolitains : « La jeune fille sentait son âme, jusque-là dormante, se révéler à elle dans l'âme de Virginie. » Balzac, imitateur et même plagiaire de Bernardin dans son roman de jeunesse *Le Vicaire des Ardennes* (1822), assigne au « fatal volume » un rôle similaire, quoique plus ambigu, dans *Le Curé de village* (1841) : sa lecture éveille chez la pieuse héroïne une sensualité rendue plus dangereuse par l'exaltation quasi religieuse de la sensibilité qui causera sa chute, mais, en la haussant à un ordre plus élevé d'existence, créera aussi les conditions de sa rédemption ultérieure. Livre dangereux ? Il figure en tout cas, ce qui assurément ne peut plus être considéré comme un hommage, parmi les lectures de couvent de la jeune Emma Rouault, future épouse Bovary, dont il nourrit les rêveries frelatées.

Révélateur de la sensibilité féminine, porte ouverte sur la conscience de soi pour les héroïnes romantiques, *Paul et Virginie* est donc ce livre paradoxalement redoutable qui peut briser l'innocence en lui offrant le spectacle d'elle-même. C'est sur la figure même de Virginie, symbole ambivalent d'une innocence menacée affrontée à la dérision et au sarcasme, que se fixent les réinterprétations de la seconde moitié du xixe siècle. Dans son essai *De l'essence du rire* (1855), Baudelaire prolonge l'action du roman en imaginant une Virginie transportée au milieu de la corruption parisienne, déchue de sa pureté insulaire et devenue elle aussi capable de ce rire « satanique » qui est l'une des caractéristiques de l'esprit moderne. « Virginie et Paul » de Villiers de l'Isle-Adam (dans les *Contes cruels*, 1883) n'est qu'une pochade assez sommaire. Mais l'inversion dont le titre est l'objet suggère bien, dans la lignée baudelairienne, le retournement en caricature sarcastique des données du roman dans ce duo amoureux entre deux jeunes bourgeois où il n'est question de rien d'autre que d'argent. Alors que le livre s'est depuis longtemps enfoncé dans le discrédit, c'est pourtant la célébration de l'innocence qu'en retient Francis Jammes dans divers poèmes des dernières années du siècle dont l'apparente naïveté est le résultat d'un art subtil.

Touchant un public très large, souvent substituées à la lecture effective, les adaptations théâtrales du roman ne sont pas pour rien dans sa réputation de niaiserie. La plus ancienne, celle d'Edmond de Favières (trois actes en prose mêlée d'ariettes, musique de Rodolphe Kreutzer) interprétée par les Comédiens-Italiens le 15 janvier 1791 et très souvent reprise, s'achève... sur le mariage de Paul et de Virginie, heureusement rescapée du naufrage ! Beaucoup d'autres seront représentées, en général sous la forme d'opéras-comiques, jusqu'à la fin du XIXe siècle. Presque toutes équivalent à une trahison de l'original, ne serait-ce qu'en raison de la nécessité de ménager une fin heureuse qui en modifie radicalement le sens. Une seule échappe à cette critique et, sans enfreindre l'unité de ton requise par le genre de l'opéra-comique, respecte pleinement les données de l'action romanesque, leur conférant même une singulière profondeur. Il s'agit du livret écrit vers 1920 (publication posthume en 1973) par Cocteau et Radiguet en vue d'un opéra dont Erik Satie devait composer la musique. Répondant à l'acte I (« Le Paradis perdu »), l'acte III, intitulé « Le vrai Paradis », reconstitue la « petite société » initiale, non dans un au-delà de l'existence terrestre, mais comme mêlée à celle-ci, quoique sur un autre plan de l'espace ; comme le dit Virginie dans la très belle « Chanson des règles du jeu », « La vie est à l'endroit la mort est à l'envers / Toujours sur le même univers ». Cocteau et Radiguet ont parfaitement compris que le récit ne s'achève pas avec la disparition de l'héroïne ; comme l'« Orient lumineux » de la prosopopée de Virginie, la mort n'est qu'une traversée du miroir à laquelle il n'est peut-être pas nécessaire de donner une signification religieuse, mais qui soustrait paradoxalement à la mortalité : « Les morts seuls sont en vie / Car ils ne meurent pas ». Tel est le « secret » que confie Virginie à la fin de la pièce en conviant chacun à la rejoindre dans le « charmant trépas » qui, pour les auteurs, éternise la pureté préservée de l'enfance.

Réappropriations et résonances

Une nouvelle orientation apparaît dans les résurgences ultérieures du mythe chez quelques romanciers plus récents, celle d'une réappropriation imaginaire, à travers l'histoire de Paul et Virginie, d'une identité « indianocéanique » réelle ou fantasmée. La tentative relève clairement du jeu, non exempt de snobisme, dans ce *Roman de Virginie* (par Patrick et Olivier Poivre d'Arvor, 1985) où deux frères (dont un célèbre journaliste de télévision) s'inventent avec un certain talent une fort hypothétique ascendance mauricienne, un ancêtre prestigieux, l'intendant Pierre Poivre, dont l'épouse fut aimée de Bernardin, et naturellement une sœur disparue nommée Virginie... Authentiquement mauricien, mais fixé en France depuis 1939, Loys Masson a consacré une bonne part de son œuvre romanesque au réinvestissement par l'écriture du « royaume d'enfance » perdu dans l'exil. Avec *Les Noces de la vanille* (1962), dont l'action se déroule dans un domaine isolé de l'île voisine de la Réunion, la réécriture de l'idylle enfantine dans une tonalité violente et trouble n'élimine pas la thématique du Paradis, mais substitue à la célébration de l'innocence la hantise du péché et la fascination du Mal : au cœur du Jardin édénique se tient Esparon, l'intendant, figure de Satan. Entrelacée une fois de plus aux réminiscences bibliques, la référence à *Paul et Virginie* est explicite dans la première partie du *Chercheur d'or* (1985) de Le Clézio, autre roman du rapatriement imaginaire au monde de l'océan Indien : quoique né à Nice, Le Clézio est d'ascendance mauricienne, et son récit, inspiré de la vie de son aïeul, est le moyen de se rêver l'enfance insulaire qu'il n'a pu connaître. Comme la concession de *Paul et Virginie*, le domaine du Boucan est un Éden, cette fois pleinement innocent, puisque l'amour purement fraternel du narrateur et de sa sœur Laure exclut tout élément sensuel. Entre quête identitaire, expérimentation formelle et parodie, les réécritures « postmodernes » du Suisse Étienne Barilier (*Le Vrai Robinson*, 2003 ; il s'agit, ce que le titre n'indique pas, d'une fusion hardie de deux grands mythes littéraires) et de l'Anglo-Mauricienne Natasha Soobramanien (*Genie et Paul*, 2012) attestent la puissance génératrice toujours intacte du récit de Bernardin.

Resterait à interroger les fluctuations du mythe, d'une part, ses fonctions, d'autre part. La réception du texte est sujette à d'amples variations que reflète la courbe des rééditions, mais l'interprétation de ces données quantitatives est loin d'être évidente. Pourquoi, par exemple, les éditions de *Paul et Virginie* sont-elles si peu nombreuses sous l'Empire – une seule, en 1809, après l'édition par souscription de 1806, qui ne fut pas un succès – alors que l'auteur, président de l'Académie française depuis 1807, fait figure de personnage officiel du régime ? Pourquoi en revanche cette floraison d'éditions (quatre en 1834, six en 1835, six encore en 1836, huit en 1838) en pleine période de prépondérance de l'esthétique romantique ? Aucune réédition en revanche de 1901 à 1905, de 1914 à 1919, de 1939 à 1944, de 1954 à 1961, les « creux » éditoriaux vraisemblablement imputables aux grands conflits mondiaux coexistant avec d'autres plus malaisément explicables qui tiennent peut-être aux oscillations de la réception critique du texte, abandonné à la critique universitaire dès la fin du XIXe siècle, puis progressivement délaissé même par cette dernière jusqu'aux années 1980, à quelques rares exceptions près.

La situation a entièrement changé au cours des vingt dernières années, même si l'on peut regretter l'absence de grands ouvrages de synthèse portant sur l'ensemble des écrits de Bernardin de Saint-Pierre, comme si la notoriété de *Paul et Virginie* avait étouffé la réception du reste de l'œuvre. C'est précisément dans la compréhension du lien à établir entre cette dernière et ce récit particulier que s'ouvrent les pistes actuelles de la recherche. Avec sa composition rigoureusement symétrique et sa parfaite clôture circulaire sur elle-même, la pastorale exotique est-elle une miraculeuse exception au sein d'un amas confus d'écrits dont beaucoup sont inachevés ? Ou bien forme-t-elle le noyau central qui leur donne malgré tout une unité, à l'image de la

« sphère universelle » de la Nature où « tout est lié dans tous les sens », selon la formule du *Voyage à l'île de France* (lettre X) ? Les questionnements les plus féconds de ces dernières années portent en tout cas sur les relations entre *Paul et Virginie* et le *Voyage* (dont Bernardin reprend, quoique dans une tout autre tonalité, les matériaux documentaires ainsi que la réflexion coloniale), ou encore les *Études de la Nature*, auxquelles le récit est annexé et dont il prolonge en les mettant imaginairement à l'épreuve les thèses esthétiques et philosophiques[1].

Quant aux fonctions que peut assumer le mythe de *Paul et Virginie*, il faudrait distinguer entre celles, très générales, qu'il remplit auprès de la grande masse de ses lecteurs et la signification particulière qu'il a pu prendre pour telle communauté spécifique à tel moment de l'Histoire. Sous le premier aspect, le roman apparaît surtout comme une variante du mythe de l'Éden tel qu'il est rapporté dans la Genèse, voire comme une transposition du scénario chrétien innocence/chute/châtiment/rédemption : l'état paradisiaque initial, brisé par l'émergence de la tentation sensuelle, est retrouvé et éternisé dans cet au-delà lumineux auquel la mort donne accès, en même temps que redeviennent compatibles l'amour et l'innocence.

---

1. Voir par exemple Robin Howells, « Bernardin de Saint-Pierre's founding work : the *Voyage à l'île de France* », *Modern Language Review*, 107, 3, 2012, p. 756-771, et Colas Duflo, « *Paul et Virginie* tome IV des *Études de la Nature* », in Katherine Astbury (éd.), *Bernardin de Saint-Pierre au tournant des Lumières. Mélanges en l'honneur de Malcolm Cook*, Paris-Louvain-Walpole, Peeters, 2012, p. 125-136.

Ainsi le mythe remplit-il pleinement la fonction intégratrice de réconciliation des antinomies et de résolution des conflits qui lui est habituellement assignée. En contexte colonial, la réception du roman a revêtu une tout autre signification, notamment à l'île Maurice au XIXe siècle. Aujourd'hui dégradé et vulgarisé par sa mise au service de l'industrie touristique, suspect d'européocentrisme, voire récusé pour ses fâcheuses connotations coloniales, le mythe de Paul et Virginie a rempli dans l'île, particulièrement après la conquête anglaise de 1810, un rôle d'affirmation d'une identité mauricienne. Sans doute est-ce ainsi qu'il faut comprendre les tentatives des historiens insulaires pour retrouver les « sources » du roman et identifier parmi les passagères du *Saint-Géran* le modèle de « la vraie Virginie » : il s'agit moins de la recherche, en soi assez vaine, d'une vérité anecdotique que de la quête d'une légende fondatrice d'une communauté nationale.

4. Le texte de *Paul et Virginie*

On dispose pour l'établissement du texte de *Paul et Virginie* de divers documents manuscrits et de trois éditions de référence revues par l'auteur.

Manuscrit et genèse

Le manuscrit enregistré sous le numéro 8 à la Bibliothèque Victor Cousin (Bibliothèque de la

Sorbonne)[1] ne peut être considéré comme *le* manuscrit de *Paul et Virginie*, dont il ne porte d'ailleurs pas le titre, mais comme *un* manuscrit – le seul, malheureusement, qui nous soit parvenu *in extenso* – correspondant à diverses étapes intermédiaires dans le long et complexe processus d'élaboration de l'œuvre.

Intitulé *Histoire de Mlle Virginie de La Tour*, ce texte de 45 feuillets recto verso in-folio, très raturé, présente, pour sa rédaction primitive du moins, un état ancien du récit, qu'il est difficile de dater avec précision. Mme Marie-Thérèse Veyrenc, qui en a donné une très minutieuse édition critique[2], en fixe la rédaction aux années 1777-1780, sur la base de divers indices dont le principal est lié à la date elle-même conjecturale de la lecture publique qui en fut faite dans le salon de Mme Necker. Nous renvoyons à sa démonstration[3], tributaire des informations parfois peu sûres fournies par la biographie d'Aimé-Martin. Quant au titre, il met l'accent non sur l'idylle du couple enfantin, mais sur

---

1. Ce manuscrit, vendu en 1825 par l'ancien secrétaire de l'écrivain, Louis Aimé-Martin, au libraire Renouard, fut racheté en 1855 par Victor Cousin, qui le légua à sa mort à la Bibliothèque de la Sorbonne, où il fut redécouvert par Lanson après une longue période d'oubli (Gustave Lanson, « Le manuscrit de *Paul et Virginie*. Étude sur l'invention de Bernardin de Saint-Pierre », *La Revue du Mois*, n° 28, t. V [10 avril 1908], p. 399-431). Maurice Souriau, auteur d'une importante étude *Bernardin de Saint-Pierre d'après ses manuscrits* (Paris, Société Française d'Imprimerie et de Librairie, 1905), en ignorait apparemment l'existence.

2. Marie-Thérèse Veyrenc, *Édition critique du manuscrit de* Paul et Virginie *de Bernardin de Saint-Pierre intitulé « Histoire de Mlle Virginie de La Tour »*, Paris, Nizet, 1975.

3. *Op. cit.*, Introduction, p. 46-51.

l'« histoire » supposée véridique de l'héroïne seule, désignée par son état civil complet ; ce qui suggère un code de lecture plus proche de l'anecdote romancée ou de la nouvelle que de la pastorale, dont se réclame pourtant la version définitive. On peut trouver une confirmation indirecte de cette hypothèse : dans l'un des manuscrits du Havre figure un plan du *Voyage à l'île de France* en quinze lettres seulement – et donc probablement antérieur à l'ouvrage publié en 1773, qui en comporte vingt-huit – dont la dernière est constituée par l'*Histoire de Mlle de La Tour*[1]. Il en résulte que le manuscrit de la Bibliothèque Victor Cousin a dû être précédé d'autres rédactions antérieures à 1773, voire contemporaines du séjour à l'île de France. La version primitive, que l'auteur comptait intégrer à sa relation de voyage, s'y présentait vraisemblablement comme une anecdote assez brève et donnée pour authentique, puisque les lettres du *Voyage à l'île de France* sont de ton scrupuleusement documentaire et n'excèdent guère une vingtaine de pages.

Le manuscrit dont nous disposons, s'il ne correspond pas selon toute vraisemblance à un premier jet, n'en permet pas moins de retracer les principales phases de la genèse de l'œuvre, dont il offre quatre états successifs, identifiables à la différence des encres et des écritures. L'édition critique de Marie-Thérèse Veyrenc en permet la lecture synoptique :

— la version de base, mise au net d'essais de rédaction antérieurs, qui, estime Mme Veyrenc, se suffit à elle-même et pourrait sous cette forme être imprimée ;

---

1. Dossier 107, f. 30.

appréciation optimiste, du reste, tant l'orthographe, la syntaxe, les règles du style et parfois celles de la cohérence narrative y sont allègrement malmenées ;

— la révision 1, constituée par les corrections et ajouts apportés en cours de rédaction ;

— la révision 2, regroupant un ensemble de retouches postérieures à la première rédaction, quoique datant de la même époque ;

— la révision 3, extrêmement importante, caractérisée par une écriture menue et difficilement déchiffrable, vraisemblablement postérieure à la première édition des *Études de la Nature* (1784). Sur des indices à vrai dire ténus, Mme Veyrenc propose de la dater de 1785[1]. C'est la révision 3 qui fait apparaître pour la première fois le titre définitif – *Paul et Virginie* – précédant l'amorce d'une nouvelle rédaction de l'incipit du roman esquissée en appendice au manuscrit de l'*Histoire de Mlle Virginie de La Tour* (f. 44 verso, p. 85).

Ce dernier offre donc un document encore incomplet (puisqu'il manque l'hypothétique avant-texte qui a dû le précéder et l'état définitif remis à l'imprimeur), sur la « fabrique de l'œuvre ». De la version de base, assez lisible au départ malgré sa ponctuation lacunaire et son orthographe fantaisiste, au grimoire difficilement déchiffrable résultant de la superposition des

---

1. Le 18 janvier 1786, une correspondante de l'auteur, Mme de la Berlière, accepte une invitation de Bernardin à « entendre l'intéressante histoire de vos deux aimables enfants » (dossier 138, f. 23, B M du Havre), mais rien ne prouve qu'il s'agisse du texte révisé. Le titre définitif *Paul et Virginie*, mentionné en appendice à la révision 3 (voir ci-après), apparaît bien sous la plume de la même épistolière, mais seulement le 9 août 1787 (dossier 138, f. 37, B M du Havre).

différentes révisions, le texte s'est transformé en un véritable palimpseste encombré de ratures, de corrections et d'ajouts.

Son centre de gravité s'est également modifié, se déplaçant de l'épisode pathétique du naufrage, vers lequel converge la rédaction initiale, au tableau idyllique du paradis perdu de l'« habitation », dont la révision 3 amplifie considérablement le rôle ; ainsi l'épisode de l'expédition des deux enfants à la Rivière-Noire et de leur retour nocturne à travers les forêts, traité en brève anecdote dans la version de base, devient-il dans la dernière révision un long récit pratiquement autonome.

Quant à la structure de l'œuvre, peu marquée dans le récit initial, linéairement tendu vers son dénouement, elle est beaucoup plus nettement indiquée au fil des révisions et laisse apercevoir une organisation en deux parties que la version imprimée s'est toutefois abstenue de rendre explicite : au milieu exactement du manuscrit (p. 39), une note appartenant à la révision 3 indique « ici la 2e partie » ; elle fait suite au départ de Virginie et s'insère à l'endroit précis où, pour la première fois, le narrateur initial intervient directement dans le récit afin de relancer la relation du Vieillard un moment suspendue[1].

Enfin, d'une version à l'autre, l'ouvrage change d'accent, voire de nature et de place dans le système des genres, passant d'une brève « histoire » présentée comme véridique, dans un registre à la fois réaliste et pathétique qui tient de la nouvelle ou de l'« histoire

---

1. Cette articulation est placée dans le manuscrit après la phrase « Que devint, je vous prie, l'infortuné Paul ? » (f. 21 recto, p. 39).

tragique », à un ample roman inséré dans un cadre exotique, tributaire des codes esthétiques de la pastorale et imprégné d'une idéologie simultanément rousseauiste et spiritualiste.

Bien qu'il contienne sous une forme passablement chaotique (car l'ordre de certains feuillets a été modifié, et l'écriture de Bernardin résiste parfois au déchiffrement) l'essentiel du matériau textuel de ce qui deviendra *Paul et Virginie* dans la version imprimée, le manuscrit de la Bibliothèque Victor Cousin en est encore fort éloigné : l'auteur a laissé subsister parfois des rédactions concurrentes sans choisir entre elles ; des développements similaires, voire identiques, ont été insérés en plusieurs endroits du texte ; d'autres, absents ou seulement esquissés dans les différentes révisions manuscrites, ont été portés en annexe sur les derniers feuillets, comme l'éloge des lettres auquel se livre le Vieillard ou ce que l'auteur appelle la « digression papayer » ; d'autres enfin, entièrement absents des différentes versions manuscrites, semblent avoir été ajoutés après coup pour la version imprimée, comme le célèbre tableau du « jupon bouffant », qui a inspiré presque tous les illustrateurs du roman et dont un feuillet appartenant au Fonds Bernardin de Saint-Pierre de la Bibliothèque Municipale du Havre permet de suivre l'élaboration au fil de quatre rédactions successives. Il faut donc supposer, entre le texte de la Bibliothèque Victor Cousin et la copie au net remise à l'imprimeur Didot, au moins un autre manuscrit intermédiaire qui ne nous est pas parvenu, et peut-être plusieurs.

Malgré les difficultés de lecture qui tiennent à l'écriture calamiteuse de Bernardin, à son indifférence pour l'orthographe, à sa ponctuation fantaisiste, les manuscrits du fonds de la bibliothèque municipale du Havre sont désormais accessibles à tous grâce au site spécialisé de l'université d'Exeter, qui permet leur consultation en ligne (*https://projects.exeter.ac.uk/ bsp/frameset.htm*). Étrangement, très peu se rapportent directement à *Paul et Virginie*, bien qu'on y trouve beaucoup de matériaux relatifs à l'océan Indien, notamment les brouillons accumulés par l'auteur en vue d'une édition très augmentée du *Voyage à l'île de France* qui aurait dû paraître en 1797. Sauf découverte improbable de manuscrits inconnus, la genèse du roman dans son premier état, peut-être à partir d'un récit recueilli sur place concernant l'affaire déjà lointaine du naufrage du *Saint-Géran* et la mort de l'une des passagères (la jeune Créole Louise-Augustine Caillou, a-t-on dit ; mais tous les prétendus « témoignages » en ce sens, nettement postérieurs à la publication du roman, en sont manifestement inspirés), est donc vouée à demeurer très incertaine.

Choix d'une édition de référence

Parmi les versions publiées du vivant de l'auteur, laquelle retenir ? Si l'on s'en tient aux éditions qui présentent des variantes significatives entre elles, d'une part, et dont on peut être raisonnablement sûr d'autre part qu'elles ont été effectivement revues par l'auteur, trois seulement, celles de 1788, de 1789 et de 1806, peuvent prétendre, à des titres divers, au statut d'éditions de référence, quoique le *Répertoire bibliographique et iconographique* de *Paul et Virginie*[1] en recense beaucoup plus (plus de 35 ont été publiées jusqu'en 1806, parmi lesquelles beaucoup de contrefaçons).

L'édition originale paraît en mars 1788 dans la troisième édition des *Études de la Nature*, tome IV (Paris, de l'Imprimerie de Monsieur, chez P. F. Didot le Jeune et Méquignon l'Aîné, in-12). *Paul et Virginie* y occupe le début du volume, précédé d'un « Avis sur cet ouvrage » – titre trompeur puisqu'il y est surtout question des courants marins – et suivi du livre premier de *L'Arcadie* intitulé « Les Gaules ». Cette édition est à peu près unanimement jugée médiocre. Outre les simples coquilles, on y trouve des fautes d'accord (« du bonheur que donne la nature et la vertu »), des pléonasmes (« un cercle d'orangers et de bananiers plantés en rond »), des bizarreries orthographiques (« la plaine mer »), plus une ponctuation fantaisiste au regard de la norme actuelle et notamment des virgules jugées par Édouard Guitton « franchement aberrantes[2] ».

Afin de profiter du succès du livre sans trop pâtir des contrefaçons – dès 1788 il en a été publié une à Lausanne, chez J. Mourer – l'auteur publie l'année suivante une édition séparée de petit format, « en faveur, dit-il, des dames qui désirent mettre mes ouvrages dans leur poche » (Paris, de l'Imprimerie de Monsieur, Firmin-Didot, in-18, 1789). Dans l'« Avis sur cette édition » qui la précède, il déclare avoir relu les épreuves « avec le plus grand soin » et corrigé notamment « quelques fautes de date et de style ». Tout en

---

1. Voir Paul Toinet, *op. cit.*
2. Édouard Guitton, édition citée, p. 66.

conservant une valeur rythmique plutôt que grammaticale, la ponctuation a été normalisée et presque toutes les erreurs flagrantes corrigées. D'autres modifications mineures répondent à un souci d'euphonie ou d'exactitude : « les sommets des palmistes » remplace « les sommets des palmiers », « une vieillesse insensible » se substitue à « une décadence insensible ». Mais les altérations majeures concernent la chronologie romanesque. Dans l'originale de 1788, l'action se déroule de 1735, date de l'arrivée dans l'île de M. de La Tour, à 1753, date (conjecturale) de la disparition des autres protagonistes après la mort de Virginie. Toutefois, ces données intra-romanesques entrent en conflit avec la chronologie externe de l'Histoire dans laquelle elles sont insérées : contre toute vérité historique, l'auteur fait arriver La Bourdonnais dans l'île en 1746 (c'est en réalité la date à laquelle il en est parti) au lieu de 1735, et il déplace en 1752 le naufrage du *Saint-Géran*, qui eut lieu en fait en 1744. Un examen des indications d'ordre temporel montre qu'elles ont été presque toutes modifiées avec soin dans la seconde édition afin d'obtenir une cohérence chronologique sans faille, ce qui atteste l'attention, inhabituelle chez lui, avec laquelle Bernardin a relu son récit. Une seule erreur subsiste, étrangement. Elle concerne la date précise du naufrage, dont l'année seule a été corrigée : le texte de 1789 le place dans la nuit du 24 au 25 décembre 1744 au lieu du 17 août de la même année. Que l'auteur ait laissé persister cette infraction flagrante à l'exactitude historique, alors qu'il a scrupuleusement corrigé toutes les autres, montre bien qu'il ne s'agit nullement d'une négligence : la mort terrestre de Virginie, qui est aussi sa naissance à sa véritable identité angélique, coïncide avec la nuit de la Nativité.

Bien que Bernardin, tout occupé alors par la rédaction des *Harmonies*, ait depuis longtemps cessé de s'intéresser à *Paul et Virginie*, dont les éditions autorisées ou non ont entre-temps proliféré, il conçoit dans les premières années du nouveau siècle une grande édition de luxe vendue par souscription qui, après de longues négociations, paraît finalement en 1806 (Paris, Didot l'Aîné, grand in-4°) avec un résultat décevant : cinquante-cinq souscripteurs seulement, dont la liste figure à la fin du volume, et dont les contributions sont loin de couvrir les frais d'impression. Cette belle réalisation bibliophilique, illustrée par les plus célèbres graveurs du temps, n'offre pas cependant un texte irréprochable. Bernardin déclare, dans l'interminable *Préambule* qu'il a jugé bon d'infliger à ses souscripteurs, avoir revu les épreuves en collaboration avec son imprimeur Didot et tiré parti de ses conseils. Étant la dernière corrigée par l'auteur, cette version a généralement été retenue par les éditeurs.

Mais la supériorité du texte de 1806 n'est pas évidente. Les corrections de style, dont on peut supposer qu'elles ont été suggérées par Didot, ne s'imposent pas en général et sont parfois fâcheuses. Vaut-il mieux écrire « dès qu'elle fut accouchée de Virginie » (1806) plutôt que « dès qu'elle eut accouché de Virginie » (1789) ? On en jugera. La ponctuation, d'autre part, redevient presque aussi fantaisiste qu'elle l'était dans l'originale. Enfin, les graphies sont souvent archaïsantes et surprennent dans un livre publié au XIXe siècle : Bernardin

– ou, plus vraisemblablement, son imprimeur – écrit par exemple *quarrés*, *vuide*, etc.

Principes de la présente édition

Nous avons donc opté pour le texte de 1789, contrairement à la majorité des éditeurs, mais à l'exemple d'Édouard Guitton dans son édition de l'Imprimerie Nationale, et pour les mêmes raisons, auxquelles on peut en joindre une autre : le lecteur se trouvera ainsi dispensé d'entamer son parcours par l'indigeste *Préambule* de 1806, qu'il trouvera s'il le souhaite en Annexe ; ce texte, encombré de spéculations scientifiques qui ne sont pas sans intérêt pour comprendre la cosmologie des *Harmonies* alors en cours d'élaboration, ne concerne qu'épisodiquement *Paul et Virginie* et donne de l'auteur une image passablement déplaisante, celle d'un écrivain officiel conformiste et flagorneur, tout préoccupé d'argent, de pensions et de prébendes. Le privilège sans doute injustifié accordé à l'édition de 1806 est indirectement pour quelque chose, très probablement, dans le discrédit dont l'ouvrage a été frappé : commencer sa lecture par le pénible discours préliminaire dont il est flanqué est une assez fâcheuse prise de contact avec le texte.

L'orthographe a été normalisée, mais non la ponctuation, qui n'est pas toujours conforme à l'usage actuel, car elle répond à une intention expressive plus qu'à la logique grammaticale.

On trouvera dans les notes un choix des variantes les plus significatives des trois éditions de référence dont le texte a été contrôlé par l'auteur (1788, 1789, 1806). Cette sélection, qui ne retient pas les modifications de pure forme, met notamment en évidence l'ample remaniement de l'appareil chronologique auquel l'auteur s'est astreint pour la version de 1789.

D'une tout autre ampleur et, à notre avis, d'un bien plus grand intérêt sont les variantes que présente par rapport aux diverses versions imprimées la rédaction initiale du manuscrit, à laquelle nous avons choisi de nous tenir, sauf exception signalée, à l'exclusion des diverses révisions. C'est avec cet « état premier » que présente la version de base manuscrite – si l'on exclut un hypothétique avant-texte actuellement inaccessible – que la comparaison est surtout éclairante. Ici encore, il ne s'agit que de transcriptions partielles, empruntées à l'édition de Marie-Thérèse Veyrenc, mais dont l'orthographe et la ponctuation ont été normalisées pour une meilleure lisibilité.

L'annotation se propose un double objectif. D'une part elle souhaite mettre en évidence les relations qui unissent le texte de *Paul et Virginie* avec le reste de l'œuvre, notamment avec les *Études de la Nature* de 1784, dont le récit est un prolongement, une annexe et une application narrative, ainsi qu'avec les *Harmonies*, commencées sans doute peu après la première publication du livre en 1788 et poursuivies jusqu'à la mort de l'auteur en 1814. Ce dernier y a tenté d'ériger en système les thèses philosophiques éparses contenues dans les *Études* tout en conférant un fondement théorique aux « correspondances » pré-baudelairiennes abondamment illustrées par les descriptions naturelles du roman. Celui-ci, qui a longtemps fait figure de reliquat plus ou moins préservé d'un continent englouti par l'oubli, puisque les autres ouvrages de Bernardin ont à peu près cessé d'être lus, réédités ou même étudiés entre 1905 et 1985, ne se comprend vraiment que dans sa corrélation avec ces écrits récemment redécouverts.

Mais surtout les notes essaient de fournir tous les éclaircissements factuels d'ordre historique, social, géographique, scientifique, nécessaires à la compréhension des divers contextes, qui vont de la sociologie coloniale à l'histoire des idées dans la crise des Lumières, ou de celle de l'antiesclavagisme à la botanique tropicale et à l'émergence d'une « philosophie de la Nature » aux accents étrangement pré-écologiques ; du moins en apparence, car la conception « holistique » de la Nature, conçue comme un système où tout se tient, se concilie mal avec la conviction que l'Homme en est l'unique destinataire, conformément au finalisme radicalement anthropocentré de la philosophie bernardinienne.

Si Bernardin d'autre part est idéologiquement très éloigné des « Lumières radicales » matérialistes et antireligieuses qu'on a tendance à valoriser exclusivement aujourd'hui (mais il se peut qu'il ait lu Diderot), il occupe une place centrale au sein des « Lumières modérées », sans doute bien plus représentatives des courants de pensée du tournant du siècle, d'obédience rousseauiste, chrétienne, déiste ou physiocratique, à mi-chemin entre les Anti-Philosophes et les Encyclopédistes, qu'il fréquenta pareillement. Soutenu par *L'Année littéraire*, organe conservateur, chrétien et monarchiste, mais protégé longtemps par d'Alembert et Mlle de Lespinasse, en relations avec les Necker et avec plusieurs hauts responsables de l'administration de l'Ancien Régime, il accueillit pourtant avec faveur la Révolution et fut même élu à la Convention, assimilant tous les courants de son temps et incarnant toutes ses contradictions.

Souvent méconnue des lectures critiques, fortement européocentrées, voire abusivemement « hexagonales », la dimension « indianocéanique » du récit, enfin, ne se confond pas avec une simple recherche de l'exotisme. Le texte de Bernardin de Saint-Pierre appartient certes à la littérature française, s'inscrivant dans une filiation qui passe par le *Télémaque* de Fénelon, l'*Émile* et *La Nouvelle Héloïse* de Rousseau, mais il ouvre aussi la voie à ce qu'on n'appelle pas encore alors la littérature francophone et d'une certaine façon annonce la problématique « postcoloniale » d'aujourd'hui. Si leurs mères sont des exilées, les deux enfants, nés dans l'île, appartiennent à la première génération créole et la considèrent comme leur patrie : pour Virginie, enfermée dans un couvent des environs de Paris, c'est la France qui est « le pays des sauvages ». Effectué sur les lieux mêmes de l'action, le récit que fait de leur histoire le Vieillard récitant est certes transmis au public français par l'« Européen » qui l'a recueilli de sa bouche. Mais il en déplace le centre de gravité : c'est du point de vue des insulaires que cette histoire est racontée.

L'île lointaine de l'hémisphère Sud est donc devenue source d'une parole et origine du regard. Si l'on en croit un manuscrit du Havre intitulé « Colonies. Moyens d'y retenir les hommes dans leur patrie » (dossier 58, f° 17), contenant l'un des rares commentaires de l'auteur sur ses intentions d'écrivain, elle est aussi la véritable destinataire et la finalité de l'œuvre : « C'est dans l'intention particulière d'attacher les habitants à leur pays, dit Bernardin, que j'ai écrit l'histoire de Paul et Virginie, où j'ai tracé le tableau d'une vie plus heureuse qu'il soit possible », car « rien n'est plus rare aux îles qu'un sentiment moral qui attache les Créoles à leur pays ». Corrigeant le jugement très négatif du *Voyage* de 1773 porté sur l'île de France, il ajoute : « J'ai vu qu'on pouvait s'y plaire et que le tout dépendait d'y fixer les hommes par le sentiment moral de l'enfance. »

Afin d'éviter de trop alourdir l'appareil des notes, on a regroupé dans un Glossaire les indications d'ordre purement lexical. Les mots figurant au Glossaire sont suivis dans le texte d'un astérisque (*). Ils appartiennent à divers registres : termes usuels employés dans un sens spécifique (par exemple celui de la langue classique), lexique technique (et particulièrement les termes de marine), termes de sciences naturelles, spécialement de zoologie et de botanique, la plupart correspondant aux *realia* exotiques amplement décrits dans le *Voyage à l'île de France*. Il faut mettre à part une dernière catégorie lexicale, les mots appartenant à ce « parler des Isles » répandu dans toutes les colonies françaises, des Antilles aux Mascareignes (voire, hors du contexte insulaire, du Canada aux comptoirs de l'Inde), et qui subsiste encore aujourd'hui dans les français régionaux qui y sont parlés. À côté de termes provenant d'aires linguistiques éloignées – parlers indo-portugais, langues amérindiennes du Brésil ou des Caraïbes –, le « parler des Isles » inclut en effet de très nombreux mots français d'usage courant dont le sens spécifique n'est pas nécessairement perçu du lecteur. Le « bassin » où Virginie prend son bain n'est pas une construction en maçonnerie, mais un simple trou d'eau dans le lit d'une ravine. Que de contresens commis sur le mot « habitation », qui désigne en contexte colonial une concession agricole fréquemment dépourvue de tout bâtiment d'« habitation » au sens usuel du terme ! Et il n'est nullement indifférent pour la compréhension du roman que le narrateur anonyme du récit initial y soit désigné comme un « Européen », c'est-à-dire comme résident temporaire sans attaches dans l'île, par opposition aux « habitants », qui y sont installés comme planteurs, quoiqu'ils soient pareillement d'origine française. Sans être un roman régionaliste, *Paul et Virginie* s'ancre dans la réalité géographique et linguistique d'un terroir dont l'altérité se dissimule volontiers sous la trompeuse identité des mots.

Jean-Michel RACAULT.

Paul et Virginie

Les notes appelées par un chiffre sont rassemblées
en fin de volume.

AVANT-PROPOS[1]

Je me suis proposé de grands desseins dans ce petit ouvrage. J'ai tâché d'y peindre un sol et des végétaux différents de ceux de l'Europe. Nos poètes ont assez reposé leurs amants sur le bord des ruisseaux, dans les prairies et sous le feuillage des hêtres. J'en ai voulu asseoir sur le rivage de la mer, au pied des rochers, à l'ombre des cocotiers*, des bananiers et des citronniers en fleurs. Il ne manque à l'autre partie du monde que des Théocrites et des Virgiles, pour que nous en ayons des tableaux au moins aussi intéressants que ceux de notre pays[2]. Je sais que des voyageurs pleins de goût nous ont donné des descriptions enchantées de plusieurs îles de la mer du Sud ; mais les mœurs de leurs habitants, et encore plus celles des Européens qui y abordent, en gâtent souvent le paysage[3]. J'ai désiré réunir à la beauté de la nature entre les tropiques, la beauté morale d'une petite société[4]. Je me suis proposé aussi d'y mettre en évidence plusieurs grandes vérités, entre autres celle-ci : que notre bonheur consiste à

---

* Les mots suivis d'un astérisque sont définis dans le glossaire en fin de volume.

vivre suivant la nature et la vertu. Cependant, il ne m'a point fallu imaginer de roman pour peindre des familles heureuses. Je puis assurer que celles dont je vais parler ont vraiment existé, et que leur histoire est vraie dans ses principaux événements[5]. Ils m'ont été certifiés par plusieurs habitants* que j'ai connus à l'île de France. Je n'y ai ajouté que quelques circonstances indifférentes, mais qui, m'étant personnelles, ont encore en cela même de la réalité. Lorsque j'eus formé, il y a quelques années, une esquisse fort imparfaite de cette espèce de pastorale, je priai une belle dame qui fréquentait le grand monde, et des hommes graves qui en vivaient loin, d'en entendre la lecture, afin de pressentir l'effet qu'elle produirait sur des lecteurs de caractères si différents : j'eus la satisfaction de leur voir verser à tous des larmes[6]. Ce fut le seul jugement que j'en pus tirer, et c'était aussi tout ce que j'en voulais savoir. Mais comme souvent un grand vice marche à la suite d'un petit talent, ce succès m'inspira la vanité de donner à mon ouvrage le titre de *Tableau de la Nature*. Heureusement, je me rappelai combien la nature même du climat où je suis né m'était étrangère ; combien, dans des pays où je n'ai vu ses productions qu'en voyageur, elle est riche, variée, aimable, magnifique, mystérieuse, et combien je suis dénué de sagacité, de goût et d'expressions, pour la connaître et la peindre. Je rentrai alors en moi-même. J'ai donc compris ce faible essai sous le nom et à la suite de mes *Études de la Nature*, que le public a accueillies avec tant de bonté, afin que ce titre, lui rappelant mon incapacité, le fît toujours souvenir de son indulgence[7].

AVIS SUR CETTE ÉDITION[1]

J'ai fait faire, sans souscription, cette édition in-18 de *Paul et Virginie* en faveur des dames qui désirent mettre mes ouvrages dans leur poche ; mais je ne peux courir les risques d'une édition entière de tous mes ouvrages, aussi soignée, dans un pareil format, à cause du grand nombre de petits volumes, et des frais qu'en entraînerait l'impression. D'ailleurs le nombre des souscripteurs étant plus du double plus grand pour une édition in-8° que pour une édition in-18, je me trouve obligé, suivant la promesse que j'en ai faite dans l'*Avis* de mon quatrième volume des *Études de la Nature*, d'ouvrir une souscription pour l'in-8°, que j'ai réduite à une simple inscription, dont le prospectus est à la fin de ce volume[2].

En attendant, je n'ai rien négligé pour rendre cette édition particulière de *Paul et Virginie* digne des yeux dont ils ont fait couler les larmes.

1° M. DIDOT jeune, imprimeur de MONSIEUR, y a employé un caractère tout neuf, et des plus jolis de sa fonderie. De plus, ayant acquis la belle papeterie d'Essonnes, maintenant papeterie de MONSIEUR, qu'il porte à la perfection, ainsi que son imprimerie, il a imprimé cette édition sur un fort beau papier, et il en a tiré un certain nombre d'exemplaires sur un papier vélin de sa composition, le premier de ce genre qui soit sorti de sa manufacture. Il a fait même examiner feuille à feuille les rames de ce papier, afin d'en retrancher toutes celles qui ne se trouveraient pas de la même nuance : attention bien rare dans les éditions les plus recherchées. Enfin, il les a fait passer à son cylindre, pour en satiner l'impression ; de sorte que j'ai trouvé chez lui tous les arts qui peuvent rendre parfaite l'édition d'un livre, et, ce que les arts ne donnent pas toujours, l'affection et le zèle, qui font marcher d'accord plusieurs arts différents.

2° M. MOREAU LE JEUNE[3], dessinateur du Cabinet du Roi, a dessiné les trois premières planches de *Paul et Virginie*, et en a dirigé la gravure, ainsi que celle de la quatrième, avec cette correction et ce goût dont le rare assemblage est particulier à ses productions, surtout à celles qu'il affectionne. Il a donné à chaque caractère et à chaque site son expression propre ; et quoique le champ en soit très petit, il y a développé, à l'ordinaire, ses grands talents.

3° M. VERNET[4] m'a voulu donner une preuve de l'intérêt qu'il prend à la célébrité de mes ouvrages, et, ce qui m'est plus sensible, un témoignage particulier de son amitié, en dessinant dans la quatrième planche le naufrage et la mort de Virginie. Je me sens aussi flatté du suffrage des artistes, en faveur de mes *Études*, que de celui des physiciens ; car les artistes étudient la nature par des méthodes qui ne sont pas moins sûres que des instruments, et dans des résultats harmoniques aussi intéressants et aussi certains que les causes physiques qui les produisent. Le lecteur sentira donc, comme moi, tout le prix du dessin d'un peintre aussi fameux que M. VERNET, qui, de tous les peintres, a le mieux étudié les harmonies générales de la nature, et en a le mieux rendu l'ensemble dans ses immortels tableaux.

Pour moi, j'ai corrigé dans cette édition quelques fautes de date et de style qui m'étaient échappées dans celle de mon quatrième volume des *Études de la Nature*, et j'en ai revu les épreuves avec le plus grand soin[5].

C'est ici le lieu de dire quelque chose du jugement qu'ont porté quelques journaux de ce quatrième volume, et particulièrement de *Paul et Virginie*. M. le rédacteur du *Journal général de France* a loué cette pastorale avec enthousiasme[6]. Celui de *L'Année littéraire* lui a donné à peu près autant d'éloges ; mais, entraîné par son goût pour la littérature ancienne, et par le sentiment d'une utilité plus générale, il lui préfère le premier livre de mon *Arcadie*[7]. Ni l'un ni l'autre n'ont parlé de l'*Avis* en tête de ce quatrième volume, dans lequel j'ai résumé toutes mes preuves en faveur de ma théorie des marées, si importante à l'étude de la nature. Ils se sont conformés sur ce point au silence universel des journaux, qui regardent cependant les sciences naturelles comme la partie la plus intéressante de leurs extraits. À la vérité, *Le Mercure de France* a effleuré ce sujet dans le préambule du compte qu'il a rendu de *Paul et Virginie*, le 11 octobre 1788[8]. Mais après avoir altéré quelques-unes de mes preuves, dissimulé les autres, il me renvoie au jugement des Académies des sciences, que j'ai accusées d'erreur dans leur hypothèse de l'aplatissement des pôles. Ainsi il me donne mes parties pour juges. Toutefois, malgré l'appel qu'il fait de ma cause aux Académies, aucune jusqu'à présent n'a voulu la juger. Bien plus, c'est qu'un mois après cette invitation, l'Académie de Lyon, loin de rien décider contre moi, a mis en question dans ce même *Mercure* l'aplatissement des pôles, cette hypothèse incompatible avec ma théorie des marées, et que j'avais préalablement détruite, en particulier par des conséquences géométriques tirées des observations mêmes de nos astronomes. L'Académie de Lyon la met maintenant en problème, et en présente la solution pour sujet du prix de l'année 1790. C'est déjà un grand succès pour moi d'avoir mis en doute, dans une assemblée d'hommes sages et éclairés, une opinion appuyée des plus grands noms, et qui, depuis soixante-dix ans, passait pour une vérité évidente chez tous les géomètres de l'Europe.

M. le rédacteur du *Mercure*, non content d'avoir décidé que je n'avais rien prouvé dans ma théorie des marées, où j'ai présenté des faits si curieux, si nouveaux, si multipliés, décide de plus que je suis incapable de rien voir ni rien expliquer dans l'étude de la nature. Pour preuve, il me suppose, avec toute la politesse imaginable, un talent extraordinaire de peindre la nature, et il me l'oppose. Il met en principe contre moi cet étrange paradoxe « que plus un homme est fait pour être fortement ému par le spectacle de la nature, moins il est dans une disposition favorable pour en bien démêler les ressorts ». Je n'ai pas besoin de faire observer au lecteur que, dans ce même journal, on a souvent posé un principe contraire, en faveur des talents et des systèmes de M. de Buffon. Le *Mercure* se vante d'être une balance équitable pour tous les auteurs ; mais il me semble qu'on y met les poids selon les fortunes. Voici le raisonnement dont on y appuie ce paradoxe : c'est qu'un écrivain ému du spectacle de la nature « cherche toujours des motifs où il ne devrait chercher que des causes, parce que son âme sensible aime à voir partout un ordre de choses qui protège sa faiblesse ».

Ici, M. le rédacteur ne s'est pas aperçu qu'il se contredisait, en m'accusant de chercher toujours des motifs, puisqu'il a rejeté lui-même les nouvelles causes que j'ai assignées aux courants et aux marées dans la fonte des glaces polaires, dont j'ai dérivé une nouvelle cause du déluge, et même celle du mouvement de la terre, qui nous donne les saisons. Il oublie de plus que j'ai cherché, et, j'ose dire, trouvé beaucoup d'autres causes très importantes à la physique, telles que celles des volcans, qui doivent l'entretien de leurs feux aux bitumes des mers et des lacs, sur les bords desquels ils sont toujours situés ; celles du cours des rivières, qui doivent leurs sources aux pics électriques des montagnes, qui attirent sans cesse les nuages ; celles des aurores boréales, qui tirent leurs reflets lumineux des glaces polaires, etc.[9]. D'ailleurs, ces motifs mêmes, qu'il m'accuse de chercher uniquement, m'ont fait découvrir les causes de plusieurs effets, et les usages des parties les plus apparentes des plantes, qui, jusqu'à présent, n'avaient pas même été soupçonnés des naturalistes ; tels sont les usages des pétales des fleurs pour rassembler les rayons du soleil sur les parties sexuelles des plantes, ou les diverger suivant les saisons et les latitudes ; des formes des graines carénées pour les eaux, volatiles pour les airs ; des feuilles des végétaux, toujours consonantes à la forme de leurs semences, façonnées dans les lieux arides en becs d'oiseaux, en langues, en pinceaux, en gouttières, pour recueillir les eaux des pluies, et d'une configuration tout opposée dans les végétaux qui croissent dans les lieux humides, etc.[10].

Quant à cette disposition de mon âme, qui la porte à rechercher dans la nature des motifs ou des causes finales, « parce qu'elle aime à voir partout un ordre de choses qui protège sa faiblesse », M. le journaliste a raison[11].

Le sentiment de cet ordre m'a rendu bien fort. Il m'a fait supporter les voyages, les dangers, les infirmités, les chagrins domestiques, les persécutions des corps[12], l'injustice des grands, l'inconstance des amis, les calomnies de mes ennemis : seul, sans fortune, sans prôneur, sans protecteur, sans intrigue, sans servir et sans craindre les haines des méchants, non seulement j'ai résisté seul à ceux-ci, mais j'ai osé prendre contre eux le parti des faibles et des malheureux. C'est l'unique but de mes écrits, comme c'en est la devise[13]. Un de nos rois des plus distingués par ses malheurs et par son courage, s'appuyait uniquement sur ce même ordre de choses ; il disait souvent, au milieu de ses détresses : « Dieu et mon épée[14]. » J'ai dit aussi, au milieu des miennes : « Dieu et ma plume. » Heureux par les spéculations ravissantes de la nature, c'est à elle seule que ma plume doit les faibles images qui l'ont rendue recommandable. Hors d'elle, je ne sens rien et je ne vois rien. En vain des hommes accrédités et des corps très puissants, dont j'avais bien mérité par ces mêmes études, m'en ont fait entrevoir des récompenses honorables, pour prix de sollicitations particulières que j'aurais faites auprès d'eux. Je me suis éloigné des ambitieux comme je m'éloigne des méchants ; j'ai refusé de rendre ma plume vénale. Cependant cet ordre qui gouverne toutes choses est venu à mon secours. M. le duc d'Orléans[15], de son propre mouvement, sans rien attendre de moi, m'a honoré de la seule pension dont je jouisse à ce titre ; et, quoique la chose soit déjà connue, je la publie de mon côté, afin que, si un jour j'ai quelque part à la bienveillance des hommes, il en rejaillisse, pour mon compte, quelque portion sur un prince qui m'a prévenu de ses bienfaits, sans que ma plume lui ait jamais été d'aucune utilité.

Je parle sans doute trop avantageusement de ma plume ; mais j'insiste, malgré moi, sur elle, parce que c'est à elle seule que le journaliste réserve ses éloges, et qu'il attribue, sans balancer, tous les succès de mes ouvrages. Il dit, en parlant de moi : « Son suprême talent de peindre la nature doit suffire à sa gloire, et il peut mieux qu'un autre se passer du mérite de la bien expliquer. Celui qui sait communiquer ses émotions aux autres, et les leur faire partager, exerce sur eux une espèce d'empire, et les associe en quelque sorte à sa destinée. »

Peu m'importe, en vérité, cet empire qu'on me suppose sur l'opinion de mes lecteurs, puisque au fond ce n'est qu'une séduction, et que la portion de gloire dont on me gratifie n'est qu'une gloire de charlatan. Ce compliment de M. le rédacteur semble ne vouloir prouver autre chose que ce qu'il a déjà dit, « que plus j'ai de talent pour peindre la nature, moins j'en ai pour la connaître ».

Ce jugement ne me fait pas grand tort dans mon genre de vie solitaire ; mais il en fait beaucoup aux gens de lettres, car il s'ensuit que ceux qui ont écrit le mieux sur les lois, la politique, les finances, le militaire, le clergé, sont d'autant moins propres à y remplir des emplois, parce que, plus ils montrent de talent en écrivant sur ces matières, moins ils en ont eu pour les connaître. C'est servir, sans doute sans le vouloir, la jalouse médiocrité des gens du monde, qui se plaisent à dire qu'un écrivain est d'autant moins propre à faire une chose qu'il réussit mieux à en écrire. Ils ne regardent le style d'un ouvrage que comme une décoration. Si quelqu'un d'eux a conçu un projet informe, ou barbouillé quelque mémoire : « Je chercherai, dit-il, quelque homme de lettres pour le mettre en beau style. » J'ai entendu même des soi-disant savants, qui écrivaient fort mal, et même des gens de lettres qui, à la vérité, n'écrivaient guère mieux, définir le style « l'habit de la pensée[16] ».

Mais je suis bien aise de dire à ces savants et à ces gens de lettres, pour l'honneur même des sciences et des lettres, que le style n'est ni la décoration ni l'habit de la pensée, mais qu'il en est l'expression. Le style est à la pensée, non ce que l'habit, mais ce que les muscles sont au corps. L'habit voile le corps, les muscles le montrent. Les mots suivent les choses : *Rem verba sequuntur*, a si bien dit Horace[17], et cela est si vrai, qu'il est impossible de faire rendre par autrui ses idées telles qu'on les a conçues soi-même, et qu'un grand écrivain même ne pourra continuer l'ouvrage d'un écrivain qui lui est inférieur, avec un succès égal. Toutes les suites ajoutées aux ouvrages par une main étrangère ont toujours été avortées. La pensée d'un auteur est comme l'œuf d'un oiseau : pour en faire éclore un petit qui ait toutes ses plumes, il y faut l'aile de la mère.

Les écrivains qui ont le mieux écrit sur un sujet l'ont le mieux connu ; et *vice versa*, ceux qui l'ont le mieux connu ont été les plus capables d'en écrire. C'est ce que montre l'expérience de tous les temps, dans tous les genres. Les poètes solitaires qui ont vécu le plus près de la nature, comme Homère et Virgile, l'ont mieux peinte que les poètes courtisans, tels que l'Arioste et quelques autres qui l'ont si étrangement défigurée. Ces derniers n'ont réussi qu'à peindre des caricatures. Il y a plus, c'est qu'Homère et Virgile l'ont souvent mieux expliquée par leurs sublimes allégories que la plupart des physiciens, occupés uniquement à en analyser les éléments. Ceux-ci souvent n'ont vu que la matière pour principe et pour fin de leurs travaux ; et ceux-là, ramenant jusqu'aux éléments à un ordre de choses qui protège la faiblesse humaine, ont entrevu, par la force de leur génie, l'ensemble de l'univers[18]. Il en est de même des autres écrivains. Les militaires qui ont le mieux écrit sur la guerre l'ont le mieux faite. César, Xénophon et le feu roi de Prusse sont bien supérieurs dans leurs tactiques à tous nos tacticiens. Les grands hommes qui ont vécu le plus librement ont le mieux parlé de la liberté. L'éloquence de Brutus était bien plus énergique que celle de Cicéron, et celle de Phocion plus que celle de Démosthène, qui redoutait tellement l'éloquence de Phocion que, lorsqu'il le voyait se lever pour le contredire, dans les assemblées générales de la Grèce, il disait : « Voilà la hache de mes discours qui se lève[19]. » Ceux qui ont le mieux écrit sur la vertu ont vécu le plus vertueusement. Tels ont été, parmi nous, Fénelon et Jean-Jacques[20]. Ceux mêmes des historiens qui ont été le plus véritablement éloquents ont été aussi les plus vertueux. Tels ont été Plutarque, Tacite, Suétone, etc. Je me rappelle à ce sujet que je disais un jour à Jean-Jacques que la vérité était la première qualité d'un historien ; il me répondit : « C'est la vertu ; car, avant tout, il faut de la vertu à un historien pour sentir la vérité, et pour oser la dire. » Ainsi la poésie, l'éloquence, le génie des grands hommes, les talents des historiens, et la vertu elle-même, mère de tous les talents, ne s'appuient que sur un ordre de choses qui puisse soutenir la faiblesse humaine.

Il y a, à la vérité, une éloquence qui n'a pas besoin de cet ordre-là ; mais aussi elle ne peint rien au naturel : elle fait les choses petites, grandes ; et les grandes, petites, comme la définissait jadis un homme du métier, un rhéteur. Celle-là est l'habit de la pensée ; et, comme un habit, elle est tantôt étroite, tantôt bouffante, toujours voilant ce qu'elle habille ; comme un habit, elle change de mode avec les saisons. L'éloquence naturelle, au contraire, est le corps même de la pensée ; elle naît de la vérité des choses dont elle est l'expression ; elle est toujours de mode, comme le corps même de chaque objet, auquel on ne peut rien ajouter ni retrancher, parce qu'il est dans ses proportions naturelles.

J'ose donc croire que je ne dois point le succès des vérités physiques que j'ai démontrées à mon style, mais plutôt le succès de mon style à ces mêmes vérités. Je dois ce succès, non à mes émotions personnelles, mais au sentiment général de la nature, qui influe sur mes lecteurs comme sur moi. Qui sent bien la nature la traduit, et qui la traduit l'explique. Quoique je n'en aie rendu que des ombres légères, mes faibles esquisses ont plu, parce que je les ai rendues d'après ses ravissants modèles. Je ne suis, par rapport à elle, ni un grand peintre, ni un savant physicien, mais un petit ruisseau souvent troublé, qui, dans ses moments de calme, la réfléchit le long de ses rivages. La nature se peint partout d'elle-même ; et quand un de ses rayons tombe sur mon âme, je le reflète.

Voilà ce que j'avais à dire sur le style de mes *Études*, plus pour l'intérêt des gens de lettres que pour le mien. Au reste, il y a grande apparence que M. le rédacteur ne s'est livré aux observations de son préambule que par des considérations étrangères ; car il me loue du fond du cœur au sujet de *Paul et Virginie* ; et alors, son style lucide, ses idées abondantes, ses expressions senties, sont de nouveaux exemples que je peux lui opposer, pour lui prouver, contre ses principes, que plus on est pénétré d'un objet, plus on a de facilité et de grâce pour l'exprimer. Il finit son éloge, d'ailleurs excessif, par cette réflexion touchante : « Les dernières pages de cette histoire déchirent l'âme du lecteur, qui n'a pas la consolation de croire que c'est un roman. » Mais il est lui-même trop ami de la vertu pour ne pas désirer la consolation de croire que ce qui en porte l'empreinte ne soit véritable.

Plusieurs personnes m'ont questionné à ce sujet[21]. « Ce vieillard, m'ont-elles dit, vous a-t-il en effet raconté cette histoire ? Avez-vous vu les lieux que vous avez décrits ? Virginie a-t-elle péri d'une manière aussi déplorable ? Comment une fille peut-elle se résoudre à quitter la vie plutôt que ses habits[22] ? »

Je leur ai répondu : « L'homme ressemble à un enfant. Donnez une rose à un enfant, d'abord il en jouit, bientôt il veut la connaître. Il en examine les feuilles, puis il les détache l'une après l'autre ; et quand il en connaît l'ensemble, il n'a plus de rose. Télémaque, Clarisse, et tant d'autres sujets qui nous portent à la vertu, ou qui nous font verser des larmes, sont-ils vrais[23] ? »

Au fond, je suis persuadé que ces personnes m'ont fait ces questions plutôt par un sentiment d'humanité que de curiosité. Elles étaient fâchées que deux amants si tendres et si heureux eussent fait une fin si funeste.

Plût à Dieu qu'il m'eût été libre de tracer à la vertu une carrière parfaite de bonheur sur la terre ! Mais, je le répète, j'ai décrit des sites réels, des mœurs dont on trouverait peut-être encore aujourd'hui des modèles dans quelques parties solitaires de l'île de France, ou de l'île de Bourbon qui en est voisine[24], et une catastrophe bien certaine, dont je peux produire, même à Paris, des témoignages irrécusables.

L'été dernier, étant au Jardin du Roi, une dame d'une figure très intéressante*, accompagnée de son mari, ayant su de M. Jean Thouin, chef du Jardin du Roi, que j'étais l'auteur de *Paul et Virginie*, m'aborda pour me dire : « Ah ! monsieur, que vous m'avez fait passer une nuit terrible ! Je n'ai cessé de gémir et de fondre en larmes. La personne dont vous avez décrit la fin malheureuse avec tant de vérité, dans le naufrage du *Saint-Géran*, était ma parente. Je suis créole* de Bourbon. » J'appris ensuite de M. Jean Thouin que cette dame était l'épouse de M. de Bonneuil, premier valet de chambre de Monsieur[25]. Cette dame, depuis, a bien voulu me permettre de publier ici son témoignage sur la vérité de cette catastrophe, dont elle m'a rapporté des circonstances capables d'ajouter beaucoup à l'intérêt qu'inspirent la mort de cette sublime victime de la pudeur, et celle de son amant infortuné.

Cependant, un homme de lettres, connu par des succès, m'est venu trouver, pour me dire qu'il comptait faire un drame de *Paul et Virginie* ; mais que, pour complaire au public, fâché de leur fin malheureuse, il terminait leurs amours par leur mariage[26]. Je lui répondis que je ne croyais pas qu'on pût dénaturer un événement véritable, dont l'impression d'ailleurs était faite dans l'esprit du public, et qu'il y réussît plus qu'un auteur qui, mécontent de la fin tragique de Didon, de Zaïre, de Clarisse, imaginerait de les marier avec leurs amants ; que ceux qui lui en avaient donné le conseil à l'égard de *Paul et Virginie*, seraient les premiers à en blâmer l'exécution, comme il arrive presque toujours dans les sociétés privées, qui se donnent le nom de public, croyant par là s'en donner l'autorité ; que d'ailleurs il retrancherait de ce sujet ce que son but moral a de plus intéressant, parce qu'il est dangereux de n'offrir à la vertu d'autre perspective sur la terre que le bonheur, et qu'il faut apprendre aux hommes non seulement à vivre, mais encore à mourir[27]. Comme cet auteur est modeste, il parut frappé de mes observations, et il m'assura qu'il allait travailler à faire un drame de *Paul et Virginie*, sans s'écarter de ma narration. Je crois que, malgré ses talents, il y éprouvera de grands obstacles, par la difficulté d'y réunir l'unité de temps et de lieu. Cependant, un homme de lettres, bien instruit des règles de notre théâtre, m'a fait observer qu'on pouvait y assujettir l'histoire de Paul et Virginie, en la terminant à leur séparation. En effet, plusieurs pièces célèbres, entre autres *Titus et Bérénice*, et je crois même *Ariadne*, d'un intérêt si touchant, n'ont pas d'autre dénouement qu'une séparation et des adieux[28].

D'un autre côté, un autre homme de lettres, peu au fait, à la vérité, des lois de notre scène, a trouvé qu'on peut y supposer le naufrage de Virginie immédiatement après son départ ; et j'avoue que je penche beaucoup pour son opinion. Tous les événements importants de cette pastorale se succéderaient jusqu'à la catastrophe. On pourrait les commencer un peu avant l'épisode de la Négresse marronne* ; cette scène, si intéressante pour l'humanité, plaiderait en faveur de la liberté des Noirs, devant un public déjà disposé à rompre leurs fers[29]. Cet acte de bienfaisance de Paul et de Virginie redoublerait leur amour mutuel, comme il arrive toujours, car la vertu est le plus grand charme de l'amour. Bientôt succéderaient des conversations dignes du jardin d'Éden, puis les souffrances de Virginie, les inquiétudes de Paul, les projets de leurs mères pour les séparer quelque temps, l'arrivée du gouverneur, suivie des illusions de la fortune, qui bannissent déjà le repos et la paix de ces heureuses cabanes ; les alarmes de Paul, sa confiance envers l'habitant* ami de son enfance ; la scène des adieux ; le désespoir de Paul retournant le matin à l'habitation*, à la vue de la Négresse Marie, qui pleure en regardant vers la mer ; ses tendres reproches à la mère de Virginie et à la sienne ; son retour le soir chez l'habitant*, et la consolation de la philosophie et de l'amour, au pied du papayer* planté par son amie, interrompue à l'entrée de la nuit par des coups de canon lointains ; les alarmes de Paul... La tempête, le naufrage et la mort de ces deux amants seraient mis en récit, jusqu'au moment où l'on verrait, au pied d'une touffe de bambous, leur tombe commune, entourée d'esclaves et d'infortunés, qui viendraient l'honorer de leurs hommages et de leurs larmes. Ce sujet, ce me semble, par ses sites, ses végétaux, et ses événements naturels, mieux disposés que je n'ai pu le faire ici, offrirait sur la scène des effets d'un genre nouveau.

Quelque parti que des hommes plus habiles que moi tirent de ce sujet, j'ai rempli mon but en intéressant les cœurs sensibles au sort de ces enfants de la nature. Leur innocence, leurs amours et leurs malheurs ont fait verser des larmes au-delà des mers. Une demoiselle anglaise en a fait, à Londres, le sujet d'une romance. Une autre demoiselle du même pays, en passant à Paris pour aller en Languedoc, m'a voulu communiquer une traduction de leur histoire, qu'elle compte publier incessamment[30], mais j'ignore la langue anglaise, dont j'admire d'ailleurs les grands écrivains dans nos traductions. Au moins j'ai la consolation d'éprouver que la langue de la nature est toujours entendue, même chez les nations rivales, et qu'elle peut encore les rapprocher mieux que la langue des traités diplomatiques.

PAUL ET VIRGINIE

Sur le côté oriental de la montagne qui s'élève derrière le Port-Louis de l'île de France[1], on voit, sur un terrain jadis cultivé, les ruines de deux petites cabanes. Elles sont situées presque au milieu d'un bassin* formé par de grands rochers, qui n'a qu'une seule ouverture tournée au nord[2]. On aperçoit sur la gauche[3], la montagne appelée le morne* de la Découverte[4], d'où l'on signale les vaisseaux qui abordent dans l'île, et au bas de cette montagne la ville nommée le Port-Louis ; sur la droite, le chemin qui mène du Port-Louis au quartier* des Pamplemousses ; ensuite l'église de ce nom, qui s'élève avec ses avenues de bambous au milieu d'une grande plaine ; et plus loin, une forêt qui s'étend jusqu'aux extrémités de l'île. On distingue devant soi, sur les bords de la mer, la baie du Tombeau ; un peu sur la droite, le cap Malheureux ; et au-delà, la pleine mer, où paraissent à fleur d'eau quelques îlots inhabités, entre autres le Coin de Mire, qui ressemble à un bastion au milieu des flots[5].

À l'entrée de ce bassin*, d'où l'on découvre tant d'objets, les échos de la montagne répètent sans cesse le bruit des vents qui agitent les forêts voisines, et le fracas des vagues qui brisent au loin sur les récifs ; mais au pied même des cabanes, on n'entend plus aucun bruit, et on ne voit autour de soi que de grands rochers escarpés comme des murailles. Des bouquets d'arbres croissent à leurs bases, dans leurs fentes, et jusque sur leurs cimes, où s'arrêtent les nuages. Les pluies que leurs pitons* attirent, peignent souvent les couleurs de l'arc-en-ciel sur leurs flancs verts et bruns, et entretiennent à leurs pieds les sources dont se forme la petite rivière des Lataniers*. Un grand silence règne dans leur enceinte où tout est paisible, l'air, les eaux et la lumière. À peine l'écho y répète le murmure des palmistes* qui croissent sur leurs plateaux élevés, et dont on voit les longues flèches toujours balancées par les vents. Un jour doux éclaire le fond de ce bassin*, où le soleil ne luit qu'à midi ; mais dès l'aurore ses rayons en frappent le couronnement, dont les pics s'élevant au-dessus des ombres de la montagne, paraissent d'or et de pourpre sur l'azur des cieux[6].

J'aimais à me rendre dans ce lieu, où l'on jouit à la fois d'une vue immense et d'une solitude profonde. Un jour que j'étais assis au pied de ces cabanes, et que j'en considérais les ruines, un homme déjà sur l'âge vint à passer aux environs. Il était, suivant la coutume des anciens habitants*, en petite veste et en long caleçon. Il marchait nu-pieds, et s'appuyait sur un bâton de bois d'ébène*. Ses cheveux étaient tout blancs, et sa physionomie noble et simple. Je le saluai avec respect. Il me rendit mon salut, et m'ayant considéré un moment, il s'approcha de moi, et vint se reposer sur le tertre sur lequel j'étais assis. Excité par cette marque de confiance, je lui adressai la parole : « Mon père, lui dis-je, pourriez-vous m'apprendre à qui ont appartenu ces deux cabanes ? »

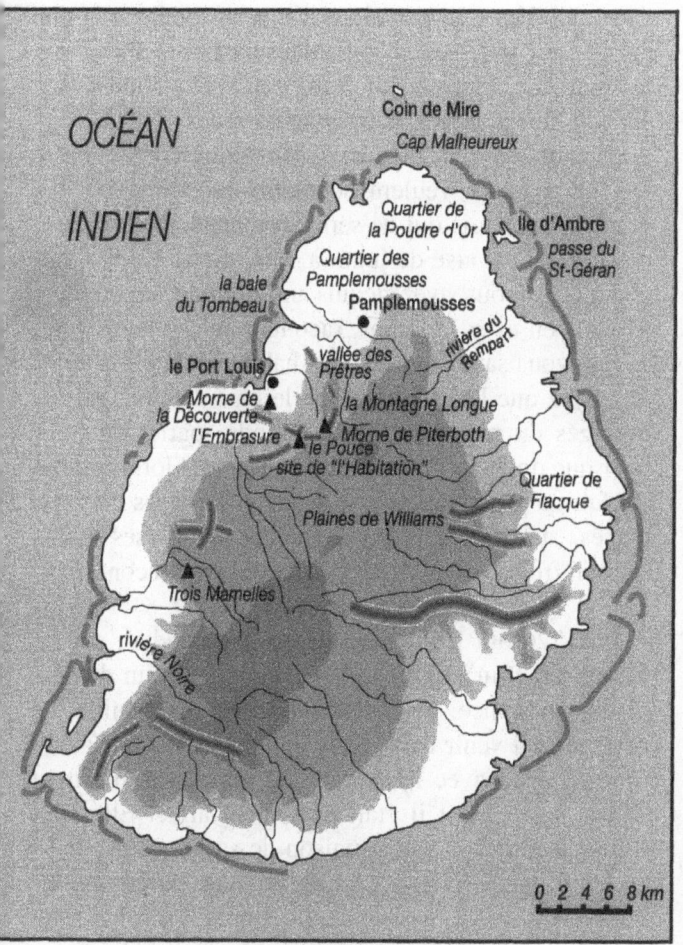

L'île de France
(sites mentionnés dans *Paul et Virginie*).

Il me répondit : « Mon fils, ces masures et ce terrain inculte étaient habités, il y a environ vingt ans, par deux familles qui y avaient trouvé le bonheur. Leur histoire est touchante ; mais dans cette île, située sur la route des Indes, quel Européen[7] peut s'intéresser au sort de quelques particuliers obscurs ? Qui voudrait même y vivre heureux, mais pauvre et ignoré ? Les hommes ne veulent connaître que l'histoire des grands et des rois qui ne sert à personne. – Mon père, repris-je, il est aisé de juger à votre air et à votre discours, que vous avez acquis une grande expérience. Si vous en avez le temps, racontez-moi, je vous prie, ce que vous savez des anciens habitants de ce désert*, et croyez que l'homme, même le plus dépravé par les préjugés du monde, aime à entendre parler du bonheur que donnent la nature et la vertu. » Alors, comme quelqu'un qui cherche à se rappeler diverses circonstances, après avoir appuyé quelque temps ses mains sur son front, voici ce que ce Vieillard me raconta.

En 1726, un jeune homme de Normandie[8], appelé M. de La Tour[9], après avoir sollicité en vain du service* en France, et des secours dans sa famille, se détermina à venir dans cette île, pour y chercher fortune. Il avait avec lui une jeune femme qu'il aimait beaucoup, et dont il était également aimé. Elle était d'une ancienne et riche maison de sa province ; mais il l'avait épousée en secret et sans dot, parce que les parents de sa femme s'étaient opposés à son mariage, attendu qu'il n'était pas gentilhomme[10]. Il la laissa au Port-Louis de cette île, et il s'embarqua pour Madagascar, dans l'espérance d'y acheter quelques Noirs, et de revenir promptement ici former une habitation*. Il débarqua à Madagascar vers la mauvaise saison, qui commence à la mi-octobre, et, peu de temps après son arrivée, il y mourut des fièvres pestilentielles qui y règnent pendant six mois de l'année, et qui empêcheront toujours les nations européennes d'y faire des établissements fixes[11]. Les effets qu'il avait emportés avec lui furent dispersés après sa mort, comme il arrive ordinairement à ceux qui meurent hors de leur patrie. Sa femme, restée à l'île de France, se trouva veuve, enceinte, et n'ayant pour tout bien au monde qu'une Négresse, dans un pays où elle n'avait ni crédit* ni recommandation. Ne voulant rien solliciter auprès d'aucun homme, après la mort de celui qu'elle avait uniquement aimé, son malheur lui donna du courage. Elle résolut de cultiver avec son esclave un petit coin de terre, afin de se procurer de quoi vivre.

Dans une île presque déserte, dont le terrain était à discrétion[12], elle ne choisit point les cantons les plus fertiles ni les plus favorables au commerce ; mais cherchant quelque gorge de montagne, quelque asile caché, où elle pût vivre seule et inconnue, elle s'achemina de la ville vers ces rochers, pour s'y retirer comme dans un nid. C'est un instinct commun à tous les êtres sensibles et souffrants, de se réfugier dans les lieux les plus sauvages et les plus déserts ; comme si des rochers étaient des remparts contre l'infortune, et comme si le calme de la nature pouvait apaiser les troubles malheureux de l'âme. Mais la Providence, qui vient à notre secours lorsque nous ne voulons que les biens nécessaires, en réservait un à Madame de La Tour, que ne donnent ni les richesses ni la grandeur ; c'était une amie.

Dans ce lieu, depuis un an, demeurait une femme vive, bonne et sensible ; elle s'appelait Marguerite. Elle était née en Bretagne, d'une simple famille de paysans, dont elle était chérie, et qui l'aurait rendue heureuse, si elle n'avait eu la faiblesse d'ajouter foi à l'amour d'un gentilhomme de son voisinage, qui lui avait promis de l'épouser. Mais celui-ci, ayant satisfait sa passion, s'éloigna d'elle, et refusa même de lui assurer une subsistance pour un enfant dont il l'avait laissée enceinte[13]. Elle s'était déterminée alors à quitter pour toujours le village où elle était née, et à aller cacher sa faute aux colonies, loin de son pays, où elle avait perdu la seule dot d'une fille pauvre et honnête, la réputation. Un vieux Noir, qu'elle avait acquis de quelques deniers empruntés, cultivait avec elle un petit coin de ce canton.

Madame de La Tour, suivie de sa Négresse, trouva dans ce lieu Marguerite qui allaitait son enfant. Elle fut charmée de rencontrer une femme dans une position qu'elle jugea semblable à la sienne. Elle lui parla en peu de mots, de sa condition passée et de ses besoins présents. Marguerite, au récit de Madame de La Tour, fut émue de pitié ; et, voulant mériter sa confiance plutôt que son estime, elle lui avoua, sans lui rien déguiser, l'imprudence dont elle s'était rendue coupable. « Pour moi, dit-elle, j'ai mérité mon sort. Mais vous, madame,... vous sage et malheureuse ! » Et elle lui offrit, en pleurant, sa cabane et son amitié. Madame de La Tour, touchée d'un accueil si tendre, lui dit, en la serrant dans ses bras : « Ah ! Dieu veut finir mes peines, puisqu'il vous inspire plus de bonté envers moi, qui vous suis étrangère, que jamais je n'en ai trouvé dans mes parents. »

Je connaissais Marguerite, et quoique je demeure à une lieue et demie d'ici, dans les bois, derrière la

Montagne-Longue[14], je me regardais comme son voisin. Dans les villes d'Europe, une rue, un simple mur, empêchent les membres d'une même famille de se réunir pendant des années entières ; mais dans les colonies nouvelles, on considère comme ses voisins, ceux dont on n'est séparé que par des bois et par des montagnes. Dans ce temps-là surtout, où cette île faisait peu de commerce aux Indes, le simple voisinage y était un titre d'amitié, et l'hospitalité envers les étrangers, un devoir et un plaisir. Lorsque j'appris que ma voisine avait une compagne, je fus la voir, pour tâcher d'être utile à l'une et à l'autre. Je trouvai dans Madame de La Tour, une personne d'une figure intéressante*, pleine de noblesse et de mélancolie. Elle était alors sur le point d'accoucher. Je dis à ces deux dames, qu'il convenait, pour l'intérêt de leurs enfants, et surtout pour empêcher l'établissement de quelque autre habitant*, de partager entre elles le fond de ce bassin*, qui contient environ vingt arpents*[15]. Elles s'en rapportèrent à moi pour ce partage. J'en formai deux portions à peu près égales : l'une renfermait la partie supérieure de cette enceinte, depuis ce piton* de rocher couvert de nuages, d'où sort la source de la rivière des Lataniers*, jusqu'à cette ouverture escarpée que vous voyez au haut de la montagne, et qu'on appelle l'Embrasure, parce qu'elle ressemble en effet à une embrasure* de canon[16]. Le fond de ce sol est si rempli de roches et de ravins, qu'à peine on y peut marcher ; cependant il produit de grands arbres, et il est rempli de fontaines* et de petits ruisseaux. Dans l'autre portion, je compris toute la partie inférieure qui s'étend le long de la rivière des Lataniers*, jusqu'à l'ouverture où nous sommes, d'où cette rivière commence à couler entre deux collines jusqu'à la mer. Vous y voyez quelques lisières* de prairies, et un terrain assez uni, mais qui n'est guère meilleur que l'autre ; car, dans la saison des pluies, il est marécageux, et dans les sécheresses, il est dur comme du plomb ; quand on y veut alors ouvrir une tranchée, on est obligé de le couper avec des haches[17]. Après avoir fait ces deux partages, j'engageai ces deux dames à les tirer au sort. La partie supérieure échut à Madame de La Tour, et l'inférieure à Marguerite. L'une et l'autre furent contentes de leur lot ; mais elles me prièrent de ne pas séparer leur demeure, « afin, me dirent-elles, que nous puissions toujours nous voir, nous parler et nous entraider ». Il fallait cependant à chacune d'elles une retraite particulière. La case* de Marguerite se trouvait au milieu du bassin*, précisément sur les limites de son terrain. Je bâtis tout auprès, sur celui de Madame de La Tour, une autre case*, en sorte que ces deux amies étaient à la fois dans le voisinage l'une de l'autre, et sur la propriété de leurs familles. Moi-même, j'ai coupé des palissades dans la montagne ; j'ai apporté des feuilles de latanier* des bords de la mer, pour construire ces deux cabanes, où vous ne voyez plus maintenant ni porte ni couverture. Hélas ! il n'en reste encore que trop pour mon souvenir ! Le temps, qui détruit si rapidement les monuments des empires, semble respecter dans ces déserts* ceux de l'amitié, pour perpétuer mes regrets jusqu'à la fin de ma vie.

À peine la seconde de ces cabanes était achevée, que Madame de La Tour accoucha d'une fille. J'avais été le parrain de l'enfant de Marguerite, qui s'appelait

Paul. Madame de La Tour me pria aussi de nommer sa fille, conjointement avec son amie. Celle-ci lui donna le nom de Virginie. « Elle sera vertueuse, dit-elle, et elle sera heureuse. Je n'ai connu le malheur, qu'en m'écartant de la vertu[18]. »

Lorsque Madame de La Tour fut relevée de ses couches, ces deux petites habitations* commencèrent à être de quelque rapport, à l'aide des soins que j'y donnais de temps en temps, mais surtout par les travaux assidus de leurs esclaves. Celui de Marguerite, appelé Domingue[19], était un Noir yolof*, encore robuste, quoique déjà sur l'âge. Il avait de l'expérience et un bon sens naturel. Il cultivait indifféremment sur les deux habitations*, les terrains qui lui semblaient les plus fertiles, et il y mettait les semences qui leur convenaient le mieux. Il semait du petit mil* et du maïs dans les endroits médiocres, un peu de froment dans les bonnes terres, du riz dans les fonds marécageux, et au pied des roches, des giraumons*, des courges et des concombres, qui se plaisent à y grimper. Il plantait dans les lieux secs, des patates* qui y viennent très sucrées, des cotonniers sur les hauteurs, des cannes à sucre dans les terres fortes, des pieds de café sur les collines, où leur grain est petit, mais excellent ; le long de la rivière et autour des cases*, des bananiers qui donnent toute l'année de longs régimes de fruits, avec un bel ombrage, et enfin quelques plantes de tabac pour charmer ses soucis et ceux de ses bonnes maîtresses. Il allait couper du bois à brûler dans la montagne, et casser des roches çà et là dans les habitations* pour en aplanir les chemins. Il faisait tous ces ouvrages avec intelligence et activité, parce qu'il les

faisait avec zèle. Il était fort attaché à Marguerite, et
il ne l'était guère moins à Madame de La Tour, à la
Négresse de laquelle il s'était marié à la naissance de
Virginie[20]. Il aimait passionnément sa femme qui s'appelait Marie. Elle était née à Madagascar[21], d'où elle
avait apporté quelque industrie*, entre autres celle
de faire des paniers et des étoffes appelées pagnes*,
avec des herbes qui croissent dans les bois. Elle était
adroite, propre, et surtout très fidèle. Elle avait soin de
préparer à manger, d'élever quelques poules, et d'aller
de temps en temps vendre au Port-Louis le superflu
de ces deux habitations*, qui était bien peu considérable. Si vous y joignez deux chèvres élevées près des
enfants, et un gros chien qui veillait la nuit au-dehors,
vous aurez une idée de tout le revenu et de tout le
domestique* de ces deux petites métairies*.

Pour ces deux amies, elles filaient, du matin au
soir, du coton. Ce travail suffisait à leur entretien et
à celui de leurs familles ; mais d'ailleurs, elles étaient
si dépourvues de commodités étrangères, qu'elles
marchaient nu-pieds dans leur habitation*, et ne portaient de souliers que pour aller le dimanche de grand
matin, à la messe à l'église des Pamplemousses que
vous voyez là-bas. Il y a cependant bien plus loin
qu'au Port-Louis ; mais elles se rendaient rarement
à la ville, de peur d'y être méprisées, parce qu'elles
étaient vêtues de grosse toile bleue du Bengale[22],
comme des esclaves[23]. Après tout, la considération
publique vaut-elle le bonheur domestique ? Si ces
dames avaient un peu à souffrir au-dehors, elles rentraient chez elles avec d'autant plus de plaisir. À peine
Marie et Domingue les apercevaient de cette hauteur,

sur le chemin des Pamplemousses, qu'ils accouraient jusqu'au bas de la montagne, pour les aider à la remonter. Elles lisaient dans les yeux de leurs esclaves, la joie qu'ils avaient de les revoir[24]. Elles trouvaient chez elles, la propreté*, la liberté, des biens qu'elles ne devaient qu'à leurs propres travaux, et des serviteurs pleins de zèle et d'affection. Elles-mêmes, unies par les mêmes besoins, ayant éprouvé des maux presque semblables, se donnant les doux noms d'amie, de compagne et de sœur, n'avaient qu'une volonté, qu'un intérêt, qu'une table. Tout entre elles était commun[25]. Seulement, si d'anciens feux plus vifs que ceux de l'amitié se réveillaient dans leur âme, une religion pure, aidée par des mœurs chastes, les dirigeait vers une autre vie, comme la flamme qui s'envole vers le ciel lorsqu'elle n'a plus d'aliment sur la terre.

Les devoirs de la nature ajoutaient encore au bonheur de leur société. Leur amitié mutuelle redoublait à la vue de leurs enfants, fruits d'un amour également infortuné. Elles prenaient plaisir à les mettre ensemble dans le même bain, et à les coucher dans le même berceau. Souvent elles les changeaient de lait. « Mon amie, disait Madame de La Tour, chacune de nous aura deux enfants, et chacun de nos enfants aura deux mères. » Comme deux bourgeons qui restent sur deux arbres de la même espèce, dont la tempête a brisé toutes les branches, viennent à produire des fruits plus doux, si chacun d'eux, détaché du tronc maternel, est greffé sur le tronc voisin ; ainsi ces deux petits enfants, privés de tous leurs parents, se remplissaient de sentiments plus tendres que ceux de fils et de fille, de frère et de sœur, quand ils venaient à être changés de mamelles par les deux amies qui leur avaient donné le jour. Déjà leurs mères parlaient de leur mariage sur leurs berceaux[26], et cette perspective de félicité conjugale, dont elles charmaient leurs propres peines, finissait bien souvent par les faire pleurer ; l'une se rappelant que ses maux étaient venus d'avoir négligé l'hymen, et l'autre d'en avoir subi les lois ; l'une, de s'être élevée au-dessus de sa condition, et l'autre, d'en être descendue : mais elles se consolaient en pensant qu'un jour, leurs enfants, plus heureux, jouiraient à la fois, loin des cruels préjugés de l'Europe, des plaisirs de l'amour, et du bonheur de l'égalité.

Rien, en effet, n'était comparable à l'attachement qu'ils se témoignaient déjà. Si Paul venait à se plaindre, on lui montrait Virginie ; à sa vue, il souriait et s'apaisait. Si Virginie souffrait, on en était averti par les cris de Paul ; mais cette aimable fille dissimulait aussitôt son mal, pour qu'il ne souffrît pas de sa douleur. Je n'arrivais point de fois ici, que je ne les visse tous deux, tout nus, suivant la coutume du pays, pouvant à peine marcher, se tenant ensemble par les mains et sous les bras, comme on représente la constellation des Gémeaux[27]. La nuit même ne pouvait les séparer : elle les surprenait souvent couchés dans le même berceau, joue contre joue, poitrine contre poitrine, les mains passées mutuellement autour de leurs cous, et endormis dans les bras l'un de l'autre.

Lorsqu'ils surent parler, les premiers noms qu'ils apprirent à se donner, furent ceux de frère et de sœur. L'enfance, qui connaît des caresses plus tendres, ne connaît point de plus doux noms. Leur éducation ne fit que redoubler leur amitié, en la dirigeant vers leurs besoins réciproques. Bientôt, tout ce qui regarde l'économie*, la propreté*, le soin de préparer un repas champêtre, fut du ressort de Virginie, et ses travaux étaient toujours suivis des louanges et des baisers de son frère. Pour lui, toujours en action, il bêchait le jardin avec Domingue, ou, une petite hache à la main, il le suivait dans les bois ; et si dans ces courses, une belle fleur, un bon fruit ou un nid d'oiseaux se présentaient à lui, eussent-ils été au haut d'un arbre, il l'escaladait pour les apporter à sa sœur.

Quand on en rencontrait un quelque part, on était sûr que l'autre n'était pas loin. Un jour, que je descendais du sommet de cette montagne, j'aperçus, à l'extrémité du jardin, Virginie, qui accourait vers la maison, la tête couverte de son jupon qu'elle avait relevé par-derrière, pour se mettre à l'abri d'une ondée de pluie. De loin, je la crus seule ; et m'étant avancé vers elle pour l'aider à marcher, je vis qu'elle tenait Paul par le bras, enveloppé presque en entier de la même couverture, riant l'un et l'autre d'être ensemble à l'abri sous un parapluie de leur invention[28]. Ces deux têtes charmantes renfermées sous ce jupon bouffant, me rappelèrent les enfants de Léda, enclos dans la même coquille[29].

Toute leur étude était de se complaire et de s'entraider. Au reste, ils étaient ignorants comme des Créoles*, et ne savaient ni lire ni écrire[30]. Ils ne s'inquiétaient pas de ce qui s'était passé dans des temps reculés et loin d'eux ; leur curiosité ne s'étendait pas au-delà de cette montagne. Ils croyaient que le monde finissait où finissait leur île ; et ils n'imaginaient rien d'aimable où ils n'étaient pas. Leur affection mutuelle, et celle de leurs mères, occupaient toute l'activité de leurs âmes. Jamais des sciences inutiles n'avaient fait couler leurs larmes ; jamais les leçons d'une triste morale ne les avaient remplis d'ennui. Ils ne savaient pas qu'il ne faut pas dérober, tout chez eux étant commun ; ni être intempérant, ayant à discrétion des mets simples ; ni menteur, n'ayant aucune vérité à dissimuler. On ne les avait jamais effrayés, en leur disant que Dieu réserve des punitions terribles aux enfants ingrats ; chez eux, l'amitié filiale était née de l'amitié maternelle. On ne leur avait appris de la religion que ce qui la fait aimer[31] ; et s'ils n'offraient pas à l'église de longues prières, partout où ils étaient, dans la maison, dans les champs, dans les bois, ils levaient vers le ciel des mains innocentes et un cœur plein de l'amour de leurs parents[32].

Ainsi se passa leur première enfance, comme une belle aube qui annonce un plus beau jour. Déjà ils partageaient avec leurs mères tous les soins du ménage. Dès que le chant du coq annonçait le retour de l'aurore, Virginie se levait, allait puiser de l'eau à la source voisine, et rentrait dans la maison pour préparer le déjeuner. Bientôt après, quand le soleil dorait les pitons* de cette enceinte, Marguerite et son fils se rendaient chez Madame de La Tour : alors ils commençaient tous ensemble une prière, suivie du premier repas ; souvent ils le prenaient devant la porte, assis sur l'herbe sous un berceau* de bananiers, qui leur fournissaient à la fois, des mets tout préparés dans leurs fruits substantiels, et du linge de table dans leurs feuilles longues, et lustrées[33]. Une nourriture saine et abondante développait rapidement les corps de ces deux jeunes gens, et une éducation douce peignait dans leur physionomie la pureté et le contentement de leur âme. Virginie n'avait que douze ans ; déjà sa taille était plus qu'à demi formée ; de grands cheveux blonds ombrageaient sa tête ; ses yeux bleus et ses lèvres de corail brillaient du plus tendre éclat sur la fraîcheur de son visage. Ils souriaient toujours de concert quand elle parlait ; mais quand elle gardait le silence, leur obliquité naturelle vers le ciel leur donnait une expression d'une sensibilité extrême, et même celle d'une légère mélancolie. Pour Paul, on voyait déjà se développer en lui le caractère d'un homme au milieu des grâces de l'adolescence. Sa taille était plus élevée que celle de Virginie, son teint plus rembruni, son nez plus aquilin, et ses yeux qui étaient noirs auraient eu un peu de fierté, si les longs cils qui rayonnaient autour comme des pinceaux, ne leur avaient donné la plus grande douceur. Quoiqu'il fût toujours en mouvement, dès que sa sœur paraissait, il devenait tranquille et allait s'asseoir auprès d'elle. Souvent leur repas se passait sans qu'ils se dissent un mot. À leur silence, à la naïveté de leurs attitudes, à la beauté de leurs pieds nus, on eût cru voir un groupe antique de marbre blanc, représentant quelques-uns des enfants de Niobé[34] ; mais à leurs regards qui cherchaient à se rencontrer, à leurs sourires rendus par de plus doux sourires, on les eût pris pour ces enfants du ciel, pour ces esprits bienheureux, dont la nature est de s'aimer, et qui n'ont pas besoin de rendre le sentiment par des pensées, et l'amitié par des paroles[35].

Cependant, Madame de La Tour, voyant sa fille se développer avec tant de charmes, sentait augmenter son inquiétude avec sa tendresse. Elle me disait quelquefois : « Si je venais à mourir, que deviendrait Virginie sans fortune ? »

Elle avait en France une tante, fille de qualité, riche, vieille et dévote, qui lui avait refusé si durement des secours, lorsqu'elle se fut mariée à M. de La Tour, qu'elle s'était bien promis de n'avoir jamais recours à elle, à quelque extrémité qu'elle fût réduite. Mais devenue mère, elle ne craignit plus la honte des refus. Elle manda* à sa tante la mort inattendue de son mari, la naissance de sa fille, et l'embarras où elle se trouvait, loin de son pays, dénuée de support, et chargée d'un enfant. Elle n'en reçut point de réponse. Elle, qui était d'un caractère élevé, ne craignit plus de s'humilier, et de s'exposer aux reproches de sa parente, qui ne lui avait jamais pardonné d'avoir épousé un homme sans naissance, quoique vertueux. Elle lui écrivait donc par toutes les occasions, afin d'exciter sa sensibilité en faveur de Virginie. Mais bien des années s'étaient écoulées, sans recevoir d'elle aucune marque de souvenir.

Enfin en 1738, trois ans après l'arrivée de M. de La Bourdonnais dans cette île[36], Madame de La Tour apprit que ce gouverneur[37] avait à lui remettre une lettre de la part de sa tante[38]. Elle courut au Port-Louis, sans se soucier, cette fois, d'y paraître mal vêtue, la joie maternelle la mettant au-dessus du respect humain. M. de La Bourdonnais lui donna en effet une lettre de sa tante. Celle-ci mandait* à sa nièce, qu'elle avait mérité son sort, pour avoir épousé un aventurier, un libertin[39] ; que les passions portaient avec elles leur punition ; que la mort prématurée de son mari était un juste châtiment de Dieu ; qu'elle avait bien fait de passer aux îles, plutôt que de déshonorer sa famille en France ; qu'elle était, après tout, dans un bon pays, où tout le monde faisait fortune, excepté les paresseux[40]. Après l'avoir ainsi blâmée, elle finissait par se louer elle-même. Pour éviter, disait-elle, les suites presque toujours funestes[41] du mariage, elle avait toujours refusé de se marier. La vérité est, qu'étant ambitieuse, elle n'avait voulu épouser qu'un homme de grande qualité ; mais, quoiqu'elle fût très riche, et qu'à la Cour on soit indifférent à tout, excepté à la fortune, il ne s'était trouvé personne qui eût voulu s'allier à une fille aussi laide et à un cœur aussi dur.

Elle ajoutait par post-scriptum que, toute considération faite, elle l'avait fortement recommandée à M. de La Bourdonnais. Elle l'avait en effet recommandée, mais suivant un usage bien commun aujourd'hui, qui rend un protecteur plus à craindre qu'un ennemi déclaré : afin de justifier auprès du gouverneur sa dureté pour sa nièce, en feignant de la plaindre, elle l'avait calomniée[42].

Madame de La Tour, que tout homme indifférent n'eût pu voir sans intérêt et sans respect, fut reçue avec beaucoup de froideur par M. de La Bourdonnais, prévenu contre elle. Il ne répondit à l'exposé qu'elle lui fit de sa situation et de celle de sa fille, que par de durs monosyllabes : « Je verrai ;... nous verrons ;... avec le temps... Il y a bien des malheureux... Pourquoi indisposer une tante respectable ?... C'est vous qui avez tort. »

Madame de La Tour retourna à l'habitation*, le cœur navré de douleur et plein d'amertume. En arrivant, elle s'assit, jeta sur la table la lettre de sa tante, et dit à son amie : « Voilà le fruit de onze ans de patience. » Mais comme il n'y avait que Madame de La Tour qui sût lire dans la société, elle reprit la lettre, et en fit la lecture devant toute la famille rassemblée. À peine était-elle achevée, que Marguerite lui dit avec vivacité : « Qu'avons-nous besoin de tes parents ? Dieu nous a-t-il abandonnées ? C'est lui seul qui est notre père. N'avons-nous pas vécu heureuses jusqu'à ce jour ? Pourquoi donc te chagriner ? Tu n'as point de courage. » Et voyant Madame de La Tour pleurer, elle se jeta à son cou, et la serrant dans ses bras : « Chère amie, s'écria-t-elle, chère amie ! » Mais ses propres sanglots étouffèrent sa voix. À ce spectacle, Virginie fondant en larmes, pressait alternativement les mains de sa mère et celles de Marguerite contre sa bouche et contre son cœur ; et Paul, les yeux enflammés de colère, criait, serrait les poings, frappait du pied, ne sachant à qui s'en prendre. À ce bruit, Domingue et Marie accoururent, et l'on n'entendit plus dans la case* que ces cris de douleur : « Ah, madame !... ma bonne maîtresse !... ma mère !... ne pleurez pas. » De si tendres marques d'amitié dissipèrent le chagrin de Madame de La Tour. Elle prit Paul et Virginie dans ses bras, et leur dit d'un air content : « Mes enfants, vous êtes cause de ma peine, mais vous faites toute ma joie. Oh ! mes chers enfants, le malheur ne m'est venu que de loin ; le bonheur est autour de moi. » Paul et Virginie ne la comprirent pas, mais quand ils la virent tranquille, ils sourirent, et se mirent à la caresser. Ainsi ils continuèrent tous à être heureux, et ce ne fut qu'un orage au milieu d'une belle saison.

Paul et Virginie

Le bon naturel de ces enfants se développait de jour en jour. Un dimanche, au lever de l'aurore, leurs mères étant allées à la première messe à l'église des Pamplemousses, une Négresse marronne* se présenta sous les bananiers qui entouraient leur habitation*[43]. Elle était décharnée comme un squelette, et n'avait pour vêtement qu'un lambeau de serpillière* autour des reins. Elle se jeta aux pieds de Virginie, qui préparait le déjeuner de la famille, et lui dit : « Ma jeune demoiselle, ayez pitié d'une pauvre esclave fugitive ; il y a un mois que j'erre dans ces montagnes, demi-morte de faim, souvent poursuivie par des chasseurs et par leurs chiens. Je fuis mon maître, qui est un riche habitant* de la Rivière-Noire[44]. Il m'a traitée comme vous le voyez. » En même temps, elle lui montra son corps sillonné de cicatrices profondes, par les coups de fouet qu'elle en avait reçus. Elle ajouta : « Je voulais aller me noyer ; mais sachant que vous demeuriez ici, j'ai dit : Puisqu'il y a encore de bons Blancs dans ce pays, il ne faut pas encore mourir. » Virginie, tout émue, lui répondit : « Rassurez-vous, infortunée créature ! Mangez, mangez » ; et elle lui donna le déjeuner de la maison, qu'elle avait apprêté. L'esclave, en peu de moments, le dévora tout entier. Virginie la voyant rassasiée, lui dit : « Pauvre misérable ! j'ai envie d'aller demander votre grâce à votre maître ; en vous voyant, il sera touché de pitié. Voulez-vous me conduire chez lui ? – Ange de Dieu, repartit la Négresse, je vous suivrai partout où vous voudrez. » Virginie appela son frère, et le pria de l'accompagner. L'esclave marronne* les conduisit par des sentiers, au milieu des bois, à travers de hautes montagnes, qu'ils grimpèrent avec bien de la peine, et de larges rivières qu'ils passèrent à gué. Enfin, vers le milieu du jour, ils arrivèrent au bas d'un morne*, sur les bords de la Rivière-Noire. Ils aperçurent là une maison bien bâtie, des plantations considérables, et un grand nombre d'esclaves occupés à toutes sortes de travaux. Leur maître se promenait au milieu d'eux, une pipe à la bouche et un rotin à la main[45]. C'était un grand homme sec, olivâtre, aux yeux enfoncés et aux sourcils noirs et joints[46]. Virginie, tout émue, tenant Paul par le bras, s'approcha de l'habitant*, et le pria, pour l'amour de Dieu, de pardonner à son esclave, qui était à quelques pas de là derrière eux. D'abord l'habitant* ne fit pas grand compte de ces deux enfants pauvrement vêtus ; mais quand il eut remarqué la taille élégante de Virginie, sa belle tête blonde sous une capote bleue, et qu'il eut entendu le doux son de sa voix qui tremblait, ainsi que tout son corps, en lui demandant grâce, il ôta sa pipe de sa bouche, et levant son rotin vers le ciel, il jura par un affreux serment, qu'il pardonnait à son esclave, non pas pour l'amour de Dieu, mais pour l'amour d'elle. Virginie aussitôt fit signe à l'esclave de s'avancer vers son maître ; puis elle s'enfuit, et Paul courut après elle.

Ils remontèrent ensemble le revers du morne* par où ils étaient descendus, et parvenus à son sommet, ils s'assirent sous un arbre, accablés de lassitude, de faim et de soif. Ils avaient fait à jeun plus de cinq lieues[47] depuis le lever du soleil. Paul dit à Virginie : « Ma sœur, il est plus de midi ; tu as faim et soif ; nous ne trouverons point ici à dîner ; redescendons le morne*, et allons demander à manger au maître de l'esclave.

– Oh non, mon ami, reprit Virginie, il m'a fait trop de peur. Souviens-toi de ce que dit quelquefois maman : Le pain du méchant remplit la bouche de gravier[48].
– Comment ferons-nous donc ? dit Paul ; ces arbres ne produisent que de mauvais fruits ; il n'y a pas seulement ici un tamarin* ou un citron pour te rafraîchir.
– Dieu aura pitié de nous, repartit Virginie ; il exauce la voix des petits oiseaux qui lui demandent de la nourriture[49]. » À peine avait-elle dit ces mots, qu'ils entendirent le bruit d'une source qui tombait d'un rocher voisin. Ils y coururent, et après s'être désaltérés avec ses eaux plus claires que le cristal, ils cueillirent et mangèrent un peu de cresson qui croissait sur ses bords. Comme ils regardaient de côté et d'autre s'ils ne trouveraient pas quelque nourriture plus solide, Virginie aperçut, parmi les arbres de la forêt, un jeune palmiste*. Le chou[50] que la cime de cet arbre renferme au milieu de ses feuilles, est un fort bon manger ; mais quoique sa tige ne fût pas plus grosse que la jambe, elle avait plus de soixante pieds de hauteur. À la vérité, le bois de cet arbre n'est formé que d'un paquet de filaments ; mais son aubier est si dur, qu'il fait rebrousser les meilleures haches, et Paul n'avait pas même un couteau. L'idée lui vint de mettre le feu au pied de ce palmiste* : autre embarras ; il n'avait point de briquet, et d'ailleurs, dans cette île si couverte de rochers, je ne crois pas qu'on puisse trouver une seule pierre à fusil. La nécessité donne de l'industrie*, et souvent les inventions les plus utiles, ont été dues aux hommes les plus misérables. Paul résolut d'allumer du feu à la manière des Noirs. Avec l'angle d'une pierre, il fit un petit trou sur une branche d'arbre bien sèche,

qu'il assujettit sous ses pieds ; puis, avec le tranchant de cette pierre, il fit une pointe à un autre morceau de branche également sèche, mais d'une espèce de bois différent. Il posa ensuite ce morceau de bois pointu dans le petit trou de la branche qui était sous ses pieds, et le faisant rouler rapidement entre ses mains, comme on roule un moulinet dont on veut faire mousser du chocolat, en peu de moments, il vit sortir du point de contact, de la fumée et des étincelles[51]. Il ramassa des herbes sèches et d'autres branches d'arbres, et mit le feu au pied du palmiste*, qui, bientôt après, tomba avec un grand fracas. Le feu lui servit encore à dépouiller le chou de l'enveloppe de ses longues feuilles ligneuses et piquantes. Virginie et lui mangèrent une partie de ce chou crue, et l'autre cuite sous la cendre, et ils les trouvèrent également savoureuses. Ils firent ce repas frugal remplis de joie par le souvenir de la bonne action qu'ils avaient faite le matin ; mais cette joie était troublée par l'inquiétude où ils se doutaient bien que leur longue absence de la maison jetterait leurs mères. Virginie revenait souvent sur cet objet ; cependant Paul, qui sentait ses forces rétablies, l'assura qu'ils ne tarderaient pas à tranquilliser leurs parents.

Après dîner, ils se trouvèrent bien embarrassés ; car ils n'avaient plus de guide pour les reconduire chez eux. Paul, qui ne s'étonnait de rien, dit à Virginie : « Notre case* est vers le soleil du milieu du jour ; il faut que nous passions, comme ce matin, par-dessus cette montagne que tu vois là-bas avec ses trois pitons*. Allons, marchons, mon amie. » Cette montagne était celle des Trois-Mamelles, ainsi nommée, parce que ses trois pitons* en ont la forme[a]. Ils descendirent donc le morne* de la Rivière-Noire du côté du nord, et arrivèrent, après une heure de marche, sur les bords d'une large rivière qui barrait leur chemin[52]. Cette grande partie de l'île, toute couverte de forêts, est si peu connue, même aujourd'hui, que plusieurs de ses rivières et de ses montagnes n'y ont pas encore de nom. La rivière sur le bord de laquelle ils étaient, coule en bouillonnant sur un lit de roches. Le bruit de ses eaux effraya Virginie ; elle n'osa y mettre les pieds pour la passer à gué. Paul alors prit Virginie sur son dos, et passa, ainsi chargé sur les roches glissantes de la rivière, malgré le tumulte de ses eaux[53]. « N'aie pas peur, lui disait-il ; je me sens bien fort avec toi. Si l'habitant* de la Rivière-Noire t'avait refusé la grâce de son esclave, je me serais battu avec lui. – Comment ! dit Virginie, avec cet homme si grand et si méchant ? À quoi t'ai-je exposé ! Mon Dieu ! qu'il est difficile de faire le bien ! il n'y a que le mal de facile à faire. » Quand Paul fut sur le rivage, il voulut continuer sa route chargé de sa sœur, et il se flattait de monter ainsi la montagne des Trois-Mamelles, qu'il voyait devant lui à une demi-lieue de là ; mais bientôt

---

[a]. Il y a beaucoup de montagnes dont les sommets sont arrondis en forme de mamelles, et qui en portent le nom dans toutes les langues. Ce sont en effet de véritables mamelles ; car ce sont d'elles que découlent beaucoup de rivières et de ruisseaux, qui répandent l'abondance sur la terre. Elles sont les sources des principaux fleuves qui l'arrosent, et elles fournissent constamment à leurs eaux, en attirant sans cesse les nuages autour du piton* de rocher qui les surmonte à leur centre comme un mamelon. Nous avons indiqué ces prévoyances admirables de la nature dans nos *Études* précédentes. [Note de l'Auteur.]

les forces lui manquèrent, et il fut obligé de la mettre à terre, et de se reposer auprès d'elle. Virginie lui dit alors : « Mon frère, le jour baisse ; tu as encore des forces, et les miennes me manquent ; laisse-moi ici, et retourne seul à notre case*, pour tranquilliser nos mères. – Oh ! non, dit Paul, je ne te quitterai pas. Si la nuit nous surprend dans ces bois, j'allumerai du feu, j'abattrai un palmiste*, tu en mangeras le chou, et je ferai avec ses feuilles un ajoupa* pour te mettre à l'abri. » Cependant Virginie, s'étant un peu reposée, cueillit sur le tronc d'un vieux arbre[54] penché sur le bord de la rivière, de longues feuilles de scolopendre* qui pendaient de son tronc. Elle en fit des espèces de brodequins dont elle s'entoura les pieds, que les pierres des chemins avaient mis en sang ; car, dans l'empressement d'être utile, elle avait oublié de se chausser. Se sentant soulagée par la fraîcheur de ces feuilles, elle rompit une branche de bambou, et se mit en marche, en s'appuyant d'une main sur ce roseau, et de l'autre sur son frère.

Ils cheminaient ainsi doucement à travers les bois ; mais la hauteur des arbres et l'épaisseur de leurs feuillages leur firent bientôt perdre de vue la montagne des Trois-Mamelles, sur laquelle ils se dirigeaient, et même le soleil qui était déjà près de se coucher. Au bout de quelque temps, ils quittèrent, sans s'en apercevoir, le sentier frayé dans lequel ils avaient marché jusqu'alors, et ils se trouvèrent dans un labyrinthe d'arbres, de lianes et de roches, qui n'avait plus d'issue. Paul fit asseoir Virginie, et se mit à courir çà et là, tout hors de lui, pour chercher un chemin hors de ce fourré épais ; mais il se fatigua en vain. Il monta au haut d'un grand arbre, pour découvrir au moins la montagne des Trois-Mamelles ; mais il n'aperçut autour de lui que les cimes des arbres, dont quelques-unes étaient éclairées par les derniers rayons du soleil couchant. Cependant l'ombre des montagnes couvrait déjà les forêts dans les vallées ; le vent se calmait, comme il arrive au coucher du soleil ; un profond silence régnait dans ces solitudes, et on n'y entendait d'autre bruit que le bramement des cerfs[55], qui venaient chercher leur gîte dans ces lieux écartés. Paul, dans l'espoir que quelque chasseur pourrait l'entendre, cria alors de toute sa force : « Venez, venez au secours de Virginie ! » Mais les seuls échos de la forêt répondirent à sa voix, et répétèrent à plusieurs reprises : « Virginie… Virginie. »

Paul descendit alors de l'arbre, accablé de fatigue et de chagrin : il chercha les moyens de passer la nuit dans ce lieu ; mais il n'y avait ni fontaine*, ni palmiste*, ni même de branche de bois sec propre à allumer du feu. Il sentit alors, par son expérience, toute la faiblesse de ses ressources, et il se mit à pleurer. Virginie lui dit : « Ne pleure point, mon ami, si tu ne veux m'accabler de chagrin. C'est moi qui suis la cause de toutes tes peines, et de celles qu'éprouvent maintenant nos mères. Il ne faut rien faire, pas même le bien, sans consulter ses parents. Oh ! j'ai été bien imprudente ! » et elle se prit à verser des larmes. Cependant elle dit à Paul : « Prions Dieu, mon frère, et il aura pitié de nous. » À peine avaient-ils achevé leur prière, qu'ils entendirent un chien aboyer. « C'est, dit Paul, le chien de quelque chasseur, qui vient le soir tuer des cerfs à l'affût. » Peu après, les aboiements du chien redoublèrent. « Il me semble, dit Virginie, que c'est Fidèle, le chien de notre case*. Oui, je reconnais sa voix : serions-nous si près d'arriver, et au pied de notre montagne ? » En effet, un moment après, Fidèle était à leurs pieds, aboyant, hurlant, gémissant et les accablant de caresses. Comme ils ne pouvaient revenir de leur surprise, ils aperçurent Domingue qui accourait à eux. À l'arrivée de ce bon Noir, qui pleurait de joie, ils se mirent aussi à pleurer, sans pouvoir lui dire un mot. Quand Domingue eut repris ses sens : « Ô mes jeunes maîtres, leur dit-il, que vos mères ont d'inquiétudes ! comme elles ont été étonnées, quand elles ne vous ont plus trouvés au retour de la messe où je les accompagnais ! Marie, qui travaillait dans un coin de l'habitation*, n'a su nous dire où vous étiez allés. J'allais, je venais autour de l'habitation*, ne sachant moi-même de quel côté vous chercher. Enfin j'ai pris vos vieux habits à l'un et à l'autre[b], je les ai fait flairer à Fidèle, et sur-le-champ, comme si ce pauvre animal m'eût entendu, il s'est mis à quêter sur vos pas. Il m'a conduit, toujours en remuant la queue, jusqu'à la Rivière-Noire. C'est là où j'ai appris d'un habitant*, que vous lui aviez ramené une Négresse marronne*, et qu'il vous avait accordé sa grâce. Mais quelle grâce ! il me l'a montrée attachée, avec une chaîne au pied, à un billot de bois, et avec un collier de fer à trois crochets autour du cou[57]. De là Fidèle, toujours quêtant, m'a mené

---

b. Ce trait de sagacité du Noir Domingue et de son chien Fidèle ressemble beaucoup à celui du sauvage Téwénissa et de son chien Oniah, rapporté par M. de Crèvecœur, dans son ouvrage plein d'humanité, intitulé *Lettres d'un cultivateur américain*[56]. [N.d.A.]

sur le morne* de la Rivière-Noire, où il s'est arrêté encore, en aboyant de toute sa force. C'était sur le bord d'une source, auprès d'un palmiste* abattu, et près d'un feu qui fumait encore. Enfin il m'a conduit ici : nous sommes au pied de la montagne des Trois-Mamelles, et il y a encore quatre bonnes lieues jusque chez nous. Allons, mangez et prenez des forces. » Il leur présenta aussitôt un gâteau, des fruits, et une grande calebasse* remplie d'une liqueur composée d'eau, de vin, de jus de citron, de sucre et de muscade*, que leurs mères avaient préparée pour les fortifier et les rafraîchir. Virginie soupira au souvenir de la pauvre esclave, et des inquiétudes de leurs mères. Elle répéta plusieurs fois : « Oh, qu'il est difficile de faire le bien ! » Pendant que Paul et elle se rafraîchissaient, Domingue alluma du feu, et ayant cherché dans les rochers un bois tortu, qu'on appelle bois de ronde*, et qui brûle tout vert, en jetant une grande flamme, il en fit un flambeau qu'il alluma ; car il était déjà nuit. Mais il éprouva un embarras bien plus grand, quand il fallut se mettre en route : Paul et Virginie ne pouvaient plus marcher ; leurs pieds étaient enflés et tout rouges. Domingue ne savait s'il devait aller bien loin de là leur chercher du secours, ou passer dans ce lieu la nuit avec eux. « Où est le temps, leur disait-il, où je vous portais tous deux à la fois dans mes bras ? mais maintenant vous êtes grands, et je suis vieux. » Comme il était dans cette perplexité, une troupe de Noirs marrons* se fit voir à vingt pas de là. Le chef de cette troupe, s'approchant de Paul et de Virginie, leur dit : « Bons petits Blancs, n'ayez pas peur ; nous vous avons vus passer ce matin avec une Négresse de la Rivière-Noire ; vous alliez demander sa grâce à son mauvais maître. En reconnaissance nous vous reporterons chez vous sur nos épaules. » Alors il fit un signe, et quatre Noirs marrons* des plus robustes firent aussitôt un brancard avec des branches d'arbres et des lianes, y placèrent Paul et Virginie, les mirent sur leurs épaules, et Domingue marchant devant eux avec son flambeau, ils se mirent en route, aux cris de joie de toute la troupe, qui les comblait de bénédictions. Virginie attendrie, disait à Paul : « Oh, mon ami ! jamais Dieu ne laisse un bienfait sans récompense[58]. »

Ils arrivèrent vers le milieu de la nuit au pied de leur montagne, dont les croupes étaient éclairées de plusieurs feux. À peine ils la montaient, qu'ils entendirent des voix qui criaient : « Est-ce vous, mes enfants ? » Ils répondirent avec les Noirs : « Oui, c'est nous » ; et bientôt ils aperçurent leurs mères et Marie qui venaient au-devant d'eux avec des tisons flambants. « Malheureux enfants, dit Madame de La Tour, d'où venez-vous ? dans quelles angoisses vous nous avez jetées ! – Nous venons, dit Virginie, de la Rivière-Noire, demander la grâce d'une pauvre esclave marronne*, à qui j'ai donné ce matin le déjeuner de la maison, parce qu'elle mourait de faim ; et voilà que les Noirs marrons* nous ont ramenés. » Madame de La Tour embrassa sa fille, sans pouvoir parler ; et Virginie, qui sentit son visage mouillé des larmes de sa mère, lui dit : « Vous me payez de tout le mal que j'ai souffert ! » Marguerite, ravie de joie, serrait Paul dans ses bras, et lui disait : « Et toi aussi, mon fils, tu as fait une bonne action. » Quand elles furent arrivées dans leur case* avec leurs enfants, elles donnèrent bien à manger aux Noirs marrons*, qui s'en retournèrent dans leurs bois, en leur souhaitant toute sorte de prospérités[59].

Chaque jour était pour ces familles un jour de bonheur et de paix. Ni l'envie ni l'ambition ne les tourmentaient. Elles ne désiraient point au-dehors une vaine réputation que donne l'intrigue, et qu'ôte la calomnie. Il leur suffisait d'être à elles-mêmes leurs témoins et leurs juges. Dans cette île, où, comme dans toutes les colonies européennes, on n'est curieux que d'anecdotes malignes[60], leurs vertus et même leurs noms étaient ignorés. Seulement, quand un passant demandait sur le chemin des Pamplemousses, à quelques habitants* de la plaine : « Qui est-ce qui demeure là-haut dans ces petites cases* ? » ceux-ci répondaient, sans les connaître : « Ce sont de bonnes gens[61]. » Ainsi des violettes, sous des buissons épineux, exhalent au loin leurs doux parfums, quoiqu'on ne les voie pas.

Elles avaient banni de leurs conversations, la médisance, qui, sous une apparence de justice, dispose nécessairement le cœur à la haine ou à la fausseté ; car il est impossible de ne pas haïr les hommes, si on les croit méchants, et de vivre avec les méchants, si on ne leur cache sa haine sous de fausses apparences de bienveillance. Ainsi la médisance nous oblige d'être mal avec les autres ou avec nous-mêmes. Mais, sans juger les hommes en particulier, elles ne s'entretenaient que des moyens de faire du bien à tous en général, et quoiqu'elles n'en eussent pas le pouvoir, elles en avaient une volonté perpétuelle, qui les remplissait d'une bienveillance toujours prête à s'étendre au-dehors. En vivant donc dans la solitude, loin d'être sauvages, elles étaient devenues plus humaines. Si l'histoire scandaleuse de la société ne fournissait point de matière à leurs conversations, celle de la nature les remplissait de ravissement et de joie. Elles admiraient avec transport le pouvoir d'une Providence qui, par leurs mains, avait répandu au milieu de ces arides rochers, l'abondance, les grâces, les plaisirs purs, simples et toujours renaissants.

Paul, à l'âge de douze ans, plus robuste et plus intelligent que les Européens à quinze, avait embelli ce que le Noir Domingue ne faisait que cultiver[62]. Il allait avec lui dans les bois voisins déraciner de jeunes plants de citronniers, d'orangers, de tamarins*, dont la tête ronde est d'un si beau vert, et d'attiers* dont le fruit est plein d'une crème sucrée qui a le parfum de la fleur d'orange ; il plantait ces arbres, déjà grands, autour de cette enceinte. Il y avait semé des graines d'arbres, qui, dès la seconde année portent des fleurs ou des fruits, tels que l'agat[h]i[s]*, où pendent tout autour, comme les cristaux d'un lustre, de longues grappes de fleurs blanches ; le lilas de Perse*, qui élève droit en l'air ses girandoles* gris de lin[63] ; le papayer*, dont le tronc sans branches, formé en colonne hérissée de melons verts, porte un chapiteau de larges feuilles semblables à celle du figuier[64].

Il y avait planté encore des pépins et des noyaux de badamiers*, de manguiers*, d'avocats*, de goyaviers*, de jaques* et de jameroses*. La plupart de ces arbres donnaient déjà à leur jeune maître, de l'ombrage et des fruits. Sa main laborieuse avait répandu la fécondité jusque dans les lieux les plus stériles de cet enclos. Diverses espèces d'aloès*, la raquette* chargée de fleurs jaunes fouettées de rouge, les cierges* épineux, s'élevaient sur les têtes noires des roches, et semblaient vouloir atteindre aux longues lianes, chargées de fleurs bleues ou écarlates, qui pendaient çà et là, le long des escarpements de la montagne.

Il avait disposé ces végétaux de manière qu'on pouvait jouir de leur vue d'un seul coup d'œil. Il avait planté au milieu de ce bassin*, les herbes qui s'élèvent peu, ensuite les arbrisseaux, puis les arbres moyens, et enfin les grands arbres, qui en bordaient la circonférence ; de sorte que ce vaste enclos paraissait de son centre comme un amphithéâtre de verdure, de fruits et de fleurs, renfermant des plantes potagères, des lisières* de prairies, et des champs de riz et de blé. Mais en assujettissant ces végétaux à son plan, il ne s'était pas écarté de celui de la nature. Guidé par ses indications, il avait mis dans les lieux élevés, ceux dont les semences sont volatiles, et sur le bord des eaux, ceux dont les graines sont faites pour flotter. Ainsi, chaque végétal croissait dans son site propre, et chaque site recevait de son végétal sa parure naturelle. Les eaux qui descendent du sommet de ces rochers, formaient au fond du vallon, ici des fontaines*, là de larges miroirs qui répétaient au milieu de la verdure, les arbres en fleurs, les rochers, et l'azur des cieux[65].

Malgré la grande irrégularité de ce terrain, toutes ces plantations étaient pour la plupart, aussi accessibles au toucher qu'à la vue. À la vérité, nous l'aidions tous de nos conseils et de nos secours, pour en venir à bout[66]. Il avait pratiqué un sentier qui tournait autour de ce bassin*, et dont plusieurs rameaux venaient se rendre de la circonférence au centre. Il avait tiré parti des lieux les plus raboteux, et accordé par la plus heureuse harmonie, la facilité de la promenade avec l'aspérité du sol, et les arbres domestiques avec les sauvages. De cette énorme quantité de pierres roulantes qui embarrasse maintenant ces chemins, ainsi que la plupart du terrain de cette île, il avait formé çà et là des pyramides[67], dans les assises desquelles il avait mêlé de la terre et des racines de rosiers, de poincillades* et d'autres arbrisseaux qui se plaisent dans les roches. En peu de temps, ces pyramides sombres et brutes furent couvertes de verdure, ou de l'éclat des plus belles fleurs. Les ravins bordés de vieux arbres inclinés sur leurs bords, formaient des souterrains voûtés, inaccessibles à la chaleur, où on allait prendre le frais pendant le jour. Un sentier conduisait dans un bosquet d'arbres sauvages, au centre duquel croissait, à l'abri des vents, un arbre domestique chargé de fruits. Là était une moisson, ici un verger. Par cette avenue, on apercevait les maisons ; par cette autre, les sommets inaccessibles de la montagne. Sous un bocage touffu de tatamaques* entrelacés de lianes, on ne distinguait en plein midi aucun objet ; sur la pointe de ce grand rocher voisin, qui sort de la montagne, on découvrait tous ceux de cet enclos, avec la mer au loin, où apparaissait quelquefois un vaisseau qui venait de l'Europe, ou qui y retournait[68]. C'était sur ce rocher que ces familles se rassemblaient le soir, et jouissaient en silence de la fraîcheur de l'air, du parfum des fleurs, du murmure des fontaines*, et des dernières harmonies de la lumière et des ombres[69].

Rien n'était plus agréable que les noms donnés à la plupart des retraites charmantes de ce labyrinthe.

Ce rocher dont je viens de vous parler, d'où l'on me voyait venir de bien loin, s'appelait LA DÉCOUVERTE DE L'AMITIÉ. Paul et Virginie, dans leurs jeux, y avaient planté un bambou, au haut duquel ils élevaient un petit mouchoir blanc, pour signaler mon arrivée dès qu'ils m'apercevaient, ainsi qu'on élève un pavillon sur la montagne voisine, à la vue d'un vaisseau en mer. L'idée me vint de graver une inscription sur la tige de ce roseau. Quelque plaisir que j'aie eu dans mes voyages à voir une statue ou un monument de l'Antiquité, j'en ai encore davantage à lire une inscription bien faite. Il me semble alors qu'une voix humaine sorte de la pierre, se fasse entendre à travers les siècles, et s'adressant à l'homme au milieu des déserts, lui dise qu'il n'est pas seul, et que d'autres hommes, dans ces mêmes lieux, ont senti, pensé, et souffert comme lui. Que si[70] cette inscription est de quelque nation ancienne qui ne subsiste plus, elle étend notre âme dans les champs de l'infini, et lui donne le sentiment de son immortalité, en lui montrant qu'une pensée a survécu à la ruine même d'un empire[71].

J'écrivis donc sur le petit mât* de pavillon de Paul et de Virginie, ces vers d'Horace[72] :

... Fratres Helenae, lucida sidera,
Ventorumque regat pater,
Obstrictis aliis, praeter Iapyga.

« Que les frères d'Hélène, astres charmants comme vous, et que le père des vents vous dirigent, et ne fassent souffler que le zéphyr. »

Je gravai ce vers de Virgile sur l'écorce d'un tatamaque*, à l'ombre duquel Paul s'asseyait quelquefois pour regarder au loin la mer agitée :

Fortunatus et ille deos qui novit agrestes[73] *!*

« Heureux, mon fils, de ne connaître que les divinités champêtres ! »

Et cet autre au-dessus de la porte de la cabane de Madame de La Tour, qui était leur lieu d'assemblée :

At secura quies, et nescia fallere vita[74].

« Ici est une bonne conscience, et une vie qui ne sait pas tromper. »

Mais Virginie n'approuvait point mon latin ; elle disait que ce que j'avais mis au pied de sa girouette était trop long et trop savant : « J'eusse mieux aimé, ajoutait-elle, TOUJOURS AGITÉE, MAIS CONSTANTE. – Cette devise, lui répondis-je, conviendrait encore mieux à la vertu[75]. » Ma réflexion la fit rougir.

Ces familles heureuses étendaient leurs âmes sensibles à tout ce qui les environnait. Elles avaient donné les noms les plus tendres aux objets en apparence les plus indifférents. Un cercle d'orangers, de bananiers et de jameroses*[76] plantés autour d'une pelouse, au milieu de laquelle Virginie et Paul allaient quelquefois danser, se nommait LA CONCORDE. Un vieux arbre, à l'ombre duquel Madame de La Tour et Marguerite s'étaient raconté leurs malheurs, s'appelait LES

Pleurs essuyés. Elles faisaient porter les noms de Bretagne et de Normandie, à de petites portions de terre où elles avaient semé du blé, des fraises et des pois. Domingue et Marie désirant, à l'imitation de leurs maîtresses, se rappeler les lieux de leur naissance en Afrique, appelaient Angola et Foullepointe[77], deux endroits où croissait l'herbe dont ils faisaient des paniers, et où ils avaient planté un calebassier*. Ainsi, par ces productions de leurs climats, ces familles expatriées entretenaient les douces illusions de leur pays, et en calmaient les regrets dans une terre étrangère[78]. Hélas ! j'ai vu s'animer de mille appellations charmantes, les arbres, les fontaines*, les rochers de ce lieu maintenant si bouleversé, et qui, semblable à un champ de la Grèce, n'offre plus que des ruines et des noms touchants.

Mais de tout ce que renfermait cette enceinte, rien n'était plus agréable que ce qu'on appelait le Repos de Virginie[79]. Au pied du rocher la Découverte de l'amitié est un enfoncement d'où sort une fontaine*, qui forme, dès sa source, une petite flaque d'eau, au milieu d'un pré d'une herbe fine. Lorsque Marguerite eut mis Paul au monde, je lui fis présent d'un coco des Indes qu'on m'avait donné. Elle planta ce fruit sur le bord de cette flaque d'eau, afin que l'arbre qu'il produirait servît un jour d'époque* à la naissance de son fils. Madame de La Tour, à son exemple, y en planta un autre dans une semblable intention dès qu'elle eut accouché de Virginie[80]. Il naquit de ces deux fruits, deux cocotiers* qui formaient toutes les archives de ces deux familles ; l'un se nommait l'arbre de Paul, et l'autre, l'arbre de Virginie. Ils crûrent tous deux, dans la même proportion que leurs jeunes maîtres, d'une hauteur un peu inégale, mais qui surpassait au bout de douze ans celle de leurs cabanes. Déjà ils entrelaçaient leurs palmes, et laissaient pendre leurs jeunes grappes de cocos, au-dessus du bassin* de la fontaine*[81]. Excepté cette plantation, on avait laissé cet enfoncement du rocher tel que la nature l'avait orné. Sur ses flancs bruns et humides, rayonnaient en étoiles vertes et noires, de larges capillaires, et flottaient au gré des vents, des touffes de scolopendre*, suspendues comme de longs rubans d'un vert pourpré. Près de là croissaient des lisières* de pervenche, dont les fleurs sont presque semblables à celles de la giroflée rouge, et des piments, dont les gousses, couleur de sang, sont plus éclatantes que le corail. Aux environs, l'herbe de baume*, dont les feuilles sont en cœur, et les basilics* à odeur de girofle, exhalaient les plus doux parfums. Du haut de l'escarpement de la montagne, pendaient des lianes semblables à des draperies flottantes, qui formaient sur les flancs des rochers de grandes courtines* de verdure. Les oiseaux de mer, attirés par ces retraites paisibles, y venaient passer la nuit. Au coucher du soleil, on y voyait voler le long des rivages de la mer, le corbigeau* et l'alouette marine* ; et au haut des airs, la noire frégate*, avec l'oiseau blanc du tropique*, qui abandonnaient, ainsi que l'astre du jour, les solitudes de l'océan Indien. Virginie aimait à se reposer sur les bords de cette fontaine*, décorée d'une pompe* à la fois magnifique et sauvage. Souvent elle y venait laver le linge de la famille, à l'ombre des deux cocotiers*. Quelquefois elle y menait paître ses chèvres. Pendant qu'elle préparait des fromages avec leur lait, elle se plaisait à les voir brouter les capillaires sur les flancs escarpés de la roche, et se tenir en l'air sur une de ses corniches, comme sur un piédestal. Paul, voyant que ce lieu était aimé de Virginie, y apporta de la forêt voisine, des nids de toute sorte d'oiseaux[82]. Les pères et les mères de ces oiseaux suivirent leurs petits, et vinrent s'établir dans cette nouvelle colonie. Virginie leur distribuait de temps en temps des grains de riz, de maïs et de millet[83]. Dès qu'elle paraissait, les merles siffleurs, les bengalis*, dont le ramage est si doux, les cardinaux*, dont le plumage est couleur de feu, quittaient leurs buissons ; des perruches* vertes comme des émeraudes, descendaient des lataniers* voisins ; des perdrix accouraient sous l'herbe : tous s'avançaient pêle-mêle jusqu'à ses pieds, comme des poules. Paul et elle s'amusaient avec transport de leurs jeux, de leurs appétits, et de leurs amours[84].

Aimables enfants, vous passiez ainsi dans l'innocence vos premiers jours en vous exerçant aux bienfaits ! Combien de fois dans ce lieu, vos mères vous serrant dans leurs bras, bénissaient le ciel de la consolation que vous prépariez à leur vieillesse, et de vous voir entrer dans la vie, sous de si heureux auspices ! Combien de fois, à l'ombre de ces rochers, ai-je partagé avec elles vos repas champêtres, qui n'avaient coûté la vie à aucun animal[85] ! Des calebasses* pleines de lait, des œufs frais, des gâteaux de riz sur des feuilles de bananier, des corbeilles chargées de patates*, de mangues*, d'oranges, de grenades, de bananes, d'attes*, d'ananas, offraient à la fois les mets les plus sains, les couleurs les plus gaies et les sucs les plus agréables.

La conversation était aussi douce et aussi innocente que ces festins. Paul y parlait souvent des travaux du jour et de ceux du lendemain. Il méditait toujours quelque chose d'utile pour la société. Ici, les sentiers n'étaient pas commodes ; là, on était mal assis ; ces jeunes berceaux* ne donnaient pas assez d'ombrage ; Virginie serait mieux là[86].

Dans la saison pluvieuse[87], ils passaient le jour tous ensemble dans la case*, maîtres et serviteurs, occupés à faire des nattes d'herbes et des paniers de bambou. On voyait rangés dans le plus grand ordre, aux parois de la muraille, des râteaux, des haches, des bêches, et auprès de ces instruments de l'agriculture, les productions qui en étaient les fruits, des sacs de riz, des gerbes de blé, et des régimes de bananes. La délicatesse s'y joignait toujours à l'abondance. Virginie, instruite par Marguerite et par sa mère, y préparait des sorbets et des cordiaux, avec le jus des cannes à sucre, des citrons et des cédrats*.

La nuit venue, ils soupaient à la lueur d'une lampe ; ensuite, Madame de La Tour ou Marguerite racontaient quelques histoires de voyageurs égarés la nuit dans les bois de l'Europe infestés de voleurs, ou le naufrage de quelque vaisseau jeté par la tempête sur les rochers d'une île déserte. À ces récits, les âmes sensibles de leurs enfants s'enflammaient. Ils priaient le ciel de leur faire la grâce d'exercer quelque jour l'hospitalité envers de semblables malheureux. Cependant les deux familles se séparaient pour aller prendre du repos, dans l'impatience de se revoir le lendemain. Quelquefois elles s'endormaient au bruit de la pluie qui tombait par torrents sur la couverture de leurs cases*, ou à celui des vents, qui leur apportaient le murmure lointain des flots qui se brisaient sur le rivage. Elles bénissaient Dieu de leur sécurité personnelle, dont le sentiment redoublait par celui du danger éloigné[88].

De temps en temps, Madame de La Tour lisait publiquement quelque histoire touchante de l'Ancien ou du Nouveau Testament. Ils raisonnaient peu sur ces livres sacrés ; car leur théologie était toute en sentiment, comme celle de la nature, et leur morale toute en action, comme celle de l'Évangile[89]. Ils n'avaient point de jours destinés aux plaisirs et d'autres à la tristesse. Chaque jour était pour eux un jour de fête, et tout ce qui les environnait un temple divin, où ils admiraient sans cesse une Intelligence infinie, toute-puissante, et amie des hommes[90]. Ce sentiment de confiance dans le pouvoir suprême, les remplissait de consolation pour le passé, de courage pour le présent, et d'espérance pour l'avenir. Voilà comme ces femmes, forcées par le malheur de rentrer dans la nature, avaient développé en elles-mêmes et dans leurs enfants ces sentiments que donne la nature, pour nous empêcher de tomber dans le malheur.

Mais comme il s'élève quelquefois dans l'âme la mieux réglée des nuages qui la troublent, quand quelque membre de leur société paraissait triste, tous les autres se réunissaient autour de lui, et l'enlevaient aux pensées amères, plus par des sentiments que par des réflexions. Chacun y employait son caractère particulier : Marguerite, une gaieté vive ; Madame de La Tour, une théologie douce ; Virginie, des caresses tendres ; Paul, de la franchise et de la cordialité. Marie et Domingue même, venaient à son secours. Ils s'affligeaient, s'ils le voyaient affligé, et ils pleuraient, s'ils le voyaient pleurer. Ainsi des plantes faibles s'entrelacent ensemble, pour résister aux ouragans*[91].

Dans la belle saison, ils allaient tous les dimanches à la messe à l'église des Pamplemousses, dont vous voyez le clocher là-bas dans la plaine[92]. Il y venait des habitants* riches, en palanquin*, qui s'empressèrent plusieurs fois de faire la connaissance de ces familles si unies, et de les inviter à des parties de plaisir. Mais elles repoussèrent toujours leurs offres avec honnêteté et respect, persuadées que les gens puissants ne recherchent les faibles que pour avoir des complaisants, et qu'on ne peut être complaisant qu'en flattant les passions d'autrui, bonnes et mauvaises. D'un autre côté, elles n'évitaient pas avec moins de soin, l'accointance des petits habitants*, pour l'ordinaire jaloux, médisants et grossiers. Elles passèrent d'abord auprès des uns pour timides, et auprès des autres pour fières ; mais leur conduite réservée était accompagnée de marques de politesse si obligeantes, surtout envers les misérables, qu'elles acquirent insensiblement le respect des riches et la confiance des pauvres.

Après la messe, on venait souvent les requérir de quelque bon office. C'était une personne affligée qui leur demandait des conseils, ou un enfant qui les priait de passer chez sa mère malade, dans un des quartiers* voisins. Elles portaient toujours avec elles quelques recettes utiles aux maladies ordinaires aux habitants*, et elles y joignaient la bonne grâce, qui donne tant de prix aux petits services. Elles réussissaient surtout à bannir les peines de l'esprit, si intolérables dans la solitude et dans un corps infirme. Madame de La Tour parlait avec tant de confiance de la Divinité, que le malade, en l'écoutant, la croyait présente. Virginie revenait bien souvent de là, les yeux humides de larmes, mais le cœur rempli de joie ; car elle avait eu l'occasion de faire du bien. C'était elle qui préparait d'avance les remèdes nécessaires aux malades, et qui les leur présentait avec une grâce ineffable. Après ces visites d'humanité, elles prolongeaient quelquefois leur chemin par la vallée de la Montagne-Longue jusque chez moi, où je les attendais à dîner, sur les bords de la petite rivière qui coule dans mon voisinage[93]. Je me procurais, pour ces occasions, quelques bouteilles de vin vieux[94], afin d'augmenter la gaieté de nos repas indiens, par ces douces et cordiales productions de l'Europe. D'autres fois, nous nous donnions rendez-vous sur les bords de la mer, à l'embouchure de quelques autres petites rivières, qui ne sont guère ici que de grands ruisseaux. Nous y apportions, de l'habitation*, des provisions végétales que nous joignions à celles que la mer nous fournissait en abondance. Nous pêchions sur ses rivages, des cabots*, des polypes, des rougets, des langoustes, des chevrettes*, des crabes, des oursins, des huîtres, et des coquillages de toute espèce. Les sites les plus terribles nous procuraient souvent les plaisirs les plus tranquilles. Quelquefois, assis sur un rocher, à l'ombre d'un veloutier*, nous voyions les flots du large, venir se briser à nos pieds avec un horrible fracas. Paul, qui nageait d'ailleurs comme un poisson, s'avançait quelquefois sur les récifs, au-devant des lames, puis à leur approche, il fuyait sur le rivage, devant leurs grandes volutes écumeuses et mugissantes qui le poursuivaient bien avant sur la grève. Mais Virginie, à cette vue, jetait des cris perçants, et disait que ces jeux-là lui faisaient grand-peur.

Nos repas étaient suivis des chants et des danses de ces deux jeunes gens. Virginie chantait le bonheur de la vie champêtre, et les malheurs des gens de mer, que l'avarice porte à naviguer sur un élément furieux, plutôt que de cultiver la terre, qui donne paisiblement tant de biens[95]. Quelquefois, à la manière des Noirs, elle exécutait avec Paul une pantomime[96]. La pantomime est le premier langage de l'homme[97] ; elle est connue de toutes les nations : elle est si naturelle et si expressive, que les enfants des Blancs ne tardent pas à l'apprendre, dès qu'ils ont vu ceux des Noirs s'y exercer[98]. Virginie se rappelant, dans les lectures que lui faisait sa mère, les histoires qui l'avaient le plus touchée, en rendait les principaux événements avec beaucoup de naïveté. Tantôt, au son du tam-tam[99] de Domingue, elle se présentait sur la pelouse, portant une cruche sur sa tête ; elle s'avançait avec timidité à la source d'une fontaine* voisine, pour y puiser de l'eau. Domingue et Marie, représentant les bergers de Madian, lui en défendaient l'approche, et feignaient de la repousser. Paul accourait à son secours, battait les bergers, remplissait la cruche de Virginie, et en la lui posant sur la tête, il lui mettait en même temps une couronne de fleurs rouges de pervenche, qui relevait la blancheur de son teint. Alors, me prêtant à leurs jeux, je me chargeais du personnage de Raguel, et j'accordais à Paul ma fille Séphora en mariage[100].

Une autre fois, elle représentait l'infortunée Ruth, qui retourne veuve et pauvre dans son pays, où elle se trouve étrangère après une longue absence. Domingue et Marie contrefaisaient les moissonneurs. Virginie feignait de glaner çà et là, sur leurs pas, quelques épis de blé. Paul, imitant la gravité d'un patriarche, l'interrogeait ; elle répondait en tremblant à ses questions. Bientôt ému de pitié, il accordait un asile à l'innocence, et l'hospitalité à l'infortune[101]. Il remplissait le tablier de Virginie de toutes sortes de provisions, et l'amenait devant nous, comme devant les anciens de la ville, en déclarant qu'il la prenait en mariage malgré son indigence[102]. Madame de La Tour, à cette scène, venant à se rappeler l'abandon où l'avaient laissée ses propres parents, son veuvage, la bonne réception que lui avait faite Marguerite, suivie maintenant de l'espoir d'un mariage heureux entre leurs enfants, ne pouvait s'empêcher de pleurer ; et ce souvenir confus de maux et de biens, nous faisait verser à tous des larmes de douleur et de joie.

Ces drames étaient rendus avec tant de vérité, qu'on se croyait transporté dans les champs de la Syrie ou de la Palestine. Nous ne manquions point de décorations, d'illuminations et d'orchestre convenables à ce spectacle. Le lieu de la scène était, pour l'ordinaire, au carrefour d'une forêt, dont les percés* formaient autour de nous plusieurs arcades de feuillage. Nous étions à leur centre abrités de la chaleur pendant toute la journée ; mais quand le soleil était descendu à l'horizon, ses rayons brisés par les troncs des arbres, divergeaient dans les ombres de la forêt, en longues gerbes lumineuses, qui produisaient le plus majestueux effet.

Quelquefois son disque tout entier paraissait à l'extrémité d'une avenue, et la rendait tout étincelante de lumière. Le feuillage des arbres éclairés en dessous de ses rayons safranés, brillait des feux de la topaze et de l'émeraude. Leurs troncs mousseux et bruns paraissaient changés en colonnes de bronze antique, et les oiseaux déjà retirés en silence sous la sombre feuillée, pour y passer la nuit, surpris de revoir une seconde aurore, saluaient tous à la fois l'astre du jour par mille et mille chansons.

La nuit nous surprenait bien souvent dans ces fêtes champêtres[103] ; mais la pureté de l'air, et la douceur du climat, nous permettaient de dormir sous un ajoupa*, au milieu des bois, sans craindre d'ailleurs les voleurs, ni de près ni de loin. Chacun le lendemain retournait dans sa case*, et la retrouvait dans l'état où il l'avait laissée. Il y avait alors tant de bonne foi et de simplicité dans cette île sans commerce, que les portes de beaucoup de maisons ne fermaient point à la clef, et qu'une serrure était un objet de curiosité pour plusieurs Créoles*[104].

Mais il y avait dans l'année des jours qui étaient pour Paul et Virginie des jours de plus grande réjouissance ; c'étaient les fêtes de leurs mères[105]. Virginie ne manquait pas, la veille, de pétrir et de cuire des gâteaux de farine de froment, qu'elle envoyait à de pauvres familles de Blancs, nées dans l'île, qui n'avaient jamais mangé de pain d'Europe, et qui, sans aucun secours de Noirs, réduites à vivre de manioc* au milieu des bois, n'avaient, pour supporter la pauvreté, ni la stupidité qui accompagne l'esclavage, ni le courage qui vient de l'éducation[106]. Ces gâteaux étaient les seuls présents que Virginie pût faire de l'aisance de l'habitation* ; mais elle y joignait une bonne grâce qui leur donnait un grand prix. D'abord, c'était Paul qui était chargé de les porter lui-même à ces familles, et elles s'engageaient, en les recevant, de venir le lendemain passer la journée chez Madame de La Tour et Marguerite. On voyait alors arriver une mère de famille avec deux ou trois misérables filles, jaunes, maigres, et si timides qu'elles n'osaient lever les yeux. Virginie les mettait bientôt à leur aise ; elle leur servait des rafraîchissements dont elle relevait la bonté par quelque circonstance particulière, qui en augmentait selon elle l'agrément : cette liqueur avait été préparée par Marguerite, cette autre par sa mère ; son frère avait cueilli lui-même ce fruit au haut d'un arbre. Elle engageait Paul à les faire danser. Elle ne les quittait point qu'elle ne les vît contentes et satisfaites. Elle voulait qu'elles fussent joyeuses de la joie de sa famille. « On ne fait son bonheur, disait-elle, qu'en s'occupant de celui des autres. » Quand elles s'en retournaient, elle les engageait d'emporter ce qui paraissait leur avoir fait plaisir, couvrant la nécessité d'agréer ses présents du prétexte de leur nouveauté ou de leur singularité. Si elle remarquait trop de délabrement dans leurs habits, elle choisissait, avec l'agrément de sa mère, quelques-uns des siens, et elle chargeait Paul d'aller secrètement les déposer à la porte de leurs cases*. Ainsi elle faisait le bien, à l'exemple de la Divinité, cachant la bienfaitrice, et montrant le bienfait[107].

Vous autres Européens[108], dont l'esprit se remplit dès l'enfance de tant de préjugés contraires au bonheur, vous ne pouvez concevoir que la nature puisse donner tant de lumières et de plaisirs. Votre âme, circonscrite dans une petite sphère de connaissances humaines, atteint bientôt le terme de ses jouissances artificielles ; mais la nature et le cœur sont inépuisables. Paul et Virginie n'avaient ni horloges, ni almanachs, ni livres de chronologie, d'histoire et de philosophie. Les périodes de leur vie se réglaient sur celles de la nature. Ils connaissaient les heures du jour, par l'ombre des arbres ; les saisons, par les temps où ils donnent leurs fleurs ou leurs fruits, et les années par le nombre de leurs récoltes. Ces douces images répandaient les plus grands charmes dans leurs conversations. « Il est temps de dîner, disait Virginie à la famille, les ombres des bananiers sont à leurs pieds » ; ou bien : « La nuit s'approche, les tamarins* ferment leurs feuilles. » « Quand viendrez-vous nous voir ? lui disaient quelques amies du voisinage. – Aux cannes de sucre, répondait Virginie. – Votre visite nous sera encore plus douce et plus agréable », reprenaient ces jeunes filles. Quand on l'interrogeait sur son âge et sur celui de Paul : « Mon frère, disait-elle, est de l'âge du grand cocotier* de la fontaine*, et moi de celui du plus petit. Les manguiers* ont donné douze fois leurs fruits, et les orangers vingt-quatre fois leurs fleurs, depuis que je suis au monde. » Leur vie semblait attachée à celle des arbres, comme celle des faunes et des dryades[109]. Ils ne connaissaient d'autres époques historiques que celles de la vie de leurs mères, d'autre chronologie que celle de leurs vergers, et d'autre philosophie que de faire du bien à tout le monde, et de se résigner à la volonté de Dieu[110].

Après tout, qu'avaient besoin ces jeunes gens d'être riches et savants à notre manière ? leurs besoins et leur ignorance ajoutaient encore à leur félicité. Il n'y avait point de jour qu'ils ne se communiquassent quelques secours ou quelques lumières : oui, des lumières ; et quand il s'y serait mêlé quelques erreurs, l'homme pur n'en a point de dangereuses à craindre. Ainsi croissaient ces deux enfants de la nature[111]. Aucun souci n'avait ridé leur front, aucune intempérance n'avait corrompu leur sang, aucune passion malheureuse n'avait dépravé leur cœur : l'amour, l'innocence, la piété, développaient chaque jour la beauté de leur âme en grâces ineffables, dans leurs traits, leurs attitudes et leurs mouvements. Au matin de la vie, ils en avaient toute la fraîcheur : tels dans le jardin d'Éden parurent nos premiers parents, lorsque sortant des mains de Dieu, ils se virent, s'approchèrent, et conversèrent[112] d'abord comme frère et comme sœur ; Virginie, douce, modeste, confiante comme Ève ; et Paul, semblable à Adam, ayant la taille d'un homme, avec la simplicité d'un enfant[113].

Quelquefois seul avec elle (il me l'a mille fois raconté[114]), il lui disait au retour de ses travaux : « Lorsque je suis fatigué, ta vue me délasse. Quand du haut de la montagne, je t'aperçois au fond de ce vallon, tu me parais, au milieu de nos vergers, comme un bouton de rose. Si tu marches vers la maison de nos mères, la perdrix qui court vers ses petits, a un corsage* moins beau et une démarche moins légère. Quoique je te perde de vue à travers les arbres, je n'ai pas besoin de te voir pour te retrouver ; quelque chose de toi que je ne puis dire, reste pour moi dans l'air où tu passes, sur l'herbe où tu t'assieds. Lorsque je t'approche, tu ravis tous mes sens. L'azur du ciel est moins beau que le bleu de tes yeux ; le chant des bengalis*, moins doux que le son de ta voix. Si je te touche seulement du bout du doigt, tout mon corps frémit de plaisir. Souviens-toi du jour où nous passâmes à travers les cailloux roulants de la rivière des Trois-Mamelles[115]. En arrivant sur ses bords, j'étais déjà bien fatigué ; mais quand je t'eus pris[e] sur mon dos, il me semblait que j'avais des ailes comme un oiseau. Dis-moi par quel charme tu as pu m'enchanter. Est-ce par ton esprit ? mais nos mères en ont plus que nous deux. Est-ce par tes caresses ? mais elles m'embrassent plus souvent que toi. Je crois que c'est par ta bonté. Je n'oublierai jamais que tu as marché nu-pieds jusqu'à la Rivière-Noire, pour demander la grâce d'une pauvre esclave fugitive. Tiens, ma bien-aimée, prends cette branche fleurie de citronnier que j'ai cueillie dans la forêt. Tu la mettras la nuit près de ton lit. Mange ce rayon de miel ; je l'ai pris pour toi au haut d'un rocher. Mais auparavant, repose-toi sur mon sein, et je serai délassé. »

Virginie lui répondait[116] : « Ô mon frère ! les rayons du soleil au matin, au haut de ces rochers, me donnent moins de joie que ta présence. J'aime bien ma mère, j'aime bien la tienne ; mais quand elles t'appellent mon fils, je les aime encore davantage. Les caresses qu'elles te font, me sont plus sensibles que celles que j'en reçois. Tu me demandes pourquoi tu m'aimes ; mais tout ce qui a été élevé ensemble, s'aime[117]. Vois nos oiseaux ; élevés dans les mêmes nids, ils s'aiment comme nous ; ils sont toujours ensemble comme nous. Écoute comme ils s'appellent et se répondent d'un arbre à l'autre. De même, quand l'écho me fait entendre les airs que tu joues sur ta flûte, au haut de la montagne, j'en répète les paroles au fond de ce vallon. Tu m'es cher, surtout depuis le jour où tu voulais te battre pour moi contre le maître de l'esclave. Depuis ce temps-là, je me suis dit bien des fois : Ah ! mon frère a un bon cœur ; sans lui, je serais morte d'effroi. Je prie Dieu tous les jours, pour ma mère, pour la tienne, pour toi, pour nos pauvres serviteurs ; mais quand je prononce ton nom, il me semble que ma dévotion augmente. Je demande si instamment à Dieu qu'il ne t'arrive aucun mal ! Pourquoi vas-tu si loin et si haut, me chercher des fruits et des fleurs ? n'en avons-nous pas assez dans le jardin ? Comme te voilà fatigué ! tu es tout en nage. » Et avec son petit mouchoir blanc, elle lui essuyait le front et les joues, et elle lui donnait plusieurs baisers.

Cependant, depuis quelque temps, Virginie se sentait agitée d'un mal inconnu. Ses beaux yeux bleus se marbraient de noir ; son teint jaunissait ; une langueur universelle abattait son corps. La sérénité n'était plus sur son front, ni le sourire sur ses lèvres. On la voyait tout à coup gaie sans joie, et triste sans chagrin. Elle fuyait ses jeux innocents, ses doux travaux, et la société de sa famille bien-aimée. Elle errait çà et là dans les lieux les plus solitaires de l'habitation*, cherchant partout du repos, et ne le trouvant nulle part[118]. Quelquefois, à la vue de Paul, elle allait vers lui en folâtrant ; puis tout à coup, près de l'aborder, un embarras subit la saisissait ; un rouge vif colorait ses joues pâles, et ses yeux n'osaient plus s'arrêter sur les siens. Paul lui disait : « La verdure couvre ces rochers, nos oiseaux chantent quand ils te voient ; tout est gai autour de toi, toi seule es triste. » Et il cherchait à la ranimer en l'embrassant ; mais elle détournait la tête, et fuyait tremblante vers sa mère. L'infortunée se sentait troublée par les caresses de son frère. Paul ne comprenait rien à des caprices si nouveaux et si étranges[119].

Un de ces étés qui désolent de temps à autre les terres situées entre les tropiques[120], vint étendre ici ses ravages. C'était vers la fin de décembre, lorsque le soleil au capricorne échauffe pendant trois semaines l'île de France de ses feux verticaux. Le vent du sud-est qui y règne presque toute l'année, n'y soufflait plus[121]. De longs tourbillons de poussière s'élevaient sur les chemins, et restaient suspendus en l'air. La terre se fendait de toutes parts ; l'herbe était brûlée ; des exhalaisons chaudes sortaient du flanc des montagnes, et la plupart de leurs ruisseaux étaient desséchés[122]. Aucun nuage ne venait du côté de la mer. Seulement pendant le jour, des vapeurs rousses s'élevaient de dessus ses plaines, et paraissaient au coucher du soleil comme les flammes d'un incendie. La nuit même n'apportait aucun rafraîchissement à l'atmosphère embrasée. L'orbe de la lune, tout rouge, se levait, dans un horizon embrumé, d'une grandeur démesurée. Les troupeaux abattus sur les flancs des collines, le cou tendu vers le ciel, aspirant l'air, faisaient retentir les vallons de tristes mugissements. Le Cafre* même qui les conduisait, se couchait sur la terre, pour y trouver de la fraîcheur ; mais partout, le sol était brûlant, et l'air étouffant retentissait du bourdonnement des insectes qui cherchaient à se désaltérer dans le sang des hommes et des animaux.

Dans une de ces nuits ardentes, Virginie sentit redoubler tous les symptômes de son mal. Elle se levait, elle s'asseyait, elle se recouchait, et ne trouvait dans aucune attitude ni le sommeil, ni le repos. Elle s'achemine, à la clarté de la lune, vers sa fontaine* ; elle en aperçoit la source, qui, malgré la sécheresse, coulait encore en filets d'argent sur les flancs bruns du rocher. Elle se plonge dans son bassin*[123]. D'abord la fraîcheur ranime ses sens, et mille souvenirs agréables se présentent à son esprit. Elle se rappelle que dans son enfance, sa mère et Marguerite s'amusaient à la baigner avec Paul dans ce même lieu ; que Paul ensuite, réservant ce bain pour elle seule, en avait creusé le lit, couvert le fond de sable, et semé sur ses bords des herbes aromatiques. Elle entrevoit dans l'eau, sur ses bras nus et sur son sein, les reflets des deux palmiers plantés à la naissance de son frère et à la sienne, qui entrelaçaient au-dessus de sa tête leurs rameaux verts et leurs jeunes cocos. Elle pense à l'amitié de Paul, plus douce que les parfums, plus pure que l'eau des fontaines*, plus forte que les palmiers unis ; et elle soupire[124]. Elle songe à la nuit, à la solitude, et un feu dévorant la saisit. Aussitôt elle sort, effrayée, de ces dangereux ombrages, et de ces eaux plus brûlantes que les soleils de la zone torride[125]. Elle court auprès de sa mère chercher un appui contre elle-même. Plusieurs fois, voulant lui raconter ses peines, elle lui pressa les mains dans les siennes ; plusieurs fois, elle fut près de prononcer le nom de Paul, mais son cœur oppressé laissa sa langue sans expression, et posant sa tête sur le sein maternel, elle ne put que l'inonder de ses larmes.

Madame de La Tour pénétrait bien la cause du mal de sa fille, mais elle n'osait elle-même lui en parler. « Mon enfant, lui disait-elle, adresse-toi à Dieu, qui dispose à son gré de la santé et de la vie. Il t'éprouve aujourd'hui pour te récompenser demain. Songe que nous ne sommes sur la terre que pour exercer la vertu[126]. »

Cependant ces chaleurs excessives élevèrent de l'océan des vapeurs qui couvrirent l'île comme un vaste parasol. Les sommets des montagnes les rassemblaient autour d'eux, et de longs sillons de feu sortaient de temps en temps de leurs pitons* embrumés. Bientôt des tonnerres affreux firent retentir de leurs éclats, les bois, les plaines et les vallons ; des pluies épouvantables, semblables à des cataractes, tombèrent du ciel. Des torrents écumeux se précipitaient le long des flancs de cette montagne : le fond de ce bassin* était devenu une mer ; le plateau où sont assises les cabanes, une petite île[127], et l'entrée de ce vallon, une écluse par où sortaient pêle-mêle, avec les eaux mugissantes, les terres, les arbres et les rochers.

Toute la famille, tremblante, priait Dieu dans la case* de Madame de La Tour, dont le toit craquait horriblement par l'effort des vents. Quoique la porte et les contrevents en fussent bien fermés, tous les objets s'y distinguaient à travers les jointures de la charpente, tant les éclairs étaient vifs et fréquents. L'intrépide Paul, suivi de Domingue, allait d'une case* à l'autre malgré la fureur de la tempête, assurant ici une paroi avec un arc-boutant, et enfonçant là un pieu : il ne rentrait que pour consoler la famille par l'espoir prochain du retour du beau temps. En effet, sur le soir la pluie cessa ; le vent alizé du sud-est reprit son cours ordinaire ; les nuages orageux furent jetés vers le nord-est[128], et le soleil couchant parut à l'horizon[129].

Le premier désir de Virginie fut de revoir le lieu de son repos. Paul s'approcha d'elle d'un air timide, et lui présenta son bras pour l'aider à marcher. Elle l'accepta en souriant, et ils sortirent ensemble de la case*. L'air était frais et sonore. Des fumées blanches s'élevaient sur les croupes de la montagne sillonnée çà et là de l'écume des torrents qui tarissaient de tous côtés. Pour le jardin, il était tout bouleversé par d'affreux ravins ; la plupart des arbres fruitiers avaient leurs racines en haut ; de grands amas de sable couvraient les lisières* des prairies, et avaient comblé le bain de Virginie. Cependant, les deux cocotiers* étaient debout et bien verdoyants[130], mais il n'y avait plus aux environs, ni gazons, ni berceaux*, ni oiseaux, excepté quelques bengalis*, qui, sur la pointe des rochers voisins, déploraient par des chants plaintifs la perte de leurs petits.

À la vue de cette désolation, Virginie dit à Paul : « Vous aviez apporté ici des oiseaux, l'ouragan* les a tués. Vous aviez planté ce jardin, il est détruit. Tout périt sur la terre ; il n'y a que le ciel qui ne change point. » Paul lui répondit : « Que ne puis-je vous donner quelque chose du ciel ! mais je ne possède rien, même sur la terre. » Virginie reprit, en rougissant : « Vous avez à vous le portrait de saint Paul. » À peine eut-elle parlé, qu'il courut le chercher dans la case* de sa mère. Ce portrait était une petite miniature, représentant l'ermite Paul[131]. Marguerite y avait une grande dévotion ; elle l'avait porté longtemps suspendu à son cou, étant fille ; ensuite, devenue mère, elle l'avait mis à celui de son enfant. Il était même arrivé qu'étant enceinte de lui, et délaissée de tout le monde, à force de contempler l'image de ce bienheureux solitaire, son fruit en avait contracté quelque ressemblance, ce qui l'avait décidée à lui en faire porter le nom, et à lui donner pour patron un saint qui avait passé sa vie loin des hommes, qui l'avaient abusée, puis abandonnée[132]. Virginie, en recevant ce petit portrait des mains de Paul, lui dit d'un ton ému : « Mon frère, il ne me sera jamais enlevé tant que je vivrai, et je n'oublierai jamais que tu m'as donné la seule chose que tu possèdes au monde. » À ce ton d'amitié, à ce retour inespéré de familiarité et de tendresse, Paul voulut l'embrasser ; mais, aussi légère qu'un oiseau, elle lui échappa, et le laissa hors de lui, ne concevant rien à une conduite si extraordinaire.

Cependant Marguerite disait à Madame de La Tour : « Pourquoi ne marions-nous pas nos enfants ? Ils ont l'un pour l'autre une passion extrême, dont mon fils ne s'aperçoit pas encore. Lorsque la nature lui aura parlé, en vain nous veillons sur eux, tout est à craindre. » Madame de La Tour lui répondit : « Ils sont trop jeunes et trop pauvres. Quel chagrin pour nous, si Virginie mettait au monde des enfants malheureux, qu'elle n'aurait peut-être pas la force d'élever ! Ton Noir Domingue est bien cassé ; Marie est infirme. Moi-même, chère amie, depuis quinze ans[133], je me sens fort affaiblie. On vieillit promptement dans les pays chauds[134], et encore plus vite dans le chagrin. Paul est notre unique espérance. Attendons que l'âge ait formé son tempérament, et qu'il puisse nous soutenir par son travail. À présent, tu le sais, nous n'avons guère que le nécessaire de chaque jour. Mais en faisant passer Paul dans l'Inde pour un peu de temps, le commerce lui fournira de quoi acheter quelque esclave[135] ;

et à son retour ici, nous le marierons à Virginie, car je crois que personne ne peut rendre ma chère fille aussi heureuse que ton fils Paul. Nous en parlerons à notre voisin[136]. »

En effet, ces dames me consultèrent, et je fus de leur avis. « Les mers de l'Inde sont belles, leur dis-je. En prenant une saison favorable pour passer d'ici aux Indes, c'est un voyage de six semaines au plus, et d'autant de temps pour en revenir. Nous ferons dans notre quartier* une pacotille* à Paul ; car j'ai des voisins qui l'aiment beaucoup. Quand nous ne lui donnerions que du coton brut, dont nous ne faisons aucun usage, faute de moulins pour l'éplucher[137], du bois d'ébène*, si commun ici qu'il sert au chauffage, et quelques résines qui se perdent dans nos bois : tout cela se vend assez bien aux Indes, et nous est fort inutile ici. »

Je me chargeai de demander à M. de La Bourdonnais une permission d'embarquement pour ce voyage, et avant tout je voulus en prévenir Paul ; mais quel fut mon étonnement, lorsque ce jeune homme me dit avec un bon sens fort au-dessus de son âge : « Pourquoi voulez-vous que je quitte ma famille, pour je ne sais quel projet de fortune ? Y a-t-il un commerce au monde plus avantageux que la culture d'un champ, qui rend quelquefois cinquante et cent pour un ? Si nous voulons faire le commerce, ne pouvons-nous pas le faire en portant notre superflu d'ici à la ville, sans que j'aille courir aux Indes[138] ? Nos mères me disent que Domingue est vieux et cassé ; mais moi je suis jeune, et je me renforce chaque jour. Il n'a qu'à leur arriver pendant mon absence quelque accident, surtout à Virginie, qui est déjà souffrante. Oh non, non ! je ne saurais me résoudre à les quitter. »

Sa réponse me jeta dans un grand embarras ; car Madame de La Tour ne m'avait pas caché l'état de Virginie, et le désir qu'elle avait de gagner quelques années sur l'âge de ces jeunes gens, en les éloignant l'un de l'autre. C'étaient des motifs que je n'osais même faire soupçonner à Paul.

Sur ces entrefaites, un vaisseau arrivé de France apporta à Madame de La Tour une lettre de sa tante[139]. La crainte de la mort, sans laquelle les cœurs durs ne seraient jamais sensibles, l'avait frappée. Elle sortait d'une grande maladie dégénérée en langueur, et que l'âge rendait incurable. Elle mandait* à sa nièce de repasser en France ; ou, si sa santé ne lui permettait pas de faire un si long voyage, elle lui enjoignait d'y envoyer Virginie, à laquelle elle destinait une bonne éducation, un parti à la Cour, et la donation de tous ses biens. Elle attachait, disait-elle, le retour de ses bontés à l'exécution de ses ordres.

À peine cette lettre fut lue dans la famille, qu'elle y répandit la consternation[140]. Domingue et Marie se mirent à pleurer. Paul, immobile d'étonnement, paraissait prêt à se mettre en colère. Virginie, les yeux fixés sur sa mère, n'osait proférer un mot. « Pourriez-vous nous quitter maintenant ? dit Marguerite à Madame de La Tour. – Non, mon amie ; non, mes enfants, reprit Madame de La Tour : je ne vous quitterai point. J'ai vécu avec vous, et c'est avec vous que je veux mourir. Je n'ai connu le bonheur que dans votre amitié. Si ma santé est dérangée, d'anciens chagrins en sont cause. J'ai été blessée au cœur par la dureté de mes parents et par la perte de mon cher époux. Mais depuis, j'ai goûté plus de consolation et de félicité avec vous, sous ces pauvres cabanes[141], que jamais les richesses de ma famille ne m'en ont fait même espérer dans ma patrie. »

À ce discours, des larmes de joie coulèrent de tous les yeux. Paul serrant Madame de La Tour dans ses bras, lui dit : « Je ne vous quitterai pas non plus ; je n'irai point aux Indes[142]. Nous travaillerons tous pour vous, chère maman ; rien ne vous manquera jamais avec nous. » Mais, de toute la société, la personne qui témoigna le moins de joie, et qui y fut la plus sensible, fut Virginie. Elle fut[143] le reste du jour d'une gaieté douce, et le retour de sa tranquillité mit le comble à la satisfaction générale.

Le lendemain, au lever du soleil, comme ils venaient de faire tous ensemble, suivant leur coutume, la prière du matin qui précédait le déjeuner, Domingue les avertit qu'un monsieur à cheval, suivi de deux esclaves, s'avançait vers l'habitation*. C'était M. de La Bourdonnais. Il entra dans la case*, où toute la famille était à table. Virginie venait de servir, suivant l'usage du pays, du café et du riz cuit à l'eau. Elle y avait joint des patates* chaudes et des bananes fraîches. Il y avait pour toute vaisselle des moitiés de calebasses*, et pour linge des feuilles de bananier[144]. Le gouverneur témoigna d'abord quelque étonnement de la pauvreté de cette demeure. Ensuite, s'adressant à Madame de La Tour, il lui dit que les affaires générales l'empêchaient quelquefois de songer aux particulières ; mais qu'elle avait bien des droits sur lui. « Vous avez, ajouta-t-il, madame, une tante de qualité[145] et fort riche à Paris, qui vous réserve sa fortune, et vous attend auprès d'elle. » Madame de La Tour répondit au gouverneur, que sa santé altérée ne lui permettait pas d'entreprendre un si long voyage. « Au moins, reprit M. de La Bourdonnais, pour mademoiselle votre fille, si jeune et si aimable, vous ne sauriez, sans injustice, la priver d'une si grande succession. Je ne vous cache pas que votre tante a employé l'autorité pour la faire venir auprès d'elle. Les bureaux m'ont écrit à ce sujet, d'user, s'il le fallait, de mon pouvoir ; mais ne l'exerçant que pour rendre heureux les habitants de cette colonie, j'attends de votre volonté seule un sacrifice de quelques années, d'où dépend l'établissement de votre fille, et le bien-être de toute votre vie[146]. Pourquoi vient-on aux îles ? n'est-ce pas pour y faire fortune[147] ? N'est-il pas bien plus agréable de l'aller retrouver dans sa patrie ? »

En disant ces mots, il posa sur la table un gros sac de piastres[148] que portait un de ses Noirs. « Voilà, ajouta-t-il, ce qui est destiné aux préparatifs de voyage de mademoiselle votre fille, de la part de votre tante. » Ensuite il finit par reprocher avec bonté à Madame de La Tour, de ne s'être pas adressée à lui dans ses besoins, en la louant cependant de son noble courage. Paul aussitôt prit la parole, et dit au gouverneur : « Monsieur, ma mère s'est adressée à vous, et vous l'avez mal reçue. – Avez-vous un autre enfant, madame ? dit M. de La Bourdonnais à Madame de La Tour. – Non, monsieur, reprit-elle ; celui-ci est le fils de mon amie ; mais lui et Virginie nous sont communs, et également chers. – Jeune homme, dit le gouverneur à Paul, quand vous aurez acquis l'expérience du monde, vous connaîtrez le malheur des gens en place ; vous saurez combien il est facile de les prévenir, combien aisément ils donnent au vice intrigant, ce qui appartient au mérite qui se cache. »

M. de La Bourdonnais, invité par Madame de La Tour, s'assit à table auprès d'elle. Il déjeuna, à la manière des Créoles*, avec du café mêlé avec du riz cuit à l'eau. Il fut charmé de l'ordre et de la propreté* de la petite case*, de l'union de ces deux familles charmantes, et du zèle même de leurs vieux domestiques. « Il n'y a, dit-il, ici, que des meubles de bois ; mais on y trouve des visages sereins et des cœurs d'or[149]. » Paul, charmé de la popularité* du gouverneur, lui dit : « Je désire être votre ami, car vous êtes un honnête homme. » M. de La Bourdonnais reçut avec plaisir cette marque de cordialité insulaire. Il embrassa Paul en lui serrant la main, et l'assura qu'il pouvait compter sur son amitié.

Après déjeuner, il prit Madame de La Tour en particulier, et lui dit qu'il se présentait une occasion prochaine d'envoyer sa fille en France, sur un vaisseau prêt à partir ; qu'il la recommanderait à une dame de ses parentes qui y était passagère ; qu'il fallait bien se garder d'abandonner une fortune immense pour une satisfaction de quelques années. « Votre tante, ajouta-t-il en s'en allant, ne peut pas traîner plus de deux ans. Ses amis me l'ont mandé*. Songez-y bien. La fortune ne vient pas tous les jours. Consultez-vous. Tous les gens de bon sens seront de mon avis. » Elle lui répondit « que ne désirant désormais d'autre bonheur dans le monde que celui de sa fille, elle laisserait son départ pour la France entièrement à sa disposition ».

Madame de La Tour n'était pas fâchée de trouver une occasion de séparer pour quelque temps Virginie et Paul, en procurant un jour leur bonheur mutuel. Elle prit donc sa fille à part, et lui dit : « Mon enfant, nos domestiques sont vieux ; Paul est bien jeune, Marguerite vient sur l'âge[150] ; je suis déjà infirme : si j'allais mourir, que deviendriez-vous, sans fortune, au milieu de ces déserts* ? Vous resteriez donc seule, n'ayant personne qui puisse vous être d'un grand secours, et obligée, pour vivre, de travailler sans cesse à la terre comme une mercenaire. Cette idée me pénètre de douleur. » Virginie lui répondit : « Dieu nous a condamnés au travail. Vous m'avez appris à travailler, et à le bénir chaque jour. Jusqu'à présent il ne nous a point abandonnés, il ne nous abandonnera point encore. Sa providence veille particulièrement sur les malheureux. Vous me l'avez dit tant de fois, ma mère ! Je ne saurais me résoudre à vous quitter. » Madame de La Tour, émue, reprit : « Je n'ai d'autre projet que de te rendre heureuse, et de te marier un jour avec Paul, qui n'est point ton frère[151]. Songe maintenant que sa fortune dépend de toi. »

Une jeune fille qui aime, croit que tout le monde l'ignore. Elle met sur ses yeux le voile qu'elle a sur son cœur[152] ; mais quand il est soulevé par une main amie, alors les peines secrètes de son amour s'échappent comme par une barrière ouverte[153], et les doux épanchements de la confiance succèdent aux réserves et aux mystères dont elle s'environnait. Virginie, sensible aux nouveaux témoignages de bonté de sa mère, lui raconta quels avaient été ses combats, qui n'avaient eu d'autres témoins que Dieu seul ; qu'elle voyait le secours de sa providence dans celui d'une mère tendre qui approuvait son inclination, et qui la dirigerait par ses conseils ; que maintenant, appuyée de son support, tout l'engageait à rester auprès d'elle, sans inquiétude pour le présent, et sans crainte pour l'avenir.

Madame de La Tour voyant que sa confidence avait produit un effet contraire à celui qu'elle en attendait, lui dit[154] : « Mon enfant, je ne veux point te contraindre ; délibère à ton aise, mais cache ton amour à Paul. Quand le cœur d'une fille est pris, son amant n'a plus rien à lui demander[155]. »

Vers le soir, comme elle était seule avec Virginie, il entra chez elle un grand homme vêtu d'une soutane bleue. C'était un ecclésiastique missionnaire de l'île[156], et confesseur de Madame de La Tour et de Virginie. Il était envoyé par le gouverneur. « Mes enfants, dit-il en entrant, Dieu soit loué ! Vous voilà riches[157]. Vous pourrez écouter votre bon cœur, faire du bien aux pauvres. Je sais ce que vous a dit M. de La Bourdonnais, et ce que vous lui avez répondu. Bonne maman, votre santé vous oblige de rester ici ; mais vous, jeune demoiselle, vous n'avez point d'excuse. Il faut obéir à la Providence, à nos vieux parents, même injustes. C'est un sacrifice, mais c'est l'ordre de Dieu. Il s'est dévoué pour nous ; il faut, à son exemple, se dévouer pour le bien de sa famille. Votre voyage en France aura une fin heureuse. Ne voulez-vous pas bien y aller, ma chère demoiselle ? »

Virginie, les yeux baissés, lui répondit en tremblant : « Si c'est l'ordre de Dieu, je ne m'oppose à rien. Que la volonté de Dieu soit faite ! » dit-elle en pleurant.

Le missionnaire sortit, et fut rendre compte au gouverneur du succès de sa commission[158]. Cependant Madame de La Tour m'envoya prier par Domingue de passer chez elle, pour me consulter sur le départ de Virginie. Je ne fus point du tout d'avis qu'on la laissât partir. Je tiens pour principes certains du bonheur, qu'il faut préférer les avantages de la nature à tous ceux de la fortune, et que nous ne devons point aller chercher hors de nous ce que nous pouvons trouver chez nous. J'étends ces maximes à tout, sans exception. Mais que pouvaient mes conseils de modération contre les illusions d'une grande fortune, et mes raisons naturelles contre les préjugés du monde et une autorité sacrée pour Madame de La Tour ? Cette dame ne me consulta donc que par bienséance, et elle ne délibéra plus, depuis la décision de son confesseur. Marguerite même, qui, malgré les avantages qu'elle espérait pour son fils de la fortune de Virginie, s'était opposée fortement à son départ, ne fit plus d'objections. Pour Paul, qui ignorait le parti auquel on se déterminerait, étonné des conversations secrètes de Madame de La Tour et de sa fille, il s'abandonnait à une tristesse sombre. « On trame quelque chose contre moi, dit-il, puisqu'on se cache de moi. »

Cependant, le bruit s'étant répandu dans l'île, que la fortune avait visité ces rochers, on y vit grimper des marchands de toute espèce. Ils déployèrent au milieu de ces pauvres cabanes, les plus riches étoffes de l'Inde ; de superbes basins de Goudelour, des mouchoirs de Paliacate et de Mazulipatan, des mousselines de Daca, unies, rayées, brodées, transparentes comme le jour, des baftas de Surate d'un si beau blanc, des chittes de toutes couleurs et des plus rares, à fond sablé et à rameaux verts. Ils déroulèrent de magnifiques étoffes de soie de la Chine, des lampas découpés à jour, des damas d'un blanc satiné, d'autres d'un vert de prairie, d'autres d'un rouge à éblouir ; des taffetas roses, des satins à pleine main, des pékins moelleux comme le drap, des nankins blancs et jaunes, et jusqu'à des pagnes* de Madagascar[159].

Madame de La Tour voulut que sa fille achetât tout ce qui lui ferait plaisir[160] ; elle veilla seulement sur les prix et les qualités des marchandises, de peur que les marchands ne la trompassent[161]. Virginie choisit tout ce qu'elle crut être agréable à sa mère, à Marguerite et à son fils. « Ceci, disait-elle, était bon pour des meubles, cela pour l'usage de Marie et de Domingue. » Enfin le sac de piastres était employé, qu'elle n'avait pas encore songé à ses besoins. Il fallut lui faire son partage sur les présents qu'elle avait distribués à la société.

Paul, pénétré de douleur à la vue de ces dons de la fortune, qui lui présageaient le départ de Virginie, s'en vint quelques jours après chez moi. Il me dit d'un air accablé : « Ma sœur s'en va : elle fait déjà les apprêts de son voyage. Passez chez nous, je vous prie. Employez votre crédit* sur l'esprit de sa mère et de la mienne, pour la retenir. » Je me rendis aux instances de Paul, quoique bien persuadé que mes représentations seraient sans effet[162].

Si Virginie m'avait paru charmante en toile bleue du Bengale, avec un mouchoir rouge autour de sa tête, ce fut encore tout autre chose quand je la vis parée à la manière des dames de ce pays. Elle était vêtue de mousseline blanche doublée de taffetas rose[163]. Sa taille légère et élevée se dessinait parfaitement sous son corset, et ses cheveux blonds, tressés à double tresse, accompagnaient admirablement sa tête virginale. Ses beaux yeux bleus étaient remplis de mélancolie ; et son cœur agité par une passion combattue, donnait à son teint une couleur animée, et à sa voix des sons pleins d'émotion. Le contraste même de sa parure élégante, qu'elle semblait porter malgré elle, rendait sa langueur encore plus touchante[164]. Personne ne pouvait la voir ni l'entendre, sans se sentir ému. La tristesse de Paul en augmenta. Marguerite, affligée de la situation de son fils, lui dit en particulier : « Pourquoi, mon fils, te nourrir de fausses espérances, qui rendent les privations encore plus amères[165] ? Il est temps que je te découvre le secret de ta vie et de la mienne. Mademoiselle de La Tour appartient, par sa mère, à une parente riche et de grande condition[166] : pour toi, tu n'es que le fils d'une pauvre paysanne, et, qui pis est, tu es bâtard. »

Ce mot de bâtard étonna beaucoup Paul ; il ne l'avait jamais ouï prononcer ; il en demanda la signification à sa mère, qui lui répondit : « Tu n'as point eu de père légitime. Lorsque j'étais fille, l'amour me fit commettre une faiblesse dont tu as été le fruit. Ma faute t'a privé de ta famille paternelle, et mon repentir, de ta famille maternelle. Infortuné, tu n'as d'autres parents que moi seule dans le monde[167] ! » et elle se mit à répandre des larmes. Paul, la serrant dans ses bras, lui dit : « Oh, ma mère ! puisque je n'ai d'autres parents que vous dans le monde, je vous en aimerai davantage. Mais quel secret venez-vous de me révéler ! Je vois maintenant la raison qui éloigne de moi Mademoiselle de La Tour depuis deux mois, et qui la décide aujourd'hui à partir. Ah ! sans doute, elle me méprise ! »

Cependant, l'heure de souper étant venue[168], on se mit à table, où chacun des convives, agité de passions différentes, mangea peu et ne parla point. Virginie en sortit la première, et fut s'asseoir au lieu où nous sommes. Paul la suivit bientôt après, et vint se mettre auprès d'elle. L'un et l'autre gardèrent quelque temps un profond silence. Il faisait une de ces nuits délicieuses, si communes entre les tropiques, et dont le plus habile pinceau ne rendrait pas la beauté. La lune paraissait au milieu du firmament, entourée d'un rideau de nuages[169] que ses rayons dissipaient par degrés. Sa lumière se répandait insensiblement sur les montagnes de l'île et sur leurs pitons*, qui brillaient d'un vert argenté. Les vents retenaient leurs haleines. On entendait dans les bois, au fond des vallées, au haut des rochers, de petits cris, de doux murmures d'oiseaux, qui se caressaient dans leurs nids, réjouis par la clarté de la nuit et la tranquillité de l'air. Tous, jusqu'aux insectes, bruissaient sous l'herbe[170] ; les étoiles étincelaient au ciel et se réfléchissaient au sein de la mer qui répétait leurs images tremblantes. Virginie parcourait avec des regards distraits son vaste et sombre horizon, distingué du rivage de l'île par les feux rouges des pêcheurs. Elle aperçut à l'entrée du port une lumière et une ombre : c'était le fanal et le corps* du vaisseau où elle devait s'embarquer pour l'Europe, et qui, prêt à mettre à la voile, attendait à l'ancre la fin du calme. À cette vue elle se troubla, et détourna la tête, pour que Paul ne la vît pas pleurer.

Madame de La Tour, Marguerite et moi, nous étions assis à quelques pas de là, sous des bananiers ; et dans le silence de la nuit, nous entendîmes distinctement leur conversation, que je n'ai pas oubliée[171].

Paul lui dit : « Mademoiselle, vous partez, dit-on, dans trois jours. Vous ne craignez pas de vous exposer aux dangers de la mer... de la mer dont vous êtes si effrayée ! – Il faut, répondit Virginie, que j'obéisse à mes parents, à mon devoir. – Vous nous quittez, reprit Paul, pour une parente éloignée, que vous n'avez jamais vue ! – Hélas ! dit Virginie, je voulais rester ici toute ma vie ; ma mère ne l'a pas voulu. Mon confesseur m'a dit que la volonté de Dieu était que je partisse ; que la vie était une épreuve... Oh ! c'est une épreuve bien dure !

— Quoi, repartit Paul, tant de raisons vous ont décidée, et aucune ne vous a retenue ! Ah ! il en est encore que vous ne me dites pas. La richesse a de grands attraits. Vous trouverez bientôt, dans un nouveau monde, à qui donner le nom de frère que vous ne me donnez plus. Vous le choisirez, ce frère, parmi des gens dignes de vous par une naissance et une fortune que je ne peux vous offrir[172]. Mais, pour être plus heureuse, où voulez-vous aller ? Dans quelle terre, aborderez-vous, qui vous soit plus chère que celle où vous êtes née[173] ? Où formerez-vous une société plus aimable que celle qui vous aime ? Comment vivrez-vous sans les caresses de votre mère, auxquelles vous êtes si accoutumée ? Que deviendra-t-elle elle-même, déjà sur l'âge, lorsqu'elle ne vous verra plus à ses côtés, à la table, dans la maison, à la promenade où elle s'appuyait sur vous ? Que deviendra la mienne, qui vous chérit autant qu'elle ? Que leur dirai-je à l'une et à l'autre, quand je les verrai pleurer de votre absence ? Cruelle ! je ne vous parle point de moi : mais que deviendrai-je moi-même, quand le matin je ne vous verrai plus avec nous, et que la nuit viendra sans nous réunir ; quand j'apercevrai ces deux palmiers plantés à notre naissance, et si longtemps témoins de notre amitié mutuelle[174] ? Ah ! puisqu'un nouveau sort te touche, que tu cherches d'autres pays que ton pays natal, d'autres biens que ceux de mes travaux[175], laisse-moi t'accompagner sur le vaisseau où tu pars. Je te rassurerai dans les tempêtes qui te donnent tant d'effroi sur la terre. Je reposerai ta tête sur mon sein ; je réchaufferai ton cœur contre mon cœur ; et en France, où tu vas chercher de la fortune et de la grandeur, je te servirai comme ton esclave. Heureux de ton seul bonheur, dans ces hôtels où je te verrai servie et adorée, je serai encore assez riche et assez noble, pour te faire le plus grand des sacrifices, en mourant à tes pieds. »

Les sanglots étouffèrent sa voix, et nous entendîmes aussitôt celle de Virginie, qui lui disait ces mots entrecoupés de soupirs... « C'est pour toi que je pars,... pour toi que j'ai vu chaque jour courbé par le travail pour nourrir deux familles infirmes. Si je me suis prêtée à l'occasion de devenir riche, c'est pour te rendre mille fois le bien que tu nous as fait. Est-il une fortune digne de ton amitié ? Que me dis-tu de ta naissance ? Ah ! s'il m'était encore possible de me donner un frère, en choisirais-je un autre que toi ? Ô Paul ! ô Paul ! tu m'es beaucoup plus cher qu'un frère ! Combien m'en a-t-il coûté pour te repousser loin de moi ! Je voulais que tu m'aidasses à me séparer de moi-même[176], jusqu'à ce que le ciel pût bénir notre union. Maintenant, je reste, je pars, je vis, je meurs : fais de moi ce que tu veux. Fille sans vertu ! j'ai pu résister à tes caresses, et je ne peux soutenir ta douleur ! »

À ces mots, Paul la saisit dans ses bras, et la tenant étroitement serrée, il s'écria d'une voix terrible : « Je pars avec elle ; rien ne pourra m'en détacher. » Nous courûmes tous à lui. Madame de La Tour lui dit : « Mon fils, si vous nous quittez qu'allons-nous devenir ? »

Il répéta en tremblant ces mots : « Mon fils... mon fils... Vous ma mère, lui dit-il, vous qui séparez le frère d'avec la sœur ! Tous deux nous avons sucé votre lait ; tous deux élevés sur vos genoux, nous avons appris de vous à nous aimer ; tous deux, nous nous le sommes dit mille fois. Et maintenant vous l'éloignez de moi ! Vous l'envoyez en Europe, dans ce pays barbare qui vous a refusé un asile, et chez des parents cruels qui vous ont vous-même abandonnée. Vous me direz : Vous n'avez plus de droits sur elle, elle n'est pas votre sœur[177]. Elle est tout pour moi, ma richesse, ma famille, ma naissance, tout mon bien. Je n'en connais plus d'autre. Nous n'avons eu qu'un toit, qu'un berceau ; nous n'aurons qu'un tombeau. Si elle part, il faut que je la suive. Le gouverneur m'en empêchera ? M'empêchera-t-il de me jeter à la mer ? Je la suivrai à la nage. La mer ne saurait m'être plus funeste que la terre. Ne pouvant vivre ici près d'elle, au moins je mourrai sous ses yeux, loin de vous. Mère barbare ! femme sans pitié ! puisse cet océan où vous l'exposez, ne jamais vous la rendre ! puissent ses flots vous rapporter mon corps, et le roulant avec le sien parmi les cailloux de ces rivages, vous donner, par la perte de vos deux enfants, un sujet éternel de douleur[178] ! »

À ces mots, je le saisis dans mes bras ; car le désespoir[179] lui ôtait la raison. Ses yeux étincelaient ; la sueur coulait à grosses gouttes sur son visage en feu ; ses genoux tremblaient, et je sentais dans sa poitrine brûlante, son cœur battre à coups redoublés.

Virginie effrayée, lui dit : « Ô mon ami ! j'atteste les plaisirs de notre premier âge, tes maux, les miens, et tout ce qui doit lier à jamais deux infortunés, si je reste, de ne vivre que pour toi ; si je pars, de revenir un jour pour être à toi. Je vous prends à témoin, vous tous qui avez élevé mon enfance, qui disposez de ma vie et qui voyez mes larmes[180]. Je le jure par ce ciel qui m'entend, par cette mer que je dois traverser, par l'air que je respire, et que je n'ai jamais souillé du mensonge. »

Comme le soleil fond et précipite un rocher de glace du sommet des Apennins[181], ainsi tomba la colère impétueuse de ce jeune homme, à la voix de l'objet aimé. Sa tête altière était baissée, et un torrent de pleurs coulait de ses yeux. Sa mère, mêlant ses larmes aux siennes, le tenait embrassé sans pouvoir parler. Madame de La Tour, hors d'elle, me dit : « Je n'y puis tenir ; mon âme est déchirée. Ce malheureux voyage n'aura pas lieu. Mon voisin, tâchez d'emmener mon fils. Il y a huit jours que personne ici n'a dormi. »

Je dis à Paul : « Mon ami, votre sœur restera. Demain nous en parlerons au gouverneur ; laissez reposer votre famille, et venez passer cette nuit chez moi. Il est tard ; il est minuit. La Croix du Sud[182] est droite sur l'horizon. »

Il se laissa emmener sans rien dire, et après une nuit fort agitée, il se leva au point du jour, et s'en retourna à son habitation*[183].

Mais qu'est-il besoin de vous continuer plus longtemps le récit de cette histoire ? Il n'y a jamais qu'un côté agréable à connaître dans la vie humaine. Semblable au globe sur lequel nous tournons, notre révolution rapide n'est que d'un jour, et une partie de ce jour ne peut recevoir la lumière, que l'autre ne soit livrée aux ténèbres.

« Mon père, lui dis-je, je vous en conjure, achevez de me raconter ce que vous avez commencé d'une manière si touchante. Les images du bonheur nous plaisent, mais celles du malheur nous instruisent[184]. Que devint, je vous prie, l'infortuné Paul ? »

Le premier objet que vit Paul, en retournant à l'habitation*, fut la Négresse Marie, qui, montée sur un rocher, regardait vers la pleine mer. Il lui cria du plus loin qu'il l'aperçut : « Où est Virginie ? » Marie tourna la tête vers son jeune maître, et se mit à pleurer. Paul, hors de lui, revint sur ses pas, et courut au port. Il y apprit que Virginie s'était embarquée au point du jour, que son vaisseau avait mis à la voile aussitôt, et qu'on ne le voyait plus[185]. Il revint à l'habitation*, qu'il traversa sans parler à personne.

Quoique cette enceinte de rochers paraisse derrière nous presque perpendiculaire, ces plateaux verts qui en divisent la hauteur, sont autant d'étages par lesquels on parvient, au moyen de quelques sentiers difficiles, jusqu'au pied de ce cône de rochers incliné et inaccessible, qu'on appelle le Pouce[186]. À la base de ce rocher est une esplanade couverte de grands arbres, mais si élevée et si escarpée, qu'elle est comme une grande forêt dans l'air, environnée de précipices effroyables. Les nuages que le sommet du Pouce attire sans cesse autour de lui, y entretiennent plusieurs ruisseaux, qui tombent à une si grande profondeur au fond de la vallée située au revers de cette montagne, que de cette hauteur on n'entend point le bruit de leur chute. De ce lieu, on voit une grande partie de l'île avec ses mornes* surmontés de leurs pitons*, entre autres Piterboth et les Trois-Mamelles avec leurs vallons remplis de forêts ; puis la pleine mer, et l'île Bourbon qui est à quarante lieues de là vers l'occident[187]. Ce fut de cette élévation que Paul aperçut le vaisseau qui emmenait Virginie. Il le vit à plus de dix lieues au large, comme un point noir au milieu de l'océan. Il resta une partie du jour tout occupé à le considérer : il était déjà disparu, qu'il croyait le voir encore[188] ; et quand il fut perdu dans la vapeur de l'horizon, il s'assit dans ce lieu sauvage, toujours battu des vents qui y agitent sans cesse les sommets des palmistes* et des tatamaques*. Leur murmure sourd et mugissant ressemble au bruit lointain des orgues, et inspire une profonde mélancolie. Ce fut là que je trouvai Paul, la tête appuyée contre le rocher, et les yeux fixés vers la terre. Je marchais après lui depuis le lever du soleil : j'eus beaucoup de peine à le déterminer à descendre, et à revoir sa famille. Je le ramenai cependant à son habitation*, et son premier mouvement, en revoyant Madame de La Tour, fut de se plaindre amèrement qu'elle l'avait trompé. Madame de La Tour nous dit que le vent s'étant levé vers les trois heures du matin, le vaisseau étant au moment d'appareiller, le gouverneur, suivi d'une partie de son état-major et du missionnaire, était venu chercher Virginie en palanquin* ; et que malgré ses propres raisons, ses larmes et celles de Marguerite, tout le monde criant que c'était pour leur bien à tous, ils avaient emmené sa fille à demi mourante. « Au moins, répondit Paul, si je lui avais fait mes adieux, je serais tranquille à présent. Je lui aurais dit : Virginie, si pendant le temps que nous avons vécu ensemble il m'est échappé quelque parole qui vous ait offensée, avant de me quitter pour jamais, dites-moi que vous me la pardonnez. Je lui aurais dit : Puisque je ne suis plus destiné à vous revoir, adieu, ma chère Virginie ! adieu ! Vivez loin de moi contente et heureuse[189] ! » Et comme il vit que sa mère et Madame de La Tour pleuraient : « Cherchez maintenant, leur dit-il, quelque autre que moi qui essuie vos larmes ! » puis il s'éloigna d'elles en gémissant, et se mit à errer çà et là dans l'habitation*. Il en parcourait tous les endroits qui avaient été les plus chers à Virginie. Il disait à ses chèvres et à leurs petits chevreaux, qui le suivaient en bêlant : « Que me demandez-vous ? Vous ne reverrez plus avec moi celle qui vous donnait à manger dans sa main. » Il fut au Repos de Virginie, et à la vue des oiseaux qui voltigeaient autour, il s'écria : « Pauvres oiseaux ! vous n'irez plus au-devant de celle qui était votre bonne nourrice. » En voyant Fidèle qui flairait çà et là, et marchait devant lui en quêtant, il soupira et lui dit : « Oh ! tu ne la retrouveras plus jamais. » Enfin, il fut s'asseoir sur le rocher où il lui avait parlé la veille ; et à l'aspect de la mer où il avait vu disparaître le vaisseau qui l'avait emmenée, il pleura abondamment.

Cependant nous le suivions pas à pas, craignant quelque suite funeste de l'agitation de son esprit. Sa mère et Madame de La Tour le priaient par les termes les plus tendres, de ne pas augmenter leur douleur par son désespoir. Enfin, celle-ci parvint à le calmer, en lui prodiguant les noms les plus propres à réveiller ses espérances. Elle l'appelait son fils, son cher fils, son gendre, celui à qui elle destinait sa fille. Elle l'engagea à rentrer dans la maison, et à y prendre quelque peu de nourriture. Il se mit à table avec nous, auprès de la place où se mettait la compagne de son enfance ; et, comme si elle l'eût encore occupée, il lui adressait la parole, et lui présentait les mets qu'il savait lui être les plus agréables : mais dès qu'il s'apercevait de son erreur, il se mettait à pleurer. Les jours suivants, il recueillit tout ce qui avait été à son usage particulier, les derniers bouquets qu'elle avait portés, une tasse de coco où elle avait coutume de boire ; et comme si ces restes de son amie eussent été les choses du monde les plus précieuses, il les baisait et les mettait dans son sein. L'ambre ne répand pas un parfum aussi doux que les objets touchés par l'objet que l'on aime. Enfin, voyant que ses regrets augmentaient ceux de sa mère et de Madame de La Tour, et que les besoins de la famille demandaient un travail continuel, il se mit, avec l'aide de Domingue, à réparer le jardin[190].

Bientôt ce jeune homme, indifférent comme un Créole* pour tout ce qui se passe dans le monde[191], me pria de lui apprendre à lire et à écrire, afin qu'il pût entretenir une correspondance avec Virginie. Il voulut ensuite s'instruire dans la géographie, pour se faire une idée du pays où elle débarquerait ; et dans l'histoire, pour connaître les mœurs de la société où elle allait vivre. Ainsi il s'était perfectionné dans l'agriculture, et dans l'art de disposer avec agrément le terrain le plus irrégulier, par le sentiment de l'amour. Sans doute c'est aux jouissances que se propose cette passion ardente et inquiète, que les hommes doivent la plupart des sciences et des arts, et c'est de ses privations qu'est née la philosophie, qui apprend à se consoler de tout. Ainsi la nature ayant fait l'amour le lien de tous les êtres, l'a rendu le premier mobile de nos sociétés, et l'instigateur de nos lumières et de nos plaisirs[192].

Paul ne trouva pas beaucoup de goût dans l'étude de la géographie, qui, au lieu de nous décrire la nature de chaque pays, ne nous en présente que les divisions politiques. L'histoire, et surtout l'histoire moderne, ne l'intéressa guère davantage. Il n'y voyait que des malheurs généraux et périodiques, dont il n'apercevait pas les causes ; des guerres sans sujet et sans objet ; des intrigues obscures ; des nations sans caractère, et des princes sans humanité. Il préférait à cette lecture celle des romans, qui, s'occupant davantage des sentiments et des intérêts des hommes, lui offraient quelquefois des situations pareilles à la sienne. Aussi aucun livre ne lui fit autant de plaisir que le *Télémaque*[193], par ses tableaux de la vie champêtre et des passions naturelles au cœur humain. Il en lisait à sa mère et à Madame de La Tour les endroits qui l'affectaient davantage : alors ému par de touchants ressouvenirs, sa voix s'étouffait, et les larmes coulaient de ses yeux. Il lui semblait trouver dans Virginie[194] la dignité et la sagesse d'Antiope, avec les malheurs et la tendresse d'Eucharis[195]. D'un autre côté, il fut tout bouleversé par la lecture de nos romans à la mode, pleins de mœurs et de maximes licencieuses ; et quand il sut que ces romans renfermaient une peinture véritable des sociétés de l'Europe, il craignit, non sans quelque apparence de raison, que Virginie ne vînt à s'y corrompre et à l'oublier[196].

En effet, plus d'un an et demi s'était écoulé[197], sans que Madame de La Tour eût des nouvelles de sa tante et de sa fille : seulement elle avait appris, par une voie étrangère, que celle-ci était arrivée heureusement en France[198]. Enfin, elle reçut, par un vaisseau qui allait aux Indes, un paquet et une lettre écrite de la propre main de Virginie. Malgré la circonspection de son aimable et indulgente fille, elle jugea qu'elle était fort malheureuse. Cette lettre peignait si bien sa situation et son caractère, que je l'ai retenue presque mot pour mot[199].

« Très chère et bien-aimée maman,

« Je vous ai déjà écrit plusieurs lettres de mon écriture ; et comme je n'en ai pas eu de réponse, j'ai lieu de craindre qu'elles ne vous soient point parvenues. J'espère mieux de celle-ci, par les précautions que j'ai prises pour vous donner de mes nouvelles, et pour recevoir des vôtres.

« J'ai versé bien des larmes depuis notre séparation, moi qui n'avais presque jamais pleuré que sur les maux d'autrui ! Ma grand-tante fut bien surprise à mon arrivée, lorsque m'ayant questionnée sur mes talents, je lui dis que je ne savais ni lire ni écrire[200]. Elle me demanda qu'est-ce que j'avais donc appris depuis que j'étais au monde ; et quand je lui eus répondu que c'était à avoir soin d'un ménage et à faire votre volonté, elle me dit que j'avais reçu l'éducation d'une servante. Elle me mit, dès le lendemain, en pension dans une grande abbaye auprès de Paris, où j'ai des maîtres de toute espèce : ils m'enseignent, entre autres choses, l'histoire, la géographie, la grammaire, la mathématique, et à monter à cheval ; mais j'ai de si faibles dispositions pour toutes ces sciences, que je ne profiterai pas beaucoup avec ces messieurs. Je sens que je suis une pauvre créature qui ai peu d'esprit, comme ils le font entendre. Cependant, les bontés de ma tante ne se refroidissent point. Elle me donne des robes nouvelles à chaque saison. Elle a mis près de moi deux femmes de chambre, qui sont aussi bien parées que de grandes dames. Elle m'a fait prendre le titre de comtesse ; mais elle m'a fait quitter mon nom de *La Tour*, qui m'était aussi cher qu'à vous-même, par tout ce que vous m'avez raconté des peines que mon père avait souffertes pour vous épouser. Elle a remplacé votre nom de femme par celui de votre famille, qui m'est encore cher cependant, parce qu'il a été votre nom de fille. Me voyant dans une situation aussi brillante, je l'ai suppliée de vous envoyer quelques secours. Comment vous rendre sa réponse ? mais vous m'avez recommandé de vous dire toujours la vérité. Elle m'a donc répondu, que peu ne vous servirait à rien, et que dans la vie simple que vous menez, beaucoup vous embarrasserait. J'ai cherché d'abord à vous donner de mes nouvelles par une main étrangère, au défaut de la mienne. Mais n'ayant à mon arrivée ici, personne en qui je pusse prendre confiance, je me suis appliquée nuit et jour à apprendre à lire et à écrire ; Dieu m'a fait la grâce d'en venir à bout en peu de temps. J'ai chargé de l'envoi de mes premières lettres les dames qui sont autour de moi ; j'ai lieu de croire qu'elles les ont remises à ma grand-tante. Cette fois j'ai eu recours à une pensionnaire de mes amies : c'est sous son adresse ci-jointe que je vous prie de me faire passer vos réponses. Ma grand-tante m'a interdit toute correspondance au-dehors, qui pourrait, selon elle, mettre obstacle aux grandes vues qu'elle a sur moi. Il n'y a qu'elle qui puisse me voir à la grille, ainsi qu'un vieux seigneur de ses amis, qui a, dit-elle, beaucoup de goût pour ma personne. Pour dire la vérité, je n'en ai point du tout pour lui, quand même j'en pourrais prendre pour quelqu'un.

« Je vis au milieu de l'éclat de la fortune, et je ne peux disposer d'un sou. On dit que si j'avais de l'argent, cela tirerait à conséquence. Mes robes mêmes appartiennent à mes femmes de chambre, qui se les disputent avant que je les aie quittées. Au sein des richesses, je suis bien plus pauvre que je ne l'étais auprès de vous ; car je n'ai rien à donner. Lorsque j'ai vu que les grands talents que l'on m'enseignait ne me procuraient pas la facilité de faire le plus petit bien, j'ai eu recours à mon aiguille, dont heureusement vous m'avez appris à faire usage. Je vous envoie donc plusieurs paires de bas de ma façon, pour vous et maman Marguerite, un bonnet pour Domingue, et un de mes mouchoirs rouges pour Marie : je joins à ce paquet, des pépins et des noyaux des fruits de mes collations, avec des graines de toutes sortes d'arbres, que j'ai recueillies, à mes heures de récréation, dans le parc de l'abbaye. J'y ai ajouté aussi des semences de violettes, de marguerites, de bassinets[201], de coquelicots, de bluets, de scabieuses, que j'ai ramassées dans les champs. Il y a dans les prairies de ce pays, de plus belles fleurs que dans les nôtres ; mais personne ne s'en soucie. Je suis sûre que vous et maman Marguerite serez plus contentes de ce sac de graines, que du sac de piastres qui a été la cause de notre séparation et de mes larmes. Ce sera une grande joie pour moi, si vous avez un jour la satisfaction de voir des pommiers croître auprès de nos bananiers, et des hêtres mêler leurs feuillages à celui de nos cocotiers*[202]. Vous vous croirez dans la Normandie que vous aimez tant.

« Vous m'avez enjoint de vous mander* mes joies et mes peines. Je n'ai plus de joie loin de vous : pour mes peines, je les adoucis en pensant que je suis dans un poste où vous m'avez mise par la volonté de Dieu. Mais le plus grand chagrin que j'y éprouve, est que personne ne me parle ici de vous, et que je n'en puis parler à personne. Mes femmes de chambre, ou plutôt celles de ma grand-tante, car elles sont plus à elle qu'à moi, me disent, lorsque je cherche à amener la conversation sur des objets qui me sont si chers : Mademoiselle, souvenez-vous que vous êtes Française, et que vous devez oublier le pays des sauvages. Ah ! je m'oublierais plutôt moi-même, que d'oublier le lieu où je suis née et où vous vivez ! C'est ce pays-ci qui est pour moi un pays de sauvages[203] ; car j'y vis seule, n'ayant personne à qui je puisse faire part de l'amour que vous portera jusqu'au tombeau,

« Très chère et bien-aimée maman,

« Votre obéissante et tendre fille,

« *Virginie de La Tour.*

« Je recommande à vos bontés, Marie et Domingue, qui ont pris tant de soin de mon enfance ; caressez pour moi Fidèle, qui m'a retrouvée dans les bois. »

Paul fut bien étonné de ce que Virginie ne parlait pas du tout de lui, elle qui n'avait pas oublié, dans ses ressouvenirs, le chien de la maison ; mais il ne savait pas que, quelque longue que soit la lettre d'une femme, elle n'y met jamais sa pensée la plus chère qu'à la fin.

Dans un post-scriptum Virginie recommandait particulièrement à Paul deux espèces de graines : celles de violettes et de scabieuses. Elle lui donnait quelques instructions sur les caractères de ces plantes, et sur les lieux les plus propres à les semer. « La violette, lui mandait*-elle, produit une petite fleur d'un violet foncé, qui aime à se cacher sous des buissons ; mais son charmant parfum l'y fait bientôt découvrir. » Elle lui enjoignait de la semer sur le bord de la fontaine*, au pied de son cocotier*. « La scabieuse, ajoutait-elle, donne une jolie fleur d'un bleu mourant, et à fond noir piqueté de blanc. On la croirait en deuil. On l'appelle aussi, pour cette raison, fleur de veuve. Elle se plaît dans les lieux âpres et battus des vents. » Elle le priait de la semer sur le rocher où elle lui avait parlé la nuit, la dernière fois, et de donner à ce rocher, pour l'amour d'elle, le nom du ROCHER DES ADIEUX[204].

Elle avait renfermé ces semences dans une petite bourse dont le tissu était fort simple, mais qui parut sans prix à Paul, lorsqu'il y aperçut un P et un V entrelacés, et formés de cheveux qu'il reconnut à leur beauté pour être ceux de Virginie.

La lettre de cette sensible et vertueuse demoiselle fit verser des larmes à toute la famille. Sa mère lui répondit au nom de la société, de rester ou de revenir à son gré, l'assurant qu'ils avaient tous perdu la meilleure partie de leur bonheur depuis son départ, et que pour elle en particulier, elle en était inconsolable[205].

Paul lui écrivit une lettre fort longue, où il l'assurait qu'il allait rendre le jardin digne d'elle, et y mêler les plantes de l'Europe à celles de l'Afrique, ainsi qu'elle avait entrelacé leurs noms dans son ouvrage. Il lui envoyait des fruits des cocotiers* de sa fontaine*, parvenus à une maturité parfaite. Il n'y joignait, ajoutait-il, aucune autre semence de l'île, afin que le désir d'en revoir les productions la déterminât à y revenir promptement. Il la suppliait de se rendre au plus tôt aux vœux ardents de leur famille, et aux siens particuliers, puisqu'il ne pouvait désormais goûter aucune joie loin d'elle.

Paul sema avec le plus grand soin les graines européennes, et surtout celles de violettes et de scabieuses, dont les fleurs semblaient avoir quelque analogie avec le caractère et la situation de Virginie, qui les lui avait si particulièrement recommandées ; mais, soit qu'elles eussent été éventées dans le trajet, soit plutôt que le climat de cette partie de l'Afrique ne leur soit pas favorable, il n'en germa qu'un petit nombre, qui ne put venir à sa perfection.

Cependant, l'envie, qui va même au-devant du bonheur des hommes, surtout dans les colonies françaises[206], répandit dans l'île des bruits qui donnaient beaucoup d'inquiétude à Paul. Les gens du vaisseau qui avait apporté la lettre de Virginie, assuraient qu'elle était sur le point de se marier : ils nommaient le seigneur de la Cour qui devait l'épouser ; quelques-uns même disaient que la chose était faite, et qu'ils en avaient été témoins. D'abord, Paul méprisa des nouvelles apportées par un vaisseau de commerce, qui en répand souvent de fausses sur les lieux de son passage. Mais comme plusieurs habitants* de l'île, par une pitié perfide, s'empressaient de le plaindre de cet événement, il commença à y ajouter quelque croyance. D'ailleurs, dans quelques-uns des romans[207] qu'il avait lus, il voyait la trahison traitée de plaisanterie ; et comme il savait que ces livres renfermaient des peintures assez fidèles des mœurs de l'Europe, il craignit que la fille de Madame de La Tour ne vînt à s'y corrompre, et à oublier ses anciens engagements[208]. Ses lumières le rendaient déjà malheureux. Ce qui acheva d'augmenter ses craintes, c'est que plusieurs vaisseaux d'Europe arrivèrent ici depuis, dans l'espace de six mois[209], sans qu'aucun d'eux apportât des nouvelles de Virginie.

Cet infortuné jeune homme, livré à toutes les agitations de son cœur, venait me voir souvent, pour confirmer ou pour bannir ses inquiétudes par mon expérience du monde[210].

Je demeure, comme je vous l'ai dit, à une lieue et demie d'ici, sur les bords d'une petite rivière qui coule le long de la Montagne-Longue. C'est là que je passe ma vie seul, sans femme, sans enfants et sans esclaves[211].

Après le rare bonheur de trouver une compagne qui nous soit bien assortie, l'état le moins malheureux de la vie est sans doute de vivre seul. Tout homme qui a eu beaucoup à se plaindre des hommes, cherche la solitude. Il est même très remarquable que tous les peuples malheureux par leurs opinions, leurs mœurs ou leurs gouvernements, ont produit des classes nombreuses de citoyens entièrement dévoués à la solitude et au célibat. Tels ont été les Égyptiens dans leur décadence, les Grecs du Bas-Empire ; et tels sont de nos jours les Indiens, les Chinois, les Grecs modernes, les Italiens, et la plupart des peuples orientaux et méridionaux de l'Europe. La solitude ramène en partie l'homme au bonheur naturel, en éloignant de lui le malheur social. Au milieu de nos sociétés, divisées par tant de préjugés, l'âme est dans une agitation continuelle ; elle roule sans cesse en elle-même mille opinions turbulentes et contradictoires, dont les membres d'une société ambitieuse et misérable cherchent à se subjuguer les uns les autres. Mais dans la solitude, elle dépose ces illusions étrangères qui la troublent ; elle reprend le sentiment simple d'elle-même, de la nature et de son auteur. Ainsi l'eau bourbeuse d'un torrent qui ravage les campagnes, venant à se répandre dans quelque petit bassin* écarté de son cours, dépose ses vases au fond de son lit, reprend sa première limpidité, et, redevenue transparente, réfléchit avec ses propres rivages, la verdure de la terre et la lumière des cieux. La solitude rétablit aussi bien les harmonies du corps que celles de l'âme. C'est dans la classe des solitaires que se trouvent les hommes qui poussent le plus loin la carrière de la vie ; tels sont les brames de l'Inde[212].

Enfin, je la crois si nécessaire au bonheur dans le monde même, qu'il me paraît impossible d'y goûter un plaisir durable de quelque sentiment que ce soit, ou de régler sa conduite sur quelque principe stable, si l'on ne se fait une solitude intérieure, d'où notre opinion sorte bien rarement, et où celle d'autrui n'entre jamais. Je ne veux pas dire toutefois que l'homme doive vivre absolument seul : il est lié avec tout le genre humain par ses besoins ; il doit donc ses travaux aux hommes ; il se doit aussi au reste de la nature. Mais comme Dieu a donné à chacun de nous des organes parfaitement assortis aux éléments du globe où nous vivons, des pieds pour le sol, des poumons pour l'air, des yeux pour la lumière, sans que nous puissions intervertir l'usage de ces sens, il s'est réservé pour lui seul, qui est l'auteur de la vie, le cœur, qui en est le principal organe.

Je passe donc mes jours loin des hommes, que j'ai voulu servir, et qui m'ont persécuté. Après avoir parcouru une grande partie de l'Europe et quelques cantons de l'Amérique et de l'Afrique, je me suis fixé dans cette île peu habitée, séduit par sa douce température et par ses solitudes[213]. Une cabane que j'ai bâtie dans la forêt au pied d'un arbre, un petit champ défriché de mes mains, une rivière qui coule devant ma porte, suffisent à mes besoins et à mes plaisirs. Je joins à ces jouissances celle de quelques bons livres qui m'apprennent à devenir meilleur. Ils font encore servir à mon bonheur le monde même que j'ai quitté : ils me présentent des tableaux des passions qui en rendent les habitants si misérables, et par la comparaison que je fais de leur sort au mien, ils me font jouir d'un bonheur négatif. Comme un homme sauvé du naufrage sur un rocher, je contemple de ma solitude les orages qui frémissent dans le reste du monde ; mon repos même redouble par le bruit lointain de la tempête[214]. Depuis que les hommes ne sont plus sur mon chemin, et que je ne suis plus sur le leur, je ne les hais plus ; je les plains. Si je rencontre quelque infortuné, je tâche de venir à son secours par mes conseils, comme un passant sur le bord d'un torrent tend la main à un malheureux qui s'y noie. Mais je n'ai guère trouvé que l'innocence attentive à ma voix. La nature appelle en vain à elle le reste des hommes ; chacun d'eux se fait d'elle une image qu'il revêt de ses propres passions. Il poursuit toute sa vie ce vain fantôme qui l'égare, et il se plaint ensuite au ciel de l'erreur qu'il s'est formée lui-même. Parmi un grand nombre d'infortunés que j'ai quelquefois essayé de ramener à la nature, je n'en ai pas trouvé un seul qui ne fût enivré de ses propres misères. Ils m'écoutaient d'abord avec attention, dans l'espérance que je les aiderais à acquérir de la gloire ou de la fortune ; mais voyant que je ne voulais leur apprendre qu'à s'en passer, ils me trouvaient moi-même misérable de ne pas courir après leur malheureux bonheur : ils blâmaient ma vie solitaire ; ils prétendaient qu'eux seuls étaient utiles aux hommes, et ils s'efforçaient de m'entraîner dans leur tourbillon. Mais si je me communique à tout le monde, je ne me livre à personne[215]. Souvent il me suffit de moi pour me servir de leçon à moi-même. Je repasse dans le calme présent les agitations passées de ma propre vie, auxquelles j'ai donné tant de prix ; les protections, la fortune, la réputation, les voluptés, et les opinions qui se combattent par toute la terre. Je compare tant d'hommes que j'ai vus se disputer avec fureur ces chimères, et qui ne sont plus, aux flots de ma rivière, qui se brisent en écumant contre les rochers de son lit, et disparaissent pour ne revenir jamais. Pour moi, je me laisse entraîner en paix au fleuve du temps, vers l'océan de l'avenir qui n'a plus de rivages ; et par le spectacle des harmonies actuelles de la nature, je m'élève vers son auteur, et j'espère dans un autre monde de plus heureux destins.

Quoiqu'on n'aperçoive pas de mon ermitage, situé au milieu d'une forêt, cette multitude d'objets que nous présente l'élévation du lieu où nous sommes, il s'y trouve des dispositions intéressantes, surtout pour un homme qui, comme moi, aime mieux rentrer en lui-même que s'étendre au-dehors[216]. La rivière qui coule devant ma porte, passe en ligne droite à travers les bois, en sorte qu'elle me présente un long canal ombragé d'arbres de toute sorte de feuillages : il y a des tatamaques*, des bois d'ébène*, et de ceux qu'on appelle ici bois de pomme*, bois d'olive[s]* et bois de cannelle* ; des bosquets de palmistes* élèvent çà et là leurs colonnes nues, et longues de plus de cent pieds, surmontées à leurs sommets d'un bouquet de palmes, et paraissent au-dessus des autres arbres comme une forêt plantée sur une autre forêt. Il s'y joint des lianes de divers feuillages, qui s'enlaçant d'un arbre à l'autre, forment ici des arcades de fleurs, là de longues courtines* de verdure. Des odeurs aromatiques sortent de la plupart de ces arbres, et leurs parfums ont tant d'influence sur les vêtements mêmes, qu'on sent ici un homme qui a traversé une forêt, quelques heures après qu'il en est sorti. Dans la saison où ils donnent leurs fleurs, vous les diriez à demi couverts de neige. À la fin de l'été, plusieurs espèces d'oiseaux étrangers viennent, par un instinct incompréhensible, de régions inconnues, au-delà des vastes mers, récolter les graines des végétaux de cette île, et opposent l'éclat de leurs couleurs à la verdure des arbres rembrunie par le soleil. Telles sont, entre autres, diverses espèces de perruches*, et les pigeons bleus, appelés ici pigeons hollandais[217]. Les singes, habitants domiciliés de ces forêts, se jouent dans leurs sombres rameaux, dont ils se détachent par leur poil gris et verdâtre et leur face toute noire ; quelques-uns s'y suspendent par la queue, et se balancent en l'air ; d'autres sautent de branche en branche, portant leurs petits dans leurs bras. Jamais le fusil meurtrier n'y a effrayé ces paisibles enfants de la nature[218]. On n'y entend que des cris de joie, des gazouillements et des ramages inconnus de quelques oiseaux des terres australes, que répètent au loin les échos de ces forêts. La rivière qui coule en bouillonnant sur un lit de roche, à travers les arbres, réfléchit çà et là dans ses eaux limpides, leurs masses vénérables de verdure et d'ombre, ainsi que les jeux de leurs heureux habitants : à mille pas de là, elle se précipite de différents étages de rocher, et forme à sa chute une nappe d'eau unie comme le cristal, qui se brise en tombant en bouillons d'écume. Mille bruits confus sortent de ces eaux tumultueuses ; et, dispersés par les vents dans la forêt, tantôt ils fuient au loin, tantôt ils se rapprochent tous à la fois, et assourdissent comme les sons des cloches d'une cathédrale. L'air, sans cesse renouvelé par le mouvement des eaux, entretient sur les bords de cette rivière, malgré les ardeurs de l'été, une verdure et une fraîcheur qu'on trouve rarement dans cette île, sur le haut même des montagnes.

À quelque distance de là, est un rocher assez éloigné de la cascade pour qu'on n'y soit pas étourdi du bruit de ses eaux, et qui en est assez voisin pour y jouir de leur vue, de leur fraîcheur et de leur murmure. Nous allions quelquefois, dans les grandes chaleurs, dîner à l'ombre de ce rocher, Madame de La Tour, Marguerite, Virginie, Paul et moi. Comme Virginie dirigeait toujours au bien d'autrui ses actions même les plus communes, elle ne mangeait pas un fruit à la campagne qu'elle n'en mît en terre les noyaux ou les pépins. « Il en viendra, disait-elle, des arbres qui donneront leurs fruits à quelque voyageur, ou au moins à un oiseau. » Un jour donc qu'elle avait mangé une papaye au pied de ce rocher, elle y planta les semences de ce fruit. Bientôt après, il y crût plusieurs papayers*, parmi lesquels il y en avait un femelle, c'est-à-dire, qui porte des fruits[219]. Cet arbre n'était pas si haut que le genou de Virginie à son départ ; mais comme il croît vite, deux ans après[220] il avait vingt pieds de hauteur, et son tronc était entouré, dans sa partie supérieure, de plusieurs rangs de fruits mûrs. Paul, s'étant rendu par hasard dans ce lieu, fut rempli de joie en voyant ce grand arbre sorti d'une petite graine qu'il avait vu planter par son amie ; et en même temps, il fut saisi d'une tristesse profonde par ce témoignage de sa longue absence. Les objets que nous voyons habituellement ne nous font pas apercevoir de la rapidité de notre vie ; ils vieillissent avec nous d'une vieillesse insensible[221] : mais ce sont ceux que nous revoyons tout à coup après les avoir perdus quelques années de vue, qui nous avertissent de la vitesse avec laquelle s'écoule le fleuve de nos jours. Paul fut aussi surpris et aussi troublé à la vue de ce grand papayer* chargé de fruits, qu'un voyageur l'est, après une longue absence de son pays, de n'y plus retrouver ses contemporains, et d'y voir leurs enfants, qu'il avait laissés à la mamelle, devenus eux-mêmes pères de famille. Tantôt il voulait l'abattre, parce qu'il lui rendait trop sensible la longueur du temps qui s'était écoulé depuis le départ de Virginie ; tantôt, le considérant comme un monument[222] de sa bienfaisance, il baisait son tronc, et lui adressait des paroles pleines d'amour et de regrets. Ô arbre dont la postérité existe encore dans nos bois, je vous ai vu moi-même avec plus d'intérêt et de vénération que les arcs de triomphe des Romains ! Puisse la nature, qui détruit chaque jour les monuments de l'ambition des rois, multiplier dans nos forêts ceux de la bienfaisance d'une jeune et pauvre fille !

C'était donc au pied de ce papayer* que j'étais sûr de rencontrer Paul quand il venait dans mon quartier*. Un jour, je l'y trouvai accablé de mélancolie, et j'eus avec lui une conversation que je vais vous rapporter, si je ne vous suis point trop ennuyeux par les longues digressions, pardonnables à mon âge et à mes dernières amitiés. Je vous la raconterai en forme de dialogue, afin que vous jugiez du bon sens naturel de ce jeune homme ; et il vous sera aisé de faire la différence des interlocuteurs par le sens de ses questions et de mes réponses[223].

Il me dit :

« Je suis bien chagrin. Mademoiselle de La Tour est partie depuis deux ans et deux mois ; et depuis huit mois et demi, elle ne nous a pas donné de ses nouvelles[224]. Elle est riche ; je suis pauvre : elle m'a oublié. J'ai envie de m'embarquer : j'irai en France ; j'y servirai le roi ; j'y ferai fortune, et la grand-tante de Mademoiselle de La Tour me donnera sa petite-nièce en mariage, quand je serai devenu un grand seigneur.

Le Vieillard. Oh mon ami ! ne m'avez-vous pas dit que vous n'aviez pas de naissance ?

Paul. Ma mère me l'a dit ; car pour moi, je ne sais ce que c'est que la naissance. Je ne me suis jamais aperçu que j'en eusse moins qu'un autre, ni que les autres en eussent plus que moi[225].

Le Vieillard. Le défaut de naissance vous ferme en France le chemin aux grands emplois. Il y a plus ; vous ne pouvez même être admis dans aucun corps distingué.

Paul. Vous m'avez dit plusieurs fois qu'une des causes de la grandeur de la France, était que le moindre sujet pouvait y parvenir à tout, et vous m'avez cité beaucoup d'hommes célèbres, qui, sortis de petits états, avaient fait honneur à leur patrie. Vous vouliez donc tromper mon courage ?

Le Vieillard. Mon fils, jamais je ne l'abattrai. Je vous ai dit la vérité sur les temps passés ; mais les choses sont bien changées à présent[226] : tout est devenu vénal en France ; tout y est aujourd'hui le patrimoine d'un petit nombre de familles, ou le partage des corps. Le roi est un soleil que les grands et les corps environnent comme des nuages ; il est presque impossible qu'un de ses rayons tombe sur vous[227].

Autrefois, dans une administration moins compliquée, on a vu ces phénomènes. Alors, les talents et le mérite se sont développés de toutes parts, comme des terres nouvelles, qui, venant à être défrichées, produisent avec tout leur suc. Mais les grands rois, qui savent connaître les hommes et les choisir, sont rares. Le vulgaire des rois ne se laisse aller qu'aux impulsions des grands et des corps qui les environnent[228].

PAUL. Mais je trouverai peut-être un de ces grands qui me protégera.

LE VIEILLARD. Pour être protégé des grands, il faut servir leur ambition ou leurs plaisirs. Vous n'y réussirez jamais, car vous êtes sans naissance, et vous avez de la probité.

PAUL. Mais je ferai des actions si courageuses, je serai si fidèle à ma parole, si exact dans mes devoirs, si zélé et si constant dans mon amitié, que je mériterai d'être adopté par quelqu'un d'eux, comme j'ai vu que cela se pratiquait dans les histoires anciennes que vous m'avez fait lire[229].

LE VIEILLARD. Oh mon ami ! chez les Grecs et chez les Romains, même dans leur décadence, les grands avaient du respect pour la vertu ; mais nous avons eu une foule d'hommes célèbres en tout genre, sortis des classes du peuple, et je n'en sache pas un seul qui ait été adopté par une grande maison. La vertu, sans nos rois, serait condamnée en France à être éternellement plébéienne. Comme je vous l'ai dit, ils la mettent quelquefois en honneur lorsqu'ils l'aperçoivent ; mais aujourd'hui, les distinctions qui lui étaient réservées ne s'accordent plus que pour de l'argent.

PAUL. Au défaut d'un grand je chercherai à plaire à un corps. J'épouserai entièrement son esprit et ses opinions ; je m'en ferai aimer.

LE VIEILLARD. Vous ferez donc comme les autres hommes, vous renoncerez à votre conscience pour parvenir à la fortune ?

PAUL. Oh non ! je ne chercherai jamais que la vérité.

LE VIEILLARD. Au lieu de vous faire aimer, vous pourriez bien vous faire haïr. D'ailleurs les corps s'intéressent fort peu à la découverte de la vérité. Toute opinion est indifférente aux ambitieux, pourvu qu'ils gouvernent[230].

PAUL. Que je suis infortuné ! tout me repousse. Je suis condamné à passer ma vie dans un travail obscur, loin de Virginie ! – Et il soupira profondément.

LE VIEILLARD. Que Dieu soit votre unique patron, et le genre humain votre corps ! Soyez constamment attaché à l'un et à l'autre. Les familles, les corps, les peuples, les rois ont leurs préjugés et leurs passions ; il faut souvent les servir par des vices. Dieu et le genre humain ne nous demandent que des vertus[231].

« Mais pourquoi voulez-vous être distingué du reste des hommes ? C'est un sentiment qui n'est pas naturel, puisque si chacun l'avait, chacun serait en état de guerre avec son voisin. Contentez-vous de remplir votre devoir dans l'état où la Providence vous a mis ; bénissez votre sort, qui vous permet d'avoir une conscience à vous, et qui ne vous oblige pas, comme les grands, de mettre votre bonheur dans l'opinion des petits ; et comme les petits, de ramper sous les grands pour avoir de quoi vivre. Vous êtes dans un pays et dans une condition où, pour subsister, vous n'avez besoin ni de tromper, ni de flatter, ni de vous avilir, comme font la plupart de ceux qui cherchent la fortune en Europe ; où votre état ne vous interdit aucune vertu ; où vous pouvez être impunément bon, vrai, sincère, instruit, patient, tempérant, chaste, indulgent, pieux, sans qu'aucun ridicule vienne flétrir votre sagesse, qui n'est encore qu'en fleur. Le ciel vous a donné de la liberté, de la santé, une bonne conscience, et des amis : les rois dont vous ambitionnez la faveur, ne sont pas si heureux.

PAUL. Ah ! il me manque Virginie ! Sans elle, je n'ai rien ; avec elle, j'aurais tout. Elle seule est ma naissance, ma gloire et ma fortune. Mais puisque enfin sa parente veut lui donner pour mari un homme d'un grand nom, avec l'étude et des livres[232] on devient savant et célèbre ; je m'en vais étudier. J'acquerrai de la science ; je servirai utilement ma patrie par mes lumières, sans nuire à personne, et sans en dépendre ; je deviendrai fameux, et ma gloire n'appartiendra qu'à moi[233].

LE VIEILLARD. Mon fils, les talents sont encore plus rares que la naissance et que les richesses ; et sans doute ils sont de plus grands biens, puisque rien ne peut les ôter, et que partout ils nous concilient l'estime publique : mais ils coûtent cher. On ne les acquiert que par des privations en tout genre, par une sensibilité exquise[234], qui nous rend malheureux au-dedans et au-dehors, par les persécutions de nos contemporains. L'homme de robe n'envie point, en France, la gloire du militaire, ni le militaire celle de l'homme de mer ; mais tout le monde y traversera votre chemin, parce que tout le monde s'y pique d'avoir de l'esprit. Vous servirez les hommes, dites-vous ? Mais celui qui fait produire à un terrain une gerbe de blé de plus, leur rend un plus grand service que celui qui leur donne un livre.

PAUL. Oh ! celle qui a planté ce papayer*, a fait aux habitants de ces forêts un présent plus utile et plus doux, que si elle leur avait donné une bibliothèque. – Et en même temps, il saisit cet arbre dans ses bras, et le baisa avec transport[235].

LE VIEILLARD. Le meilleur des livres, qui ne prêche que l'égalité, l'amitié, l'humanité et la concorde, l'Évangile, a servi pendant des siècles de prétexte aux fureurs des Européens[236]. Combien de tyrannies publiques et particulières s'exercent encore en son nom sur la terre ! Après cela, qui se flattera d'être utile aux hommes par un livre[237] ? Rappelez-vous quel a été le sort de la plupart des philosophes qui leur ont prêché la sagesse. Homère, qui l'a revêtue de vers si beaux, demandait l'aumône pendant sa vie. Socrate, qui en donna aux Athéniens de si aimables leçons, par ses discours et par ses mœurs, fut empoisonné juridiquement par eux[238]. Son sublime disciple Platon, fut livré à l'esclavage par l'ordre du prince même qui le protégeait ; et avant eux, Pythagore, qui étendait l'humanité jusqu'aux animaux, fut brûlé vif par les Crotoniates[239]. Que dis-je ? la plupart même de ces noms illustres sont venus à nous défigurés par quelques traits de satire qui les caractérisent, l'ingratitude humaine se plaisant à les reconnaître là ; et si dans la foule, la gloire de quelques-uns est venue nette et pure jusqu'à nous, c'est que ceux qui les ont portés ont vécu loin de la société de leurs contemporains : semblables à ces statues qu'on tire entières des champs de la Grèce et de l'Italie, et qui, pour avoir été ensevelies dans le sein de la terre, ont échappé à la fureur des barbares.

« Vous voyez donc que pour acquérir la gloire orageuse des lettres, il faut bien de la vertu, et être prêt à sacrifier sa propre vie. D'ailleurs, croyez-vous que cette gloire intéresse en France les gens riches ? Ils se soucient bien des gens de lettres, auxquels la science ne rapporte ni dignité dans la patrie, ni gouvernement, ni entrée à la Cour. On persécute peu dans ce siècle indifférent à tout, hors à la fortune et aux voluptés ; mais les lumières et la vertu n'y mènent à rien de distingué, parce que tout est dans l'État le prix de l'argent. Autrefois, elles trouvaient des récompenses, assurées dans les différentes places de l'église, de la magistrature et de l'administration ; aujourd'hui, elles ne servent qu'à faire des livres[240]. Mais ce fruit, peu prisé des gens du monde, est toujours digne de son origine céleste. C'est à ces mêmes livres qu'il est réservé particulièrement de donner de l'éclat à la vertu obscure, de consoler les malheureux, d'éclairer les nations, et de dire la vérité même aux rois. C'est, sans contredit, la fonction la plus auguste dont le ciel puisse honorer un mortel sur la terre. Quel est l'homme qui ne se console de l'injustice ou du mépris de ceux qui disposent de la fortune, lorsqu'il pense que son ouvrage ira, de siècle en siècle et de nations en nations, servir de barrière à l'erreur et aux tyrans ; et que, du sein de l'obscurité où il a vécu, il jaillira une gloire qui effacera celle de la plupart des rois, dont les monuments périssent dans l'oubli, malgré les flatteurs qui les élèvent et qui les vantent[241] ?

PAUL. Ah ! je ne voudrais cette gloire que pour la répandre sur Virginie, et la rendre chère à l'univers. Mais vous qui avez tant de connaissances, dites-moi si nous nous marierons ? Je voudrais être savant, au moins pour connaître l'avenir.

LE VIEILLARD. Qui voudrait vivre, mon fils, s'il connaissait l'avenir ? Un seul malheur prévu nous donne tant de vaines inquiétudes ! la vue d'un malheur certain empoisonnerait tous les jours qui le précéderaient. Il ne faut pas même trop approfondir ce qui nous environne ; et le ciel, qui nous donna la réflexion pour prévoir nos besoins, nous a donné les besoins pour mettre des bornes à notre réflexion[242].

PAUL. Avec de l'argent, dites-vous, on acquiert en Europe des dignités et des honneurs. J'irai m'enrichir au Bengale pour aller épouser Virginie à Paris. Je vais m'embarquer.

LE VIEILLARD. Quoi ! vous quitteriez sa mère et la vôtre ?

PAUL. Vous m'avez vous-même donné le conseil de passer aux Indes.

LE VIEILLARD. Virginie était alors ici. Mais vous êtes maintenant l'unique soutien de votre mère et de la sienne[243].

PAUL. Virginie leur fera du bien par sa riche parente.

LE VIEILLARD. Les riches n'en font guère qu'à ceux qui leur font honneur dans le monde. Ils ont des parents bien plus à plaindre que Madame de La Tour, qui, faute d'être secourus par eux, sacrifient leur liberté pour avoir du pain, et passent leur vie renfermés dans des couvents[244].

PAUL. Quel pays que l'Europe ! Oh ! il faut que Virginie revienne ici. Qu'a-t-elle besoin d'avoir une parente riche ? Elle était si contente sous ces cabanes, si jolie et si bien parée avec un mouchoir rouge ou des fleurs autour de sa tête. Reviens, Virginie ! quitte tes hôtels et tes grandeurs. Reviens dans ces rochers, à l'ombre de ces bois et de nos cocotiers*. Hélas ! tu es peut-être maintenant malheureuse... – Et il se mettait à pleurer. – Mon père, ne me cachez rien : si vous ne pouvez me dire si j'épouserai Virginie, au moins apprenez-moi si elle m'aime encore, au milieu de ces grands seigneurs qui parlent au roi, et qui la vont voir [?]

LE VIEILLARD. Oh ! mon ami, je suis sûr qu'elle vous aime, par plusieurs raisons, mais surtout parce qu'elle a de la vertu. – À ces mots, il me sauta au cou, transporté de joie.

PAUL. Mais, croyez-vous les femmes d'Europe fausses comme on les représente dans les comédies et dans les livres que vous m'avez prêtés ?

LE VIEILLARD. Les femmes sont fausses dans les pays où les hommes sont tyrans. Partout la violence produit la ruse.

PAUL. Comment peut-on être tyran des femmes ?

LE VIEILLARD. En les mariant sans les consulter, une jeune fille avec un vieillard, une femme sensible avec un homme indifférent.

PAUL. Pourquoi ne pas marier ensemble ceux qui se conviennent, les jeunes avec les jeunes, les amants avec les amantes[245] ?

Le Vieillard. C'est que la plupart des jeunes gens, en France, n'ont pas assez de fortune pour se marier, et qu'ils n'en acquièrent qu'en devenant vieux. Jeunes, ils corrompent les femmes de leurs voisins ; vieux, ils ne peuvent fixer l'affection de leurs épouses. Ils ont trompé étant jeunes ; on les trompe à leur tour étant vieux. C'est une des réactions de la justice universelle qui gouverne le monde. Un excès y balance toujours un autre excès[246]. Ainsi la plupart des Européens passent leur vie dans ce double désordre, et ce désordre augmente dans une société, à mesure que les richesses s'y accumulent sur un moindre nombre de têtes. L'État est semblable à un jardin, où les petits arbres ne peuvent venir s'il y en a de trop grands qui les ombragent ; mais il y a cette différence, que la beauté d'un jardin peut résulter d'un petit nombre de grands arbres, et que la prospérité d'un État dépend toujours de la multitude et de l'égalité des sujets, et non pas d'un petit nombre de riches.

Paul. Mais, qu'est-il besoin d'être riche pour se marier ?

Le Vieillard. Afin de passer ses jours dans l'abondance, sans rien faire.

Paul. Et pourquoi ne pas travailler ? Je travaille bien, moi.

Le Vieillard. C'est qu'en Europe le travail des mains déshonore. On l'appelle travail mécanique. Celui même de labourer la terre y est le plus méprisé de tous. Un artisan y est bien plus estimé qu'un paysan[247].

Paul. Quoi ! l'art qui nourrit les hommes est méprisé en Europe ! Je ne vous comprends pas[248].

Le Vieillard. Oh ! il n'est pas possible à un homme élevé dans la nature, de comprendre les dépravations de la société. On se fait une idée précise de l'ordre, mais non pas du désordre[249]. La beauté, la vertu, le bonheur, ont des proportions ; la laideur, le vice et le malheur, n'en ont point[250].

Paul. Les gens riches sont donc bien heureux ! Ils ne trouvent d'obstacles à rien ; ils peuvent combler de plaisirs les objets qu'ils aiment.

Le Vieillard. Ils sont la plupart usés sur tous les plaisirs, par cela même qu'ils ne leur coûtent aucunes peines. N'avez-vous pas éprouvé que le plaisir du repos s'achète par la fatigue ; celui de manger, par la faim ; celui de boire, par la soif ? Eh bien ! celui d'aimer et d'être aimé, ne s'acquiert que par une multitude de privations et de sacrifices. Les richesses ôtent aux riches tous ces plaisirs-là, en prévenant leurs besoins. Joignez à l'ennui qui suit leur satiété, l'orgueil qui naît de leur opulence, et que la moindre privation blesse, lors même que les plus grandes jouissances ne le flattent plus. Le parfum de mille roses ne plaît qu'un instant ; mais la douleur que cause une seule de leurs épines dure longtemps après sa piqûre. Un mal au milieu des plaisirs est pour les riches une épine au milieu des fleurs. Pour les pauvres, au contraire, un plaisir au milieu des maux est une fleur au milieu des épines ; ils en goûtent vivement la jouissance. Tout effet augmente par son contraste. La nature a tout balancé[251]. Quel état, à tout prendre, croyez-vous préférable, de n'avoir presque rien à espérer et tout à craindre, ou presque rien à craindre et tout à espérer ? Le premier état est celui des riches, et le second celui des pauvres. Mais ces extrêmes sont également difficiles à supporter aux hommes, dont le bonheur consiste dans la médiocrité* et la vertu[252].

PAUL. Qu'entendez-vous par la vertu ?

LE VIEILLARD. Mon fils ! vous qui soutenez vos parents par vos travaux, vous n'avez pas besoin qu'on vous la définisse. La vertu est un effort fait sur nous-mêmes pour le bien d'autrui, dans l'intention de plaire à Dieu seul.

PAUL. Oh ! que Virginie est vertueuse ! C'est par vertu qu'elle a voulu être riche, afin d'être bienfaisante. C'est par vertu qu'elle est partie de cette île : la vertu l'y ramènera[253]. »

L'idée de son retour prochain allumant l'imagination de ce jeune homme, toutes ses inquiétudes s'évanouissaient. Virginie n'avait point écrit, parce qu'elle allait arriver. Il fallait si peu de temps pour venir d'Europe avec un bon vent ! Il faisait l'énumération des vaisseaux qui avaient fait ce trajet de quatre mille cinq cents lieues en moins de trois mois[254]. Le vaisseau où elle s'était embarquée n'en mettrait pas plus de deux. Les constructeurs étaient aujourd'hui si savants, et les marins si habiles[255] ! Il parlait des arrangements qu'il allait faire pour la recevoir, du nouveau logement qu'il allait bâtir, des plaisirs et des surprises qu'il lui ménagerait chaque jour quand elle serait sa femme ; sa femme !... cette idée le ravissait. « Au moins, mon père, me disait-il, vous ne ferez plus rien que pour votre plaisir. Virginie étant riche, nous aurons beaucoup de Noirs qui travailleront pour vous[256]. Vous serez toujours avec nous, n'ayant d'autre souci que celui de vous amuser et de vous réjouir. » Et il allait, hors de lui, porter à sa famille, la joie dont il était enivré[257].

En peu de temps, les grandes craintes succèdent aux grandes espérances. Les passions violentes jettent toujours l'âme dans les extrémités opposées. Souvent, dès le lendemain, Paul revenait me voir, accablé de tristesse. Il me disait : « Virginie ne m'écrit point. Si elle était partie d'Europe, elle m'aurait mandé* son départ. Ah ! les bruits qui ont couru d'elle ne sont que trop fondés ! Sa tante l'a mariée à un grand seigneur. L'amour des richesses l'a perdue comme tant d'autres. Dans ces livres qui peignent si bien les femmes, la vertu n'est qu'un sujet de roman. Si Virginie avait eu de la vertu, elle n'aurait pas quitté sa propre mère et moi. Pendant que je passe ma vie à penser à elle, elle m'oublie. Je m'afflige, et elle se divertit. Ah ! cette pensée me désespère. Tout travail me déplaît ; toute société m'ennuie. Plût à Dieu que la guerre fût déclarée dans l'Inde ! j'irais y mourir[258].

— Mon fils, lui répondis-je, le courage qui nous jette dans la mort, n'est que le courage d'un instant. Il est souvent excité par les vains applaudissements des hommes. Il en est un plus rare et plus nécessaire, qui nous fait supporter chaque jour, sans témoin et sans éloge, les traverses de la vie : c'est la patience. Elle s'appuie, non sur l'opinion d'autrui ou sur l'impulsion de nos passions, mais sur la volonté de Dieu. La patience est le courage de la vertu.

— Ah ! s'écria-t-il, je n'ai donc point de vertu ! Tout m'accable et me désespère. – La vertu, repris-je, toujours égale, constante, invariable, n'est pas le partage de l'homme[259]. Au milieu de tant de passions qui nous agitent, notre raison se trouble et s'obscurcit ; mais il est des phares où nous pouvons en rallumer le flambeau : ce sont les lettres.

« Les lettres, mon fils, sont un secours du ciel. Ce sont des rayons de cette sagesse qui gouverne l'univers, que l'homme inspiré par un art céleste, a appris à fixer sur la terre. Semblables aux rayons du soleil, elles éclairent, elles réjouissent, elles échauffent ; c'est un feu divin. Comme le feu, elles approprient toute la nature à notre usage. Par elles, nous réunissons autour de nous, les choses, les lieux, les hommes et les temps. Ce sont elles qui nous rappellent aux règles de la vie humaine[260]. Elles calment les passions ; elles répriment les vices ; elles excitent les vertus par les exemples augustes des gens de bien qu'elles célèbrent, et dont elles nous présentent les images toujours honorées. Ce sont des filles du ciel qui descendent sur la terre pour charmer les maux du genre humain. Les grands écrivains qu'elles inspirent ont toujours paru dans les temps les plus difficiles à supporter à toute société, les temps de barbarie et ceux de dépravation. Mon fils, les lettres ont consolé une infinité d'hommes plus malheureux que vous : Xénophon, exilé de sa patrie après y avoir ramené dix mille Grecs ; Scipion l'Africain, lassé des calomnies des Romains ; Lucullus, de leurs brigues ; Catinat, de l'ingratitude de sa cour[261]. Les Grecs, si ingénieux, avaient réparti à chacune des Muses qui président aux lettres une partie de notre entendement, pour le gouverner : nous devons donc leur donner nos passions à régir, afin qu'elles leur imposent un joug et un frein. Elles doivent remplir, par rapport aux puissances de notre âme, les mêmes fonctions que les Heures qui attelaient et conduisaient les chevaux du Soleil.

« Lisez donc, mon fils. Les sages qui ont écrit avant nous, sont des voyageurs qui nous ont précédés dans les sentiers de l'infortune, qui nous tendent la main, et nous invitent à nous joindre à leur compagnie lorsque tout nous abandonne. Un bon livre est un bon ami.

— Ah ! s'écriait Paul, je n'avais pas besoin de savoir lire quand Virginie était ici. Elle n'avait pas plus étudié que moi ; mais quand elle me regardait en m'appelant son ami, il m'était impossible d'avoir du chagrin.

— Sans doute, lui disais-je, il n'y a point d'ami aussi agréable qu'une maîtresse qui nous aime. Il y a de plus, dans la femme, une gaieté légère qui dissipe la tristesse de l'homme. Ses grâces font évanouir les noirs fantômes de la réflexion. Sur son visage sont les doux attraits et la confiance. Quelle joie n'est rendue plus vive par sa joie ? Quel front ne se déride à son sourire ? Quelle colère résiste à ses larmes[262] ? Virginie reviendra avec plus de philosophie que vous n'en avez[263]. Elle sera bien surprise de ne pas retrouver le jardin tout à fait rétabli, elle qui ne songe qu'à l'embellir, malgré les persécutions de sa parente, loin de sa mère et de vous[264]. »

L'idée du retour prochain de Virginie renouvelait le courage de Paul, et le ramenait à ses occupations champêtres. Heureux au milieu de ses peines, de proposer à son travail une fin qui plaisait à sa passion !

Un matin, au point du jour (c'était le 24 décembre 1744[265]), Paul, en se levant, aperçut un pavillon blanc arboré sur la montagne de la Découverte[266]. Ce pavillon était le signalement* d'un vaisseau qu'on voyait en mer. Paul courut à la ville pour savoir s'il n'apportait pas des nouvelles de Virginie. Il y resta jusqu'au retour du pilote du port, qui s'était embarqué pour aller le reconnaître, suivant l'usage. Cet homme ne revint que le soir. Il rapporta au gouverneur que le vaisseau signalé était le *Saint-Géran*[267], du port de 700 tonneaux, commandé par un capitaine appelé M. Aubin[268] ; qu'il était à quatre lieues au large, et qu'il ne mouillerait* au Port-Louis que le lendemain dans l'après-midi, si le vent était favorable. Il n'en faisait point du tout alors. Le pilote remit au gouverneur les lettres que ce vaisseau apportait de France[269]. Il y en avait une pour Madame de La Tour, de l'écriture de Virginie. Paul s'en saisit aussitôt, la baisa avec transport, la mit dans son sein, et courut à l'habitation*. Du plus loin qu'il aperçut la famille, qui attendait son retour sur le Rocher des adieux, il éleva la lettre en l'air sans pouvoir parler ; et aussitôt tout le monde se rassembla chez Madame de La Tour, pour en entendre la lecture[270]. Virginie mandait* à sa mère qu'elle avait éprouvé beaucoup de mauvais procédés de la part de sa grand-tante, qui l'avait voulu marier malgré elle, ensuite déshéritée, et enfin renvoyée dans un temps qui ne lui permettait d'arriver à l'île de France que dans la saison des ouragans* ; qu'elle avait essayé en vain de la fléchir, en lui représentant ce qu'elle devait à sa mère et aux habitudes du premier âge ; qu'elle en avait été traitée de fille insensée, dont la tête était gâtée par les romans ; qu'elle n'était maintenant sensible qu'au bonheur de revoir et d'embrasser sa chère famille, et qu'elle eût satisfait cet ardent désir dès le jour même, si le capitaine lui eût permis de s'embarquer dans la chaloupe du pilote ; mais qu'il s'était opposé à son départ, à cause de l'éloignement de la terre, et d'une grosse mer qui régnait au large, malgré le calme des vents.

À peine cette lettre fut lue, que toute la famille transportée de joie, s'écria : « Virginie est arrivée ! » Maîtresse et serviteurs[271], tous s'embrassèrent. Madame de La Tour dit à Paul : « Mon fils, allez prévenir notre voisin[272] de l'arrivée de Virginie. » Aussitôt Domingue alluma un flambeau de bois de ronde*, et Paul et lui s'acheminèrent vers mon habitation*.

Il pouvait être dix heures du soir[273]. Je venais d'éteindre ma lampe et de me coucher, lorsque j'aperçus à travers les palissades de ma cabane, une lumière dans les bois. Bientôt après, j'entendis la voix de Paul qui m'appelait. Je me lève ; et à peine j'étais habillé, que Paul, hors de lui et tout essoufflé, me saute au cou en me disant : « Allons, allons, Virginie est arrivée. Allons au port, le vaisseau y mouillera* au point du jour. »

Sur-le-champ, nous nous mettons en route. Comme nous traversions les bois de la Montagne-Longue, et que nous étions déjà sur le chemin qui mène des Pamplemousses au port, j'entendis quelqu'un marcher derrière nous. C'était un Noir qui s'avançait à grands pas. Dès qu'il nous eut atteints, je lui demandai d'où il venait et où il allait en si grande hâte. Il me répondit : « Je viens du quartier* de l'île appelé la Poudre-d'Or : on m'envoie au port, avertir le gouverneur qu'un vaisseau de France est mouillé* sous l'île d'Ambre[274].

Il tire du canon pour demander du secours, car la mer est bien mauvaise. » Cet homme ayant ainsi parlé, continua sa route sans s'arrêter davantage.

Je dis alors à Paul : « Allons vers le quartier* de la Poudre-d'Or, au-devant de Virginie ; il n'y a que trois lieues d'ici[275]. » Nous nous mîmes donc en route vers le nord de l'île. Il faisait une chaleur étouffante. La lune était levée ; on voyait autour d'elle trois grands cercles noirs. Le ciel était d'une obscurité affreuse. On distinguait, à la lueur fréquente des éclairs, de longues files de nuages épais, sombres, peu élevés, qui s'entassaient vers le milieu de l'île, et venaient de la mer avec une grande vitesse, quoiqu'on ne sentît pas le moindre vent à terre[276]. Chemin faisant, nous crûmes entendre rouler le tonnerre ; mais ayant prêté l'oreille attentivement, nous reconnûmes que c'étaient des coups de canon répétés par les échos. Ces coups de canon lointains, joints à l'aspect d'un ciel orageux, me firent frémir. Je ne pouvais douter qu'ils ne fussent les signaux de détresse d'un vaisseau en perdition[277]. Une demi-heure après, nous n'entendîmes plus tirer du tout ; et ce silence me parut encore plus effrayant que le bruit lugubre qui l'avait précédé.

Nous nous hâtions d'avancer, sans dire un mot, et sans oser nous communiquer nos inquiétudes[278]. Vers minuit, nous arrivâmes tout en nage sur le bord de la mer, au quartier* de la Poudre-d'Or. Les flots s'y brisaient avec un bruit épouvantable ; ils en couvraient les rochers et les grèves d'écume d'un blanc éblouissant et d'étincelles de feu. Malgré les ténèbres, nous distinguâmes, à ces lueurs phosphoriques, les pirogues des pêcheurs, qu'on avait tirées bien avant sur le sable.

À quelque distance de là, nous vîmes, à l'entrée du bois, un feu autour duquel plusieurs habitants* s'étaient rassemblés. Nous fûmes nous y reposer en attendant le jour. Pendant que nous étions assis auprès de ce feu, un des habitants* nous raconta que dans l'après-midi[279], il avait vu un vaisseau en pleine mer porté sur l'île par les courants ; que la nuit l'avait dérobé à sa vue ; que deux heures après le coucher du soleil, il l'avait entendu tirer du canon pour appeler du secours, mais que la mer était si mauvaise, qu'on n'avait pu mettre aucun bateau dehors pour aller à lui ; que bientôt après, il avait cru apercevoir ses fanaux allumés, et que, dans ce cas, il craignait que le vaisseau, venu si près du rivage, n'eût passé entre la terre et la petite île d'Ambre, prenant celle-ci pour le Coin de Mire[280], près duquel passent les vaisseaux qui arrivent au Port-Louis ; que si cela était, ce qu'il ne pouvait toutefois affirmer, ce vaisseau était dans le plus grand péril[281]. Un autre habitant* prit la parole, et nous dit qu'il avait traversé plusieurs fois le canal* qui sépare l'île d'Ambre de la côte ; qu'il l'avait sondé ; que la tenu[r]e* et le mouillage en étaient très bons, et que le vaisseau y était en parfaite sûreté comme dans le meilleur port : « J'y mettrais toute ma fortune, ajouta-t-il, et j'y dormirais aussi tranquillement qu'à terre. » Un troisième habitant* dit qu'il était impossible que ce vaisseau pût entrer dans ce canal*, où à peine les chaloupes pouvaient naviguer[282]. Il assura qu'il l'avait vu mouiller* au-delà de l'île d'Ambre, en sorte que si le vent venait à s'élever au matin, il serait le maître de pousser au large ou de gagner le port. D'autres habitants* ouvrirent d'autres opinions.

Pendant qu'ils contestaient* entre eux, suivant la coutume des Créoles* oisifs[283], Paul et moi nous gardions un profond silence. Nous restâmes là jusqu'au petit point du jour ; mais il faisait trop peu de clarté au ciel pour qu'on pût distinguer aucun objet sur la mer, qui, d'ailleurs, était couverte de brume : nous n'entrevîmes au large qu'un nuage sombre, qu'on nous dit être l'île d'Ambre[284], située à un quart de lieue de la côte. On n'apercevait dans ce jour ténébreux, que la pointe du rivage où nous étions, et quelques pitons* des montagnes de l'intérieur de l'île, qui apparaissaient de temps en temps au milieu des nuages qui circulaient autour.

Vers les sept heures du matin, nous entendîmes dans les bois un bruit de tambours ; c'était le gouverneur, M. de La Bourdonnais, qui arrivait à cheval, suivi d'un détachement de soldats armés de fusils, et d'un grand nombre d'habitants* et de Noirs[285]. Il plaça ses soldats sur le rivage, et leur ordonna de faire feu de leurs armes tous à la fois. À peine leur décharge fut faite, que nous aperçûmes sur la mer une lueur, suivie presque aussitôt d'un coup de canon. Nous jugeâmes que le vaisseau était à peu de distance de nous, et nous courûmes tous du côté où nous avions vu son signal. Nous aperçûmes alors à travers le brouillard, le corps* et les vergues* d'un grand vaisseau. Nous en étions si près, que malgré le bruit des flots, nous entendîmes le sifflet du maître* qui commandait la manœuvre, et les cris des matelots, qui crièrent trois fois *Vive le Roi !* car c'est le cri des Français dans les dangers extrêmes ainsi que dans les grandes joies[286] ; comme si, dans les dangers, ils appelaient leur prince à leur secours, ou comme s'ils voulaient témoigner alors qu'ils sont prêts à périr pour lui.

Depuis le moment où le *Saint-Géran* aperçut que nous étions à portée de le secourir[287], il ne cessa de tirer du canon de trois minutes en trois minutes. M. de La Bourdonnais fit allumer de grands feux de distance en distance sur la grève, et envoya chez tous les habitants* du voisinage, chercher des vivres, des planches, des câbles, et des tonneaux vides. On en vit arriver bientôt une foule, accompagnés de leurs Noirs chargés de provisions et d'agrès, qui venaient des habitations* de la Poudre-d'Or, du quartier* de Flacque et de la rivière du Rempart[288]. Un des plus anciens de ces habitants* s'approcha du gouverneur, et lui dit : « Monsieur, on a entendu toute la nuit des bruits sourds dans la montagne ; dans les bois, les feuilles des arbres remuent sans qu'il fasse de vent ; les oiseaux de marine se réfugient à terre : certainement tous ces signes annoncent un ouragan*. – Eh bien ! mes amis, répondit le gouverneur, nous y sommes préparés, et sûrement le vaisseau l'est aussi. »

En effet, tout présageait l'arrivée prochaine d'un ouragan*. Les nuages qu'on distinguait au zénith étaient à leur centre d'un noir affreux, et cuivrés sur leurs bords. L'air retentissait des cris des pailleen-cul*, des frégates*, des coupeurs d'eau*, et d'une multitude d'oiseaux de marine, qui, malgré l'obscurité de l'atmosphère, venaient de tous les points de l'horizon chercher des retraites dans l'île[289].

Vers les neuf heures du matin[290], on entendit du côté de la mer des bruits épouvantables, comme si des torrents d'eau, mêlés à des tonnerres, eussent roulé du haut des montagnes. Tout le monde s'écria : « Voilà l'ouragan* ! » et dans l'instant, un tourbillon affreux de vent enleva la brume qui couvrait l'île d'Ambre et son canal*[291]. Le *Saint-Géran* parut alors à découvert, avec son pont chargé de monde, ses vergues* et ses mâts de hune* amenés sur le tillac*, son pavillon en berne*, quatre câbles sur son avant, et un de retenue* sur son arrière. Il était mouillé* entre l'île d'Ambre et la terre, en deçà de la ceinture de récifs, qui entoure l'île de France, et qu'il avait franchie par un endroit où jamais vaisseau n'avait passé avant lui[292]. Il présentait son avant aux flots qui venaient de la pleine mer, et à chaque lame d'eau qui s'engageait dans le canal*, sa proue se soulevait tout entière, de sorte qu'on en voyait la carène* en l'air ; mais dans ce mouvement, sa poupe venant à plonger, disparaissait à la vue jusqu'au couronnement*, comme si elle eût été submergée. Dans cette position, où le vent et la mer le jetaient à terre, il lui était également impossible de s'en aller par où il était venu, ou, en coupant ses câbles, d'échouer sur le rivage dont il était séparé par de hauts fonds semés de récifs. Chaque lame qui venait briser sur la côte, s'avançait en mugissant jusqu'au fond des anses, et y jetait des galets à plus de cinquante pieds dans les terres ; puis venant à se retirer, elle découvrait une grande partie du lit du rivage, dont elle roulait les cailloux avec un bruit rauque et affreux[293]. La mer, soulevée par le vent, grossissait à chaque instant, et tout le canal* compris entre cette île et l'île d'Ambre, n'était qu'une vaste nappe d'écumes blanches, creusée de vagues noires et profondes. Ces écumes s'amassaient dans le fond des anses, à plus de six pieds de hauteur, et le vent qui en balayait la surface, les portait par-dessus l'escarpement du rivage à plus d'une demi-lieue dans les terres. À leurs flocons blancs et innombrables, qui étaient chassés horizontalement jusqu'au pied des montagnes, on eût dit d'une neige qui sortait de la mer. L'horizon offrait tous les signes d'une longue tempête ; la mer y paraissait confondue avec le ciel. Il s'en détachait sans cesse des nuages d'une forme horrible, qui traversaient le zénith avec la vitesse des oiseaux, tandis que d'autres y paraissaient immobiles comme de grands rochers. On n'apercevait aucune partie azurée du firmament ; une lueur olivâtre et blafarde éclairait seule tous les objets de la terre, de la mer et des cieux.

Dans les balancements du vaisseau, ce qu'on craignait arriva[294]. Les câbles de son avant rompirent ; et comme il n'était plus retenu que par une seule ansière*, il fut jeté sur les rochers à une demi-encablure* du rivage[295]. Ce ne fut qu'un cri de douleur parmi nous. Paul allait s'élancer à la mer, lorsque je le saisis par le bras : « Mon fils, lui dis-je, voulez-vous périr ? – Que j'aille à son secours, s'écria-t-il, ou que je meure ! » Comme le désespoir lui ôtait la raison, pour prévenir sa perte, Domingue et moi lui attachâmes à la ceinture une longue corde dont nous saisîmes l'une des extrémités. Paul alors s'avança vers le *Saint-Géran*, tantôt nageant, tantôt marchant sur les récifs. Quelquefois, il avait l'espoir de l'aborder ; car la mer, dans ses mouvements irréguliers, laissait le vaisseau presque à sec, de manière qu'on en eût pu faire le tour à pied ; mais bientôt après, revenant sur ses pas avec une nouvelle furie, elle le couvrait d'énormes voûtes d'eau qui soulevaient tout l'avant de sa carène*, et rejetaient bien loin sur le rivage le malheureux Paul, les jambes en sang, la poitrine meurtrie, et à demi noyé. À peine ce jeune homme avait-il repris l'usage de ses sens, qu'il se relevait, et retournait avec une nouvelle ardeur vers le vaisseau, que la mer cependant entrouvrait par d'horribles secousses. Tout l'équipage, désespérant alors de son salut, se précipitait en foule à la mer, sur des vergues*, des planches, des cages à poules, des tables et des tonneaux. On vit alors un objet digne d'une éternelle pitié : une jeune demoiselle parut dans la galerie* de la poupe du *Saint-Géran*, tendant les bras vers celui qui faisait tant d'efforts pour la joindre. C'était Virginie. Elle avait reconnu son amant à son intrépidité. La vue de cette aimable personne exposée à un si terrible danger, nous remplit de douleur et de désespoir. Pour Virginie, d'un port noble et assuré, elle nous faisait signe de la main, comme nous disant un éternel adieu. Tous les matelots s'étaient jetés à la mer. Il n'en restait plus qu'un sur le pont, qui était tout nu, et nerveux comme Hercule. Il s'approcha de Virginie avec respect : nous le vîmes se jeter à ses genoux, et s'efforcer même de lui ôter ses habits[296] ; mais elle, le repoussant avec dignité, détourna de lui sa vue[297]. On entendit aussitôt ces cris redoublés des spectateurs : « Sauvez-la, sauvez-la ; ne la quittez pas ! » Mais dans ce moment, une montagne d'eau d'une effroyable grandeur s'engouffra entre l'île d'Ambre et la côte, et s'avança en rugissant vers le vaisseau, qu'elle menaçait de ses flancs noirs et de ses sommets écumants. À cette terrible vue, le matelot s'élança seul à la mer ; et Virginie, voyant la mort inévitable, posa une main sur ses habits, l'autre sur son cœur, et levant en haut des yeux sereins, parut un ange qui prend son vol vers les cieux[298].

Ô jour affreux ! hélas ! tout fut englouti[299]. La lame jeta bien avant dans les terres une partie des spectateurs, qu'un mouvement d'humanité avait portés à s'avancer vers Virginie, ainsi que le matelot qui l'avait voulu sauver à la nage. Cet homme échappé à une mort presque certaine, s'agenouilla sur le sable, en disant : « Ô mon Dieu ! vous m'avez sauvé la vie ; mais je l'aurais donnée de bon cœur pour cette digne demoiselle qui n'a jamais voulu se déshabiller comme moi. » Domingue et moi, nous retirâmes des flots le malheureux Paul sans connaissance, rendant le sang par la bouche et par les oreilles. Le gouverneur le fit mettre entre les mains des chirurgiens ; et nous cherchâmes de notre côté le long du rivage, si la mer n'y apporterait point le corps de Virginie[300] : mais le vent ayant tourné subitement, comme il arrive dans les ouragans*, nous eûmes le chagrin de penser que nous ne pourrions pas même rendre à cette fille infortunée les devoirs de la sépulture. Nous nous éloignâmes de ce lieu, accablés de consternation, tous l'esprit frappé d'une seule perte, dans un naufrage où un grand nombre de personnes avaient péri, la plupart doutant, par une fin aussi funeste d'une fille si vertueuse, qu'il existât une Providence ; car il y a des maux si terribles et si peu mérités, que l'espérance même du sage en est ébranlée[301].

Cependant, on avait mis Paul, qui commençait à reprendre ses sens, dans une maison voisine, jusqu'à ce qu'il fût en état d'être transporté à son habitation*.

Pour moi, je m'en revins avec Domingue, afin de préparer la mère de Virginie et son amie à ce désastreux événement[302]. Quand nous fûmes à l'entrée du vallon de la rivière des Lataniers*, des Noirs nous dirent que la mer jetait beaucoup de débris du vaisseau dans la baie vis-à-vis[303]. Nous y descendîmes, et un des premiers objets que j'aperçus sur le rivage, fut le corps de Virginie. Elle était à moitié couverte de sable, dans l'attitude où nous l'avions vue périr. Ses traits n'étaient point sensiblement altérés. Ses yeux étaient fermés ; mais la sérénité était encore sur son front : seulement les pâles violettes de la mort se confondaient sur ses joues avec les roses de la pudeur. Une de ses mains était sur ses habits, et l'autre, qu'elle appuyait sur son cœur, était fortement fermée et roidie. J'en dégageai avec peine une petite boîte : mais quelle fut ma surprise, lorsque je vis que c'était le portrait de Paul, qu'elle lui avait promis de ne jamais abandonner tant qu'elle vivrait ! À cette dernière marque de la constance et de l'amour de cette fille infortunée, je pleurai amèrement. Pour Domingue, il se frappait la poitrine et perçait l'air de ses cris douloureux[304]. Nous portâmes le corps de Virginie dans une cabane de pêcheurs, où nous le donnâmes à garder à de pauvres femmes malabares*, qui prirent soin de le laver.

Pendant qu'elles s'occupaient de ce triste office, nous montâmes en tremblant à l'habitation*[305]. Nous y trouvâmes Madame de La Tour et Marguerite en prières, en attendant des nouvelles du vaisseau. Dès que Madame de La Tour m'aperçut, elle s'écria : « Où est ma fille, ma chère fille, mon enfant ? » Ne pouvant douter de son malheur à mon silence et à mes larmes, elle fut saisie tout à coup d'étouffements et d'angoisses douloureuses ; sa voix ne faisait plus entendre que des soupirs et des sanglots. Pour Marguerite, elle s'écria : « Où est mon fils ? Je ne vois point mon fils » ; et elle s'évanouit. Nous courûmes à elle ; et l'ayant fait revenir, je l'assurai que Paul était vivant, et que le gouverneur en faisait prendre soin. Elle ne reprit ses sens que pour s'occuper de son amie, qui tombait de temps en temps dans de longs évanouissements. Madame de La Tour passa toute la nuit dans ces cruelles souffrances ; et par leurs longues périodes, j'ai jugé qu'aucune douleur n'était égale à la douleur maternelle. Quand elle recouvrait la connaissance, elle tournait des regards fixes et mornes vers le ciel. En vain son amie et moi, nous lui pressions les mains dans les nôtres, en vain nous l'appelions par les noms les plus tendres ; elle paraissait insensible à ces témoignages de notre ancienne affection, et il ne sortait de sa poitrine oppressée que de sourds gémissements[306].

Dès le matin on apporta Paul couché dans un palanquin*. Il avait repris l'usage de ses sens ; mais il ne pouvait proférer une parole. Son entrevue avec sa mère et Madame de La Tour, que j'avais d'abord redoutée, produisit un meilleur effet que tous les soins que j'avais pris jusqu'alors. Un rayon de consolation parut sur le visage de ces deux malheureuses mères. Elles se mirent l'une et l'autre auprès de lui, le saisirent dans leurs bras, le baisèrent ; et leurs larmes, qui avaient été suspendues jusqu'alors par l'excès de leur chagrin, commencèrent à couler. Paul y mêla bientôt les siennes. La nature s'étant ainsi soulagée dans ces trois infortunés, un long assoupissement succéda à l'état convulsif de leur douleur, et leur procura un repos léthargique semblable, à la vérité, à celui de la mort[307].

M. de La Bourdonnais m'envoya avertir secrètement, que le corps de Virginie avait été apporté à la ville par son ordre, et que de là, on allait le transférer à l'église des Pamplemousses[308]. Je descendis aussitôt au Port-Louis, où je trouvai des habitants* de tous les quartiers* rassemblés pour assister à ses funérailles, comme si l'île eût perdu en elle ce qu'elle avait de plus cher. Dans le port, les vaisseaux avaient leurs vergues* croisées, leurs pavillons en berne*, et tiraient du canon par longs intervalles. Des grenadiers ouvraient la marche du convoi ; ils portaient leurs fusils baissés. Leurs tambours, couverts de longs crêpes, ne faisaient entendre que des sons lugubres, et on voyait l'abattement peint dans les traits de ces guerriers, qui avaient tant de fois affronté la mort dans les combats, sans changer de visage. Huit jeunes demoiselles des plus considérables de l'île, vêtues de blanc, et tenant des palmes à la main[309], portaient le corps de leur vertueuse compagne, couvert de fleurs. Un chœur de petits enfants le suivait en chantant des hymnes : après eux venait tout ce que l'île avait de plus distingué dans ses habitants* et dans son état-major, à la suite duquel marchait le gouverneur, suivi de la foule du peuple[310].

Voilà ce que l'administration avait ordonné, pour rendre quelques honneurs à la vertu de Virginie. Mais quand son corps fut arrivé au pied de cette montagne, à la vue de ces mêmes cabanes dont elle avait fait si longtemps le bonheur, et que sa mort remplissait maintenant de désespoir, toute la pompe* funèbre fut dérangée : les hymnes et les chants cessèrent ; on n'entendit plus dans la plaine que des soupirs et des sanglots. On vit accourir alors des troupes de jeunes filles des habitations* voisines, pour faire toucher au cercueil de Virginie, des mouchoirs, des chapelets et des couronnes de fleurs, en l'invoquant comme une sainte. Les mères demandaient à Dieu une fille comme elle ; les garçons, des amantes aussi constantes ; les pauvres, une amie aussi tendre ; les esclaves, une maîtresse aussi bonne.

Lorsqu'elle fut arrivée au lieu de sa sépulture, des Négresses de Madagascar et des Cafres* de Mozambique déposèrent autour d'elle des paniers de fruits, et suspendirent des pièces d'étoffes aux arbres voisins, suivant l'usage de leur pays. Des Indiennes du Bengale et de la côte malabare* apportèrent des cages pleines d'oiseaux, auxquels elles donnèrent la liberté sur son corps[311] : tant la perte d'un objet aimable intéresse toutes les nations, et tant est grand le pouvoir de la vertu malheureuse, puisqu'elle réunit toutes les religions autour de son tombeau !

Il fallut mettre des gardes auprès de sa fosse, et en écarter quelques filles de pauvres habitants*, qui voulaient s'y jeter à toute force, disant qu'elles n'avaient plus de consolation à espérer dans le monde, et qu'il ne leur restait qu'à mourir avec celle qui était leur unique bienfaitrice.

On l'enterra près de l'église des Pamplemousses, sur son côté occidental, au pied d'une touffe de bambous, où, en venant à la messe avec sa mère et Marguerite, elle aimait à se reposer, assise à côté de celui qu'elle appelait alors son frère[312].

Au retour de cette pompe* funèbre, M. de La Bourdonnais monta ici, suivi d'une partie de son nombreux cortège. Il offrit à Madame de La Tour et à son amie tous les secours qui dépendaient de lui. Il s'exprima en peu de mots, mais avec indignation, contre sa tante dénaturée ; et s'approchant de Paul, il lui dit tout ce qu'il crut propre à le consoler. « Je désirais, lui dit-il, votre bonheur et celui de votre famille : Dieu m'en est témoin. Mon ami, il faut aller en France ; je vous y ferai avoir du service*. Dans votre absence j'aurai soin de votre mère comme de la mienne » ; et en même temps, il lui présenta la main ; mais Paul retira la sienne, et détourna la tête pour ne le pas voir.

Pour moi, je restai dans l'habitation* de mes amies infortunées, pour leur donner, ainsi qu'à Paul, tous les secours dont j'étais capable. Au bout de trois semaines, Paul fut en état de marcher ; mais son chagrin paraissait augmenter à mesure que son corps reprenait des forces. Il était insensible à tout, ses regards étaient éteints, et il ne répondait rien à toutes les questions qu'on pouvait lui faire. Madame de La Tour, qui était mourante, lui disait souvent : « Mon fils, tant que je vous verrai, je croirai voir ma chère Virginie. » À ce nom de Virginie, il tressaillait et s'éloignait d'elle, malgré les invitations de sa mère, qui le rappelait auprès de son amie. Il allait seul se retirer dans le jardin, et s'asseyait au pied du cocotier* de Virginie, les yeux fixés sur sa fontaine*. Le chirurgien du gouverneur, qui avait pris le plus grand soin de lui et de ces dames, nous dit que pour le tirer de sa noire mélancolie, il fallait lui laisser faire tout ce qu'il lui plairait, sans le contrarier en rien ; qu'il n'y avait que ce seul moyen de vaincre le silence auquel il s'obstinait.

Je résolus de suivre son conseil. Dès que Paul sentit ses forces un peu rétablies, le premier usage qu'il en fit, fut de s'éloigner de l'habitation*[313]. Comme je ne le perdais pas de vue, je me mis en marche après lui, et je dis à Domingue de prendre des vivres, et de nous accompagner. À mesure que ce jeune homme descendait cette montagne, sa joie et ses forces semblaient renaître. Il prit d'abord le chemin des Pamplemousses ; et quand il fut auprès de l'église, dans l'allée des bambous[314], il s'en fut droit au lieu où il vit de la terre fraîchement remuée : là, il s'agenouilla, et levant les yeux au ciel, il fit une longue prière. Sa démarche me parut de bon augure pour le retour de sa raison, puisque cette marque de confiance envers l'Être Suprême, faisait voir que son âme commençait à reprendre ses fonctions naturelles. Domingue et moi, nous nous mîmes à genoux à son exemple, et nous priâmes avec lui. Ensuite il se leva, et prit sa route vers le nord de l'île, sans faire beaucoup d'attention à nous. Comme je savais qu'il ignorait non seulement où on avait déposé le corps de Virginie, mais même s'il avait été retiré de la mer, je lui demandai pourquoi il avait été prier Dieu au pied de ces bambous ; il me répondit : « Nous y avons été si souvent ! »

Il continua sa route jusqu'à l'entrée de la forêt, où la nuit nous surprit. Là, je l'engageai par mon exemple à prendre quelque nourriture ; ensuite, nous dormîmes sur l'herbe, au pied d'un arbre. Le lendemain, je crus qu'il se déterminerait à revenir sur ses pas. En effet, il regarda quelque temps dans la plaine l'église des

Pamplemousses avec ses longues avenues de bambous, et il fit quelques mouvements comme pour y retourner ; mais il s'enfonça brusquement dans la forêt, en dirigeant toujours sa route vers le nord[315]. Je pénétrai son intention, et je m'efforçai en vain de l'en distraire. Nous arrivâmes sur le milieu du jour au quartier* de la Poudre-d'Or. Il descendit précipitamment au bord de la mer, vis-à-vis du lieu où avait péri le *Saint-Géran*. À la vue de l'île d'Ambre et de son canal* alors uni comme un miroir, il s'écria : « Virginie ! ô ma chère Virginie ! » et aussitôt il tomba en défaillance. Domingue et moi nous le portâmes dans l'intérieur de la forêt, où nous le fîmes revenir avec bien de la peine. Dès qu'il eut repris ses sens, il voulut retourner sur les bords de la mer, mais l'ayant supplié de ne pas renouveler sa douleur et la nôtre par de si cruels ressouvenirs, il prit une autre direction. Enfin, pendant huit jours, il se rendit dans tous les lieux où il s'était trouvé avec la compagne de son enfance. Il parcourut le sentier par où elle avait été demander la grâce de l'esclave de la Rivière-Noire ; il revit ensuite les bords de la rivière des Trois-Mamelles, où elle s'assit ne pouvant plus marcher, et la partie du bois où elle s'était égarée. Tous les lieux qui lui rappelaient les inquiétudes, les jeux, les repas, la bienfaisance de sa bien-aimée ; la rivière de la Montagne-Longue, ma petite maison, la cascade voisine, le papayer* qu'elle avait planté, les pelouses où elle aimait à courir, les carrefours de la forêt où elle se plaisait à chanter, firent tour à tour couler ses larmes ; et les mêmes échos qui avaient retenti tant de fois de leurs cris de joie communs, ne répétaient plus maintenant que ces mots douloureux : « Virginie ! ô ma chère Virginie[316] ! »

Dans cette vie sauvage et vagabonde ses yeux se cavèrent*, son teint jaunit et sa santé s'altéra de plus en plus. Persuadé que le sentiment de nos maux redouble par le souvenir de nos plaisirs, et que les passions s'accroissent dans la solitude, je résolus d'éloigner mon infortuné ami des lieux qui lui rappelaient le souvenir de sa perte[317], et de le transférer dans quelque endroit de l'île où il y eût beaucoup de dissipation. Pour cet effet, je le conduisis sur les hauteurs habitées du quartier* de Williams, où il n'avait jamais été[318]. L'agriculture et le commerce répandaient dans cette partie de l'île beaucoup de mouvement et de variété. Il y avait des troupes de charpentiers qui équarrissaient des bois, et d'autres qui les sciaient en planches ; des voitures allaient et venaient le long de ses chemins ; de grands troupeaux de bœufs et de chevaux y paissaient dans de vastes pâturages, et la campagne y était parsemée d'habitations*. L'élévation du sol y permettait en plusieurs lieux la culture de diverses espèces de végétaux de l'Europe. On y voyait çà et là des moissons de blé dans la plaine, des tapis de fraisiers dans les éclaircis* des bois, et des haies de rosiers le long des routes. La fraîcheur de l'air, en donnant de la tension aux nerfs, y était même favorable à la santé des Blancs. De ces hauteurs situées vers le milieu de l'île, et entourées de grands bois, on n'apercevait ni la mer, ni le Port-Louis, ni l'église des Pamplemousses, ni rien qui pût rappeler à Paul le souvenir de Virginie. Les montagnes mêmes, qui présentent différentes branches du côté du Port-Louis, n'offrent plus du côté des plaines de Williams, qu'un long promontoire en ligne droite et perpendiculaire, d'où s'élèvent plusieurs longues pyramides de rochers où se rassemblent les nuages[319].

Ce fut donc dans ces plaines où je conduisis Paul. Je le tenais sans cesse en action, marchant avec lui au soleil et à la pluie, de jour et de nuit, l'égarant exprès dans les bois, les défrichés*, les champs, afin de distraire son esprit par la fatigue de son corps, et de donner le change à ses réflexions, par l'ignorance du lieu où nous étions, et du chemin que nous avions perdu. Mais l'âme d'un amant retrouve partout les traces de l'objet aimé. La nuit et le jour, le calme des solitudes et le bruit des habitations*, le temps même qui emporte tant de souvenirs, rien ne peut l'en écarter. Comme l'aiguille touchée de l'aimant, elle a beau être agitée, dès qu'elle rentre dans son repos, elle se tourne vers le pôle qui l'attire. Quand je demandais à Paul, égaré au milieu des plaines de Williams : « Où irons-nous maintenant ? » il se tournait vers le nord, et me disait : « Voilà nos montagnes, retournons-y. »

Je vis bien que tous les moyens que je tentais pour le distraire étaient inutiles, et qu'il ne me restait d'autre ressource que d'attaquer sa passion en elle-même, en y employant toutes les forces de ma faible raison. Je lui répondis donc : « Oui, voilà les montagnes où demeurait votre chère Virginie, et voilà le portrait que vous lui aviez donné, et qu'en mourant elle portait sur son cœur, dont les derniers mouvements ont encore été pour vous[320]. » Je présentai alors à Paul le petit portrait qu'il avait donné à Virginie au bord de la fontaine* des cocotiers*[321]. À cette vue une joie funeste parut dans ses regards. Il saisit avidement ce portrait de ses faibles mains, et le porta sur sa bouche. Alors sa poitrine s'oppressa, et dans ses yeux à demi sanglants, des larmes s'arrêtèrent sans pouvoir couler[322].

Je lui dis : « Mon fils, écoutez-moi, qui suis votre ami, qui ai été celui de Virginie, et qui, au milieu de vos espérances, ai souvent tâché de fortifier votre raison contre les accidents imprévus de la vie. Que déplorez-vous avec tant d'amertume ? est-ce votre malheur ? est-ce celui de Virginie ?

« Votre malheur ? Oui, sans doute, il est grand. Vous avez perdu la plus aimable des filles, qui aurait été la plus digne des femmes. Elle avait sacrifié ses intérêts aux vôtres, et vous avait préféré à la fortune, comme la seule récompense digne de sa vertu. Mais que savez-vous si l'objet de qui vous deviez attendre un bonheur si pur, n'eût pas été pour vous la source d'une infinité de peines ? Elle était sans bien, et déshéritée ; vous n'aviez désormais à partager avec elle que votre seul travail. Revenue plus délicate par son éducation, et plus courageuse par son malheur même, vous l'auriez vue chaque jour succomber, en s'efforçant de partager vos fatigues. Quand elle vous aurait donné des enfants, ses peines et les vôtres auraient augmenté, par la difficulté de soutenir seule avec vous de vieux parents et une famille naissante.

« Vous me direz : Le gouverneur nous aurait aidés. Que savez-vous, si dans une colonie qui change si souvent d'administrateurs, vous aurez souvent des La Bourdonnais ? s'il ne viendra pas ici des chefs sans mœurs et sans morale[323] ? si, pour obtenir quelque misérable secours, votre épouse n'eût pas été obligée de leur faire sa cour ? Ou elle eût été faible, et vous eussiez été à plaindre ; ou elle eût été sage, et vous fussiez resté pauvre : heureux si, à cause de sa beauté et de sa vertu, vous n'eussiez pas été persécuté par ceux mêmes de qui vous espériez de la protection[324] !

« Il me fût resté, me direz-vous, le bonheur, indépendant de la fortune, de protéger l'objet aimé qui s'attache à nous à proportion de sa faiblesse même ; de le consoler par mes propres inquiétudes ; de le réjouir de ma tristesse, et d'accroître notre amour de nos peines mutuelles. Sans doute la vertu et l'amour jouissent de ces plaisirs amers. Mais elle n'est plus, et il vous reste ce qu'après vous elle a le plus aimé, sa mère et la vôtre, que votre douleur inconsolable conduira au tombeau. Mettez votre bonheur à les aider, comme elle l'y avait mis elle-même. Mon fils, la bienfaisance est le bonheur de la vertu ; il n'y en a point de plus assuré et de plus grand sur la terre. Les projets de plaisirs, de repos, de délices, d'abondance, de gloire, ne sont point faits pour l'homme faible, voyageur et passager. Voyez comme un pas vers la fortune nous a précipités tous d'abîme en abîme. Vous vous y êtes opposé, il est vrai ; mais qui n'eût pas cru que le voyage de Virginie devait se terminer par son bonheur et par le vôtre ? Les invitations d'une parente riche et âgée, les conseils d'un sage gouverneur, les applaudissements d'une colonie, les exhortations et l'autorité d'un prêtre, ont décidé du malheur de Virginie. Ainsi nous courons à notre perte, trompés par la prudence* même de ceux qui nous gouvernent. Il eût mieux valu sans doute ne pas les croire, ni se fier à la voix et aux espérances d'un monde trompeur. Mais enfin, de tant d'hommes que nous voyons si occupés dans ces plaines, de tant d'autres qui vont chercher la fortune aux Indes, ou qui, sans sortir de chez eux, jouissent en repos en Europe des travaux de ceux-ci, il n'y en a aucun qui ne soit destiné à perdre un jour ce qu'il chérit le plus, grandeurs, fortune, femme, enfants, amis. La plupart auront à joindre à leur perte le souvenir de leur propre imprudence. Pour vous, en rentrant en vous-même, vous n'avez rien à vous reprocher. Vous avez été fidèle à votre foi. Vous avez eu, à la fleur de la jeunesse, la prudence* d'un sage, en ne vous écartant pas du sentiment de la nature. Vos vues seules étaient légitimes, parce qu'elles étaient pures, simples, désintéressées, et que vous aviez sur Virginie des droits sacrés, qu'aucune fortune ne pouvait balancer. Vous l'avez perdue, et ce n'est ni votre imprudence, ni votre avarice, ni votre fausse sagesse qui vous l'ont fait perdre, mais Dieu même, qui a employé les passions d'autrui pour vous ôter l'objet de votre amour[325] ; Dieu, de qui vous tenez tout, qui voit tout ce qui vous convient, et dont la sagesse ne vous laisse aucun lieu au repentir et au désespoir qui marchent à la suite des maux dont nous avons été la cause.

« Voilà ce que vous pouvez vous dire dans votre infortune : Je ne l'ai pas méritée. Est-ce donc le malheur de Virginie, sa fin, son état présent, que vous déplorez[326] ? Elle a subi le sort réservé à la naissance, à la beauté, et aux empires mêmes. La vie de l'homme, avec tous ses projets, s'élève comme une petite tour dont la mort est le couronnement. En naissant, elle était condamnée à mourir. Heureuse d'avoir dénoué les liens de la vie avant sa mère, avant la vôtre, avant vous ; c'est-à-dire, de n'être pas morte plusieurs fois avant la dernière !

« La mort, mon fils, est un bien pour tous les hommes ; elle est la nuit de ce jour inquiet qu'on appelle la vie[327]. C'est dans le sommeil de la mort que reposent pour jamais les maladies, les douleurs, les chagrins, les craintes qui agitent sans cesse les malheureux vivants[328]. Examinez les hommes qui paraissent les plus heureux : vous verrez qu'ils ont acheté leur prétendu bonheur bien chèrement ; la considération publique, par des maux domestiques ; la fortune, par la perte de la santé ; le plaisir si rare d'être aimé, par des sacrifices continuels : et souvent, à la fin d'une vie sacrifiée aux intérêts d'autrui, ils ne voient autour d'eux que des amis faux et des parents ingrats[329]. Mais Virginie a été heureuse jusqu'au dernier moment. Elle l'a été avec nous par les biens de la nature ; loin de nous, par ceux de la vertu : et, même dans le moment terrible où nous l'avons vue périr, elle était encore heureuse ; car, soit qu'elle jetât les yeux sur une colonie entière à qui elle causait une désolation universelle, ou sur vous qui couriez avec tant d'intrépidité à son secours, elle a vu combien elle nous était chère à tous[330]. Elle s'est fortifiée contre l'avenir, par le souvenir de l'innocence de sa vie, et elle a reçu alors le prix que le ciel réserve à la vertu, un courage supérieur au danger. Elle a présenté à la mort un visage serein[331].

« Mon fils, Dieu donne à la vertu tous les événements de la vie à supporter, pour faire voir qu'elle seule peut en faire usage, et y trouver du bonheur et de la gloire. Quand il lui réserve une réputation illustre, il l'élève sur un grand théâtre, et la met aux prises avec la mort ; alors son courage sert d'exemple, et le souvenir de ses malheurs reçoit à jamais un tribut de larmes de la postérité. Voilà le monument immortel qui lui est réservé sur une terre où tout passe, et où la mémoire même de la plupart des rois est bientôt ensevelie dans un éternel oubli[332].

« Mais Virginie existe encore. Mon fils, voyez que tout change sur la terre, et que rien ne s'y perd. Aucun art humain ne pourrait anéantir la plus petite particule de matière ; et ce qui fut raisonnable, sensible, aimant, vertueux, religieux, aurait péri, lorsque les éléments dont il était revêtu sont indestructibles ! Ah ! si Virginie a été heureuse avec nous, elle l'est maintenant bien davantage. Il y a un Dieu, mon fils : toute la nature l'annonce ; je n'ai pas besoin de vous le prouver. Il n'y a que la méchanceté des hommes qui leur fasse nier une justice qu'ils craignent. Son sentiment est dans votre cœur, ainsi que ses ouvrages sont sous vos yeux[333]. Croyez-vous donc qu'il laisse Virginie sans récompense ? Croyez-vous que cette même puissance qui avait revêtu cette âme si noble d'une forme si belle, où vous sentiez un art divin, n'aurait pu la tirer des flots ? que celui qui a arrangé le bonheur actuel des hommes par des lois que vous ne connaissez pas, ne puisse en préparer un autre à Virginie par des lois qui vous sont également inconnues ? Quand nous étions dans le néant, si nous eussions été capables de penser, aurions-nous pu nous former une idée de notre existence ? Et maintenant que nous sommes dans cette existence ténébreuse et fugitive, pouvons-nous prévoir ce qu'il y a au-delà de la mort par où nous en devons sortir ? Dieu a-t-il besoin, comme l'homme, du petit globe de notre terre pour servir de théâtre à son intelligence et à sa bonté, et n'a-t-il pu propager la vie humaine que dans les champs de la mort ? Il n'y a pas dans l'océan une seule goutte d'eau qui ne soit pleine d'êtres vivants qui ressortissent à nous, et il n'existerait rien pour nous parmi tant d'astres qui roulent sur nos têtes ? Quoi ! il n'y aurait d'intelligence suprême et de bonté divine, précisément que là où nous sommes ; et dans ces globes rayonnants et innombrables, dans ces champs infinis de lumière qui les environnent, que ni les orages ni les nuits n'obscurcissent jamais, il n'y aurait qu'un espace vain et un néant éternel ! Si nous, qui ne nous sommes rien donné, osions assigner des bornes à la puissance de laquelle nous avons tout reçu, nous pourrions croire que nous sommes ici sur les limites de son empire, où la vie se débat avec la mort, et l'innocence avec la tyrannie[334].

« Sans doute il est quelque part un lieu où la vertu reçoit sa récompense. Virginie maintenant est heureuse. Ah ! si du séjour des anges elle pouvait se communiquer à vous, elle vous dirait comme dans ses adieux : Ô Paul ! la vie n'est qu'une épreuve. J'ai été trouvée fidèle aux lois de la nature, de l'amour et de la vertu[335]. J'ai traversé les mers pour obéir à mes parents ; j'ai renoncé aux richesses pour conserver ma foi ; et j'ai mieux aimé perdre la vie que de violer la pudeur. Le ciel a trouvé ma carrière suffisamment remplie[336]. J'ai échappé pour toujours à la pauvreté, à la calomnie, aux tempêtes, au spectacle des douleurs d'autrui. Aucun des maux qui effraient les hommes ne peut plus désormais m'atteindre ; et vous me plaignez ! Je suis pure et inaltérable comme une particule de lumière ; et vous me rappelez dans la nuit de la vie[337] ! Ô Paul ! ô mon ami ! souviens-toi de ces jours de bonheur, où, dès le matin, nous goûtions la volupté des cieux, se levant avec le soleil sur les pitons* de ces rochers, et se répandant avec ses rayons au sein de nos forêts. Nous éprouvions un ravissement dont nous ne pouvions comprendre la cause. Dans nos souhaits innocents, nous désirions être tout vue, pour jouir des riches couleurs de l'aurore ; tout odorat, pour sentir les parfums de nos plantes ; tout ouïe, pour entendre les concerts de nos oiseaux ; tout cœur, pour reconnaître ces bienfaits. Maintenant à la source de la beauté d'où découle tout ce qui est agréable sur la terre[338], mon âme voit, goûte, entend, touche immédiatement ce qu'elle ne pouvait sentir alors que par de faibles organes[339]. Ah ! quelle langue pourrait décrire ces rivages d'un orient éternel[340] que j'habite pour toujours ? Tout ce qu'une puissance infinie et une bonté céleste ont pu créer pour consoler un être malheureux ; tout ce que l'amitié d'une infinité d'êtres, réjouis de la même félicité, peut mettre d'harmonie dans des transports communs[341], nous l'éprouvons sans mélange. Soutiens donc l'épreuve qui t'est donnée, afin d'accroître le bonheur de ta Virginie par des amours qui n'auront plus de terme, par un hymen dont les flambeaux ne pourront plus s'éteindre. Là j'apaiserai tes regrets ; là j'essuierai tes larmes. Ô mon ami ! mon jeune époux ! élève ton âme vers l'infini, pour supporter des peines d'un moment[342]. »

Ma propre émotion mit fin à mon discours. Pour Paul, me regardant fixement, il s'écria : « Elle n'est plus ! elle n'est plus ! » et une longue faiblesse succéda à ces douloureuses paroles. Ensuite, revenant à lui, il dit : « Puisque la mort est un bien, et que Virginie est heureuse, je veux aussi mourir pour me rejoindre à Virginie[343]. » Ainsi mes motifs de consolation ne servirent qu'à nourrir son désespoir. J'étais comme un homme qui veut sauver son ami coulant à fond au milieu d'un fleuve sans vouloir nager. La douleur l'avait submergé. Hélas ! les malheurs du premier âge préparent l'homme à entrer dans la vie, et Paul n'en avait jamais éprouvé.

Je le ramenai à son habitation*. J'y trouvai sa mère et Madame de La Tour dans un état de langueur qui avait encore augmenté. Marguerite était la plus abattue. Les caractères vifs sur lesquels glissent les peines légères, sont ceux qui résistent le moins aux grands chagrins.

Elle me dit : « Ô mon bon voisin ! il m'a semblé cette nuit voir Virginie vêtue de blanc, au milieu de bocages et de jardins délicieux. Elle m'a dit : "Je jouis d'un bonheur digne d'envie." Ensuite, elle s'est approchée de Paul d'un air riant, et l'a enlevé avec elle. Comme je m'efforçais de retenir mon fils, j'ai senti que je quittais moi-même la terre, et que je le suivais avec un plaisir inexprimable. Alors j'ai voulu dire adieu à mon amie ; mais je l'ai vue qui nous suivait avec Marie et Domingue[344]. Mais ce que je trouve encore de plus étrange, c'est que Madame de La Tour a fait, cette même nuit, un songe accompagné des mêmes circonstances. »

Je lui répondis : « Mon amie, je crois que rien n'arrive dans le monde sans la permission de Dieu. Les songes annoncent quelquefois la vérité[345]. »

Madame de La Tour me fit le récit d'un songe tout à fait semblable, qu'elle avait eu cette même nuit. Je n'avais jamais remarqué dans ces deux dames aucun penchant à la superstition ; je fus donc frappé de la concordance de leur songe, et je ne doutai pas en moi-même qu'il ne vînt à se réaliser. Cette opinion, que la vérité se présente quelquefois à nous pendant le sommeil, est répandue chez tous les peuples de la terre. Les plus grands hommes de l'Antiquité y ont ajouté foi, entre autres Alexandre, César, les Scipions, les deux Catons et Brutus, qui n'étaient pas des esprits faibles[346]. L'Ancien et le Nouveau Testament nous fournissent quantité d'exemples de songes qui se sont réalisés. Pour moi, je n'ai besoin à cet égard que de ma propre expérience, et j'ai éprouvé plus d'une fois que les songes sont des avertissements que nous donne quelque intelligence qui s'intéresse à nous[347]. Que si l'on veut combattre ou défendre avec des raisonnements, des choses qui surpassent la lumière de la raison humaine, c'est ce qui n'est pas possible. Cependant si la raison de l'homme n'est qu'une image de celle de Dieu, puisque l'homme trouve bien le moyen[348] de faire parvenir ses intentions jusqu'au bout du monde par des moyens secrets et cachés, pourquoi l'intelligence qui gouverne l'univers n'en emploierait-elle pas de semblables pour la même fin[349] ? Un ami console son ami par une lettre, qui traverse une multitude de royaumes, circule au milieu des haines des nations, et vient apporter de la joie et de l'espérance à un seul homme ; pourquoi le souverain protecteur de l'innocence ne peut-il venir, par quelque voie secrète, au secours d'une âme vertueuse qui ne met sa confiance qu'en lui seul ? A-t-il besoin d'employer quelque signe extérieur pour exécuter sa volonté, lui qui agit sans cesse dans tous ses ouvrages par un travail intérieur ?

Pourquoi douter des songes ? La vie, remplie de tant de projets passagers et vains, est-elle autre chose qu'un songe[350] ?

Quoi qu'il en soit, celui de mes amies infortunées se réalisa bientôt. Paul mourut deux mois après la mort de sa chère Virginie, dont il prononçait sans cesse le nom. Marguerite vit venir sa fin huit jours après celle de son fils avec une joie qu'il n'est donné qu'à la vertu d'éprouver. Elle fit les plus tendres adieux à Madame de La Tour, « dans l'espérance, lui dit-elle, d'une douce et éternelle réunion. La mort est le plus grand des biens, ajouta-t-elle ; on doit la désirer. Si la vie est une punition, on doit en souhaiter la fin ; si c'est une épreuve, on doit la demander courte[351]. »

Le gouvernement* prit soin de Domingue et de Marie, qui n'étaient plus en état de servir, et qui ne survécurent pas longtemps à leurs maîtresses. Pour le pauvre Fidèle, il était mort de langueur à peu près dans le même temps que son maître.

J'amenai chez moi Madame de La Tour, qui se soutenait au milieu de si grandes pertes avec une grandeur d'âme incroyable. Elle avait consolé Paul et Marguerite jusqu'au dernier instant, comme si elle n'avait eu que leur malheur à supporter. Quand elle ne les vit plus, elle m'en parlait chaque jour comme d'amis chéris qui étaient dans le voisinage. Cependant elle ne leur survécut que d'un mois. Quant à sa tante, loin de lui reprocher ses maux, elle priait Dieu de les lui pardonner, et d'apaiser les troubles affreux d'esprit où nous apprîmes qu'elle était tombée immédiatement après qu'elle eut renvoyé Virginie avec tant d'inhumanité[352].

Cette parente dénaturée ne porta pas loin la punition de sa dureté. J'appris par l'arrivée successive de plusieurs vaisseaux, qu'elle était agitée de vapeurs qui lui rendaient la vie et la mort également insupportables. Tantôt, elle se reprochait la fin prématurée de sa charmante petite-nièce, et la perte de sa mère qui s'en était suivie. Tantôt, elle s'applaudissait d'avoir repoussé loin d'elle deux malheureuses qui, disait-elle, avaient déshonoré sa maison par la bassesse de leurs inclinations. Quelquefois, se mettant en fureur à la vue de ce grand nombre de misérables dont Paris est rempli : « Que n'envoie-t-on, s'écriait-elle, ces fainéants périr dans nos colonies ? » Elle ajoutait que les idées d'humanité, de vertu, de religion, adoptées par tous les peuples, n'étaient que des inventions de la politique de leurs princes[353]. Puis se jetant tout à coup dans une extrémité opposée, elle s'abandonnait à des terreurs superstitieuses qui la remplissaient de frayeurs mortelles. Elle courait porter d'abondantes aumônes à de riches moines qui la dirigeaient, les suppliant d'apaiser la Divinité par le sacrifice de sa fortune, comme si des biens qu'elle avait refusés aux malheureux, pouvaient plaire au père des hommes ! Souvent son imagination lui représentait des campagnes de feu, des montagnes ardentes, où des spectres hideux erraient en l'appelant à grands cris. Elle se jetait aux pieds de ses directeurs, et elle imaginait contre elle-même des tortures et des supplices[354] ; car le ciel, le juste ciel, envoie aux âmes cruelles des religions effroyables[355].

Ainsi elle passa plusieurs années, tour à tour athée et superstitieuse, ayant également en horreur la mort et la vie. Mais ce qui acheva la fin d'une si déplorable existence, fut le sujet même auquel elle avait sacrifié les sentiments de la nature. Elle eut le chagrin de voir que sa fortune passerait après elle à des parents qu'elle haïssait. Elle chercha donc à en aliéner la meilleure partie ; mais ceux-ci, profitant des accès de vapeurs auxquels elle était sujette, la firent enfermer comme folle, et mettre ses biens en direction. Ainsi ses richesses même achevèrent sa perte ; et comme elles avaient endurci le cœur de celle qui les possédait, elles dénaturèrent de même le cœur de ceux qui les désiraient. Elle mourut donc, et ce qui est le comble du malheur, avec assez d'usage de sa raison, pour connaître qu'elle était dépouillée et méprisée par les mêmes personnes dont l'opinion l'avait dirigée toute sa vie[356].

On a mis auprès de Virginie, au pied des mêmes roseaux[357], son ami Paul ; et autour d'eux, leurs tendres mères et leurs fidèles serviteurs. On n'a point élevé de marbres sur leurs humbles tertres, ni gravé d'inscriptions à leurs vertus ; mais leur mémoire est restée ineffaçable dans le cœur de ceux qu'ils ont obligés. Leurs ombres n'ont pas besoin de l'éclat qu'ils ont fui pendant leur vie ; mais si elles s'intéressent encore à ce qui se passe sur la terre, sans doute elles aiment à errer sous les toits de chaume qu'habite la vertu laborieuse, à consoler la pauvreté mécontente de son sort, à nourrir dans les jeunes amants une flamme durable, le goût des biens naturels, l'amour du travail et la crainte des richesses[358].

La voix du peuple, qui se tait sur les monuments élevés à la gloire des rois, a donné à quelques parties de cette île des noms qui éterniseront la perte de Virginie. On voit près de l'île d'Ambre, au milieu des écueils, un lieu appelé LA PASSE DU SAINT-GÉRAN, du nom de ce vaisseau qui y périt en la ramenant d'Europe. L'extrémité de cette longue pointe de terre que vous apercevez à trois lieues d'ici, à demi couverte des flots de la mer, que le *Saint-Géran* ne put doubler la veille de l'ouragan*, pour entrer dans le port, s'appelle LE CAP MALHEUREUX ; et voici devant nous, au bout de ce vallon, LA BAIE DU TOMBEAU, où Virginie fut trouvée ensevelie dans le sable, comme si la mer eût voulu rapporter son corps à sa famille, et rendre les derniers devoirs à sa pudeur, sur les mêmes rivages qu'elle avait honorés de son innocence[359].

Jeunes gens si tendrement unis ! mères infortunées ! chère famille ! ces bois qui vous donnaient leurs ombrages, ces fontaines* qui coulaient pour vous, ces coteaux où vous reposiez ensemble, déplorent encore votre perte. Nul, depuis vous, n'a osé cultiver cette terre désolée, ni relever ces humbles cabanes. Vos chèvres sont devenues sauvages ; vos vergers sont détruits ; vos oiseaux sont enfuis, et on n'entend plus que les cris des éperviers qui volent en rond au haut de ce bassin* de rochers. Pour moi, depuis que je ne vous vois plus, je suis comme un ami qui n'a plus d'amis, comme un père qui a perdu ses enfants, comme un voyageur qui erre sur la terre où je suis resté seul[360].

En disant ces mots, ce bon Vieillard s'éloigna en versant des larmes, et les miennes avaient coulé plus d'une fois pendant ce funeste récit.

APPENDICE

Préambule (édition de 1806)[1]

Voici l'édition in-4° de *Paul et Virginie* que j'ai proposée par souscription. Elle a été imprimée chez P. Didot l'Aîné, sur papier vélin d'Essonnes. Je l'ai enrichie de six planches dessinées et gravées par les plus grands maîtres, et j'y ai mis en tête mon portrait, que mes amis me demandaient depuis longtemps.

Il y a au moins deux ans que j'ai annoncé cette souscription. Si plusieurs raisons m'avaient décidé à l'entreprendre, un plus grand nombre m'aurait obligé à y renoncer. Mais j'ai regardé comme le premier de mes devoirs de remplir mes engagements avec mes souscripteurs. Sous ce rapport, l'histoire de mon édition ne pourrait intéresser qu'un petit nombre de personnes : cependant, comme elle me donnera lieu de faire quelques réflexions utiles aux gens de lettres sans expérience, en les éclairant de celle que j'ai acquise, sur les contrefaçons, les souscriptions, les journaux, et les artistes, j'ai lieu de croire qu'elle ne sera indifférente à aucun lecteur. On verra au moins comme, avec l'aide de la Providence, je suis venu à bout de tirer cette rose d'un buisson d'épines.

Le premier motif qui m'engagea à faire une édition recherchée de *Paul et Virginie*, fut le grand succès de ce petit ouvrage. Il n'est au fond qu'un délassement de mes *Études de la Nature*, et l'application que j'ai faite de ses lois au bonheur de deux familles malheureuses. Il ne fut publié que deux ans après les premières, c'est-à-dire en 1786[2] : mais l'accueil qu'il reçut à sa naissance surpassa mon attente. On en fit des romans, des idylles, et plusieurs pièces de théâtre. On en imprima les divers sujets sur des ceintures, des bracelets, et d'autres ajustements de femme. Un grand nombre de pères et surtout de mères firent porter à leurs enfants venant au monde les surnoms de Paul et de Virginie[3]. La réputation de cette pastorale s'étendit dans toute l'Europe. J'en ai deux traductions anglaises, une italienne, une allemande, une hollandaise, et une polonaise ; on m'a promis de m'en envoyer une russe et une espagnole. Elle est devenue classique en Angleterre[4]. Sans doute j'ai obligation de ce succès, unanime chez des nations d'opinions si différentes, aux femmes, qui par tout pays ramènent de tous leurs moyens les hommes aux lois de la nature. Elles m'en ont donné une preuve évidente en ce que la plupart de ces traductions ont été faites par des dames ou des demoiselles. J'ai été enchanté, je l'avoue, de voir mes enfants adoptifs revêtus de costumes étrangers par leurs mains maternelles ou virginales. Je me suis donc cru obligé à mon tour de les orner de tous les charmes de la typographie et de la gravure françaises, afin de les rendre plus dignes du sexe sensible qui les avait si bien accueillis.

Sans doute ils lui sont redevables d'une réputation qui s'étend, dès à présent, vers la postérité. Déjà les Muses décorent de fables leur berceau et leur tombeau, comme si c'étaient des monuments antiques. Non seulement plusieurs familles considérables se font honneur d'être leurs alliées, mais un bon Créole de l'île de Bourbon m'a assuré qu'il était parent du *Saint-Géran*. Un jeune homme nouvellement arrivé des Indes orientales m'a fait voir depuis peu une relation manuscrite de son voyage. Il y raconte qu'il s'est reposé sur la vieille racine du cocotier planté à la naissance de Paul ; qu'il s'est promené dans l'Embrasure où l'ami de Virginie aimait tant à grimper, et qu'enfin il a vu le Noir Domingue âgé de plus de cent vingt ans[a], et pleurant sans cesse la mort de ces deux aimables jeunes gens ; il ajouta que, quoiqu'il eût vérifié les principaux événements de leur histoire, il avait pris la liberté de s'écarter de mes récits dans quelques circonstances légères, persuadé que je voudrais bien lui permettre de les publier avec leurs variantes. J'y consentis, en lui faisant observer que, de mon temps, cette ouverture du sommet de la montagne qu'on appelle l'Embrasure m'avait paru à plus de cent pieds de hauteur perpendiculaire. Au reste, je lui recommandai fort d'être toujours exact à dire la vérité, et d'imiter dans ses récits

---

a. L'existence actuelle de Domingue m'avait déjà été confirmée par plusieurs autres voyageurs. Ils m'ont assuré même qu'un habitant de l'île de France le faisait voir sur un théâtre pour de l'argent. [N.d.A.]

ce héros protégé de Minerve, qui avait beaucoup moins voyagé que lui, mais qui avait vu des choses bien plus extraordinaires[5].

En vérité, s'il m'est permis de le dire, je crois que mon humble pastorale pourrait fort bien m'acquérir un jour autant de célébrité que les poèmes sublimes de l'*Iliade* et de l'*Odyssée* en ont valu à Homère. L'éloignement des lieux comme celui des temps en met les personnages à la même distance, et les couvre du même respect[6]. J'ai déjà un Nestor dans le vieux Domingue, et un Ulysse dans mon jeune voyageur. Les commentaires commencent à naître ; il est possible qu'à la faveur de mes amis, et surtout de mes ennemis, qui se piquent d'une grande sensibilité à mon égard, elle me prépare autant d'éloges après ma mort que mes autres écrits, où je n'ai cherché que la vérité, m'ont attiré de persécutions pendant ma vie.

Cependant, je l'avoue, un autre motif plus touchant que celui de la gloire m'a engagé à faire une belle édition de *Paul et Virginie* : c'est le désir paternel de laisser à mes enfants, qui portent les mêmes noms, une édition exécutée par les plus habiles artistes en tout genre, afin qu'elle ne pût être imitée par les contrefacteurs. Ce sont eux qui ont dépouillé mes enfants de la meilleure partie du patrimoine qui était en ma disposition. Les gens de lettres se sont assez plaints de leurs brigandages ; mais ils ne savent pas que ceux qui se présentent aujourd'hui pour s'y opposer sont souvent plus dangereux que les contrefacteurs eux-mêmes. Ils en jugeront par deux traits encore tout récents à ma mémoire.

Il y a environ deux ans et demi qu'un homme, moitié libraire, moitié homme de loi, vint m'offrir ses services pour Lyon. Il allait, me dit-il, dans cette ville qui remplit de ses contrefaçons les départements du Midi, et même la capitale. Il était revêtu des pouvoirs de plusieurs imprimeurs et libraires pour saisir les contrefaçons de leurs ouvrages, et s'était obligé de faire tous les frais de voyage et de saisie, à la charge de leur tenir compte du tiers des amendes et des confiscations. Il m'offrit de se charger de mes intérêts aux mêmes conditions. Nous en signâmes l'acte mutuellement. Il partit. À peine était-il arrivé à Lyon que je reçus de cette ville quantité de réclamations des libraires qui se plaignaient de ses procédures, attestaient leur innocence, leur qualité de père de famille, etc. De son côté mon fondé de procuration me mandait qu'il faisait de fort bonnes affaires ; qu'il me suppliait de ne m'en point mêler, et de le laisser le maître de disposer de tout, suivant nos conventions. Je me gardai donc bien de l'arrêter dans sa marche, et je me félicitai de recevoir incessamment de lui des fonds considérables, que je devais verser dans l'édition que je me proposais de faire. Mais deux ans et demi se sont écoulés sans que j'aie entendu parler de lui, quelques recherches que j'en aie faites.

Il y a environ dix-huit mois qu'un imprimeur-libraire me fit la même proposition pour Bruxelles : j'y consentis. Il traita de fripon et de vagabond celui que j'avais chargé à Lyon de mes intérêts. À peine arrivé à Bruxelles, il me manda qu'il avait saisi plusieurs de mes ouvrages contrefaits ; et après m'avoir engagé à employer mon crédit pour lui faire obtenir des jugements de condamnation, je n'en ai pas plus entendu parler que de l'autre.

J'avais sans doute compté sur des fonds moins casuels pour entreprendre une édition de *Paul et Virginie*. Engagé depuis huit ans dans des procès à l'occasion de la succession du père de ma première femme ; et voyant que les créanciers de cette succession, non contents de la dévorer en frais, quoique déclarée par la justice plus que suffisante pour en acquitter les dettes, avaient jeté leurs hypothèques sur mes biens propres, quelque peu considérables qu'ils fussent, j'avais craint que l'incendie ne se portât vers l'avenir, et ne consumât jusqu'aux espérances patrimoniales de mes enfants. J'avais donc rassemblé tout ce que j'avais d'argent comptant, et je l'avais placé dans la caisse d'escompte du commerce, pour leur servir après moi de dernière ressource, ainsi qu'à ma seconde femme, qui leur tenait lieu de mère[7]. C'était là que je portais toutes mes économies ; c'était sur ce capital que je fondais l'espoir de mon édition. La somme était déjà si considérable que je l'aurais employée à acheter une bonne métairie*, si je n'avais craint de livrer à des créanciers inconnus le berceau de mes enfants et l'asile de ma vieillesse, en l'exposant au soleil.

Mais une révolution de finance, à laquelle je ne m'attendais pas, renversa à la fois mes projets de fortune passés, présents et futurs. La caisse d'escompte fut supprimée. Je n'imaginai rien de mieux que de transporter mes fonds dans celle d'un de ses actionnaires, ami de mes amis, et jouissant d'une si bonne réputation, que ses commettants[8] venaient de le nommer un de leurs derniers administrateurs. Je lui confiai mon argent à un très modique intérêt, et le priai, sous le secret, d'en disposer après moi en faveur de mes deux enfants en bas âge, et de ma femme, par portions égales. Il me le jura, et trois mois et demi après il me fit banqueroute.

J'avais éprouvé de grandes pertes dans la Révolution pour un homme né avec bien peu de fortune. On m'avait ôté la place d'intendant du Jardin des plantes : mais je ne l'avais pas demandée. Louis XVI m'y avait nommé de son propre mouvement[9]. J'avais perdu deux pensions, mais je ne les avais pas sollicitées. Les contrefaçons m'avaient fait un tort considérable ; mais c'était plutôt un manque de bénéfice qu'une perte réelle. Ici c'étaient les fruits de mes longs travaux qui s'évanouissaient dans ma vieillesse, emportant avec eux l'espoir de ma famille. Cependant Dieu me donna plus de force pour en supporter la perte que je ne l'avais espéré. Ce qui m'en sembla de plus rude, ce fut de l'annoncer à ma femme. Je ne pouvais cacher cet énorme déficit à ma compagne et à la tutrice de mes enfants. Je le lui annonçai donc avec beaucoup de ménagement. Quelle fut ma surprise, lorsqu'elle me dit d'un grand sang-froid : « Nous nous sommes bien passés de cet argent jusqu'à présent, nous nous en passerons bien encore. Je me sens assez de courage pour supporter avec toi la mauvaise fortune comme la bonne. Mais, crois-moi, Dieu ne nous abandonnera pas. »

Je rendis grâces au ciel de mon malheur. En perdant à peu près tout ce que j'avais, je découvrais un trésor plus précieux que tous ceux que la fortune peut donner. Quelle dot, quelles dignités, quels honneurs, peuvent égaler pour un père de famille les vertus d'une épouse ?

Environ dans le même temps, on diminua d'un cinquième un bienfait annuel que je recevais du gouvernement. J'y fus d'autant plus sensible que j'en attribuai alors la cause à une dispute dans laquelle je m'étais engagé au sujet de ma nouvelle théorie des courants et des marées de l'océan.

Cependant, malgré ces contretemps réunis, je ne perdis point courage. Je levai les yeux au ciel. Je me dis : « Puisque je suis né dans un monde où on repousse la vérité et où on accueille les fictions, tirons parti de celle de mes enfants adoptifs, en faveur de mes propres enfants. Les fonds me manquent pour mon édition de *Paul et Virginie*, mais je peux la proposer par souscriptions. Il y a quantité de gens riches qui se feront un plaisir de les remplir. Plusieurs m'y invitent depuis longtemps. »

Je m'arrêtai donc à ce projet, et je me hâtai d'en imprimer les prospectus. Je crus en augmenter l'intérêt en y parlant d'une partie de mes pertes. Enfin, j'étais si persuadé qu'elles produiraient un grand effet, que je traitai sur-le-champ avec des artistes pour commencer les dessins qui m'étaient nécessaires. Je fixai même à un terme assez prochain la clôture des souscriptions, pour n'en être pas accablé. En effet, pour en avoir tout de suite un bon nombre, je les avais mises à un tiers au-dessous de la vente de l'ouvrage, et je n'en demandais d'avance que la moitié. Une foule de gens officieux se chargea de répandre ces prospectus dans la capitale, les départements, et même dans toute l'Europe. Au bout de quelque temps, quelques-uns d'entre eux m'apportèrent des listes assez nombreuses de personnages riches, grands amateurs des arts, et surtout fort sensibles, qui me priaient d'inscrire leurs noms, mais ils ne m'envoyaient point d'argent.

Je leur fis dire que je regardais une souscription comme un traité de commerce entre un entrepreneur sans argent et des amateurs qui en ont de superflu, par lequel il leur demandait des avances pour l'exécution d'un ouvrage qu'il s'engageait à leur livrer à une époque fixe, en diminuant pour eux seuls une partie du prix de la vente ; que ces avances m'étaient nécessaires pour en faire moi-même à des artistes ; ce qui m'était impossible si je n'en recevais de mes souscripteurs ; et qu'enfin je ne pouvais regarder comme tels que ceux qui concouraient aux frais de mon édition.

Des raisons si justes et si simples ne firent aucune impression sur eux. Je ne pus même les faire goûter à un ministre d'une cour étrangère, chargé spécialement par sa souveraine de me remettre une lettre où elle me témoignait le plus grand désir d'être sur la liste de mes souscripteurs. Il avait accompagné cette lettre d'un billet plein de compliments. Il me rencontra deux ou trois fois dans le monde, où il me dit, après bien des révérences, qu'il se faisait un véritable reproche d'avoir différé si longtemps de remplir les désirs de sa souveraine ; qu'il se ferait honneur de m'apporter lui-même l'argent de sa souscription. En vain je passai chez lui pour lui en épargner la peine, il ne s'y trouva point. Comme ces scènes eurent lieu plusieurs fois, je cessai de m'y prêter. Je ne connais point de *primatum* et d'*ultimatum* dans les affaires. Ma première parole est aussi ma dernière. La liste de mes souscripteurs n'a donc point été honorée du nom de cette souveraine, parce que son ministre n'a pas jugé à propos de remplir ses intentions. Mais si jamais j'en trouve une occasion sûre, je prendrai la liberté de lui en faire parvenir un des exemplaires, comme un hommage que j'aime à rendre à ses désirs, à son rang, et à ses vertus.

Au reste je ne fus pas surpris qu'un ministre livré à la politique fît peu de cas de la souscription d'une pastorale ; mais je le fus beaucoup, je l'avoue, de n'en recevoir aucune de l'Angleterre. Quoique je n'aie jamais été dans cette île, j'ai lieu de croire que mes ouvrages m'y ont fait beaucoup d'amis. Ma Théorie des mers y a un grand nombre de partisans[10]. Des familles des plus illustres m'y ont offert un asile avant cette guerre, et plusieurs Anglais de toutes conditions me sont venus voir alors à Paris. Des savants célèbres y ont traduit mes *Études de la Nature*[11] ; mais on y a fait surtout un si grand nombre de traductions de *Paul et Virginie*[12], que l'original français y est devenu un livre classique. C'est ce que m'apprit il y a environ trois ans un de nos émigrés ci-devant fort riche. Il s'était réfugié à Londres, où il ne trouva d'autre ressource que de se faire libraire. À son retour en France, il vint me remercier d'avoir vécu fort à son aise de la seule vente de *Paul et Virginie*. Je fus sensiblement touché du bonheur que j'avais eu de lui être utile par mon ouvrage, et surtout du témoignage de sa reconnaissance. Je me rappelai, si on peut comparer les petites choses aux grandes, que les Athéniens, prisonniers de guerre et errants en Sicile, ne subsistèrent qu'en récitant des vers des tragédies d'Euripide, et qu'à leur retour à Athènes ils vinrent en foule remercier ce grand poète d'avoir été si bien accueillis à la faveur de ses ouvrages.

Encore une fois, je ne veux établir ici aucun objet de comparaison entre Euripide et moi ; mais je cite ce trait à l'honneur immortel des muses françaises, qui, comme celles d'Athènes, peuvent apporter par tout pays des consolations aux victimes de la guerre et de la politique. Comment se faisait-il donc que les Anglais vissent avec tant d'indifférence le prospectus de la magnifique édition d'une pastorale si fort de leur goût, et dans des circonstances semblables à celles où se trouvait le père de famille qui en était l'auteur ? est-ce l'amour de la patrie, qui, leur faisant regarder l'argent comme le nerf des intérêts publics, ne leur permet pas d'en laisser passer la plus petite partie de chez eux chez les nations avec lesquelles ils sont en guerre ? préfèrent-ils l'intérêt de leur commerce à celui de l'humanité ? Mais je leur offrais un monument des arts commerçable[13] et d'un plus grand prix que les avances que j'en attendais. Se méfient-ils des souscriptions françaises ? Quoi qu'il en soit, il ne m'en est venu qu'une seule de ce riche pays, où se rend, dit-on, tout l'or de l'Europe, et où tant d'offres généreuses m'avaient été faites ; encore m'a-t-elle été envoyée par le fils d'une dame anglaise de mes amies domiciliée depuis longtemps en France. Quelle est donc la cause de cette indifférence ? Je l'ignore ; mais elle a été presque générale dans le reste de l'Europe, malgré le grand nombre de prospectus que j'y ai répandus.

À la vérité je m'étais fait une loi, surtout dans ma patrie, de ne faire aucune démarche directe ou indirecte pour solliciter des souscriptions, de quelque homme que ce pût être. C'était, comme je l'ai dit, un monument de littérature, illustré par le concours de nos plus célèbres artistes, dont je proposais l'exécution aux riches amateurs. À la vérité j'y avais parlé de l'intérêt de mes enfants ruinés. Il est possible qu'en exprimant ce sentiment il me soit échappé quelques expressions paternelles trop tendres, qui sont bien goûtées par les gens du monde sur nos théâtres et dans nos romans, mais qui sont rejetées par eux dans l'usage ordinaire de la vie, à cause de leur sensibilité extrême. Ils voient avec intérêt un infortuné sur la scène, mais ils en détournent la vue dans la société. Je pense donc avoir éprouvé, sans m'en douter, la vérité de cet adage confirmé par les imprudents qui s'adressent confidentiellement à eux dans leurs peines : « Plus on se découvre, plus on a froid. »

Cependant les trompettes et les cloches de notre renommée n'avaient pas encore sonné ; mon prospectus n'avait point encore été annoncé par les journalistes : ils attendaient, suivant leur usage, le jugement que le monde en porterait pour y confirmer leurs opinions ; mais voyant que sur ce point comme sur bien d'autres il n'en avait aucune, ils se décidèrent à lui en donner.

Le premier qui emboucha sa trompette en ma faveur fut le *Journal de Paris*. Son rédacteur me trouva d'abord fort à plaindre d'en être réduit à parler si souvent au public de mes affaires particulières. Il remarqua qu'il était fort au-dessous de ma grande réputation d'écrivain d'être obligé de recourir aux souscriptions. Je crois même qu'il me renouvela à ce sujet le conseil d'ami qu'il m'avait plusieurs fois donné dans son journal, de ne me plus mêler d'écrire sur les marées, où je n'entendais rien, et d'en laisser le soin à nos astronomes. Je crus d'abord que c'était une pierre qui me tombait de la lune ; mais ce n'était pas lui qui me la jetait : au contraire il se pénétra si bien de mes malheurs et de leurs causes, qu'il oublia de parler des beautés de mon édition future. Qui n'aurait pas connu sa franchise aurait cru entendre le maître d'école qui tance l'enfant tombé dans la Seine en jouant imprudemment sur ses bords. Il me regardait sans doute comme tombé dans la mer en me jouant avec mon système des marées.

Si, en effet, je ne m'étais pas senti couler à fond, j'aurais pu lui dire que, m'étant occupé toute ma vie des intérêts du public, j'avais cru qu'il m'était permis de l'intéresser quelquefois aux miens, sans prétendre devenir chef de parti ; qu'il ne dédaignait pas lui-même de captiver sa bienveillance en lui annonçant chaque jour les événements heureux et malheureux, et jusqu'à la vente des plus petits meubles de la capitale ; que la banqueroute presque totale que j'avais éprouvée était un événement public, et que j'étais aussi fondé à m'en plaindre que lui des différents cabinets de l'Europe, dont il révélait avec tant de sagacité les projets de malveillance. J'aurais pu lui rappeler que le revenu de son journal n'était fondé que sur des souscriptions ; que Voltaire s'était honoré d'une semblable ressource en faisant imprimer les œuvres de Pierre Corneille au profit de la petite-nièce de ce grand poète[14] ; qu'en ma qualité de père de famille, j'avais pu faire imprimer une pastorale au profit de mes enfants ruinés, avec d'autant plus de raison que par des lois modernes, qui ne lui étaient pas inconnues, sur les propriétés littéraires des gens de lettres, mes enfants devaient être privés des miennes dix ans après ma mort.

J'aurais pu lui alléguer d'autres raisons pour justifier mon droit naturel et acquis de raisonner sur la cause des marées ; mais un homme submergé ne peut plus parler. Je me noyais en effet ; les souscriptions me venaient de loin à loin et en très petit nombre. Des artistes, qu'il fallait payer comptant, travaillaient avec activité : j'allais manquer de fonds et engager mes dernières ressources, lorsque après Dieu une branche me sauva du naufrage. Un libraire, homme de bien, M. Déterville, vint me demander la permission d'imprimer une édition in-8° de mes *Études de la Nature*, sous mon nom, et semblable à mon édition originale in-12, à quelques transpositions près, avec le privilège de la vendre à son profit pendant cinq ans, moyennant six cents livres, dont il me paierait le tiers d'avance, et les deux autres tiers dans le cours de l'année. Je remerciai la Providence, qui m'envoyait à point nommé une partie des fonds qui m'étaient nécessaires. Nous signâmes mutuellement, le libraire et moi, l'acte de nos conventions, qui toutes ont été remplies jusqu'à présent. Cette édition a paru en l'an XII (1804). Il y avait environ trois mois qu'elle était en vente, quand un jeune homme de mes amis, qui se destine aux lettres, entra chez moi tenant à sa main un journal. Quoique naturellement gai, il avait l'air sombre.

« Que m'apportez-vous là ? lui dis-je.

Mon ami. Une nouvelle méchanceté du *Journal des Débats* : vous en êtes l'objet.

Moi. Vous me surprenez. J'ai toujours cru son rédacteur bien disposé pour mes ouvrages.

Mon ami. Avez-vous été le voir à l'occasion de votre nouvelle édition ?

Moi. Non, je ne l'ai même jamais vu. Il est journaliste ; et j'ai pour maxime que quand on donne à un particulier le pouvoir de nous honorer, on lui donne en même temps celui de nous déshonorer.

Mon ami. Lisez, lisez ; vous verrez comme il parle de vous. Il dit que vous n'êtes propre qu'à faire des romans ; que votre Théorie des marées n'est qu'un roman ; que vous avez la manie d'en parler sans cesse[15] ; que vos principes de morale sont exagérés ; que vous n'avez aucune connaissance en politique. Pardonnez-moi si je répète ses injures, mais j'en suis indigné. Ce sont des personnalités[16] dont vous devez vous faire justice.

Moi. Je lis rarement ce journal, parce que je trouve sa critique amère et souvent injuste. Son rédacteur est d'ailleurs un homme d'esprit ; mais ses satires répugnent à mes principes de morale ; voilà peut-être pourquoi il les trouve exagérés. Quant à mon ignorance en politique, il n'est guère question de cette science moderne dans mes *Études de la Nature*. Mais pourquoi en a-t-il parlé ?

Mon ami. C'est peut-être que vos ennemis lui auront dit que vous ambitionniez quelque place.

Moi. Voyons donc ce redoutable feuilleton. » Et après l'avoir lu tout entier : « Je ne trouve point, lui dis-je, que j'aie tant à m'en plaindre. D'abord il commence par me blâmer, et finit par me louer. Celui qui veut nuire fait précisément le contraire : il loue au commencement, et blâme à la fin. Le premier paraît un ennemi impartial qui est forcé enfin de reconnaître vos bonnes qualités ; le second semble être un ami équitable qui ne demande qu'à vous louer, mais qui est contraint ensuite d'avouer vos défauts, par le sentiment de la justice. L'un et l'autre savent bien que la dernière impression est la seule qui reste dans la tête du lecteur. C'est le dernier coup de la cloche qui la fait longtemps vibrer.

Mon ami. Permettez-moi de vous dire que tout journaliste qui condamne une opinion ou même qui la loue est tenu de motiver sa critique ou son éloge. Bayle est là-dessus un vrai modèle[17]. Lorsqu'il réfute une erreur, il y supplée la vérité. Tout critique qui se conduit autrement est ou ignorant ou de mauvaise foi. Le vôtre est à la fois l'un et l'autre.

Moi. Oh ! cela est trop fort : il ne me blâme que sur le fond des choses qu'il n'entend pas, et peut-être qu'on le charge de blâmer ; mais il me loue de bonne foi sur le style. Il dit positivement que je suis un des plus grands écrivains du siècle.

Mon ami. Voilà un bel éloge !

Moi. Sans doute, et l'un des plus beaux qu'on puisse donner aujourd'hui. Quel est l'homme de loi, par exemple, qui ne serait plus flatté de passer dans les affaires pour un fameux orateur que pour un bon juge ? La forme est tout, le fond est peu de chose. Celui-ci n'intéresse que les particuliers mis en cause ; celle-là regarde le public, qui donne les réputations. Sachez donc que le rédacteur du feuilleton m'a donné la plus grande des louanges, et qu'il la préférerait pour lui-même à toutes celles dont on voudrait l'honorer, comme d'être juste, bon logicien, penseur profond, observateur éclairé. Les Anciens pensaient à peu près là-dessus comme les modernes. Beaucoup de Romains en faisaient le principal mérite de Cicéron. J'ai ouï dire que ce père de l'éloquence latine, passant un jour sur la place aux harangues, quelques citoyens oisifs qui s'y promenaient l'entourèrent et le prièrent de monter à la tribune. "Que voulez-vous que j'y fasse ? leur dit-il, je n'ai rien à vous dire. – N'importe, s'écrièrent-ils, parlez-nous toujours. Que nous ayons le plaisir d'entendre vos périodes, si belles, si harmonieuses, qui flattent si délicieusement les oreilles." Je crois que M. de La Harpe nous a conservé ce beau trait dans son *Cours de littérature française*. Il le trouvait admirable, et le citait comme une preuve du grand goût que les Romains avaient pour l'éloquence.

Mon ami. C'est nous les représenter comme des imbéciles. Quel goût pouvaient-ils trouver à entendre parler à vide ? Je sais qu'il est commun à beaucoup de nos lecteurs de journaux, mais le journaliste des *Débats*, qui ne sait point faire de belles périodes, remplit tant qu'il peut son feuilleton de malignité : voilà pourquoi il a tant de vogue. Il sait bien que le nombre des méchants est encore plus grand que celui des imbéciles.

Moi. Ne comptez-vous pour rien l'éloge si pur que le critique a fait de *Paul et Virginie* ?

Mon ami. Quoi ! ne voyez-vous pas que c'est pour se donner à lui-même un air de sensibilité qui le rende recommandable à une multitude de ses lecteurs qui se plaignent sans cesse d'en avoir trop, tandis qu'ils se repaissent tous les jours de ses sarcasmes ? Vos ennemis louent la moindre partie de vos travaux, pour se donner le droit, comme vos amis, de blâmer les plus importantes. Oui, je vous le dis avec franchise, les journalistes sont des pirates qui infestent toute la littérature, ainsi que les contrefacteurs. Ceux-ci, moins coupables, n'en veulent qu'à l'argent ; les autres, soudoyés par divers partis, attaquent les réputations de ceux qui ne tiennent à aucun. Ils se coalisent entre eux, quoique sous divers pavillons ; ils font la guerre aux morts et aux vivants. Quel sera désormais le sort des gens de lettres qui, sous les auspices des Muses, se dirigent vers la fortune et la gloire ? À peine un jeune homme riche de ses seules études s'embarque sur la mer des opinions humaines, qu'il est coulé à fond en sortant du port : il ne lui reste d'autre ressource que de prendre parti avec les brigands. C'est alors que, presque sans peine et sans travail, il sera payé, redouté, honoré, et pourra parvenir à tout.

Moi. Vous tombez vous-même dans le défaut que vous leur reprochez. La passion vous rend injuste. Nos journalistes ne sont point des pirates : ce sont, pour l'ordinaire, de paisibles paquebots qui passent et repassent sur le fleuve de l'oubli, qu'ils appellent fleuve de mémoire, nos fugitives réputations. Amis et ennemis, tous leur sont indifférents. Ils n'ont d'autre but, au fond, que de remplir leur barque, afin de gagner honnêtement leur vie.

« Ce n'est pas une petite affaire de mettre tous les jours à la voile avec une nouvelle cargaison. Un journaliste à vide serait capable de remplir ses feuilles de leur propre critique. J'en ai eu un jour une preuve assez singulière. Un d'entre eux, voulant plaire à un parti puissant qui le protégeait, s'avisa d'attaquer ma Théorie du mouvement des mers. Comme il n'entendait pas plus celle des astronomes que la mienne, il me fut aisé de le réfuter. Je lui répondis par un autre journal, et j'insérai dans ma réponse quelques légères épigrammes sur sa double ignorance. Je crus qu'il en serait piqué. Point du tout. Il m'écrivit tendrement pour se plaindre de ce que je n'avais pas eu assez de confiance en lui pour lui adresser ma réponse, en m'assurant que, quoiqu'il y fût maltraité, il l'aurait imprimée avec la fidélité la plus exacte, et qu'elle aurait fait le plus grand honneur à ses feuilles. Il est clair qu'il n'avait eu, en me provoquant, d'autre but que l'innocent désir de gagner de l'argent en remplissant son journal. Peu de temps après, il fut obligé d'y renoncer. Cependant les mathématiciens qui l'avaient armé d'arguments contre moi et poussé en avant comme leur champion, vinrent à son secours. Ils lui firent avoir une place à la fois lucrative et honorable. Il y a apparence que, s'il eût imprimé ma réponse, il serait resté journaliste. Mais comme les objections qu'il m'avait faites paraissaient toutes seules sur son champ de bataille, elles avaient un certain air victorieux dont son parti pouvait fort bien se féliciter comme d'un triomphe.

Mon ami. Celui dont vous vous moquez était un de ces oiseaux innocents qui voltigent autour des greniers pour y ramasser quelques grains. Mais le *Journal des Débats* est un oiseau de proie : son plaisir est de s'acharner aux réputations d'écrivains célèbres, surtout après leur mort. Comment ne traite-t-il pas ce pauvre Jean-Jacques ! A-t-il besoin de quelque philosophe d'une grande autorité en morale ? c'est Jean-Jacques qu'il loue. Ses lecteurs accoutumés à se repaître de sa malignité viennent-ils à s'ennuyer de ses éloges ? c'est Jean-Jacques qu'il déchire ; il le dénonce comme la source de toute corruption.

Moi. Il en agit donc avec lui comme les matelots portugais avec saint Antoine de Pade ou de Padoue. Ces bonnes gens ont une petite statue de ce saint au pied de leur grand mât. Dans le beau temps ils lui allument des cierges ; dans le mauvais ils l'invoquent ; mais dans le calme ils lui disent des injures et le jettent à la mer au bout d'une corde, jusqu'à ce que le bon vent revienne.

Mon ami. Vous en riez ; mais cela n'est pas plaisant pour la réputation des gens de lettres. Voyez comme les journaux de parti en ont agi avec Voltaire pendant sa vie. Ils l'ont fait passer pour un fripon qui vendait ses manuscrits à plusieurs libraires à la fois, et pour un lâche superstitieux sans cesse effrayé de la crainte de la mort. Enfin sa correspondance secrète et intime pendant trente ans a été publiée ; elle a prouvé qu'il était l'homme de lettres le plus généreux ; qu'il donnait le produit de la plupart de ses ouvrages à ses libraires, à des acteurs, et à des gens de lettres malheureux ; que, presque toujours malade, il s'était si bien familiarisé avec l'idée de la mort, qu'il se jouait perpétuellement des fantômes que la superstition a placés au-delà des tombeaux, pour gouverner les âmes faibles pendant leur vie. Aujourd'hui le *Journal des Débats* poursuit sa mémoire, et, ce qui est le comble de l'absurdité, il veut faire passer pour un imbécile l'écrivain de son siècle qui avait le plus d'esprit. Oui, quand je vois dans un feuilleton un grand homme, utile au genre humain par ses talents et ses travaux, mis en pièces par des gens de lettres éclairés de ses lumières, qui n'ont imité de lui que les arts faciles et germains de médire et de flatter ; et quand je lis ensuite à la fin de ce même feuilleton l'éloge d'un misérable charlatan, je crois voir un taureau déchiré dans une arène par une meute de chiens qu'il a nourris des fruits de ses labeurs, ainsi que les spectateurs barbares de son supplice, tandis que ces mêmes animaux, dressés à lécher les jarrets d'un âne, terminent cette scène féroce par une course ridicule.

Moi. Le calomniateur est un serpent qui se cache à l'ombre des lauriers pour piquer ceux qui s'y reposent. Homère a eu son Zoïle ; Virgile, Bavius et Maevius ; Corneille, un abbé d'Aubignac, etc. La fleur la plus belle a son insecte rongeur.

Mon ami. J'en conviens ; mais il n'y a jamais eu chez les Anciens d'établissements littéraires uniquement destinés à déchirer les gens de lettres tous les jours de la vie. Le nombre s'en augmente sans cesse. Il y a déjà plus de journalistes que d'auteurs. Ceux-ci abandonnent même leurs laborieux et stériles travaux pour le lucratif métier de raisonner, à tort et à travers, sur ceux d'autrui.

Moi. Vous avez raison. Mais ce genre de littérature a aussi son utilité. Combien de citoyens occupés de leurs affaires ne sont pas à portée de savoir ce qui se passe en politique, dans les lettres, et dans les arts ? Ils trouvent dans les journaux des connaissances tout acquises, qui n'exigent de leur part aucune réflexion. L'âme a besoin de nourriture comme le corps ; et il est remarquable que le nombre des journaux s'est accru, chez nous, à mesure que celui des sermons y a diminué.

Mon ami. Et c'est par cela même que je les trouve dangereux. En donnant des raisonnements tout faits, ils ôtent la faculté de raisonner et celle d'être juste, par des jugements dictés souvent par l'esprit de parti. Ils paralysent à la fois les esprits et les consciences. Ceux qui les lisent habituellement s'accoutument à les regarder comme des oracles. Entrez dans nos cafés, et voyez la quantité de gens qui oublient leurs amis, leur commerce, et leur famille, pour se livrer à cette oisive occupation. Qu'en rapportent-ils chez eux ? quelque maxime de morale ? quelque principe de conduite ? non, mais un sarcasme bien mordant, ou une calomnie impudente contre des gens de lettres estimables.

Moi. Au moins, vous en excepterez quelques journalistes sensés, tels que *Le Moniteur, Le Publiciste*, etc. ; quant aux autres, je n'ai point trop à m'en plaindre.

Mon ami. Comment ! pas même de ceux qui traitent de romans vos *Études*, où vous avez employé trente ans d'observations ?

Moi. Plût à Dieu qu'ils fussent persuadés que mes *Études* sont des romans comme *Paul et Virginie* ! Les romans sont les livres les plus agréables, les plus universellement lus, et les plus utiles. Ils gouvernent le monde. Voyez l'*Iliade* et l'*Odyssée*, dont les héros, les dieux, et les événements sont presque tous de l'invention d'Homère ; voyez combien de souverains, de peuples, de religions, en ont tiré leur origine, leurs lois, et leur culte. De nos jours même, quel empire ce poète exerce encore sur nos académies, nos arts libéraux, nos théâtres ! C'est le dieu de la littérature de l'Europe.

Mon ami. Je vous avoue que je suis fort dégoûté de la nôtre. Je ne veux plus courir dans une carrière où des études pénibles vous attendent à l'entrée, l'envie et la calomnie au milieu, des persécutions et l'infortune à la fin.

Moi. Quoi ! n'auriez-vous cultivé les lettres que dans la vaine espérance d'être honoré des hommes pendant votre vie ? Rappelez-vous Homère.

Mon ami. Qui voudrait cultiver les Muses sans cette perspective de gloire qu'elles prolongent au loin sur notre horizon ? Elle consola sans doute Homère pendant sa vie. Voyez comme elle s'est étendue après sa mort.

Moi. Sans doute la gloire acquise par les lettres est la plus durable. Ce n'est même qu'à sa faveur que les autres genres de gloire parviennent à la postérité. Mais les monuments qui l'y transmettent n'ont pas l'esprit de vie comme ceux de la nature. Ils sont de l'invention des hommes, et par conséquent caducs et misérables comme eux. Qu'est-ce qu'un livre, après tout ? il est pour l'ordinaire conçu par la vanité ; ensuite il est écrit avec une plume d'oie, au moyen d'une liqueur noire extraite de la gale d'un insecte, sur du papier de chiffon ramassé au coin des rues. On l'imprime ensuite avec du noir de fumée. Voilà les matériaux dont l'homme, parvenu à la civilisation, fabrique ses titres à l'immortalité. Il en compose ses archives, il y renferme l'histoire des nations, leurs traités, leurs lois, et tout ce qu'il conçoit de plus sacré et de plus digne de foi. Mais qu'arrive-t-il ? À peine l'ouvrage paraît au jour que des journalistes se hâtent d'en rendre compte. S'ils en disent du mal, le public le tourne en ridicule ; s'ils le louent, des contrefacteurs s'en emparent. Il ne reste bientôt à l'auteur que le droit frivole de propriété, que les lois ne lui peuvent assurer pendant sa vie, et dont elles dépouillent ses enfants peu d'années après sa mort. Que se proposait-il donc dans sa pénible carrière ? de plaire aux hommes, à des êtres qui, comme le dit Marc Aurèle, se déplaisent à eux-mêmes dix fois le jour. Oh ! mon ami, un homme de lettres doit se proposer un but plus sublime dans le cours de sa vie. C'est d'y chercher la vérité. Comme la lumière est la vie des corps, dont elle développe avec le temps toutes les facultés, la vérité est la vie de l'âme, qui lui doit pareillement les siennes. Quel plus noble emploi que de la répandre dans un monde encore plus rempli d'erreurs et de préjugés que la terre n'est couverte au nord de sombres forêts ?

« Le philosophe doit extirper les erreurs du sein des esprits, pour y faire germer la vérité, comme un laboureur extirpe les ronces de la terre pour y planter des chênes. Si de noires épines en ont épuisé tous les sucs, si le sol en est plein de roches, son rude travail n'est pas perdu : ses nerfs en acquièrent de nouvelles forces.

Mon ami. Je travaillerai aussi pour la vérité sans tant de fatigues. Je me ferai journaliste. Je m'assoirai au rang de mes juges.

Moi. Pourriez-vous vous abaisser à servir les haines d'autrui ? N'en doutez pas, il y a des hommes qui n'aspirent qu'au retour de la barbarie. Ils se réjouissent de voir les gens de lettres en guerre. Ils excitent entre eux des querelles pour les livrer au mépris public. S'ils le pouvaient, ils crèveraient les yeux au genre humain : ils le priveraient de la lumière comme de la vérité, pour le mieux asservir.

Mon ami. Dieu me préserve d'être jamais de leur nombre ! Je ferai le journal des journaux. Les auteurs fournissent aux journalistes la plupart des idées et des tirades dont ils remplissent leurs feuilles ; les journalistes me fourniront à leur tour la malignité dont j'aurai besoin. Je tournerai contre eux leurs propres flèches, et je m'attirerai bientôt tous leurs lecteurs.

Moi. Si jamais vous entreprenez des feuilles périodiques, faites-les dignes d'une âme généreuse et des hautes destinées où s'élève la France. Encouragez, à leur naissance, les talents timides, en vous rappelant les faibles débuts de Corneille, de Racine, et de Fontenelle. Préparez au siècle nouveau des artistes, des poètes, des historiens. Ce n'est point de héros dont il manque, c'est d'écrivains capables de les célébrer. N'insérez dans vos feuilles que ce qui méritera les souvenirs de la postérité. Mettez-y les découvertes du génie et les actes de vertu en tout genre. Ne craignez pas que vos jeunes talents fléchissent sous de si nobles fardeaux ; ils n'en prendront qu'un vol plus assuré ; et la reconnaissance des races futures suffira pour les rendre illustres. Vos feuilles deviendront pour la France ce que sont depuis tant de siècles pour la Chine les annales de son empire.

« En parcourant cette carrière, que vous indique l'amour de la patrie, étendez de temps en temps vos regards sur les autres parties du monde, votre journal renfermera un jour les archives du genre humain. »

Mon jeune ami se leva, me serra la main, et se retira plein d'émotion.

Pour moi je redoublai de zèle pour mon édition de *Paul et Virginie*. Les plus célèbres artistes s'en occupaient. J'éprouvai d'abord plusieurs mois de retard à l'occasion de quelques-uns d'entre eux appelés à composer et à dessiner les magnifiques costumes du couronnement de l'Empereur. Mais je fus bien plus retardé par les graveurs. Je suis fâché de le dire, quoique nous eussions signé mutuellement les époques auxquelles ils m'en devaient livrer les planches, aucun d'eux n'a rempli ses engagements. Ils m'ont donné pour excuse que la beauté des dessins les avait menés bien plus loin qu'ils ne croyaient ; qu'ils étaient jaloux de rendre leur burin rival du crayon et du pinceau des grands maîtres. Cependant ils devaient considérer, avant tout, qu'ils étaient artistes, c'est-à-dire des professeurs de morale chargés, ainsi que les gens de lettres, de transmettre à la postérité des traits de vertu[18], et par conséquent d'en donner eux-mêmes l'exemple ; que la première base de la vertu est la probité, et celle de la probité de tenir scrupuleusement ses engagements ; qu'enfin en manquant de parole à ceux qui ont traité avec eux, ils les obligent à leur tour d'en manquer à d'autres, et les exposent de plus à des pertes considérables.

D'un autre côté, comme ces longs retardements ont contribué en effet à la perfection de mon ouvrage, je me sens obligé d'en témoigner ma reconnaissance. Je ne me tiens pas quitte envers eux du seul emploi de leur temps et de leurs talents, quand je les ai payés. Je me sens encore plus redevable au zèle qu'ils y ont mis dans l'espèce de concours où ils ont employé à l'envi leurs crayons et leur burin, autant par affection pour ma pastorale que, j'ose dire, pour son auteur. Plusieurs même de ceux qui m'ont fourni des dessins ont voulu que je les tinsse de leur seule amitié. Je les nommerai donc tour à tour dans l'explication que je vais donner des figures. Je tâcherai de les faire connaître, quoique la plupart n'aient pas besoin de mes annonces pour être avantageusement connus du public.

Les figures de cette édition sont au nombre de sept. J'en ai donné les programmes[19]. La première, qui est au frontispice, est mon portrait. Les six autres sont tirées de *Paul et Virginie*, et représentent les principales époques de leur vie, depuis leur naissance jusqu'à leur mort.

Mon portrait est tiré d'après moi, à mon âge actuel de soixante-sept ans. Je l'ai fait dessiner et graver sur les demandes réitérées de mes amis. On y lit mon nom au bas en caractères romains, avec les simples initiales de mes deux premiers prénoms : Jacques-Henri-Bernardin DE SAINT-PIERRE. J'observerai que dans l'ordre naturel de mes prénoms, Bernardin était le second, et Henri le troisième. Mais cet ordre ayant été changé, par hasard, au titre de la première édition de mes *Études*, Henri s'y est trouvé le second, et Bernardin le troisième. J'ai eu beau réclamer leur ancien ordre, le public n'a plus voulu s'y conformer. Il en est résulté que beaucoup de personnes croient que Bernardin de Saint-Pierre est mon nom propre. J'ai cru devoir moi-même obéir à la volonté générale, en les signant quelquefois tous deux ensemble. Cette observation peut paraître frivole ; mais j'y attache de l'importance, parce qu'il me semble que le public, en ajoutant un nouveau nom à mon nom de famille, m'a en quelque sorte adopté[20].

Au-dessous du portrait on voit dans des nuages le globe de la terre en équilibre sur ses pôles couverts de deux océans rayonnants de glaces. Il a le soleil à son équateur ; et en lui présentant tour à tour les sommets glacés de ses deux hémisphères, il en varie deux fois par an les pondérations, les courants, et les saisons. Cette devise, que j'ai fait graver sur mon cachet, a une légende qui peut aussi bien s'appliquer aux lois morales de la nature qu'à ses lois physiques : *Stat in medio virtus, librata contrariis*. « La vertu est stable au milieu, balancée par les contraires[21]. » Ce portrait, avec ses accessoires, a été dessiné au crayon noir par M. Lafitte, qui a remporté à l'Académie de peinture de Paris le grand prix de Rome, au commencement de notre révolution. On a de lui plusieurs ouvrages très estimés, entre autres un gladiateur expirant. Personne ne dessine avec plus de promptitude et d'exactitude. M. Ribault, élève de M. Ingouf, a gravé ce dessin, tout au burin, avec une fidélité qui rivalise celle du crayon de l'original. Il ne manque à ce jeune homme qu'une célébrité dont ses talents me paraissent bien dignes.

Le premier sujet de la pastorale a pour titre : *Enfance de Paul et Virginie*. On lit au-dessous ces paroles du texte : *Déjà leurs mères parlaient de leur mariage sur leurs berceaux.*

Madame de La Tour et Marguerite les tiennent sur leurs genoux, où ils se caressent mutuellement. Fidèle, leur chien, est endormi sous leur berceau. Près de lui est une poule entourée de ses poussins. La Négresse Marie est en avant, sur un côté de la scène, occupée à tisser des paniers. On voit au loin Domingue, qui ensemence un champ ; et plus loin l'habitant, leur voisin, qui arrive à la barrière. À droite et à gauche de ce tableau plein de vie, sont les deux cases des deux amies. Près de l'une est un bananier, la plante du tabac, un cocotier qui sort de terre près d'une flaque d'eau, et d'autres accessoires rendus avec beaucoup de vérité. Au loin on découvre les montagnes pyramidales de l'île de France, des palmiers, et la mer.

Ce paysage, ainsi que ses personnages remplis de suavité, est de M. Lafitte, qui a dessiné mon portrait. Il a été d'abord gravé à l'eau-forte par M. Dussault, qui excelle en ce genre de préparation, et gravé ensuite au burin relevé de pointillé par M. Bourgeois de La Richardière, jeune artiste qui, après avoir quitté ses premières études pour obéir à la voix de la patrie qui l'appelait aux armées, les a reprises avec une nouvelle vigueur. Il a gravé un grand portrait de l'empereur Napoléon Bonaparte, et plusieurs autres ouvrages goûtés du public. J'ai dit que trois artistes, en comptant le dessinateur, avaient concouru à exécuter le sujet de cette première planche ; il y en a dans la suite où quatre et même plus ont mis la main. C'est un usage assez généralement adopté aujourd'hui par les graveurs les plus distingués. Ils prétendent qu'un sujet en est mieux traité lorsque ses diverses parties sont exécutées par divers artistes dont chacun excelle dans son genre. Ainsi l'entrepreneur en donne d'abord le sujet, et en fait faire le dessin ; il le livre ensuite à un graveur, qui en fait exécuter tour à tour l'eau-forte, le paysage, les figures, et met le tout en harmonie. Après quoi un graveur en lettres y met l'inscription. C'est aux connaisseurs à juger si ces procédés, de mains différentes, perfectionnent l'art. Ils ont été employés souvent par les grands maîtres en peinture, qui, à la vérité, entreprenaient d'immenses travaux, comme des galeries et des plafonds. Les graveurs disent, de leur côté, que les longs travaux du burin, dans un petit espace, ne demandent pas moins de temps que ceux du pinceau sur de larges voûtes et de vastes pans de mur. Les amateurs semblent de leur avis, car plusieurs recherchent les simples eaux-fortes, et les préfèrent quelquefois aux estampes finies. C'est par cette raison que j'en ai fait tirer un certain nombre d'exemplaires, comme je l'ai dit dans la feuille d'avertissement insérée dans cette édition. J'y ai même parlé de quatre autres sujets in-8° de *Paul et Virginie*, tirés sur in-4°, dessinés et gravés par M. Moreau le Jeune, qu'on peut réunir dans le même exemplaire, attendu qu'ils représentent des événements différents.

La seconde planche a pour sujet Paul traversant un torrent, en portant Virginie sur ses épaules. Il a pour titre : *Passage du torrent*, et pour inscription ces paroles du texte : *N'aie pas peur, je me sens bien fort avec toi*.

Le fond représente les sites bouleversés des montagnes de l'île de France, où les rivières qui descendent de leurs sommets se précipitent en cascades. Ce fond âpre, rude et rocailleux, relève l'élégance, la grâce et la beauté des deux jeunes personnages qui sont sur le devant, dans la fleur d'une vigoureuse adolescence.

Paul, au milieu des roches glissantes et des eaux tumultueuses, porte sur son dos Virginie tremblante. Il semble devenu plus léger de sa belle charge, et plus fort du danger qu'elle court. Il la rassure d'un sourire, contre la peur si bien exprimée dans l'attitude craintive de son amie, et dans ses yeux orbiculaires[22]. La confiance de son amante, qui le presse de ses bras, semble naître ici, pour la première fois, du courage de l'amant ; et l'amour de l'amant, si bien rendu par ses tendres regards et son sourire, semble naître à son tour de la confiance de son amante.

On trouvera peut-être que ces deux charmantes figures sont un peu fortes, comparées avec quelques-unes de celles qui les suivent ; mais on doit considérer qu'elles sont plus rapprochées de l'œil du spectateur. Qui ne voudrait voir la beauté de leurs proportions encore plus développées ? Aussi l'auteur se propose-t-il d'en faire un tableau grand comme nature. Ce sujet l'emportera, à mon avis, sur celui de l'amoureux Centaure, qui porte sur sa croupe, à travers un fleuve, la tremblante Déjanire. Comment le Guide[23] a-t-il pu choisir pour sujet de son charmant pinceau un monstre composé de deux natures incompatibles ? Comment une bouche humaine pourrait-elle alimenter à la fois l'estomac d'un homme et celui d'un cheval ? Cependant on en supporte la vue sans peine, et même avec plaisir : tant l'autorité d'un grand nom et celle de l'habitude ont de pouvoir ! Elles nous font adopter, dès l'enfance, les plus étranges absurdités au physique et au moral, sans que nous soyons même tentés, dans le cours de la vie, d'y opposer notre raison.

Je dois le beau dessin de M. Girodet à son amitié[24]. Il m'en a fait présent. Il serait seul capable de lui faire une grande réputation, si elle n'était déjà florissante par le charme et la variété de ses conceptions. Il y réunit toujours les grâces naïves de la nature à l'étude sévère de l'antique. On reconnaît ici l'auteur des tableaux du bel Endymion endormi dans une forêt, éclairé de la lumière amoureuse de la déesse des nuits ; d'Hippocrate, refusant l'or et la pourpre du roi de Perse, qui voulait l'attirer à son service ; et de l'Apothéose de nos guerriers dans le palais d'Ossian. Je pense que le premier eût fait à Athènes le plus bel ornement du salon d'Aspasie ; que le second eût été placé sous le péristyle de quelque temple pour y servir à jamais d'exemple de patriotisme ; et qu'enfin le troisième eût été peint sur la voûte du Panthéon ; mais il occupe, chez nous, une place plus honorable dans le palais de l'Empereur, l'illustre chef de nos héros.

Le paysage de mon dessin a été gravé à l'eau-forte par M. Dussault, dont j'ai déjà parlé ; et le groupe des deux figures l'a été au pointillé et au burin par M. Roger, qui excelle dans ce genre. Il a bien voulu suspendre ses nombreux travaux pour s'occuper de celui-ci, si digne du burin d'un grand maître.

La troisième planche représente l'arrivée de M. de La Bourdonnais. Elle porte au titre : *Arrivée de M. de La Bourdonnais* ; et pour inscription : *Voilà ce qui est destiné aux préparatifs du voyage de mademoiselle votre fille, de la part de sa tante*. Cet illustre fondateur de la colonie française de l'île de France arrive dans la cabane de Madame de La Tour, où les deux familles sont rassemblées à l'heure du déjeuner. Il fait poser sur la table, par un de ses Noirs, un gros sac de piastres. À la vue du gouverneur, tous les personnages se lèvent, et toutes les physionomies changent. Il annonce à Madame de La Tour que cet argent est destiné au départ prochain de sa fille. Madame de La Tour, tournée vers elle, lui propose d'en délibérer. Virginie et son ami Paul sont dans l'accablement ; Domingue, qui n'a jamais vu tant d'argent à la fois, en est dans l'admiration ; enfin jusqu'au chien Fidèle a son expression. Il flaire le gouverneur, qu'il n'a jamais vu, et témoigne par son attitude que cet étranger lui est suspect. J'observerai ici que la figure de M. de La Bourdonnais a le mérite particulier d'être ressemblante. Elle a été dessinée et retouchée d'après la gravure qui est à la tête des Mémoires de sa vie[25]. On me saura gré sans doute de donner ici une notice du physique et du moral de ce grand homme. J'en suis redevable à sa propre fille, Mme Mahé de La Bourdonnais, aujourd'hui veuve de Monlezun Pardiac, qui a honoré cette édition de sa souscription[26]. Dans une de ses lettres, où elle se félicite de concourir à un monument qui intéresse la gloire de son père, voici le portrait qu'elle me fait de sa personne.

« Mon père avait de beaux yeux noirs, ainsi que les sourcils ; son nez était long et sa bouche un peu grande… Il avait peu d'embonpoint. Il était de taille médiocre, n'ayant que cinq pieds et quelques lignes de hauteur, d'ailleurs se tenant très bien. Il portait une perruque à la cavalière qui imitait les cheveux… Son air était vif, spirituel et très gai…

« Sa principale vertu était l'humanité. Les monuments qu'il a établis à l'île de France sont garants de cette vérité… »

En effet, j'ai vu dans cette île, où j'ai servi comme ingénieur du roi, non seulement des batteries et des redoutes qu'il avait placées aux lieux les plus convenables, mais des magasins et des hôpitaux très bien distribués. On lui doit surtout un aqueduc, de plus de trois quarts de lieue, par lequel il a amené les eaux de la petite rivière jusqu'au Port-Louis, où, avant lui, il n'y en avait pas de potable. Tout ce que j'ai vu dans cette île de plus utile et de mieux exécuté était son ouvrage.

Ses talents militaires n'étaient pas moindres que ses vertus et ses talents d'administrateur. Nommé gouverneur des îles de France et de Bourbon, il battit avec neuf vaisseaux l'escadre de l'amiral Peyton, qui croisait sur la côte de Coromandel avec des forces très supérieures. Après cette victoire, il fut assiéger aussitôt Madras, n'ayant pour toute armée de débarquement que dix-huit cents hommes, tant blancs que noirs. Après avoir pris cette métropole du commerce des Anglais dans l'Inde, il retourna en France. Des divisions s'étaient élevées entre lui et M. Dupleix, gouverneur de Pondichéry. Aussitôt après son arrivée dans sa patrie, il fut accusé d'avoir tourné à son profit les richesses de sa conquête, et en conséquence il fut mis à la Bastille sans autre examen. On lui opposait, comme principal témoin de ce délit, un simple soldat. Cet homme assurait, sur la foi du serment, qu'après la prise de Madras, étant en faction sur un des bastions de cette place, il avait vu, la nuit, des chaloupes embarquer quantité de caisses et de ballots sur le vaisseau de M. de La Bourdonnais. Cette calomnie était appuyée à Paris du crédit d'une foule d'hommes jaloux qui n'avaient jamais été aux Indes, mais, par tout pays, sont toujours prêts à détruire la gloire d'autrui. Le vainqueur infortuné de Madras assurait qu'il était impossible qu'on eût pu voir du bastion indiqué par le soldat cette embarcation, quand même elle aurait eu lieu. Mais il fallait le prouver ; et suivant la tyrannie exercée alors envers les prisonniers d'État, on lui avait ôté tous moyens de défense. Il s'en procura de toute espèce par des procédés fort simples, qui donneront une idée des ressources de son génie. Il fit d'abord une lame de canif avec un sou marqué, aiguisé sur le pavé, et en tailla des rameaux de buis, sans doute distribués aux prisonniers, aux fêtes de Pâques. Il en fit un compas et une plume. Il suppléa au papier par des mouchoirs blancs, enduits de riz bouilli, puis séchés au soleil. Il fabriqua de l'encre avec de l'eau et de la paille brûlée. Il lui fallait surtout des couleurs pour tracer le plan et la carte des environs de Madras : il composa du jaune avec du café, et du vert avec des liards chargés de vert-de-gris et bouillis. Je tiens tous ces détails de sa tendre fille, qui conserve encore avec respect ces monuments du génie qui rendit la liberté à son père. Ainsi, muni de canif, de compas, de règle, de plume, de papier, d'encre et de couleurs de son invention, il traça, de ressouvenir, le plan de sa conquête, écrivit son mémoire justificatif, et y démontra évidemment que l'accusateur qu'on lui opposait était un faux témoin, qui n'avait pu voir du bastion où il avait été posté, ni le vaisseau commandant, ni même l'escadre. Il remit secrètement ces moyens de défense à l'homme de loi qui lui servait de conseil. Celui-ci les porta à ses juges. Ce fut un coup de lumière pour eux. On le fit donc sortir de la Bastille, après trois ans de prison. Il languit encore trois ans après sa sortie, accablé de chagrin de voir toute sa fortune dissipée, et de n'avoir recueilli de tant de services importants que des calomnies et des persécutions. Il fut sans doute plus touché de l'ingratitude du gouvernement que de la jalousie triomphante de ses ennemis. Jamais ils ne purent abattre sa franchise et son courage, même dans sa prison. Parmi le grand nombre d'accusateurs qui y vinrent déposer contre lui, un directeur de la Compagnie des Indes crut lui faire une objection sans réponse en lui demandant comment il avait si bien fait ses affaires, et si mal celles de la Compagnie. « C'est, lui répondit La Bourdonnais, que j'ai toujours fait mes affaires d'après mes lumières, et celles de la Compagnie d'après ses instructions. »

Bernard-François Mahé de La Bourdonnais naquit à Saint-Malo en 1699, et est mort en 1754, âgé d'environ cinquante-cinq ans. Ô vous qui vous occupez du bonheur des hommes, n'en attendez point de récompense pendant votre vie ! La postérité seule peut vous rendre justice. C'est ce qui est enfin arrivé au vainqueur de Madras et au fondateur de la colonie de l'île de France. Joseph Dupleix, son rival de gloire et de fortune dans l'Inde, et le plus cruel de ses persécuteurs, mourut peu de temps après lui, ayant éprouvé une destinée semblable, les dernières années de sa vie, par une juste réaction de la Providence. Le gouvernement donna à la veuve de M. de La Bourdonnais une pension de 2 400 livres, par un brevet qui honore de ses regrets la mémoire de son époux[27] ; enfin sa respectable fille me mande aujourd'hui que les habitants de l'île de France viennent, de leur propre mouvement, de lui faire à elle-même une pension, en mémoire des services qu'ils ont reçus de son père.

Je crois qu'aucun de mes lecteurs ne trouvera mauvais que je me sois un peu écarté de mon sujet, pour rendre moi-même quelques hommages aux vertus d'un grand homme malheureux, à celles de sa digne fille et d'une colonie reconnaissante. Le dessin original de cette gravure a été fait par M. Gérard : on reconnaît dans cette composition la touche et le caractère de l'école de Rome où il est né[28]. Mais ce qui m'intéresse encore davantage, je la dois à son amitié, ainsi que je dois la précédente à celle de son ami M. Girodet ; il a désiré concourir avec lui en talents et en témoignages de son estime à la beauté de mon édition.

Ce dessin a été gravé à l'eau-forte, au burin, et au pointillé par M. Mécou, élève et ami de M. Roger, qui, n'ayant pu s'en charger lui-même, à cause de deux autres dessins qu'il gravait pour moi, n'a trouvé personne plus digne de sa confiance et de la mienne que M. Mécou, dont les talents sont déjà célèbres par plusieurs charmants sujets du Musée impérial, très connus du public, entre autres par la jeune femme qui pare sa Négresse.

La quatrième planche représente la séparation de Paul et de Virginie ; on y lit pour titre : *Adieux de Paul et de Virginie* ; et pour épigraphe, ces paroles du texte : *Je pars avec elle, rien ne pourra m'en détacher.*

La scène se passe au milieu d'une nuit éclairée de la pleine lune ; il y a une harmonie touchante de lumières et d'ombres qui se fait sentir jusqu'à l'entrée du port. Madame de La Tour se jette aux pieds de Paul au désespoir, qui saisit dans ses bras Virginie défaillante à la vue du vaisseau où elle doit s'embarquer pour l'Europe, et qu'elle aperçoit au loin dans le port, prêt à faire voile. Marguerite, mère de Paul, l'habitant et Marie, accourent hors d'eux-mêmes autour de ce groupe infortuné.

Cette scène déchirante a été dessinée par M. Moreau le Jeune, si connu par ses belles et nombreuses compositions qui enrichissent la gravure depuis longtemps : il composa en 1788 les quatre sujets de ma petite édition in-18[29]. On peut voir en leur comparant celui-ci que l'âge joint à un travail assidu perfectionne le goût des artistes. Celui que M. Moreau m'a fourni est d'une chaleur et d'une harmonie qui surpassent peut-être tout ce qu'il a fait de plus beau dans ce genre. Mais l'estime que je porte à ses talents m'engage à le prévenir que l'usage qu'il fait de la sépia dans ses dessins est peu favorable à leur durée : on sait que la sépia est une encre naturelle qui sert au poisson qui en porte le nom, à échapper à ses ennemis. Il est mou et sans défense, mais au moindre danger il lance sept ou huit jets de sa liqueur ténébreuse, dont il s'environne comme d'un nuage, et qui le fait disparaître à la vue. Les artistes ont trouvé le moyen d'en faire usage dans les lavis ; ils en tirent des tons plus chauds et plus vaporeux que ceux de l'encre de la Chine. Mais soit qu'en Italie, d'où on nous l'apporte tout préparé, on y mêle quelque autre couleur pour le rendre plus roux ; soit qu'il soit naturellement fugace, il est certain que ces belles nuances ne sont pas de durée. J'en ai fait l'expérience dans les quatre dessins originaux de ma petite édition faite il y a dix-sept ans, dont il ne reste presque plus que le trait. Cette fugacité a été encore plus sensible dans mon dernier dessin. Cette nuit, où il n'y avait de blanc que le disque de la lune, est devenue, en moins d'un an, un pâle crépuscule : peut-être cet affaiblissement général de teintes a-t-il été produit par la négligence du graveur, qui a exposé ce dessin au soleil. Au reste, comme les couleurs à l'huile qu'emploie la peinture sont sujettes aux mêmes inconvénients, il faut plutôt en accuser l'art, qui ne peut atteindre aux procédés de la nature. Le noir du bois d'ébène dure des siècles exposé à l'air ; il en est de même des couleurs des plumes et des poils des animaux. Je me suis permis ici ces légères observations pour l'utilité générale des artistes et la gloire particulière de M. Moreau le Jeune, dont les dessins sont dignes de passer à la postérité, ainsi que sa réputation. La gravure ne m'a pas donné moins d'embarras que le dessin original ; l'artiste qui avait entrepris de le graver a employé un procédé nouveau qui ne lui a pas réussi ; il m'a rendu, au bout d'un an, ma planche à peine commencée au tiers : j'en ai été pour mes avances ; il a fallu chercher un autre artiste pour l'achever ; mais nul n'a voulu la continuer. Heureusement M. Roger m'a découvert un jeune graveur, M. Prot, plein de zèle et de talent, qui l'a recommencée, et l'a mise seul à l'eau-forte, au burin et au pointillé en six mois, dans l'état où on la voit aujourd'hui.

La cinquième planche représente le naufrage de Virginie ; le titre en est au bas avec ces paroles du texte : *Elle parut un ange qui prend son vol vers les cieux*. On ne voit qu'une petite partie de la poupe et de la galerie du vaisseau le *Saint-Géran ;* mais il est aisé de voir à la solidité de ses membres et à la richesse de son architecture que c'est un gros vaisseau de la Compagnie française des Indes. Une lame monstrueuse, telle que sont celles des ouragans des grandes mers, s'engouffre dans le canal où il est mouillé, engloutit son avant, l'incline à bâbord, couvre tout son pont, et s'élevant par-dessus le couronnement de sa poupe, retombe dans la galerie dont elle emporte une partie de la balustrade. Les feux semblent animer ses eaux écumantes, et vous diriez que tout le vaisseau est dévoré par un incendie. Virginie en est environnée ; elle détourne les yeux de sa terre natale, dont les habitants lui témoignent d'impuissants regrets, et du malheureux Paul, qui nage en vain à son secours, prêt à succomber lui-même à l'excès de son désespoir, autant qu'à celui de la tempête. Elle porte une main pudique sur ses vêtements tourbillonnés par les vents en furie ; de l'autre, elle tient sur son cœur le portrait de son amant qu'elle ne doit plus revoir, et jette ses derniers regards vers le ciel, sa dernière espérance. Sa pudeur, son amour, son courage, sa figure céleste, font de ce magnifique dessin un chef-d'œuvre achevé.

Comment M. Prud'hon[30] a-t-il pu renfermer de si grands objets dans un si petit espace ? où a-t-il trouvé les modèles de ces mobiles et fugitifs effets que l'art ne peut poser, et dont la nature seule ne nous présente que de rapides images ; une vague en furie dans un ouragan, et une âme angélique, dans une scène de désespoir ? Cette conception a trouvé ses expressions dans l'âme sensible, les ressouvenirs, et les talents supérieurs d'un artiste déjà très connu des gens de goût. À la fois dessinateur, graveur et peintre, on lui doit des enfants et des femmes remarquables par leur naïveté et leur grâce. Il exposa il y a quelques années au Salon un grand tableau de la Vérité qui descend du ciel sur la terre ; mais, il faut l'avouer, sa figure quoique céleste n'y fut guère mieux accueillie du public que si elle y fût descendue en personne. Elle ne dut même, peut-être, qu'à l'indifférence des spectateurs de n'y être pas critiquée et persécutée. Cependant elle était toute nue, et aussi belle qu'une Vénus ; mais comme elle portait le nom de la Vérité, peu de gens s'en occupèrent. Si M. Prud'hon réussit par la pureté de ses crayons et l'élégance de ses formes à rendre des divinités, il intéresse encore davantage, selon moi, en représentant des mortelles. Ses femmes ont dans leurs proportions, leurs attitudes, et leurs physionomies riantes, un laisser-aller, un abandon, des grâces, un caractère de sexe inimitables : ses enfants potelés, naïfs, gais, sont dignes de leurs mères. Il est selon moi le La Fontaine des dessinateurs, et il a avec ce premier de nos poètes encore plus d'une ressemblance par sa modestie, sa fortune, et sa destinée. Puisse ce peu de lignes concourir à étendre sa réputation jusque dans les pays étrangers ! Son beau dessin y justifiera suffisamment mes éloges.

M. Roger, son élève et son ami, qui en a senti tout le mérite, a désiré le graver en entier ; il a voulu accroître sa réputation du dessin d'un maître qui l'avait si heureusement commencée, et lui rendre ainsi ce qu'il en avait reçu. Il a donc retardé de nouveau le cours de ses travaux ordinaires pour s'occuper entièrement du naufrage de Virginie. Sa planche a rendu toutes les beautés de l'original, autant qu'il est possible au burin de rendre toutes les nuances du pinceau. Je me trouve heureux d'avoir fait concourir, à la célébrité de mon édition, deux amis également modestes et également habiles dans leur genre ; mais il me semble que je suis plus redevable à M. Prud'hon, quoique je n'aie eu de lui qu'un seul dessin, parce que je lui dois d'avoir eu une seconde gravure de M. Roger.

La sixième et dernière planche a pour titre : *Les Tombeaux*, et pour inscription : *On a mis auprès de Virginie, au pied des mêmes roseaux, son ami Paul, et autour d'eux leurs tendres mères et leurs fidèles serviteurs*. Elle représente une allée de bambous qui conduit vers la mer ; elle est éclairée par les derniers rayons du soleil couchant : on aperçoit, entre quatre gerbes de ces bambous, trois tombes rustiques sur lesquelles sont écrits, deux à deux, les noms de La Tour et de Marguerite, de Virginie et de Paul, de Marie et de Domingue. On voit, un peu en avant de celle du milieu, le squelette d'un chien : c'est celui de Fidèle, qui est venu mourir de douleur, près de la tombe de Paul et de Virginie.

On n'aperçoit dans cette solitude aucun être vivant ; ici reposent à jamais, sous l'herbe, tous les personnages de cette histoire : les premiers jeux de l'heureuse enfance de Paul et de Virginie sur des genoux maternels, les amours innocents de leur adolescence, les dons funestes de la fortune, leur cruelle séparation, leur réunion encore plus douloureuse, n'ont laissé près de leurs humbles tertres aucun monument de leur vie. On n'y voit ni inscriptions, ni bas-reliefs. L'art n'y a gravé que leurs simples noms, mais la nature y a placé, pour tous les hommes, de plus durables et de plus éloquents ressouvenirs. Ces roseaux gigantesques qui murmurent toujours, agités par les moindres vents, comme les faibles et orgueilleux mortels ; ces flots lointains qui viennent, l'un après l'autre, expirer sur le rivage, comme nos jours fugitifs sur celui de la vie ; ce vaste océan d'où ils sortent et retournent sans cesse, image de l'éternité, nous disent que le temps nous entraîne aussi vers elle.

Je dois le dessin de cette composition mélancolique et touchante à M. Isabey[31]. Son amitié a voulu m'en faire un présent dont je m'honore. Je m'étais adressé à lui pour exécuter ce sujet, où il ne devait y avoir aucun personnage vivant ; et j'étais sûr d'avance qu'il réussirait par l'art particulier que je lui connais d'harmonier la lumière et les ombres, et d'en tirer des effets magiques. Il a réussi au-delà de mes espérances. Il a rendu les bambous avec la plus exacte vérité. Leur perspective fait illusion. Il est si connu et si estimé par ses portraits d'une ressemblance frappante, par ses grandes compositions, telles que Bonaparte passant ses gardes en revue, que ses ouvrages n'ont pas besoin de mes éloges. Celui-ci suffirait pour rendre mon édition célèbre.

L'eau-forte en a été faite par M. Pillement le Jeune, qui excelle, au jugement de tous les graveurs, à faire celle des paysages. Elle a été terminée au burin par

M. Beauvinet, dont j'ai déjà parlé avec éloge. Il suffit de dire que l'auteur du dessin a été très satisfait de l'exécution de ces deux artistes.

M. Dien, imprimeur en taille-douce, qui m'a été indiqué par M. Roger, comme très recommandable par sa probité et son talent, a titré toutes les feuilles de mes sept planches, en y comprenant le portrait. M. Dien, son frère, en a gravé la lettre.

Comme plusieurs de mes souscripteurs ont souscrit pour des exemplaires coloriés, les auteurs des dessins ont eu la complaisance de colorier chacun une épreuve de la gravure qui en était résultée pour servir de modèle. D'après eux M. Langlois, imprimeur dans ce genre, et si avantageusement connu par ses belles fleurs, en a mis les planches en couleur, et les a retouchées au pinceau.

M. Didot l'Aîné, si célèbre par la beauté de ses éditions, en a imprimé le texte ; il en a revu les épreuves avec moi, et m'a aidé plus d'une fois de ses utiles observations.

Enfin, M. Bradel en a cartonné et étiqueté les exemplaires.

On voit que je n'ai rien négligé pour enrichir et perfectionner cette édition. J'ai eu le bonheur d'y faire concourir une partie des plus fameux artistes de mon temps. Quoique la plupart aient diminué, par affection pour l'ouvrage et pour l'auteur, le prix ordinaire de leurs travaux, et que quelques-uns même m'aient fait présent de leurs dessins, je puis assurer que les seuls frais de dessins et de gravures me reviennent à plus de 11 000 livres. Chaque dessin m'en coûte 300 ;

chaque planche gravée de *Paul et Virginie* 1 000 ; celle du portrait 2 400, sans les exemplaires à fournir. Si on y ajoute les frais de papier vélin, d'impression en taille-douce, de celle du texte, de celle des exemplaires coloriés, leur retouche au pinceau, la gravure en lettres, le cartonnage, etc., elle me coûte au moins 20 000 francs, sans les frais de vente. Je ne parle pas du temps, des courses, et des inquiétudes que m'ont coûtés à moi-même ces différents travaux, ainsi que des frais d'impression de ce préambule que je n'avais pas promis à mes souscripteurs : j'espère les avoir dédommagés, autant qu'il était en moi, de leur longue attente.

Je leur ai de mon côté beaucoup d'obligations ; ils sont venus d'eux-mêmes à mon secours, sans que j'en aie fait solliciter aucun. Comme souscripteurs ils sont en petit nombre, mais comme amis ils sont beaucoup[32]. C'est avec leurs avances que j'ai commencé mon entreprise ; sans elles je ne l'eusse jamais osé. Ainsi je puis dire que c'est à elles que le public doit cette édition ; elles ne se montaient qu'à 4 500 livres, moitié du prix total des souscriptions que j'ai reçues ; elles m'ont porté bonheur. Quand elles ont cessé, j'ai pu y joindre, bientôt après, les 6 600 livres qui m'ont été offertes par un libraire. Ce qu'il y a de très remarquable, c'est que ces deux sommes réunies, qui font environ 11 000 livres, sont précisément ce que je devais payer pour frais de dessins, et de gravures.

Je suis entré dans ces détails pour remercier mes souscripteurs, leur donner quelque idée du prix des travaux des artistes, de l'embarras de mon entreprise ; et leur montrer qu'il y a une Providence qui se manifeste aussi bien au milieu du désordre de nos sociétés, que dans l'ordre de la nature.

Je venais de traverser des temps de révolution, de guerre, de procès, de banqueroute, de calomnies audacieuses, de persécutions sourdes, et d'anarchie en tout genre, lorsque Bonaparte prit en main le gouvernail de l'Empire. Son premier soin fut de conjurer les vents ; il renferma ceux de l'opinion dans des outres, et les força de souffler dans ses voiles.

... regemque dedit qui fœdere certo
Et premere et laxas sciret dare jussus habenas.

« Il leur donna un roi qui, d'après des ordres supérieurs et des moyens infaillibles, pût leur lâcher ou leur retenir les rênes[33]. »

Le *Journal de Paris* est rentré dans sa sphère, celui des *Débats* est devenu journal impérial, et sans doute se rendra digne de ce titre auguste ; les nuages de mon horizon se sont élevés, et j'ai fait voile enfin vers le port.

Les fonds de mon édition tiraient à leur fin, et j'avais besoin encore d'environ 9 000 livres pour en solder tous les comptes. Le banquier dont j'avais éprouvé la faillite, voyant que je ne voulais pas accepter les vingt-cinq pour cent qu'il m'avait offerts, et que j'étais décidé à réclamer le bien de mes enfants devant les tribunaux, me proposa de joindre à son offre pour 9 000 francs de billets sur une maison solvable, payables d'années en années. Enfin, sa vertueuse sœur venant à son secours me pria d'accepter, pour les 12 000 livres restant de ma créance sur son frère, une maison de campagne qui avait coûté au moins cette somme à bâtir. Bien des gens ne s'en seraient pas souciés, surtout à cause de son éloignement ; c'était un bien national à sept lieues et demie de Paris. Cependant, le désir de voir cette affaire terminée, et l'exemple de la sœur me rendirent facile envers le frère. Je terminai avec lui, et je recueillis ainsi les débris de mon naufrage. Toutefois quand j'eus examiné à loisir ma nouvelle acquisition, je trouvai qu'elle avait avec mon bonheur plus de convenance que je ne l'avais d'abord imaginé[34]. Elle est à mi-côte, en bon air ; la vue, quoiqu'un peu sauvage, en est riante ; ce sont des coteaux nus et escarpés, mais bordés à leur base d'une belle lisière de prairies qu'arrose l'Oise, et qui, en se perdant en portions de cercle à l'horizon, forment au loin, avec d'autres coteaux, de charmants amphithéâtres. En face, de l'autre côté de l'Oise, sont de vastes plaines bien cultivées. Le jardin, qui n'est que de cinq quarts d'arpent, a été planté avec goût : ce sont des espaliers couronnés de cordons de vignes, des arbres fruitiers à mi-côte au milieu des gazons, des carrés de légumes entourés de bordures de fleurs, des bosquets où quelques arbres étrangers se mêlent avec ceux du pays, de petits chemins bordés de fraisiers, qui circulent et aboutissent partout à de nouveaux points de vue. Enfin, il y a un peu de tout ce qui peut servir aux besoins et aux plaisirs d'une famille ; la mienne en fut enchantée : il semblait que la maison eût été distribuée pour elle, tant elle est commode et solide. Des caves et des puits creusés dans le roc, deux basses-cours entourées de granges, d'écuries, de remises, et ombragées de beaux noyers ; c'était un asile tout à fait convenable à un père de famille, et à un homme de lettres, tel que je le désirais depuis longtemps. C'est, comme je l'ai dit, un bien national ; c'était un presbytère dont le curé a péri sur l'échafaud dans la Révolution : mais c'était pour moi deux nouveaux motifs d'intérêt. Tant de particuliers m'avaient enlevé mon bien que je ne m'y fiais plus. Je pensais au contraire que si la nation me reprenait jamais celui-ci, elle aurait honte d'achever de dépouiller mes enfants, et qu'elle les dédommagerait d'une manière ou d'une autre. Quant à ce que cette maison avait été l'habitation d'un malheureux pasteur, elle ne faisait qu'accroître l'intérêt que je prenais pour elle. Les lieux les plus intéressants pour moi sont ceux qui ont été habités par des infortunés qu'on peut supposer avoir été victimes de leur vertu, ou de leur innocence : il me semble que leur ombre me protège. Comme je n'ai jamais connu mon devancier, cette supposition m'est aussi aisée à faire en sa faveur qu'en celle des anciens habitants de la Grèce et de Rome, dont les ruines ne m'inspirent aujourd'hui de l'intérêt que par l'idée que je me forme de leurs vertus, et de leurs malheurs. C'est toujours à un sentiment moral de vertu, de gloire, de splendeur, enfin à quelque chose de céleste, que se rapporte le respect des noms et des lieux ; j'étends le mien jusqu'au nom de ce village qui s'appelle Æragni : j'imagine qu'il vient d'*Ara ignis*, autel de feu. Je me fonde sur ce qu'il y en a, aux environs, un du même nom ; et d'autres qui s'appellent *Montigni*, mont de feu.

Tant de convenances physiques et morales me plaisaient beaucoup ; mais il se rencontrait un grand obstacle à leur jouissance, je n'avais pas les moyens d'occuper cette agréable solitude. Sa distance de Paris, qui était pour moi un mérite de plus, me devenait très coûteuse, par les frais d'allées et de venues, seul ou en famille, à Paris, où j'avais des devoirs à remplir toutes les semaines. Il fallait de plus fournir aux frais d'un nouvel ameublement, et terminer ceux de mon édition. Toutes ces dépenses ne pouvaient s'accorder avec mon revenu. Je me résolus donc de la louer si j'en trouvais l'occasion[b]. Homère dit que Jupiter a deux tonneaux au pied de son trône, l'un plein de biens, l'autre de maux, dont il nous envoie alternativement une des deux mesures. Mais il a oublié de nous dire que chacune de ces mesures est double. Le bonheur ainsi que le malheur ne vient guère seul.

Je me trouvai bientôt en état d'arranger et d'occuper ma maison des champs, au moment où je m'y attendais le moins.

Un de mes souscripteurs m'invita, il y a environ un an et demi, à le venir voir à sa campagne. C'est un jeune père de famille dont la physionomie annonce les qualités de l'âme. Il réunit en lui toutes celles qui distinguent le fils, le frère, l'époux, le père, et l'ami

---

b. Quelques journalistes me reprocheront peut-être encore que je parle toujours de moi. Mais puisque j'ai commencé mes *Études de la Nature* par l'histoire d'un fraisier et des insectes qui l'habitaient, pourquoi ne parlerais-je pas dans ce préambule de ma maison de campagne et de ma famille ? Aimeraient-ils mieux que je parlasse d'eux ? c'est ce que je pourrai faire encore s'ils m'y obligent. Il n'y a que mes souscripteurs qui auraient droit de se plaindre que je les ennuie. Mais je les prie de considérer que je leur fais présent de ce préambule, que je ne leur ai pas promis. Je le leur donne comme un dédommagement de leur longue attente, ainsi que je l'ai dit. [N.d.A.]

de l'humanité. Il me prit en particulier, et me dit : « Il y a cinq ans que nous ne nous sommes vus. Je n'en ai pas moins conservé le désir de vous être utile. Ma fortune, que je dois à la nation, m'en donne aujourd'hui les moyens. Je n'en peux faire un meilleur usage qu'en vous en offrant une petite portion. Ajoutez à mon bonheur en me donnant les moyens de contribuer au vôtre : je vous prie d'accepter deux mille écus de pension, avec un titre ou sans titre, comme vous le voudrez. Je ne veux pas gêner votre liberté, nécessaire à vos travaux ; je ne désire que vous la conserver. – Et moi, lui répondis-je, permettez que je ne vous sois attaché que par les liens de la reconnaissance. » Ce philosophe, si digne d'un trône, si quelque trône était digne de lui, est le prince Joseph Bonaparte[35].

Ô mon généreux bienfaiteur, aimable protecteur des lettres, puisse cette édition, entreprise en faveur de mes enfants, être un monument de la reconnaissance de leur père envers toi ! puissé-je moi-même la reproduire par de nouveaux sujets plus dignes de ton âme philanthrope ! Je suis vieux. Ma navigation est déjà avancée. Mais si la Providence, qui a dirigé ma faible nacelle au milieu de tant d'orages, retarde encore de quelques années mon arrivée au port, je les emploierai à rassembler d'autres études. Les fleurs tardives de mon printemps promettent encore quelques fruits pour mon automne. Si les rayons d'une aurore orageuse ont fait éclore les premiers, les feux d'un paisible couchant mûriront les derniers. J'ai décrit le bonheur passager de deux enfants élevés au sein de la nature, par des mères infortunées ; j'essaierai de peindre le bonheur durable d'un peuple ramené à ses lois éternelles, par des révolutions[36].

Espérons de nos malheurs passés notre félicité à venir. Ce n'est que par des révolutions que l'intelligence divine elle-même développe ses ouvrages et les conduit de perfections en perfections.

Elle n'a point renfermé dans un petit gland le chêne robuste couvert de son vaste feuillage. Elle n'y a déposé que le germe fragile de ses premiers éléments. Mais elle ordonne aux eaux du ciel et de la terre de le nourrir, aux rochers de recevoir dans leurs flancs ses racines profondes, aux tempêtes de les raffermir par leurs secousses, au soleil de les féconder, aux saisons de couvrir tour à tour ses bras noueux de verdure, de fleurs et de fruits, aux années de corroborer[37] son tronc par de nouveaux cylindres, de l'élever au-dessus des forêts, et d'en faire un monument durable pour les animaux et pour les hommes.

Il en est de même de notre globe ; il n'est pas sorti de ses mains tel que nous le voyons aujourd'hui. Elle a chargé les siècles de le rouler dans les cieux, et de le développer dans des périodes[38] qui nous sont inconnus. Elle le créa d'abord dans la région des ténèbres et des hivers, enseveli sous un vaste océan de glaces, comme un enfant dans l'amnios au sein maternel. Bientôt son centre et ses pôles furent aimantés de diverses attractions par le soleil qui parut à son orient. Ses eaux échauffées dans cette partie de son équateur se levèrent en brumes épaisses dans l'atmosphère, dilatées par la chaleur ; les vents les voiturèrent dans les airs, les pôles encore gelés les attirèrent, et les fixèrent en nouveaux océans de glaces aux extrémités de son axe, qu'ils tinrent en équilibres par leurs mobiles contrepoids. Devenu plus léger à son orient, il éleva son occident, encore immobile de froid et plus pesant, vers le soleil qui l'attirait. Alors il circula sur lui-même, en balançant ses pôles dans le cercle de l'année, autour de l'astre qui lui donnait le mouvement et la vie. Bientôt à la surface de ses mers fluides, demi-épuisées par les mers aériennes et glaciales, qui en étaient sorties, apparurent les sommets graniteux de ses continents et de ses îles, comme les premiers ossements de son squelette.

Peu à peu ses eaux marines saturées de lumière et de sels, étendirent autour d'eux leurs alluvions, et les transformèrent en vastes couches de roches calcaires, comme les eaux aériennes se changent en bois dans les végétaux, et la sève des végétaux en sang, en chair dans les animaux. Ainsi se formèrent dans la région des tempêtes, les rochers et les durs minéraux, ces ossements et ces nerfs de la terre, où devaient s'attacher comme des muscles les vastes croupes des montagnes, et qui devaient supporter le poids des continents. Leurs fondements caverneux, et encore mal assis, en paraissant à la lumière, se raffermirent par des tremblements ; et de leurs affreuses collisions, des tourbillons de fumée s'élevèrent à la surface des mers, qui annoncèrent les premiers volcans dont les feux devaient les épurer.

D'autres bouleversements préparèrent d'autres organisations ; le globe, surchargé sur ses pôles de deux océans de glace de poids inégaux et versatiles, les présenta tour à tour au soleil ; et tour à tour de vastes courants en sortirent qui laboururent, chacun pendant six mois, ses deux hémisphères. Celui du nord creusa d'abord les contours de cet immense canal où l'Atlantique, semblable à un fleuve, renferme aujourd'hui ses eaux et les verse deux fois par jour entre l'ancien et le nouveau monde. Celui du sud, au contraire, descendant d'un seul glacier, placé au sein du vaste océan de son hémisphère, et faisant équilibre avec la plus grande partie des continents opposés, versa une seule fois par jour sur leurs rivages ses flots divergents dans le même temps et du même côté que le soleil en embrasait le pôle de ses rayons. Les torrents demi-glacés qui s'en précipitèrent découpèrent alors les côtes de l'ancien monde en nombreux archipels, en vastes baies, et en longs promontoires.

Le globe est un vaisseau céleste, sphérique, sans proue et sans poupe, propre à voguer, dans tous les sens, dans toute l'étendue des cieux. Le soleil en est l'aimant et le cœur ; l'océan est le sang dont la circulation le rend mobile. L'astre du jour en opère le systole et le diastole[39], le flux et le reflux, par sa présence et son absence, par le jour et la nuit, par l'été et l'hiver, par les mers fluides et glaciales. Les pôles du globe changent avec les siècles par les diverses pondérations de ses océans glacés. Il a été un temps où ceux qu'il a aujourd'hui dans notre méridien étaient dans notre équateur ; où nos zones torrides étaient projetées dans nos zones tempérées et glaciales, et celles-ci dans nos torrides ; où les hivers régnaient sur d'autres contrées, et où les mers glacées s'échappaient de leur empire par d'autres canaux. Il en est de même des autres planètes. Leurs sphères, diversement inclinées vers le soleil, sont dans les mains de la Providence comme ces cylindres de musique dont il suffit de relever ou d'abaisser les axes de quelques degrés pour en changer tous les concerts.

Ce ne fut sans doute que quand elle l'eut fait passer, si j'ose dire, par les périodes successifs de l'enfance, de l'adolescence, de la puberté, qu'elle créa tour à tour les végétaux, les animaux, et les hommes[40], comme elle fait produire successivement à un arbre, après certain période d'années, des feuilles, des fleurs, et des fruits. Mais ce fut dans les temps où le globe élevait à peine quelques portions de ses continents à la surface des mers, que les torrents de ses pôles couverts de glace, et ceux de ces montagnes les plus élevées[41], creusèrent, en se précipitant, les nombreux amphithéâtres que le soleil devait éclairer de divers aspects, sous les mêmes latitudes. Ils excavèrent ces vallées vastes et profondes où errent aujourd'hui d'innombrables troupeaux. Ils escarpèrent les cimes aériennes de ces rochers qui font le charme de nos perspectives. Les tempêtes de l'atmosphère ajoutèrent à leur beauté. Elles transportèrent dans les airs les premières semences des forêts qui croissent sur leurs inaccessibles plateaux.

Ce fut l'Océan qui, de siècles en siècles, épuisant ses eaux par d'innombrables productions, éleva en s'abaissant les sommets de ses îles primitives ; et en reculant ses bords, les plaça au sein des continents. Ce sont leurs antiques pyramides qui couronnent à diverses hauteurs les chaînes des montagnes. Les unes sont couvertes de verdure, d'autres sont toutes nues comme aux jours de leur naissance ; d'autres, toujours entourées de neiges et de glaces, semblent au niveau des pôles ; d'autres vomissent des tourbillons épais de flammes sulfureuses et bitumineuses, et paraissent avoir leur fondement au niveau des mers qui les alimentent. Les pics du Ténériffe et de l'Etna réunissent ce double empire, et du sein des glaces et des feux versent au loin l'abondance et la fécondité : toutes ces pyramides aériennes, dont la plupart s'élèvent au-dessus de la moyenne région de l'air, ont pour bases les corps marins qui entourèrent leurs premiers berceaux. Toutes attirent, aujourd'hui, autour d'elles les vapeurs et les orages de l'atmosphère. Tantôt elles s'en couvrent comme d'un voile, et disparaissent à la vue ; tantôt elles découvrent la tête, ou les flancs de leurs longs obélisques. Si le soleil alors les frappe de ses rayons il les colore d'or et de pourpre, et répand sur leurs robes mobiles toutes les couleurs de l'arc-en-ciel. Elles apparaissent, au sein des tonnerres, comme des divinités bienfaisantes ; les croupes qui les supportent deviennent autant de mamelles qui répandent de toutes parts des pluies fécondantes ; les cavernes profondes de leurs flancs sont des urnes d'où elles versent les fleuves qui fertilisent les campagnes jusqu'aux bords de l'Océan leur père, et invitent les navigateurs à aborder sur ces mêmes rivages dont elles étaient l'épouvante dans les temps de leur origine[42].

Chaque siècle diminue l'empire de l'Océan tempétueux, et accroît celui de la terre paisible[43] : voyez seulement les collines qui bordent de part et d'autre nos vallées ; elles portent à leurs contours saillants les empreintes des dégradations des fleuves qui remplissaient jadis de leurs eaux tout l'intervalle qui les sépare. Le sol même des vallées et de leurs couches horizontales, ainsi que les coquillages fluviatiles disséminés dans toute sa largeur attestent qu'il a été formé sous les eaux. Mais jetez les yeux sur les terres les plus élevées de notre hémisphère ; l'antique Scandinavie, séparée autrefois de la Norvège et du continent par de bruyants détroits qui communiquaient de la mer Glaciale à la mer Baltique, a cessé d'être une île. J'ai marché moi-même dans le fond de leurs bassins de granit[44] ; la mer Baltique, où j'ai navigué, baisse d'un pouce tous les quarante ans : on voit des diminutions semblables dans les mers de l'hémisphère austral. La Nouvelle-Hollande[45], dont les montagnes escarpées s'élèvent au-dessus des nuages, étend aujourd'hui ses flancs sablonneux au-dessus des flots ; elle montre déjà au sein de ses marais saumâtres des colonies florissantes d'Européens, jadis les fléaux de leur patrie : dans toutes les mers, des foules d'îles naissantes et de rochers à demi submergés soulèvent, à travers les vagues irritées, leurs têtes noires couronnées de fucus, de glaïeuls, et de varechs. À leurs couleurs brunes et empourprées, à leurs bruits confus et rauques, aux nappes d'écume qui bouillonnent autour d'eux, on dirait de vieux tritons qui se disputent avec fureur de jeunes néréides. Un jour, ces écueils si redoutables aux marins, offriront des asiles aux bergères ; après de nombreuses tempêtes le détroit qui sépare l'Angleterre de la France se changera en guérets. Après d'interminables guerres, les Anglais et les Français verront leurs intérêts réunis comme leur territoire.

Il en sera de même du genre humain. Dieu l'a destiné à jouir de ses bienfaits par tout le globe. Il en a fait un petit monde où il a renfermé tous les désirs et les besoins des êtres sensibles. Il l'a formé comme un seul homme qu'il fait d'abord passer par l'enfance, entouré d'une nuit d'ignorance et de préjugés, mais dont il aimante la tête de la lumière de la raison, et le cœur de l'instinct de la vertu, afin qu'il puisse gouverner ses passions et se diriger vers ces facultés divines, comme le globe qu'il habite autour du soleil. Il voulut que ces dons célestes ne se développassent dans les nations, comme dans les individus, que par leur expérience et celle de leurs semblables. Il voulut même que les intérêts du genre humain ne se composassent un jour que des intérêts de chaque homme. Chaque peuple a eu donc une enfance imbécile, une adolescence crédule, et une jeunesse sans frein[46]. Lisez seulement les histoires de notre Europe, vous la voyez tour à tour couverte de Gaulois, de Grecs, de Romains, de Cimbres, de Goths, de Visigoths, de Vandales, d'Alains, de Francs, de Normands, etc., qui s'exterminent les uns après les autres, et la ravagent comme les flots d'une mer débordée. L'histoire de chacun de ces peuples ne présente qu'une suite non interrompue de guerres, comme si l'homme ne venait au monde que pour détruire son semblable. Ces temps anciens, si vantés pour leur innocence et leurs vertus héroïques, ne sont que des temps de crimes et d'erreurs dont la plupart, pour notre bonheur, n'existent plus. L'absurde idolâtrie, la magie, les sorts, les oracles, le culte des démons, les sacrifices humains, l'anthropophagie, les guerres permanentes, les incendies, les famines, l'esclavage, la polygamie, l'inceste, la mutilation des hommes, les droits de naufrage, les droits d'aubaine, etc., désolaient alors nos malheureuses contrées, et sont relégués aujourd'hui sur les côtes de l'Afrique inhospitalière, ou dans les sombres forêts de l'Amérique. Il en est de même de plusieurs maladies du corps aussi communes que celles de l'âme, telles que les pestes innombrables, les lèpres, la ladrerie, les obsessions ou convulsions, etc. Que dire des mensonges religieux qui illustraient des forfaits et consacraient des origines absurdes et criminelles encore révérées de nos jours ? Que de héros, que nous font admirer nos écoles, qui n'étaient au fond que des scélérats ; le féroce Achille, Ulysse le perfide, Agamemnon le parricide, la famille entière d'Atrée, et tant d'autres aussi criminels qui se prétendaient descendus des dieux et des déesses, le plus souvent changés en bêtes ! Il semble que le monde moral ait roulé autrefois, comme le physique, sur d'autres pôles. Cependant des bienfaiteurs du genre humain s'élevèrent de siècles en siècles au-dessus de ses brigandages. Hercule, Esculape, Orphée, Linus, Confucius, Lokman[47], Lycurgue, Solon, Pythagore, Socrate, Platon, etc., civilisent peu à peu ces hordes de barbares. Ils déposent parmi eux les éléments de la concorde, des lois, de l'industrie, de religions plus humaines. Ils apparaissent dans les siècles passés au-dessus de leurs nations, comme des sources inépuisables de sagesse, de lumière, et de vertus, qui ont circulé jusqu'à nous de générations en générations, semblables à ces fleuves descendus des sommets aériens des montagnes lointaines, qui traversent depuis des siècles, des rochers, des marais, des sables, pour venir féconder nos plaines et nos vallons.

Déjà sur ces mêmes terres où les druides brûlaient des hommes, les philosophes les appellent pour les éclairer du flambeau de la raison[48]. Les Muses du nord, de l'occident, et surtout les françaises, planent sur l'Europe, unissent leurs lyres, et, y joignant leurs voix mélodieuses, enchaînent par leurs concerts les cœurs de ses habitants. Ce sont elles qui ont brisé en Amérique les fers des noirs enfants de l'Afrique, et défriché ses forêts par des mains libres[49]. Elles en ont exporté une foule de jouissances, et elles y ont transporté, de l'Europe et de l'Asie, des cultures et des troupeaux utiles, de nouveaux végétaux, des habitants plus humains, et des législations évangéliques. Ô vertueux Penn, divin Fénelon, éloquent Jean-Jacques, vos noms seront un jour plus révérés que ceux des Lycurgue et des Platon ! La superstition n'élève plus chez nous, comme autrefois, de temples à Dieu par la crainte des démons ; la philosophie les a dissipés à la lumière de l'astre du jour. Elle montre la terre couverte des bienfaits de la divinité, et les cieux remplis de ses soleils. Que de découvertes utiles ! que d'inventions hardies ! que d'établissements humains inconnus à l'Antiquité ! Ce sont les vertus des grands hommes qui ont fait descendre du ciel sur la terre les flambeaux de la vérité ; hélas ! souvent, persécutées et fugitives, elles n'en éclairent le monde ténébreux qu'après de longues secousses et de nombreuses révolutions.

Mais les femmes ont contribué plus que les philosophes à former et à réformer les nations. Elles ne pâlirent point les nuits à composer de longs traités de morale ; elles ne montèrent point dans des tribunes pour faire tonner les lois. Ce fut dans leurs bras qu'elles firent goûter aux hommes le bonheur d'être tour à tour, dans le cercle de la vie, enfants heureux, amants fidèles, époux constants, pères vertueux. Elles posèrent les premières bases des lois naturelles. La première fondatrice d'une société humaine fut une mère de famille. En vain un législateur, un livre à la main, déclara de la part du ciel que la nature était dénaturée, qu'elle était odieuse même à son auteur : elles se montrèrent avec leurs charmes, et le fanatique tomba à leurs pieds[50].

Ce fut autour d'elles que, dans l'origine, les hommes errants se rassemblèrent et se fixèrent. Les géographes et les historiens ne les ont point classées en castes et en tribus. Ils n'en ont point fait des portions de monarchies ou de républiques. Les hommes naissent asiatiques, européens, français, anglais ; ils sont cultivateurs, marchands, soldats ; mais par tout pays les femmes naissent, vivent, et meurent femmes. Elles ont d'autres devoirs, d'autres occupations, d'autres destinées que les hommes. Elles sont disséminées parmi eux pour leur rappeler surtout qu'ils sont hommes ; et maintenir, malgré les lois politiques, les lois fondamentales de la nature. Semblables à ces vents harmoniés avec les rayons du soleil, ou avec leur absence, qui varient les températures des pays qu'ils fécondent en les réchauffant, ou les rafraîchissant de leurs haleines, on ne peut les circonscrire dans aucune carte, ni en faire hommage à aucun souverain. Ils n'appartiennent qu'à l'atmosphère. Ainsi les femmes n'appartiennent qu'au genre humain. Elles le rappellent sans cesse à l'humanité par leurs sentiments naturels et même par leurs passions[51].

C'est par cette influence qu'elles conservent souvent un peuple depuis son origine jusqu'à ses derniers débris. Voyez ceux qui n'ont plus maintenant ni autels, ni trône, ni capitale, tels que les Guèbres, les Arméniens, les Juifs, les Maures d'Afrique ; ils sont roulés par les siècles et les événements, de contrées en contrées ; mais leurs femmes en lient encore entre eux les individus par les aimants multipliés de filles, de sœurs, d'épouses, de mères. Elles les maintiennent par les mêmes lois qui les ont rassemblés. Leurs hordes errantes sont semblables aux antiques monuments de leurs empires, qui gisent renversés, malgré les ancres de fer qui en liaient les assises. En vain l'Océan en roule les granits dans ses flots, aucune pierre ne se délite : tant est fort le ciment naturel qui en congloméra les grains dans la carrière.

Non seulement les femmes réunissent les hommes entre eux par les liens de la nature, mais encore par ceux de la société. Remplies pour eux des affections les plus tendres, elles les unissent à celles de la divinité, qui en est la source. Elles sont les premiers et les derniers apôtres de tout culte religieux qu'elles leur inspirent, dès la plus tendre enfance. Elles embellissent tout le cours de leur vie. Ils leur sont redevables de l'invention des arts de première nécessité, et de tous ceux d'agrément. Elles inventèrent le pain, les boissons agréables, les tissus des vêtements, les filatures, les toiles, etc. Elles amenèrent les premières à leurs pieds les animaux utiles et timides qu'ils effrayaient par leurs armes, et qu'elles subjuguèrent par des bienfaits. Elles imaginèrent pour plaire aux hommes les chansons gaies, les danses innocentes, et inspirèrent à leur tour la poésie, la peinture, la sculpture, l'architecture, à ceux d'entre eux qui désirèrent conserver d'elles de précieux ressouvenirs. Ils sentirent alors se mêler à leurs passions ambitieuses l'héroïsme et la pitié. Ils n'avaient imaginé au milieu de leurs guerres cruelles et permanentes que des dieux redoutables, un Jupiter foudroyant, un noir Pluton, un Neptune toujours en courroux, un Mars sanglant, un Mercure voleur, un Bacchus toujours ivre ; mais à la vue de leurs femmes chastes, douces, aimantes, laborieuses, ils conçurent dans les cieux des divinités bienfaisantes. Remplis de reconnaissance pour les compagnes de leur vie, ils leur élevèrent des monuments plus nombreux et plus durables que des temples. Ils donnèrent d'abord, dans toutes les langues, des noms féminins à tout ce qu'ils trouvèrent de plus aimable et de plus doux sur la terre, à leurs diverses patries, à la plupart des rivières qui les arrosaient, aux fleurs les plus odorantes, aux fruits les plus savoureux, aux oiseaux qui avaient le plus de mélodie.

Mais tout ce qui leur sembla mériter dans la nature des hommages plus étendus par une beauté ou par une utilité supérieure reçut d'eux des noms de déesses, c'est-à-dire de femmes immortelles. Elles eurent leur séjour dans les cieux et leurs départements sur la terre. Ainsi ils féminisèrent et déifièrent la lumière, les étoiles, la nuit, l'aurore. Ils attribuèrent les fontaines aux naïades, les ondes azurées de la mer aux néréides, les prairies à Palès, les forêts aux dryades. Ils distribuèrent de plus grands départements à des déesses d'un plus haut rang, l'air avec ses nuages majestueux à Junon, la mer paisible à Téthys, la terre et ses riches minéraux à Cybèle, les bêtes fauves à Diane, et les moissons à Cérès. Ils caractérisèrent les puissances de l'âme, source de toutes leurs jouissances, comme celles de la nature. Ils firent des déesses des vertus qui les fortifiaient, des grâces qui les rendaient sensibles, des Muses qui les inspiraient, de Minerve, mère de toute industrie. Enfin ils donnèrent à la déesse qui réunissait tous les charmes de la femme le nom de Vénus, plus expressif sans doute que celui d'aucune divinité. Ils lui attribuèrent pour père Saturne ou le Temps, pour berceau l'Océan, pour compagnons de sa naissance les jeux, les ris, les grâces, pour époux le dieu du feu, pour enfant l'amour, et pour domaine toute la nature.

En effet, tout objet aimable a sa vénusté, c'est-à-dire une portion de cette beauté ineffable qui engendre les amours. La plus touchante en est sans doute la sensibilité, cette âme de l'âme qui en anime toutes les facultés. Ce fut par elle que Vénus subjugua le dieu indomptable de la guerre.

Ce n'est pas que les femmes aient reçu du ciel plus de perfections que les hommes. Soumises par la nature même de leurs charmes aux influences de la déesse des grâces, dont l'astre des nuits était autrefois le symbole, et en porte encore le nom chez les peuples sauvages, par la variété de ses phases, elles brillent dans le cours des mois d'une lumière douce et paisible, mais inconstante et inégale. Cependant elles attirent à elles et dissipent les feux qui dévorent les cœurs ambitieux des hommes, semblables aux feux du soleil, qui embrasent l'horizon pendant le jour et ne s'éteignent que dans le sein des nuits. Ainsi les défauts d'un sexe et les excès de l'autre se compensent mutuellement ; et ces deux moitiés humaines en contraste, composent sur la terre une harmonie parfaite, semblable à celle des deux astres de la lumière, conjugués dans les cieux[52].

Ô femmes, c'est par votre sensibilité que vous enchaînez les ambitions des hommes ! Partout où vous avez joui de vos droits naturels, vous avez aboli les éducations barbares, l'esclavage, les tortures, les mutilations, le pal, les croix, les roues, les bûchers, les lapidations, le hacher par morceaux, et tous les supplices cruels de l'Antiquité, qui étaient bien moins des punitions d'une justice équitable que des vengeances d'une politique féroce. Partout vous avez été les premières à honorer de vos larmes les victimes innocentes de la tyrannie, et à faire connaître les remords aux tyrans. Votre pitié naturelle vous donne à la fois l'instinct de l'innocence et celui de la véritable grandeur. C'est vous qui conservez et embellissez de vos souvenirs les renommées des conquérants magnanimes, dont les vertus généreuses protégèrent les faibles, et surtout votre sexe. Tels ont été les Cyrus, les Alexandre, les Charlemagne ; sans vous ils ne nous seraient pas plus recommandables que les Tamerlan, les Bajazet, les Attila. Mais le sang des nations subjuguées élève en vain de sombres nuages autour de leurs grands colosses ; au souvenir de leurs bienfaits vous étendez sur eux des rayons de reconnaissance qui les font briller sur notre horizon de tout l'éclat de la vertu.

Vous êtes les fleurs de la vie. C'est dans votre sein que la nature verse les générations et les premières affections qui les font éclore. Vous civilisez le genre humain, et vous en rapprochez les peuples bien mieux par des mariages que la diplomatie par des traités. Vous êtes les âmes de leur industrie et de leur navigation. C'est pour vous procurer de nouvelles jouissances que les puissances maritimes vont chercher aux Indes les plus douces et les plus riches productions de la terre et du soleil. Pline dit que déjà de son temps ce commerce se faisait principalement pour vous. Vous formez entre vous par toute la terre un vaste réseau, dont les fils se correspondent dans le passé, le présent, et l'avenir ; se prêtent mutuellement des forces. Vous enchaînez de fleurs ce globe dont les passions cruelles des hommes se disputent l'empire.

Ô Françaises, c'est pour vous que l'Indienne donne aujourd'hui la transparence au coton et le plus vif éclat à la soie[53] ! Ce fut pour vous que les filles d'Athènes imaginèrent ces robes commodes et charmantes, si favorables à la pudeur et à la beauté, que le sage Fénelon lui-même les trouvait bien préférables à tous les costumes gênants et orgueilleux de notre ancien régime. La Révolution vous en a revêtues, et elles ont ajouté à vos grâces naturelles. Mères et nourrices de notre enfance, quel pouvoir vos charmes n'ajoutent-ils pas à vos vertus ? Vous êtes les reines de nos opinions et de notre ordre moral. Vous avez perfectionné nos goûts, nos modes, nos usages, en les simplifiant. Vous êtes les juges nés de tout ce qui est décent, gracieux, bon, juste, héroïque. Vous répandez l'influence de vos jugements dans toute l'Europe, et vous en avez rendu Paris le foyer. C'est dans ses murs, à votre vue, ou par vos souvenirs, que nos soldats s'animent à la défense de la patrie : c'est dans ces mêmes murs que les guerriers étrangers, qui ont porté contre eux des armes malheureuses, viennent en foule, dans les trop courts intervalles de la paix, oublier à vos pieds tous leurs ressentiments.

Notre langue vous doit sa clarté, sa pureté, son élégance, sa douceur, tout ce qu'elle a d'aimable et de naïf. Vous avez inspiré et formé nos plus grands poètes et nos plus fameux orateurs. Vous protégez dans vos cercles l'écrivain solitaire qui a eu le bonheur de vous plaire et le malheur d'irriter des factions jalouses. À vos regards modestes, aux doux sons de votre voix, le sophiste audacieux se trouble, le fanatique sent qu'il est homme, et l'athée qu'il existe un Dieu. Vos larmes touchantes éteignent les torches de la superstition, et vos divins sourires dissipent les froids arguments du matérialisme.

Ainsi sur les rivages de l'Islande, après de longs hivers, la reine des mers boréales, la montagne de l'Hécla, couronnée de volcans, vomit des tourbillons de feux et de fumées à travers des pyramides de glace qui semblent menacer les cieux : mais lorsque le globe, au signe des Gémeaux, achève d'incliner le pôle Nord vers le soleil, les vents du printemps qui naissent sous l'empire de l'astre du jour joignent leurs tièdes haleines à ses rayons ardents. Les flancs de la montagne alors se réchauffent : une chaleur souterraine s'étend sous la coupole de glace qui la surmonte, et lui refuse bientôt tout appui. D'abord ses sommets orgueilleux se précipitent dans ses cratères brûlants, en éteignent les feux, pénètrent dans ses longs souterrains, et jaillissent autour de sa base en hautes gerbes d'eaux noires et bouillantes. Ses fondements caverneux s'affaissent sur leurs propres piles, glissent, et s'écroulent en énormes rochers dans le sein des mers qu'ils menaçaient d'envahir. Les bruits affreux de leurs chutes, les sombres murmures de leurs torrents, les rugissements des phoques et des ours marins qui les habitaient, sont répétés au loin par les échos d'Horrillax et du Vaigaths[54]. Les peuples riverains de l'Atlantique voient avec effroi ces glaciers terreux voguer, renversés, le long de leurs rivages. Entraînés par leurs propres courants, sous les formes fantastiques de temples, de châteaux, ils vont rafraîchir les mers torridiennes[55], et fonder, dans leurs flots attiédis, des écueils que l'hiver suivant ne reverra plus.

Cependant la montagne dessolée[56] apparaît, à travers les brumes de ses neiges fondues et les dernières fumées de ses volcans, nue, hideuse, ses collines dégradées et montrant à découvert ses antiques ossements. C'est alors que les zéphyrs, qui l'ont dépouillée du manteau des hivers, la revêtissent[57] de la robe du printemps. Ils accourent en foule des zones tempérées, portant sur leurs ailes les semences volatiles des végétaux. Ils tapissent de mousses, de graminées, et de fleurs, ses flancs déchirés et ses plaies profondes. Les oiseaux de la terre et des eaux y déposent leurs nids. En peu d'années, de vastes bosquets de cèdres et de bouleaux sortent de ses cratères éteints. Une nouvelle adolescence la pénètre de toutes les influences du soleil, pendant un jour de plusieurs mois.

Sa beauté même s'accroît de celle des longues nuits du pôle. Quand l'hiver, à la faveur de leurs ténèbres, y relève son trône, étend sur lui son manteau d'hermine, et prépare à l'océan de nouvelles révolutions, la lune circule tout autour et lui renvoie une partie des rayons du soleil qui l'abandonne. L'aurore boréale le couronne de ses feux mobiles et agite autour de lui ses drapeaux lumineux. À ce signal céleste, les rennes fuient vers de moins âpres contrées ; elles aperçoivent[58], à la lueur de ces clartés tremblantes, l'Hécla au milieu des mers hérissées de glaçons ; et elles viennent, en bramant, chercher dans ses vallées profondes de nouveaux pâturages. Des légions de cygnes tracent autour de sa cime de longues spirales, et, joyeux de descendre sur cette terre hospitalière, font entendre au haut des airs, des accents inconnus à nos climats. Les filles d'Ossian[59], attentives, suspendent leurs chasses nocturnes pour répéter sur leurs harpes ces concerts mélodieux ; et bientôt de nouveaux Pauls viennent chercher parmi elles de nouvelles Virginies.

Il en sera de même de notre dernière révolution. Déjà la France apparaît au-dessus des orages. Les feux gémeaux de Castor et de Pollux étincellent sur sa tête, dans un ciel d'azur[60]. Ils annoncent la fin de nos affreuses tempêtes. Ô Napoléon, que ta puissante étoile repousse au loin ces ambitions effrénées qui rugissent encore autour de nos frontières ! Et toi, Joseph, seconde, de ta bienfaisante philanthropie, ton frère toujours victorieux ! Convertis les ambitions du dedans, taciturnes et sombres, en amour de la concorde et de la paix. Puissent vos noms fraternels, en harmonie comme vos talents et vos vertus, devenir pour la postérité l'époque d'un nouveau période de gloire et de bonheur ! puisse-t-elle vous confondre dans ses ressouvenirs et être un jour en doute qui de vous deux a le mieux mérité de sa reconnaissance !

NOTE DE L'AUTEUR
SUR LE PRÉAMBULE

Mon opinion sur ces diverses périodes du développement du globe s'accorde avec toutes les traditions orientales[1]. Les unes divisent les temps de sa création en six jours, d'autres en plusieurs âges, d'autres, comme celles des Indiens, en périodes de siècles. On peut fournir d'ailleurs des preuves évidentes de ces révolutions des pôles, par les productions des zones torrides que nous retrouvons dans notre zone tempérée et dans notre zone glaciale ; par les corps marins de l'hémisphère austral qui sont fossiles dans notre hémisphère boréal ; par divers déluges occasionnés par la fonte des glaces lorsque les anciens pôles parcoururent l'équateur ; par les zones sablonneuses, les découpures des îles, les golfes profonds, dont un grand nombre ont aujourd'hui des directions différentes de celles dont les pôles étaient alors les foyers, comme on le peut voir sur les cartes de géographie ; par les traditions des Chinois, dont les annales attestent que le soleil resta fixe plusieurs semaines consécutives dans une seule constellation ; ce qui occasionna, non un embrasement, comme on l'avait craint, mais un déluge dont la Chine fut inondée ; enfin par les traditions des prêtres de l'Égypte, qui assurèrent à Hérodote que le soleil s'était levé deux fois à l'occident et deux fois à l'orient ; ce que l'on ne peut attribuer qu'aux diverses inclinaisons des pôles de la terre, et à ses mers, qui en varient, dans le cours des siècles, les pondérations et les mouvements.

Les planètes, qui tournent autour du soleil, paraissent soumises à des harmonies semblables. Elles ont leurs axes différemment inclinés, leurs moteurs sont les mêmes, mais ils ont d'autres directions ; chacune a un ou plusieurs océans, non pas dirigés du nord au sud, comme notre Atlantique, mais d'orient en occident, à proportion qu'elles s'enfoncent dans les zones célestes glaciales. Mais avant d'aller plus loin, je prendrai la liberté de réfuter quelques erreurs de physique accréditées, depuis longtemps, parmi les astronomes. Ils prétendent que les parties resplendissantes des planètes en sont les montagnes et les rochers, et que les parties sombres en sont les mers. Pour moi, je pense que c'est le contraire. Si on découvre une île, en pleine mer, elle apparaît comme un nuage obscur, et la mer qui l'environne comme un lac argenté. Il en est de même d'un fleuve ; on l'aperçoit au milieu des campagnes comme un long serpent d'argent et d'azur, tandis que les collines de l'horizon sont d'un bleu noirâtre. Enfin si on met, dans une chambre au soleil, de l'eau, dans un vase non vernissé, elle renverra au plancher ses mobiles reflets. L'eau, et non le vase, réfléchit la lumière. J'excepte cependant les montagnes à glace des continents, qui réfléchissent encore plus dans l'état de congélation que dans celui de fluidité. Ce n'est pas comme corps opaques, mais comme corps polis et demi-transparents qu'ils affluent et refluent la lumière.

Ceci posé, je prends pour exemple dans les planètes les cinq bandes parallèles blanches et noires de Jupiter qui changent d'éclat tous les six ans, c'est-à-dire dans le cours alternatif de son été et de son hiver. Cette variation périodique prouve que chacune d'elles est composée alternativement d'une zone de terre et d'une zone de mers. Quand un de ces deux hémisphères est lumineux, c'est qu'il est dans son hiver ; alors les vapeurs de la zone maritime couvrent de neige les deux zones terrestres latérales, et l'hémisphère paraît tout blanc. Quand ce même hémisphère est barré d'une zone blanche entre deux obscures, il est dans son été, car les neiges des deux zones terrestres sont fondues, et il ne reste plus que la maritime brillante. Pour ses pôles, qu'on croit aplatis, n'est-ce point par une erreur d'optique[2] ? Est-il vraisemblable d'ailleurs que la force centrifuge ait agi sur Jupiter seul parmi les planètes, et qu'elle soit restée sans action sur les pôles mêmes du soleil, ce corps si sphérique, quoique demi-liquéfié, source de cette même force expansive et de la matière molle qui produisit, dans l'origine, toutes les planètes, suivant nos astronomes ? Pour moi, si j'ose le dire, je crois que les pôles de Jupiter, n'ayant point de zones maritimes dans leur voisinage, n'en reçoivent ni exhalaisons, ni neiges, et par conséquent étant sans éclat, échappent à notre vue. Au reste, il est possible que les trois méditerranées, disposées en anneaux autour de Jupiter, soient cause de la rapidité de sa rotation sur lui-même, qui est de 9 heures 36 minutes, quoiqu'il soit la plus grosse de nos planètes. Si notre terre, beaucoup plus petite et plus voisine du soleil, ne tourne sur elle-même qu'une fois en vingt-quatre heures, ne serait-ce pas parce que ses deux océans n'ont que des cours obliques qui se croisent en partie ? Je ne m'engagerai pas plus avant dans cette question, quoique le célèbre Mairan[3] ait été plus loin. Il a calculé que « la différence qui est entre le poids de la partie inférieure d'une planète tournée vers le soleil, et celui de la supérieure qui ne l'est pas, est capable de produire sa rotation d'occident en orient ».

On peut appliquer ce que je viens de dire des bandes de Jupiter, aux échancrures périodiques de Mars, aux bandes de Saturne, etc. Je ne parlerai point des satellites ni des anneaux qui réchauffent les planètes de leurs reflets. Il paraît que dans tous ces astres il y a des océans ou fluides, ou glacés, ou en évaporation, qui sont les moteurs de leurs mouvements et de leur fécondité. Le soleil en est le premier agent ; c'est l'Apollon de notre système. Comme je l'ai déjà dit, il varie sans cesse les cordes de sa lyre pour en tirer de nouveaux airs. Si j'en avais le temps je me permettrais quelques réflexions sur le satellite que nous connaissons le mieux, et sur lequel nous sommes le moins d'accord. Comment la lune peut-elle attirer nos mers, sans attirer en même temps l'air, élément plus étendu, plus léger, plus mobile, plus élastique, qui les environne ? Si elle soulevait et laissait retomber deux fois par jour notre océan Atlantique, elle en ferait autant de notre atmosphère[4]. Alors nos baromètres, si sensibles au moindre poids des nuages, nous annonceraient deux fois par jour des marées aériennes en harmonie avec des marées pélagiennes. « Notre air est trop léger, me répondit un jour un professeur de mathématiques, pour être attiré par la lune. – Pourquoi donc, lui dis-je, est-il attiré par la terre, au point que son poids fait monter l'eau dans une pompe vide, à trente-deux pieds de hauteur ? »

Mais comment la lune peut-elle soulever l'océan, malgré l'attraction même de la terre, qui, d'un autre côté, ne lui permet pas d'attirer à elle les méditerranées[5], les lacs, les fleuves, etc. ? et en supposant qu'elle ne puisse attirer que l'océan, pourquoi produit-elle sur nos côtes deux marées en vingt-quatre heures, puisque, quand elle est au zénith, et surtout au nadir de notre méridien, le long continent de l'Amérique s'oppose évidemment aux communications directes de la mer du Sud et de l'océan Atlantique ? comment, après avoir produit deux marées de six heures chacune par jour dans notre hémisphère boréal, n'en opère-t-elle qu'une de douze heures en vingt-quatre dans l'hémisphère austral, où l'océan est si étendu, et où aucun continent ne s'oppose aux effets de son attraction ?

On sait que par toute la terre elle nous montre toujours la même face : comment donc peut-on supposer aujourd'hui qu'elle tourne, comme notre globe, sur elle-même ? mais comment, par un prodige encore plus étrange, peut-elle, chemin faisant, nous jeter de petites pierres brûlantes, à quatre-vingt-dix mille lieues de distance, avec des mortiers volcaniques de quatre lieues de largeur ? comment des mortiers si larges ont-ils pu les chasser si loin et si chaudes, à travers des régions glacées ? Nos plus terribles volcans, avec de bien moindres ouvertures, et par conséquent bien plus de détonation, ne lancent pas leurs projectiles à deux lieues de hauteur. Les volcans de la lune jettent, dit-on, leurs pierres à cinq mille lieues, c'est-à-dire aux limites de sa sphère d'attraction, d'où elles sont emportées par l'attraction de la terre à quatre-vingt-cinq mille lieues plus loin. Mais comment arrive-t-il que cette incroyable explosion ne dérange pas, par sa réaction, le cours d'un astre qui est en équilibre ? comment se fait-il alors que la lune, qui n'attire qu'à cinq mille lieues ses propres pierres, attire notre océan à quatre-vingt-dix mille, et que la terre, qui, de son côté, entraîne la lune entière dans sa sphère d'attraction, n'y entraîne pas aussi toutes les pierres qui en couvrent la surface ? Si on dit que les sphères d'activité des deux planètes restent en équilibre, l'une à cinq mille lieues, l'autre à quatre-vingt-cinq mille, elles n'exercent donc point d'action l'une sur l'autre. Tout ce que nous savons de plus assuré de la lune, c'est qu'elle a des éléments semblables à ceux de la terre. Les astronomes lui ont refusé longtemps l'air et l'eau, quoiqu'ils sussent qu'elle avait des volcans ; mais ils ne se rappelaient pas que le feu ne pouvait exister sans air, et les volcans sans mers. Pour moi, s'il m'est permis de le dire, je regarde la lune comme un astre en harmonie passive avec le soleil, et active avec la terre. Son mois est une petite année qui a, dans ses quatre phases, quatre saisons. Ses harmonies forment la douzième partie de celles du soleil, et elle les exerce sur les sept puissances de la nature qui règnent sur notre globe. Je m'en suis convaincu par un grand nombre d'observations. Je la considère donc avec sa forme variable et dans sa course oblique comme une navette céleste, chargée de lumière par le soleil. Elle forme de ses fils d'argent, dans le cours du mois, la trame de ce magnifique réseau dont le soleil fournit la chaîne d'or, dans le cours de l'année. La Providence y attacha les germes de tout ce qui est organisé, en environna notre globe ; et, par des harmonies lunisolaires et solilunaires qui s'entrelacent sans cesse, en développe, dans le cours des siècles, les formes, la vie, et les générations[6].

Si de la lune nous nous élevons jusqu'au soleil, nous verrons combien nous sommes encore nouveaux dans l'étude de la nature. Les Anciens croyaient que cet astre était un dieu jeune et charmant, monté sur un char attelé de quatre superbes coursiers, par la main des Heures, et devancé de l'Aurore, qui répandait devant lui des corbeilles de roses, sur l'azur des cieux. Il parcourait ainsi la terre d'orient en occident, et allait se reposer, tous les soirs, dans les bras de la belle Téthys. Les modernes pensent aujourd'hui que c'est une fournaise d'un million de lieues de circonférence, qui tourne sur elle-même. De temps en temps cet astre demi-liquéfié détache de sa circonférence, dans son mouvement de rotation, à l'aide du choc d'une comète, quelques gouttes d'une matière vitrifiée, qui s'arrondissent en planètes, et se mettent aussitôt à tourner autour de lui. Au reste, cet astre ne les éclaire que par hasard, car il est, par rapport à elles, dans une proportion de grosseur telle que celle de la plus volumineuse citrouille comparée à une douzaine de petits pois.

C'est ici qu'il faut se servir contre le grand Newton de sa propre devise, devenue depuis celle de la Société royale de Londres, et qui est sans doute celle de tout ami de la vérité, *Nullius in verba* : « Ne jurons par les paroles de qui que ce soit. » Newton a calculé la chaleur d'une comète dans le voisinage du soleil, et il l'a trouvée deux mille fois plus ardente que celle d'un fer rouge. Selon lui, les comètes sont destinées, pour la plupart, à alimenter ses feux. Cependant il aurait dû se rappeler que les rayons du soleil n'avaient point de chaleur en eux-mêmes, qu'ils n'en acquéraient sur notre terre qu'en s'harmoniant avec notre atmosphère, et qu'il gèle perpétuellement dans nos zones torrides, sur les sommets des hautes montagnes qui ont seulement une lieue de hauteur perpendiculaire, parce que l'air trop raréfié ne peut s'échauffer par ses rayons. On pourrait encore objecter l'océan, les végétaux, et les animaux de notre globe, qui n'ont jamais pu sortir d'un soleil liquéfié.

Enfin un musicien allemand, Herschel, perfectionne en Angleterre le télescope de Newton. Il en grossit six mille fois les objets qu'il observe, et il découvre que le soleil n'a rien qui ressemble à une fournaise. Il voit distinctement que c'est une planète d'un ordre supérieur à la nôtre, entourée d'une atmosphère de lumière, de quinze cents lieues de hauteur, ondoyante, qui s'entrouvre de temps en temps, et laisse apercevoir à travers une perspective admirable de nuages lumineux, de magnifiques montagnes de cent cinquante lieues de hauteur et de trois à quatre cents de longueur. Herschel réitère si souvent ces observations qu'il ne doute pas que le soleil ne soit une planète habitable[7].

Ainsi un bon observateur, secondé d'un bon instrument, renverse tous les calculs de Newton et des Newtoniens, sur les écumes flottantes du soleil, sur les planètes terrestres qui en étaient sorties, sur la mollesse primitive de ces mêmes planètes, et sur la force centrifuge qui en avait déprimé les pôles en soulevant leur équateur, quoiqu'elle n'ait plus aujourd'hui la force de soulever une paille sur notre globe, et qu'au lieu d'y trouver ses plus hautes montagnes projetées d'orient en occident, on n'y voit que le plus grand diamètre de ses mers, et par conséquent la partie la moins élevée de sa circonférence.

Je pense que le système de Newton, qui a décomposé la lumière en sept couleurs primitives, quoiqu'il n'y en ait réellement que trois, et que son système de l'attraction universelle, éprouveront des objections encore plus fortes que celui du mouvement des comètes qui vont servir de pâture aux feux d'un soleil qui ne brûle point. Herschel, à l'aide de son télescope, a découvert à six cents millions de lieues de nous une nouvelle planète[8] avec des volcans, huit ou dix satellites, un anneau double comme celui de Saturne, et si bien double que l'intervalle des deux moitiés concentriques lui a servi de lunette pour observer une étoile qu'il apercevait au-delà. Notre astronomie, trop rarement reconnaissante, a donné à cette planète le nom d'Herschel. Mais combien de noms d'amis ne pourrait-il pas donner lui-même à ce nombre prodigieux d'étoiles qu'il découvre toutes les nuits à des distances incalculables, groupées deux à deux, trois à trois, quatre à quatre, par milliers et par millions, sur les mêmes plans, ou à la suite les unes des autres dans la profondeur du firmament ! Pouvons-nous bien croire que ces soleils lointains se maintiennent immobiles à des distances infinies, seulement par la loi unique et universelle d'une mutuelle et réciproque attraction ?

Si j'ose en dire ma pensée, je trouve cette idée, qui a aujourd'hui tant de partisans en France, remplie de contradictions. Il faut d'abord supposer que l'univers est infini, et qu'il est rempli d'étoiles attirantes et attirées ; car s'il avait des limites, ou seulement çà et là quelques déserts, les astres qui se trouveraient dans leur voisinage s'écrouleraient nécessairement vers le centre du système, n'ayant aucun corps attirant qui les maintînt fixes sur ses bords.

Ce n'est pas tout : en accordant aux Newtoniens que l'attraction est une propriété universelle de la matière, ils doivent convenir eux-mêmes que toutes les parties de cette matière qui s'attiraient de toutes parts n'ont dû faire, avant de se séparer, qu'une seule masse de l'univers. Il a donc fallu : 1° qu'une multitude de forces particulières et centripètes l'ait divisée par blocs, et ait arrondi ces blocs en globes ; 2° que des forces centrifuges aient succédé aux centripètes pour chasser ces globes à des distances prodigieuses les uns des autres, non seulement dans une même direction, comme le cours d'un fleuve, mais comme des vents déchaînés qui bouleversent une mer ; 3° il a fallu une force d'inertie qui les ait fixés chacun dans le lieu où ils sont à présent, immobiles dans les cieux, dans toutes sortes de projections, comme des vaisseaux surpris après une tempête dans la mer Glaciale, par le vent du nord. Qu'était devenue alors la force d'attraction universelle, unique, inhérente à la matière, et qui devait la rendre inséparable ? Il me semble que si elle eût agi seule, entre les astres supposés dans un état de mollesse, loin de les fixer en blocs, en globes, en points fixes dans le ciel, et en équilibre, ils se fussent, en s'attirant mutuellement, allongés et croisés les uns vers les autres par rayons, comme ceux de nos soleils de feux d'artifice. Mais ce n'est pas tout : parmi tant d'étoiles fixes que l'attraction rend immobiles aujourd'hui, comment se trouve-t-il des planètes qui se sont soustraites à son pouvoir, qui, au contraire, tournent sans cesse autour d'un soleil immobile qui les attire ? Il a donc fallu encore une nouvelle force oblique qui les empêchât de s'y précipiter, de manière que de ses deux forces il en résultât une troisième qui les obligeât de circuler autour de lui.

Que de lois diverses et contraires à la loi unique de l'attraction permanente et réciproque des astres ! que de nouvelles objections à faire !

Bayle raconte que, de son temps, un habile physicien essaya de mettre un petit corps dans un simple équilibre, au moyen de l'attraction. Il disposa donc, dans le repos de son cabinet, plusieurs aimants au foyer desquels il mit en l'air un globule de fer ; mais jamais il ne put l'y maintenir un seul instant. Comment donc pourrions-nous croire que tant d'astres mobiles et immobiles, grands et petits, attirants et attirés, se maintiennent à des distances infinies les uns des autres, depuis des siècles, par la seule projection du hasard ? Le judicieux Bayle reproche en général aux astronomes leur ignorance en physique, et d'en négliger l'étude pour celle du calcul. Il prétend même que ces deux études sont incompatibles. Il leur déclare, malgré son scepticisme sur la plupart des opinions humaines, que leur système s'écroulera de lui-même, et qu'ils seront forcés, tôt ou tard, pour le soutenir, d'admettre une intelligence dans chacun des astres dont ils veulent expliquer le mouvement ou le repos.

Ce fut Voltaire qui apporta en France l'attraction newtonienne, dont elle était repoussée depuis vingt-sept ans par les tourbillons cartésiens. Ce n'était pas une petite gloire pour lui de renverser un système et d'en édifier un autre. Il aurait pu faire honneur de celui-ci à Kepler, son inventeur, et même aux Anciens, comme on le voit dans un morceau très curieux de Plutarque. Mais il préféra d'en donner des leçons à la belle Émilie du Châtelet, de lui en dédier un traité, et de le faire paraître sous ses auspices, par une fort belle épître en vers. Il y parle de Newton comme d'un demi-dieu :

Confidents du Très-Haut, substances éternelles,
Qui brûlez de ses feux, qui couvrez de vos ailes
Ce trône où votre maître est assis parmi vous,
Parlez, du grand Newton n'étiez-vous point jaloux[9] ?

Il y a apparence que dans cet élan il était beaucoup plus enthousiasmé de son écolière que de son précepteur ; car voici comme il s'exprimait plusieurs années après, quand il fut d'un sens rassis :

Ces cieux divers, ces globes lumineux
Que fait tourner René le songe-creux
Dans un amas de subtile poussière,
Beaux tourbillons que l'on ne prouve guère,
Et que Newton, rêveur bien plus fameux,

Note de l'auteur sur le Préambule 313

Fait tournoyer, sans boussole et sans guide,
Autour de rien, et tout autour du vuide[10].

Je ne sais si l'attraction passera un jour sur la terre, comme dans les cieux, pour la loi unique qui en a formé tous les êtres. Mais que deviendront alors les lois morales qui doivent régir les hommes ? n'est-elle pas une loi morale elle-même, cette loi de la raison universelle qui a créé dans la nature les lois mécaniques, les emploie, les développe, et les perfectionne ? L'architecte d'un palais en a, sans doute, précédé les maçons.

Oh ! combien nos doctrines humaines ont dégradé parmi nous la science divine ! Les unes nous représentent ce globe comme un ouvrage céleste, dévasté par les démons ; d'autres nous montrent les cieux comme une habitation d'animaux. C'est sous leurs noms et sous leurs images qu'elles font briller les constellations célestes ; et le mécanisme dont elles les font mouvoir renferme, sans contredit, beaucoup moins d'intelligence que les bêtes n'en emploieraient elles-mêmes pour se conduire sur la terre. Qu'en résulte-t-il pour notre instruction et notre bonheur ? Nos premiers documents épouvantent notre enfance et nous rendent, pendant toute la vie, la mort effroyable ; les seconds paralysent notre raison et nous rendent la vie insipide. Souvent les uns et les autres se succèdent pour nous tourmenter et nous abrutir tour à tour.

Heureux ceux qui, forts de leur conscience première, ne cherchent l'auteur de la nature que dans la nature même, avec les simples organes qu'elle leur a donnés ! Ils n'étudient point en tremblant les destinées du genre humain[a], dans une polyglotte[11]. Ils ne cherchent point, à la faveur d'un télescope, à travers le Serpent, le Cancer, et les autres monstres des cieux, le retour assuré d'une comète, pour confirmer une théorie du hasard. Les objets de la nature les plus communs sont pour eux les plus dignes d'admiration et de reconnaissance. Dès l'aurore, ils voient le soleil repousser vers l'orient le voile sombre de la nuit, et ranimer de ses rayons une terre couverte de végétaux et d'êtres sensibles ; à midi, l'astre qui fait tout voir disparaît enseveli dans une splendeur éblouissante ; mais vers le soir, déployant à l'occident le voile de sa lumière, il découvre sur l'horizon qu'il abandonne des cieux tout étincelants de constellations. Qu'admireront-ils de plus ? sera-ce la lunette astronomique, qui, pour en nombrer les étoiles, s'allonge en vain toutes les nuits dans les airs, depuis des siècles ; ou les yeux que leur donna la nature, pour en embrasser le spectacle infini, dans un instant[12] ?

---

a. Newton lui-même. [N.d.A.]

CHRONOLOGIE SYNOPTIQUE

L'intrigue de *Paul et Virginie* s'inscrit dans un certain contexte géographique et historique, celui de l'implantation française dans les Mascareignes et plus largement de l'expansion coloniale européenne dans l'océan Indien ; contexte lointain pour le lecteur d'aujourd'hui, mais peut-être aussi pour l'auteur, puisque la fiction relatée couvre une période partiellement antérieure à sa naissance. Le tableau ci-après entrelace donc trois séries chronologiques relatives respectivement :

— à *l'histoire coloniale*, notamment celle de l'océan Indien et plus particulièrement de l'île de France (en italique) ;

— à *la chronologie interne de l'action romanesque* telle qu'on peut la reconstruire à partir des indications du texte de 1789 ; dans la version de 1788 l'intrigue se trouve décalée de plusieurs années (en italique entre crochets, abréviation **PV**) ;

— à *la biographie de l'auteur* (sources principales : ouvrages d'Aimé-Martin, de Maury, de Souriau ; correspondance de Bernardin de Saint-Pierre publiée par Aimé-Martin).

1715 : *20 septembre : Sur l'ordre du ministre de la Marine Pontchartrain, le capitaine Dufresne d'Arsel, commandant du* Chasseur, *prend possession au nom du Roi de l'île Maurice sous le nom d'île de France. L'île, abandonnée par les Hollandais depuis 1710 après trois quarts de siècle de tentatives de colonisation infructueuses, est déserte. Elle le restera jusqu'en 1721.*

1719 : *Création par édit de la seconde Compagnie des Indes par réunion de l'ancienne Compagnie des Indes et de la Chine à la Compagnie d'Occident. Elle reçoit la concession de l'île de France. Apogée du « Système » de Law : les actions de la Compagnie des Indes s'apprécient de 300 % en octobre.*

1721 : *23 septembre : Garnier du Fougeray, envoyé par le Conseil de l'île Bourbon pour fonder le premier établissement, débarque à l'île de France. Le peuplement de la nouvelle colonie sera assuré par plusieurs convois venus de l'île Bourbon et de Bretagne. L'île abritera 160 Blancs en 1723, 313 en 1725, plus de nombreux esclaves (648 en 1730). Effondrement du « Système » de Law et chute des actions de la Compagnie.*

1726 : [**PV :** *Départ de M. et Mme de La Tour pour l'île de France. M. de La Tour, débarqué à Madagascar « vers la mauvaise saison, qui commence à la mi-octobre », y périt des fièvres, laissant son épouse enceinte. Année probable de la naissance de Paul*].

1727 : [**PV :** *Date probable de la naissance de Virginie et de l'installation de la « petite société » : Madame de*

La Tour est accueillie dans la concession par Marguerite, qui y vit depuis un an avec son fils].

1730 : *8 avril : Faisant suite à d'autres convois similaires, le vaisseau* Le Mars *débarque une douzaine de jeunes filles à marier « eslevées dans la vertu et dans l'ouvrage », originaires de Saint-Malo et de Nantes. Parmi elles, une Marie Ménard (« Mme Ménard » est le nom donné à Marguerite dans la première version du roman).*

1735 : *4 juin : Mahé de La Bourdonnais, capitaine de la Compagnie, débarque à l'île de France. Nommé gouverneur général des îles de France et de Bourbon, il décide de faire de la première la capitale administrative, commerciale et militaire, reléguant la seconde à un rôle d'approvisionnement agricole. Le Port Nord-Ouest, rebaptisé Port-Louis, devient le chef-lieu de l'île. La population est d'environ 3 000 personnes.*

1737 : Naissance au Havre de Jacques-Bernardin-Henri de Saint-Pierre, fils du directeur des Messageries de cette ville (19 janvier). Une erreur de l'imprimeur de la première édition des *Études de la Nature* en 1784 ayant altéré l'ordre des prénoms, « Bernardin », pris à tort pour un élément du patronyme, devint plus tard une sorte de « nom de plume » de l'écrivain, qui entérina cet usage comme une « adoption » de sa personne par le public. Famille de petite bourgeoisie, mais prétentions nobiliaires : une tradition familiale sans fondement la fait descendre d'une lignée aristocratique de Lorraine et même d'Eustache de Saint-Pierre, l'un des fameux « bourgeois de Calais ». Bernardin se prévaudra longtemps du titre de chevalier, auquel il n'a aucun droit.

1738 : [**PV** : *Première lettre de la tante de Madame de La Tour, laquelle est reçue par La Bourdonnais. Il a été* précisé plus haut que « Virginie n'avait que douze ans ». Cette indication est répétée peu avant l'épisode du « mal inconnu » et celui de l'ouragan, qu'il faudrait donc placer vers la fin de cette même année].

1740 ou 1741 : [**PV** : *Date conjecturale du départ de Virginie, déclenché par la réception de la seconde lettre de la tante de Madame de La Tour ; cette dernière vient de préciser que « depuis quinze ans [elle se sent] fort affaiblie »*].

1742 : *Dupleix nommé gouverneur général des établissements français de l'Inde. La guerre de Succession d'Autriche (1741-1748) a pour conséquence un conflit franco-anglais dans l'océan Indien. L'île de France devient la base arrière des possessions françaises de l'Inde.*

1742 : [**PV** : *Date conjecturale de la réception de la lettre de Virginie, parvenue « plus d'un an et demi » après son départ*].

1743 : [**PV** : *Entretien de Paul et du Vieillard, situé « huit mois et demi » après l'arrivée de la lettre et « deux ans et deux mois » après le départ de Virginie*].

1744 : *Nuit du 17 au 18 août : Naufrage du* Saint-Géran *près de l'île d'Ambre (au large de la côte N.-E.) à la suite d'une erreur de navigation. Il n'y eut que 9 survivants. Le navire transportait, entre autres, 54 000 piastres d'Espagne pour l'approvisionnement de la colonie en numéraire et des machines destinées au premier établissement sucrier de l'île.*

1744 : [**PV** : *Nuit du 24 au 25 décembre : naufrage du* Saint-Géran *et mort de Virginie. Il s'agit de l'unique cas* *de discordance entre la chronologie de l'Histoire et celle de l'action romanesque qu'offre le texte de 1789].*

1745 : [**PV :** *Mort de Paul, « deux mois après [celle] de sa chère Virginie », suivie huit jours plus tard de celle de Marguerite et un mois plus tard de celle de Madame de La Tour*].

1746 : *24 mars : Nommé à la tête de l'escadre française de l'Inde, La Bourdonnais quitte l'île de France. Après avoir défait l'escadre anglaise (6 juillet), il obtient la capitulation de Madras (21 septembre), mais laisse la ville aux Anglais contre rançon. Accusé de trahison et de concussion par son ennemi Dupleix, il sera embastillé à son retour en France (1748).*

1747 : Lecture de *Robinson Crusoé* et de *La Vie des Saints*. Bernardin est vivement frappé par la vie de saint Paul Ermite – ce sera le saint patron du héros de son roman. « Croyant fermement que Dieu [le] nourrirait dans les bois, en [lui] envoyant un corbeau, comme à un autre saint Paul », il fait une fugue après une réprimande.

1749 : Afin de ramener au sens du réel cet enfant nerveux et rêveur, son père le confie à son oncle, le capitaine Godbout, pour un voyage à la Martinique. Échec : « Je déteste la mer [...]. Je pensai mourir du mal du pays. » Dégoût de l'exotisme et des voyages. Dégoût aussi du collège : de ses études chez les Jésuites à Caen, puis à Rouen, Bernardin conservera toute sa vie l'inaptitude à la discipline collective et ce qu'il appelle lui-même la « haine des prêtres ».

1753 : *Séjour à l'île de France d'un célèbre astronome, l'abbé de La Caille, qui en effectue la triangulation et en dresse la carte.*

1754 ? (date incertaine) : Mort de la mère de Bernardin. Son père se remarie. Mésentente avec sa belle-mère.

1756 : *La guerre de Sept Ans (1756-1763) entraîne la reprise des conflits franco-anglais dans l'Inde. L'île de France sert de base arrière pour l'armée de Lally-Tollendal et l'escadre du comte d'Aché.*

1757 : Prix de mathématiques. Études à l'université de Caen, puis entrée à l'École des Ponts et Chaussées comme élève ingénieur.

1758 : La guerre de Sept Ans entraîne le licenciement de sa promotion. Malgré son cursus scolaire inachevé, Bernardin aurait reçu un diplôme d'ingénieur militaire à la suite d'une erreur administrative. Début d'une douzaine d'années d'errances.

1760 : Première campagne en Allemagne comme ingénieur surnuméraire dans l'armée du comte de Saint-Germain. Il assiste à la bataille de Corbach. Une « affaire d'éclat » l'oppose à son chef et entraîne sa révocation.

1760 : *Un cyclone détruit les récoltes à l'île de France (janvier). Famine dans l'île. Les colons exigent et obtiennent le départ de l'escadre, dont l'approvisionnement représente une charge écrasante.*

1761 : Trouve un poste d'ingénieur à l'île de Malte, menacée d'une invasion turque. Querelle avec ses collègues, qui refusent de reconnaître ses titres. Dans ses postes successifs, Bernardin sera régulièrement victime de l'« esprit de corps » des ingénieurs ordinaires et des officiers nobles. Retour en France. Il se plaint au Ministre et passe pour un déséquilibré.

1761 : *Chute de Pondichéry et reddition de Lally-Tollendal. L'effondrement de l'Inde française entraîne le reflux à l'île de France de « scélérats chassés d'Europe par leurs crimes et d'Asie par nos malheurs »* (Voyage à l'île de France).
L'observation du passage de Vénus sur le disque du Soleil suscite deux expéditions scientifiques dans l'océan Indien, confiées respectivement à Pingré et à Le Gentil de la Galaisière.

1762 : Vaine recherche d'un emploi militaire. Existence miséreuse. Il vend le peu qui lui reste et part à l'aventure en Hollande. Il y est secouru par son compatriote le journaliste Mustel, qui lui offre la main de sa belle-sœur et une place de journaliste (ce nom sera celui du Vieillard narrateur dans la première version du roman).
Mais c'est la carrière militaire qui l'attire. Arrivé à Saint-Pétersbourg fin septembre avec trois ducats en poche, il fait la connaissance du maréchal de Münnich, gouverneur de la ville, et du Genevois Duval, joaillier de l'Impératrice, qui resteront ses amis fidèles. Nommé grâce à ces protections lieutenant, puis capitaine-ingénieur, il se rend à Moscou, où séjourne la Cour.

1763 : Protégé par le général Du Bosquet, responsable du corps du Génie, et par le grand maître de l'artillerie Villebois, Bernardin entame une carrière prometteuse : inspection des places fortes de Finlande en compagnie de Du Bosquet, présentation à l'impératrice Catherine II, dont Aimé-Martin laisse entendre qu'il aurait pu être l'amant : « Peut-être il ne tint qu'au jeune Français de supplanter Orloff [l'amant en titre de l'Impératrice], de prévenir Potemkine et de changer les destins du Nord. » Bernardin rédige pour l'Impératrice un *Projet d'une compagnie pour la découverte d'un passage aux Indes par la Russie,* à la fois programme commercial, vaste rêverie géopolitique et utopie : ce plan de compagnie coloniale offrant à la Russie une ouverture sur les mers chaudes s'appuie sur une république idéale à créer sur les bords de la mer d'Aral. Mais son étoile pâlit : Villebois est en disgrâce et Orloff lui est hostile.

1764 : Disgrâce de Bernardin et soudain passage en Pologne à l'instigation du baron de Breteuil, ambassadeur de France en Russie, au moment où les relations entre les deux pays sont particulièrement tendues. Ni l'auteur ni son biographe Aimé-Martin n'expliquent clairement cette décision, mais la très importante correspondance avec le diplomate Hennin, qui débute précisément à cette date (première lettre le 25 juillet 1764), permet d'approcher la vérité : Bernardin a selon toute vraisemblance été recruté (par Breteuil ?) comme agent du « Secret du Roi », le service de diplomatie parallèle de Louis XV, dont l'objectif (qui échoua) était de favoriser l'élection du prince de Conti au trône de Pologne en s'appuyant sur le clan Radziwill contre le clan Poniatowski (soutenu par la Russie). Il s'éprend de la princesse Marie Lubomirska (ou Marie Miesnik, épouse répudiée du prince Radziwill), liée au premier. Intrigue amoureuse ou complots ? Les lettres des deux amants sont pleines de noms de code et d'allusions obscures.

Une lettre à Hennin du 12 avril 1780 éclaire rétrospectivement l'aventure de Pologne : Bernardin indique qu'il a risqué aux yeux des Russes la déportation en Sibérie pour être passé sur ordre au service du parti polonais protégé par la France.

1765 : *Janvier-février :* Mystérieux et décevant voyage de Bernardin à Vienne. Il semble que l'ambassadeur de France lui ait refusé l'emploi attendu pour prix de ses services.

Mars : Nouveau départ brusqué : alors que la Pologne vient d'entrer en guerre avec la Saxe, il quitte Varsovie pour Dresde et devient brièvement aide de camp de l'Électeur de Saxe.

Juin : Berlin. Sollicite une audience auprès de Frédéric II, lequel lui aurait proposé un poste de capitaine-ingénieur qu'il aurait refusé. Le conseiller Taubenheim le prend sous sa protection ; il lui aurait offert la main de sa fille Virginie (?).

Novembre : Retour en France, sans emploi et démuni. Son père meurt en décembre, mais l'héritage lui échappe.

1766 : Vie difficile à Paris. S'enferme à Ville-d'Avray pour rédiger ses *Voyages dans le Nord*, mais son travail échoue à retenir l'attention des bureaux. Vaines démarches auprès de divers diplomates (Hennin, Choiseul, Dubucq, Breteuil) pour obtenir un emploi.

1767 : Bernardin compose une chronologie des principaux États d'Europe et un *Mémoire sur la désertion* destiné à Choiseul. Première ébauche du système du monde qui sera développé dans les *Études* et les *Harmonies de la Nature* : « J'ai formé un système si hardi, si neuf et si spécieux que je n'ose le communiquer à personne » (lettre à Hennin, 9 juillet 1767).

Novembre 1767 : Mande à Hennin son affectation (grâce au baron de Breteuil) comme capitaine-ingénieur à l'île de France, sans mentionner sa véritable destination : Madagascar, où il doit participer à une expédition tenue secrète afin de rétablir l'ancien comptoir de Fort-Dauphin. Séduit par ce programme de colonisation « éclairée » conforme à l'esprit des Lumières, Bernardin établit des plans de gouvernement idéal et s'abandonne à ses rêveries utopiques.

1767 : *Rétrocession de l'île de France au gouvernement royal par la Compagnie des Indes, dont la gestion a été un échec. La « royalisation » des îles (14 juillet 1767) met en place une structure administrative bicéphale : un gouverneur général (Dumas, puis Desroches) investi du pouvoir politique et militaire, un intendant (Pierre Poivre) chargé des finances. Les relations entre Poivre et les deux gouverneurs successifs sont exécrables. Naturaliste, Poivre se révélera aussi un grand administrateur, bien qu'il ait échoué dans son projet de faire de l'île de France une île à épices.*

La population de l'île s'élève à 20 098 personnes (18 100 esclaves, 1 998 Blancs et libres). Elle progressera beaucoup en vingt ans (en 1788, 4 457 Blancs, 2 456 libres, 35 915 esclaves, soit au total 42 828 personnes).

1768 : Embarquement à Lorient le 20 février à bord du *Marquis de Castries*. Avant même le départ, il s'est brouillé avec le comte de Maudave, chef de l'expédition, « homme de beaucoup d'esprit mais très méchant ». Arrivé à Port-Louis le 14 juillet, Bernardin refuse de suivre Maudave à Madagascar, fort de son brevet qui l'affecte officiellement à l'île de France ; il échappe ainsi au désastre qui devait frapper l'expédition : « Si l'on m'eût envoyé avec M. de Maudave [...] il y a onze à parier contre quatre que j'y serais resté » (lettre à Hennin du 22 janvier 1769).

Employé comme ingénieur surnuméraire hors cadre (payé en demi-solde), il est relégué dans des fonctions subalternes, mais peu absorbantes, de « maître maçon ». Dépression, exil, ennui, difficultés financières (le coût de la vie dans l'île est prohibitif), relations difficiles avec l'ingénieur en chef et avec les deux gouverneurs successifs, Dumas, puis Desroches. Mais il se lie avec l'intendant Poivre, qui l'initie à la botanique.

En menant une « vie pythagorique » et à force d'économies, Bernardin parviendra à rembourser une partie de ses dettes. Rien ne permet de supposer qu'il se soit livré à la spéculation comme on l'a répété.

1768 : [**PV** : *Date conjecturale du récit du Vieillard près des ruines des cabanes habitées « il y a environ vingt ans ». Cette indication temporelle n'est pas pleinement satisfaisante – en 1748 la « petite société » a depuis longtemps cessé d'exister – mais elle est cohérente avec la chronologie du texte original, que la version de 1789 a ici omis de modifier.*]

1769 : Grand voyage à pied autour de l'île (26 août au 13 septembre), relaté dans le *Voyage à l'île de France* dont Bernardin entame la rédaction. Très assidu auprès de Mme Poivre, épouse de l'intendant (important échange de correspondance). Les relations avec son mari en sont affectées : « Peut-être aussi ai-je eu apparence d'avoir quelque tort, mais je n'en ai eu aucun de réel. »

1770 : Bernardin quitte l'île le 9 novembre. Il résulte des correspondances ultérieures que ce départ a été interprété par l'Administration comme une démission privant l'intéressé de ses droits à pension ; pendant quinze ans, il multipliera les démarches pour exiger ce qu'il estime lui être dû.

Escale de six semaines à l'île Bourbon (la Réunion), dont le souvenir idéalisé laissera dans l'œuvre des traces profondes, puis au Cap, dont il dresse des tableaux idylliques contrastant avec l'image très négative de l'île de France.

1771 : Retour en France début juin. Secouru à Paris par le baron de Breteuil, se brouille avec lui.

Début des relations avec les Philosophes : reçu dans le salon de Mlle de Lespinasse, rencontre d'Alembert. Difficultés financières.

Fin juin, fait aussi la connaissance de Rousseau par l'entremise du diplomate Rulhière. Malgré plusieurs brouilles, il sera un confident et un proche compagnon de ses dernières années.

1773 : La publication du *Voyage à l'île de France*, que Bernardin qualifie abusivement de « grand succès littéraire » (lettre à Hennin du 1er juin), n'améliore pas sa situation financière en raison du procès qui l'oppose à l'éditeur Merlin. Le texte a été amputé par la censure.

1775 : Les relations avec les Philosophes se dégradent. Le « mysticisme monarchiste » (Souriau) de son manuscrit *De la royauté et des rois* (dirigé contre Helvétius) et quelques bouffées de nostalgie religieuse accentuent le malaise : visite à la Trappe à l'occasion d'un grand voyage en Normandie sur les lieux de son enfance (mars à mai 1775).

1777 : Date hypothétique de la lecture publique d'une première version de *Paul et Virginie* dans le salon de Mme Necker (mais d'autres indices renvoient plutôt au début de l'année 1781). L'œuvre est accueillie froidement ; Mme Necker critique particulièrement la « morale ennuyeuse et commune » de l'entretien entre Paul et le Vieillard.

1778 : Mort de Rousseau. Années de solitude et de misère : démarches vaines auprès des bureaux, troubles nerveux, agressivité et aigreur, refroidissement des relations épistolaires avec Hennin, lequel se plaint des missives « dures et injustes » de Bernardin et ajoute : « Comme le malheur vous a changé ! » (lettre du 13 août 1778).

1778 : *La guerre d'Indépendance américaine (1778-1783) relance les hostilités franco-anglaises dans les mers de l'Inde. L'île de France sert de base arrière à l'escadre de Suffren, et aussi aux corsaires engagés dans la guerre de course (Surcouf).*

1779 : Début de l'affaire Dutailly ; ce frère de Bernardin, au service des Insurgents d'Amérique, est accusé de trahison au profit de l'Angleterre et embastillé. Il remue ciel et terre en sa faveur. À partir de 1783, Dutailly donne des signes flagrants de dérangement mental (mégalomanie, délire de persécution). Il devra être interné.

1780 : Habitué du salon de Mme Necker, Bernardin sollicite sans résultat son mari pour des projets de voyages d'études et de colonies agricoles en France, puis en Corse. Un long mémoire justificatif adressé à Mme Necker pour se disculper des torts qui lui sont imputés reste sans réponse. Rupture définitive avec les Necker et avec les Philosophes vers la fin de 1780 (lettre à Hennin du 11 novembre 1780). Travaille à *L'Arcadie*, « roman archéologique » imité du *Télémaque*.

Quémandeur orgueilleux, Bernardin refuse avec hauteur une gratification sur les fonds réservés aux indigents des Lettres (c'est une initiative malheureuse de Hennin), ce qui provoque la colère de Vergennes. Il finira par l'accepter, après avoir exigé que la somme lui soit attribuée non comme un secours, mais au titre de ses services en Pologne.

1784 : Publication en juin des *Études de la Nature*, achevées en décembre 1783. Hennin a accepté d'avancer les frais d'impression. Excellentes ventes : « Quelque bon vent me pousse » (lettre à Hennin du 12 décembre).

1785 : Le vif succès des *Études* débloque la situation administrative de Bernardin : le maréchal de Castries lui demande un mémoire de ses services à l'île de France afin de lui faire accorder une pension de capitaine-ingénieur. Toujours aussi sourcilleux, Bernardin refuse une pension royale de 200 livres car elle n'est pas accompagnée d'une lettre personnelle du ministre – au risque de déplaire à Breteuil, qui est à l'origine de cette faveur.

1786 : Seconde édition des *Études*. Bernardin achète une petite maison dans le quartier des Gobelins et règle scrupuleusement ses dettes ; il demande à Hennin de retrouver la trace d'un certain Vignon à qui il a emprunté 100 livres vingt-quatre ans plus tôt alors qu'il était élève de l'École des Ponts et Chaussées. Pluie de pensions et gratifications (du Roi, du ministère de la Marine, du ministère des Affaires étrangères, du duc d'Orléans, etc.). Célébrité et aisance matérielle.

1788 : Troisième édition des *Études*, augmentées d'un quatrième tome où figurent *Paul et Virginie* et *L'Arcadie*. Très vif succès, amplifié par l'édition séparée publiée l'année suivante.

1789 : Quoique monarchiste et ennemi du désordre, Bernardin accueille d'abord avec faveur la Révolution. Publication en septembre des *Vœux d'un solitaire*, où il se fait le porte-parole du tiers état, prolongé un an plus tard par une *Suite des Vœux*. Abondante correspondance d'admiratrices, et même propositions de mariage.

1790 : *La Chaumière indienne*, bref conte philosophique. Controverses scientifiques sur la théorie de la Terre : contre la cosmologie newtonienne, Bernardin défend la thèse de l'allongement de la Terre aux pôles et l'explication des marées par la fonte alternée des glaces polaires.

1792 : *Juillet :* Nommé à la tête du Jardin des plantes et du Muséum. Il y crée une ménagerie. Il perdra son poste l'année suivante, mais recevra une indemnité compensatoire. Élu à la Convention, il s'abstient d'y siéger.

1793 : Retiré à la campagne, à Essonnes, et tout occupé par son récent mariage (27 octobre) avec Félicité Didot, fille de son imprimeur, Bernardin traverse sans encombre les orages révolutionnaires.

1794 : Naissance de sa fille Virginie. Création de l'École normale : Bernardin y est nommé professeur de morale républicaine. Toutefois, son cours, commencé dans l'enthousiasme en janvier 1795, surprend et déçoit l'auditoire par son optique déiste et par la bizarrerie de ses thèses scientifiques (ce sont déjà celles des *Harmonies*).

1794 : *4 février : La Convention abolit l'esclavage. Le décret ne sera pas appliqué aux Mascareignes, où les colons sont en état de rébellion virtuelle contre le pouvoir central. L'esclavage est rétabli par le Premier Consul en 1802.*

1795 : Après la fermeture de l'École normale (il a cependant conservé son traitement), Bernardin est nommé à l'Institut, création de la Convention. Guerre ouverte avec les matérialistes athées héritiers des Encyclopédistes, qui y sont majoritaires.

Malgré les sarcasmes de la science officielle, il continue l'élaboration du système cosmologique des *Harmonies*.

1798 : Naissance de son fils Paul. Procès entre les héritiers de la succession Didot ; Bernardin défend ses intérêts avec âpreté.

1799 : Mort de Félicité Didot, atteinte depuis plusieurs années d'une « maladie de langueur ».

1800 : Remariage (à 63 ans) avec une jeune pensionnaire de vingt ans, Désirée de Pelleporc. Cette union semble avoir été plus heureuse que la précédente, malgré la disproportion des âges.

1802 : Naissance d'un second fils, qui reçoit le prénom de *Bernardin* et qui mourra deux ans plus tard. L'auteur, qui est depuis longtemps en relation avec Louis et Joseph Bonaparte, se rallie au Premier Consul. Il sera, sous l'Empire, un personnage officiel couvert d'honneurs et de prébendes.

1803 : Entrée à l'Académie française ; Bernardin la présidera à partir de 1807. Lancement d'une souscription pour l'édition de luxe de *Paul et Virginie*.

1806 : Publication de l'édition Didot de *Paul et Virginie*, boudée par les souscripteurs. Démarches en vue de la publication des *Harmonies*, auxquelles l'auteur travaille intensivement depuis plus de dix ans. Retour (au moins extérieur) à la pratique religieuse : Bernardin loue quatre places à l'église d'Éragny-sur-Oise, où il s'est retiré.

1807 : Publication de *La Mort de Socrate*.

1810 : *Débarquement d'un important corps expéditionnaire anglo-indien (10 000 hommes) dans le nord de l'île de France et acte de capitulation (3 décembre). L'île de France, redevenue île Maurice, restera colonie anglaise pour un siècle et demi. Toutefois, les colons français obtiennent le respect de leurs lois, de leur religion et de leur langue.*

1814 : Mort de Bernardin, le 21 janvier à Éragny.

1815 : Publication par l'homme de lettres Louis Aimé-Martin d'une version peut-être recomposée par ses soins – la question est toujours en débat – des *Harmonies de la Nature*, le grand ouvrage des dernières années.

1818-1820 : Détenteur des papiers de l'écrivain et époux de sa veuve, Aimé-Martin publie une édition en douze volumes des *Œuvres complètes*, établies à partir des manuscrits pour les textes posthumes. Elle comporte notamment le début du roman utopique inachevé *L'Amazone*, élaboré conjointement avec les *Harmonies* entre le Directoire et l'Empire. Le travail d'Aimé-Martin, très critiqué (souvent à tort), a été jusqu'à ces dernières années la base de notre connaissance de l'œuvre.

ANNEXES

Fragments manuscrits relatifs à *Paul et Virginie* et extraits d'ouvrages

1. Nature et Providence (manuscrit intitulé « Géographie. Air, vents et tempêtes »)

Ce fragment des manuscrits du Havre (MS 82, f° 101 B 49, r°-v°) fait écho aux phénomènes cycloniques vécus par l'auteur dans l'océan Indien, l'un à l'île de France (« Journal météorologique », lettre X du Voyage à l'île de France*), l'autre à l'arrivée à l'île Bourbon (lettre XIX). Mais il constitue également la matrice textuelle des deux tableaux d'ouragan qui scandent les articulations décisives de l'action dans* Paul et Virginie. *Le premier, qui fait suite à l'épisode du « mal inconnu », détruit symboliquement le jardin et met fin à l'innocence de l'Éden initial. Le second, qui provoque le naufrage du* Saint-Géran *et la mort de l'héroïne, ouvre aussi la voie à sa transfiguration angélique.*

Forme extrême du bouleversement de l'ordre naturel, l'ouragan relève d'une esthétique violente du sublime qui tout à la fois exalte et détruit. Mais, dans le contexte d'une théorie finaliste de la nature plus ou moins identifiée à la Providence, il soulève aussi de sérieuses contradictions philosophiques : pourquoi la nature semble-t-elle prendre plaisir à se retourner contre elle-même en détruisant ses ouvrages ? Si elle est l'instrument d'une volonté divine qui ne poursuit que notre bien, pourquoi paraît-elle en ce cas se transformer en ennemie de l'homme ? Cette réflexion sera poursuivie dans la quatrième des Études de la Nature, *« Réponse aux objections contre la Providence, tirées des désordres du globe ». Sans s'attarder sur la réponse à apporter à la question du mal, qui est au centre de* Paul et Virginie *et sera longuement développée à la fin du roman dans le discours du Vieillard, la théodicée naturelle de Bernardin s'attache ici à montrer que « les tempêtes sont nécessaires », que leurs effets apparemment destructeurs sont en réalité utiles à plus long terme, que la nature use de « précaution [...] pour préserver des êtres plus faibles » en les préparant à affronter sa propre violence. La transcription corrige l'orthographe et la ponctuation au sein de ce brouillon d'une forme très négligée.*

Certainement, la première fois que j'ai vu un ouragan dans les beaux climats des Tropiques, j'ai cru que la nature se repentait de son ouvrage. Je ne sais quoi de cruel était répandu en l'air, le ciel couvert de nuées d'une forme horrible, les vents retentissant sous des gémissements qui assourdissaient suivis de silences profonds, trois lames monstrueuses hérissées de jets se succédaient sans cesse sur le rivage et jetaient à plus d'un jet de pierre des galets qu'elles entassaient par charrettes. L'écume de la mer battue entassait dans les anses comme des balles de coton et le vent les soufflant comme une véritable neige dans les gorges des vallons et sur le flanc des montagnes, brisant les branches, des pluies tombaient par seaux, [...] il semblait que la nature s'efforçait de détruire son ouvrage. Je ne suis point étonné que les peuples [??] simples et égarés aient attribué ces effets à quelques méchants démons. Cependant, la nature ne faisait rien que de nécessaire. Je m'étonnai à part moi d'un tel désordre, surtout périodique, car pour l'ordinaire, c'est vers les équinoxes, et même les solstices, que ces révolutions ont lieu.

J'étais assez triste, voyant tomber les cabanes. Mon sort loin de ma patrie m'affligeait. Je ne sais [si] je n'aurais point été tant fâché par cette dissolution de voir finir le tour de mon pèlerinage et de la démolition de mon habitation passagère. Rassuré par la bonté constante de la nature, je me dis, s'il n'y avait point d'ouragan, qu'arriverait-il ? L'action douce et constante des pluies entraîne à la mer tout le sol des montagnes, l'action constante des vents de sud-ouest pousse tout d'un côté les graines des plantes et des arbres, et les feront sortir de l'île, les écueils qui la défendent, bordés de madrépores qui végètent sans cesse et se forment à l'entrée des rivières des molécules terrestres et crétacées, courant sans obstacles, en obstrueraient le sol, toute l'île deviendrait à la fin un même plateau de coraux à fleur d'eau. Mais les mers soulevées par les vents les brisent, les vents les chassent et les rejettent fort avant en poudre, ressèment en même temps les graines, car ces ouragans arrivant dans la saison où la plupart sont mûres, ils les rapportent vers le centre de l'île de tous côtés ; car l'ouragan est formé de vents qui font le tour de l'horizon pendant vingt-quatre heures. Il abat les branches mortes des arbres, les troncs pourris qui empêcheraient la végétation, il détruit des légions d'insectes et de fourmis surtout, qui vont toujours multipliant.

Je vis donc que l'ouragan était nécessaire.

Ensuite j'admirai la bonté de la nature dans ces grands mouvements qui ont pour objet la réparation même du globe [+ sol] qu'elle menace de détruire, la précaution dont elle avait usé pour préserver des êtres plus faibles, comme les herbes, par leur petitesse et souplesse, par leurs graines ramassées en tas et en buissons en ce qu'elles sont plus coriaces, car des graminées on en ferait des cordes, des arbres dont le bois [est] plus lourd, les tiges d'une manière admirable liées par des lianes, les précautions prises pour les êtres sensibles comme les oiseaux qui le prévoient et l'annoncent plusieurs jours avant : les oiseaux de mer se réfugient à terre, et comme ce vent ne souffle que successivement [il] leur donne les moyens de se mettre à l'abri par milliers dans les anses au retour, où les hommes mêmes se terrent, et jouissent du plus grand calme quand une scène d'horreur les environne.

Au reste c'est une étude capable de fournir beaucoup de curieuses observations d'examiner la manière particulière que chaque plante a reçue de se préserver de l'ouragan ; les unes, étant souples, celles exposées par leur nature au vent sur le sommet des montagnes, ont les feuilles souples et petites, comme nous pouvons le voir aux pins et sapins habitants des hautes montagnes ; les palmiers ont des feuilles comme des rames de bois, et leurs fruits suspendus à de vrais cordages ; à la largeur des feuilles on connaît celles qui sont destinées à vivre dans les vallées et à l'abri : telles sont les larges feuilles des bananiers et des courges.

2. Variantes non retenues
dans la version imprimée de *Paul et Virginie*

On trouvera ci-après les ajouts signalés aux notes 332 de la page 224, et 334 de la page 225, de Paul et Virginie. *En raison de leur longueur, ces développements du manuscrit de la Bibliothèque Victor Cousin non retenus dans la version imprimée n'ont pu trouver leur place parmi les variantes.*

a. Virginie a donc été heureuse et elle l'est encore. N'accusez donc point la Providence. Croyez-vous que la même main qui avait revêtu cette âme si noble d'une forme si belle, où vous sentiez un art céleste, n'aurait pas pu la tirer des flots ? Que celui qui a arrangé le bonheur des hommes par des lois qu'ils ne connaissent pas ne puisse vous en préparer un pour elle qui vous soit également inconnu ? Quand nous étions dans le néant, si nous étions capables de pensée, pouvions-nous prévoir ce que c'était que la vie où nous devions entrer ? Et maintenant dans la vie pouvez-vous prévoir ce qu'il y a au-delà de la mort, par où nous devons sortir ? Un instant sur la terre, nous n'en voyons qu'une scène, et de cette scène infinie que quelques objets. Mais vous voyez tout lié sur cette terre, la génération présente avec celle qui l'a précédée et avec la postérité. Vous voyez que rien ne s'y perd ; ce qui vient des éléments rentre avec les éléments, l'eau avec les eaux, la terre avec la terre ; et l'âme s'évanouirait seule ? Quoi ! ce qui est raisonnable, aimant, courageux, noble, sensible périrait, lorsque la cendre dont il est revêtu est indestructible ? Aucun art humain ne pourrait anéantir une particule de matière. Et ce qui ressemble à la divinité qui juge, qui ordonne et qui dispose périrait lorsqu'il n'a plus d'aliment ?

En vain voudrait-on croire que l'âme est une harmonie qui résulte de l'assemblage des organes comme celle d'un instrument et qui s'anéantit lorsqu'il est brisé ; mais l'instrument a besoin d'un agent extérieur qui excite en lui cette harmonie qui est toujours dans l'âme du musicien.

L'âme ne s'affaiblit point par la perte lorsque le corps est mutilé. D'ailleurs, peut-on comparer l'industrie extérieure des hommes à celle qui est céleste ? Des machines insensibles qu'on fait mouvoir peuvent-elles être comparées à celles qui, d'elles-mêmes, vont, viennent, sentent et raisonnent ? Comparons plutôt ce que nous savons de la nature à ce qui en est caché, voyant dans le corps humain organisé une âme qui le meut et qui a des notions de justice, d'ordre, de bonté. À plus forte raison, dans le corps universel où règne un si bel ordre existe une âme infinie, toute-puissante, bonne, juste, qui ne laissera point Virginie sans récompense. Dieu, mon fils, nous environne comme l'air : s'il ôtait les lois qu'il a établies, s'il éloignait la terre du point où le soleil lui donne la vie, vous verriez les fontaines s'arrêter, les montagnes sans lien se dissoudre, la nuit obscurcir les cieux et la terre se réduire en poudre.

Si tant d'ordres sont l'effet de sa prévoyance sur une petite partie de l'univers, croyez-vous qu'elle ait oublié ces espaces infinis et qu'elle n'ait étendu son intelligence que sur une ? Croyez-vous qu'il lui ait fallu un espace solide où elle ait pu se fixer ? Tout se perd dans l'éloignement ; si nous étions seulement à quelque distance de la terre, nous ne la verrions que comme un globe obscur ; les vallons, leurs ombrages, la verdure des forêts, les formes gracieuses des fleurs, tout disparaîtrait à la vue. À une distance immense du soleil, nous ne voyons qu'un globe étincelant que nous ne pouvons fixer ; mais ce qu'il touche sur la terre de l'extrémité de ses rayons, les formes charmantes des fleurs, leurs parfums, la saveur des fruits, voilà son ouvrage. Que pensez-vous de ces verts espaces qu'il remplit de sa lumière, de cette source d'où coule tout ce qui est beau, bon, éclatant sur la terre à l'usage de l'homme ?

Rien ne se perd sur la terre. Ce qui vient des éléments rentre dans les éléments. Aucun art humain...

b. où la vie se débat avec la mort, le vice avec la vertu. Nous y laissons notre corps, tout ce qui est périssable et qui appartient à la terre, mais les sentiments divins, ces notions de justice, de bonté, ce désir de gloire commun à tous les hommes sont immortels.

Ils restent les mêmes sur la terre où tant de nations se succèdent. Nos formes, nos erreurs, nos vices se succèdent, mais le cœur de Fénelon était semblable à celui de Socrate.

Virginie existe encore. On détruit les monuments d'un peuple, mais le souvenir d'avoir fait le bien ne peut être enlevé à la vertu, puisque le sentiment de la vertu est impassible. La flamme divine qui l'a inspiré est immortelle. Virginie est heureuse. [ici un passage biffé sans lien apparent avec le développement]

Si l'homme, rassemblant un petit nombre de beautés éparses dans la nature, peut en former par la pensée un ordre de bonheur qui le ravisse, croyez-vous que l'auteur universel ne puisse les produire dans les espaces infinis et les rendre sensibles, disposés selon un ordre divin ? Qu'il ne puisse pas y avoir, dans ces plaines que jamais n'ont troublées les vents, que jamais la nuit n'a obscurcies, une infinité de traits délicieux ? [Que] la lumière seule qui étale sur nos nuages les couleurs de la jonquille, la verdure d'un pré naissant, l'aurore, l'améthyste, ne puisse pas prendre des formes différentes, ici coulant en ruisseau de pourpre, là étincelant en aigrettes de rubis et d'argent, là éclatant en masse solide comme le diamant ? Croyez-vous que le grand architecte ne puisse élever avec cette matière divine des palais, des retraites isolées, une infinité de formes riantes ou majestueuses, sans qu'il soit nécessaire pour donner de l'éclat à ses couleurs d'y opposer les ombres, comme pour varier ses biens il n'y a point appelé les maux ? Oh ! là, sans doute un plaisir succède à un autre plaisir, là un esprit de vie comme celui qui descend au printemps sur la terre anime les esprits d'une jeunesse éternelle, là se rendait [?] tout ce qui fut assez courageux pour préférer le juste à l'injuste, là des millions d'êtres de tous les âges, de tous les pays, ceux qui sont morts dans l'innocence, ceux qui ont terminé dans la vertu une longue et pénible carrière, les uns avec la gaieté du printemps, les autres avec la sombre majesté de l'automne [sic]. La vertu est mise dans tout son jour ; des légions nombreuses accourent dans les champs de l'éther, pour célébrer à sa gloire des drames éternels. Là des concerts sublimes, des chants de victoire, des louanges célestes, au pied du trône de Dieu, la comblent d'une joie inaltérable ; car il est indifférent à ces âmes pures et sans envie d'applaudir la vertu dans les autres ou d'en être loués eux-mêmes [sic]. Qui pourrait dire ce qui se passe dans les sphères de ces soleils qui nous paraissent innombrables et d'une lumière même différente ? Qui pourrait suivre dans l'étendue infinie des temps et de l'espace cet être tout-puissant, agissant sur une infinité de plans, créant sans cesse, disposant, conservant et tirant tout de son sein inépuisable ? Mais quelle bouche assez pure et quel cœur assez sensible peut [sic] parler de votre univers, ô mon Dieu, devant qui s'anéantit la science humaine ? Ah ! si du séjour des anges...

3. Manuscrit intitulé « Article Madagascar »

Ce manuscrit du fonds du Havre (cote MS 147, f°s 70 B 18 à 75 B 23) comporte six pages soigneusement recopiées dont nous reproduisons quelques *extraits. La ponctuation et l'orthographe ont été normalisées. Il semble s'agir d'une réflexion a posteriori sur les projets et l'état d'esprit de l'écrivain lorsqu'il fut recruté en novembre 1767 par le comte de Maudave pour participer, en qualité d'ingénieur spécialiste des fortifications, à une expédition secrète à Madagascar. Ce plan de colonisation « éclairée », fondée sur des bases d'entente pacifique avec les Malgaches, se proposait de relever l'ancien comptoir de Fort-Dauphin, au sud-est de l'île. En proie à une intense exaltation, Bernardin se rêva quelque temps dans le rôle du législateur de la future colonie, avant d'être brutalement ramené à la réalité par la brouille avec Maudave, qui le conduisit à abandonner l'expédition. Ce fragment appartient vraisemblablement aux ajouts manuscrits rédigés vers 1790-1795 en vue d'une nouvelle édition très augmentée du* Voyage à l'île de France, *qui ne vit jamais le jour pour des raisons inconnues.*

Le texte n'offre donc aucun rapport direct avec Paul et Virginie, *sinon en tant que document biographique sur les raisons qui motivèrent le séjour de Bernardin dans l'océan Indien. Mais il éclaire le contexte idéologique du roman ainsi que les aspirations personnelles qui lui donnèrent naissance, les mêmes qui, bien des années auparavant, avaient guidé la rêverie utopique qui fut à l'origine du voyage aux Isles. On y trouve d'abord une réflexion (inspirée peut-être de l'*Histoire des deux Indes *de Raynal, dont l'édition de 1780 consacre à ce sujet un très important développement) sur les conditions d'une colonisation « éclairée » de Madagascar ; Bernardin conçoit l'entreprise comme* *une colonie de peuplement, économiquement appuyée sur une agriculture autarcique, qui absorberait les indigents de l'Europe et les unirait pacifiquement aux indigènes sous l'égide d'une religion déiste et tolérante où Dieu s'identifierait à la Nature. Cette utopie coloniale vertueuse et frugale aux accents féneloniens ressemble beaucoup à la « petite société » de l'« habitation » de* Paul et Virginie *et s'infléchit pareillement, à la fin du texte, vers la rêverie pastorale, voire l'épanchement personnel.*

[Madagascar] est divisée en une multitude de petites nations qui se font souvent la guerre, et sur lesquelles nos armes nous donnent une grande supériorité, mais que nous n'avons point pu soumettre. Ce fut en 164... [*sic*] que le Cardinal de Richelieu y envoya faire un établissement suivant le droit de l'Europe ; voyez les relations de ce temps. Le code de la marine semble un code de filouterie ; les Français disaient en proverbe : « Passé la ligne, plus d'amis, tout est de bonne prise. » Or je pensais qu'il serait bien plus aisé de les unir à nous par l'exemple de la concorde et le spectacle de notre bonheur. D'ailleurs c'est un préjugé que les Blancs ne peuvent cultiver entre les Tropiques. À Bourbon, ils exercent les métiers de charpentiers, de maçons, de tailleurs de pierre, de soldats d'artillerie, qui demandent des travaux bien plus rudes que l'art du cultivateur. Je pensais donc que ce pays à demi désert offrirait d'ailleurs un jour quantité de retraites et d'asiles à nos compatriotes, puisque la France, si remplie de pauvres, ne peut nourrir ses habitants, que la population y va toujours croissant, ce qui exige des émigrations qui ne peuvent avoir lieu dans nos colonies, où l'esclavage a ôté cette ressource unique à nos pauvres cultivateurs. [...] Mais l'esclavage de nos îles ayant été jusqu'à présent un obstacle insurmontable aux émigrations de nos compatriotes, je regardais Madagascar comme un asile ouvert par la nature à notre nombreuse et misérable population. Je me regardais comme un des agents que la bonté divine appelait à y jeter les fondements d'un établissement humain [...].

Le chef de l'expédition [Maudave] m'avait séduit. Il avait les plus belles maximes de politique, beaucoup prises à la vérité dans Tacite. Plus de politique que d'humanité, il avait embarqué des graines de toutes les espèces. Il devait leur enseigner tous les arts de l'Encyclopédie. [...] Une seule chose m'embarrassait, c'est que dans toute sa troupe il n'y avait ni un laboureur, ni un artisan, ni même un soldat, mais des secrétaires, des danseurs, des cuisiniers, des valets de chambre, des perruquiers. Il ne voulait aussi recueillir que de l'ambre gris, de l'or, des pierreries. Je me berçai de mille chimères agréables. Je me procurai un plan de notre ancien Fort Dauphin et je projetai des moyens de défense naturelle peu dispendieuse qui en devaient faire selon moi une forteresse imprenable. Persuadé qu'aucun établissement ne réussit sans la protection de Dieu, et qu'il est le centre où viennent s'attacher tous les intérêts des hommes, dans la supposition que les environs du Fort Dauphin étaient plantés de palmiers, j'imaginai une espèce de temple supporté par des troncs de palmiers dont les feuillages couronnaient le toit. J'en fis même un dessin. Cette architecture était convenable à nos moyens et à mes goûts. Ce temple, moins brillant que celui de Salomon, devait ce me semble avoir un culte plus étendu. Car je me persuadais que j'y attirerais des peuples de toutes les religions et de toutes les nations pour y prier en commun, et qu'on y adorerait Dieu comme aux premiers temps du monde. D'ailleurs, encore que nos langues différassent, je pensais qu'ils seraient séduits par notre bonheur. Car le bonheur est une langue entendue de tous les hommes [...]. J'étais donc bien persuadé qu'il suffirait de montrer l'exemple d'une colonie heureuse de Blancs pour engager les Noirs à nous imiter, puisque tant de genres de vie malheureux et contre nature trouvent dans la société tant de gens qui les embrassent et les propagent aux Noirs par leurs exemples. Je voyais donc, de petits hameaux, se former autour de nous un peuple heureux des alliances entre les Noirs et les Blancs [*sic*]. Je voyais beaucoup de nos pauvres cultivateurs accourir dans notre île, et les bergères françaises faire résonner de leurs chants les bocages de l'Afrique. J'invitais tous mes amis pauvres et mes pauvres parents à venir être heureux. Pour moi, je m'y réservais aussi une portion de bonheur. Je me voyais à l'ombre de nos bananiers avec une compagne et de nombreux enfants, mais, je ne sais pourquoi, m'éloignant toujours de la multitude.

4. Extraits des *Études de la Nature*

Des Études de la Nature *(1784) on ne connaît en général que deux ou trois citations caricaturales inlassablement répétées sur la prévoyance de la nature, qui a frangé d'écume les récifs pour les signaler à l'attention des navigateurs, ou sur les côtes du melon, qui invitent à le manger en famille ; d'où l'on s'autorise à conclure hardiment à l'indigence de Bernardin comme philosophe et à la stupidité de son finalisme.*

Qu'il s'agisse en réalité d'un grand livre authentiquement novateur, aussi bien du point de vue esthétique que proprement scientifique, ce n'est pas ici le lieu de le montrer. Mais une véritable compréhension de Paul et Virginie *passe par une lecture des* Études, *dont le roman est explicitement donné pour une application et un prolongement.*

Une édition savante des Études *constituant le tome III des* Œuvres complètes *sous la direction de Colas Duflo est sous presse aux éditions Classiques Garnier. Le texte est ici celui de l'édition Aimé-Martin des* Œuvres complètes, *Paris, Lequien et Pinard, 1830, t. II à V, dont on a respecté l'orthographe et la ponctuation.*

[L'amateur de tempêtes]

Les évocations de tempêtes sont nombreuses dans les Études *comme dans* Paul et Virginie. *Celle-ci, illustrant le modèle esthétique de la* discordia concors, *ou synthèse harmonique des contraires, aboutit à un tableau contrasté, superposant à une scène de pastorale le spectacle d'un naufrage, où l'on pourrait voir l'origine même du sujet du roman.*

J'ai remarqué une chose dans les tempêtes du cap de Bonne-Espérance qui appuie admirablement tout ce que j'ai avancé jusqu'ici sur les principes de la discorde et de l'harmonie, et qui peut faire naître de profondes réflexions à quelqu'un de plus habile que moi. C'est que la nature accompagne souvent les signes du désordre qui bouleverse ses mers, par des expressions agréables d'harmonie qui en redoublent l'horreur. Ainsi, par exemple, dans les deux tempêtes que j'y ai essuyées, je n'y ai point vu le ciel obscurci par de sombres nuages, ni ces nuages sillonnés par le feu alternatif des éclairs, ni une mer sale et plombée, comme dans les tempêtes de nos climats. Le ciel, au contraire, y était d'un bleu fin, et la mer azurée ; il n'y avait d'autres nuages en l'air que de petites fumées rousses, obscures à leur centre, et éclairées sur leurs bords de l'éclat jaune du cuivre poli. Elles partaient d'un seul point de l'horizon et traversaient le ciel avec la rapidité d'un oiseau. Quand le tonnerre brisa notre grand mât, au milieu de la nuit, il ne roula point et ne fit d'autre bruit que celui d'un canon qu'on aurait tiré près de nous. Deux autres coups qui avaient précédé celui-ci n'en avaient pas fait davantage. C'était au mois de juin, c'est-à-dire dans l'hiver du cap de Bonne-Espérance. J'y éprouvai une autre tempête en repassant dans le mois de janvier, qui est le milieu de l'été de ce pays-là. Le fond du ciel en était bleu comme dans la première, et on ne voyait que cinq ou six nuages sur l'horizon ; mais chacun d'eux, blanc, noir, caverneux, et d'une grandeur énorme, ressemblait à une portion des Alpes suspendue en l'air. Celle-ci était bien moins violente que l'autre, avec ses petites fumées rousses. Dans toutes les deux, la mer était azurée comme le ciel ; et sur les crêtes de ses grands flots, hérissés en jets d'eaux, se formaient des arcs-en-ciel très colorés. Ces tempêtes, au milieu de la lumière, sont plus affreuses qu'on ne le peut dire. L'âme se trouble de voir des signes de calme devenus des signes de tempête ; l'azur dans les cieux, et l'arc-en-ciel sur les flots. Les principes de l'harmonie paraissent bouleversés ; la nature semble s'y revêtir d'un caractère perfide, et couvrir la fureur sous les apparences de la bienveillance. Les écueils de ces parages ont les mêmes contrastes. Jean-Hugues Linschoten, qui vit de près ceux de la Juive, dans le canal Mozambique, contre lesquels il pensa périr, dit qu'ils sont hideux à voir, étant noirs, blancs et verts. Ainsi la nature augmente les caractères de la terreur, en y mêlant des expressions agréables. [...]

Lucrèce a eu raison de dire que notre plaisir et notre sécurité augmentent sur le rivage à la vue d'une tempête. Ainsi, un peintre qui voudrait renforcer, dans un tableau, l'agrément d'un paysage et le bonheur de ses habitants, n'aurait qu'à représenter au loin un vaisseau battu par les vents et par une mer irritée ; le bonheur des bergers y redoublerait par le malheur des matelots. Mais s'il voulait au contraire augmenter l'horreur d'une tempête, il faudrait qu'il opposât au malheur des matelots le bonheur des bergers, et qu'il mît le vaisseau entre le spectateur et le paysage. Le premier sentiment dépend de la première impulsion ; et le fond contrastant de la scène, loin de le dénaturer, ne fait que lui donner plus d'énergie en le répercutant sur lui-même. Ainsi on peut, avec les mêmes objets placés diversement, produire des effets directement opposés.

(Étude X, « Des concerts »)

[Volupté de la mélancolie
et théorie du bonheur négatif]

Illustration de l'accord harmonique des contraires, la jouissance paradoxale et quelque peu perverse que dispense le sentiment de la mélancolie rejoint le thème du « bonheur négatif », lequel, dit le Vieillard de Paul et Virginie, *console celui qui, « comme un homme sauvé du naufrage sur un rocher », « contemple de [sa] solitude les orages qui frémissent dans le reste du monde ». Le lieu commun lucrétien du* suave mari magno *alimente ici une analyse psychologique d'une singulière acuité dont le roman constitue peut-être l'application.*

Je ne sais à quelle loi physique les philosophes peuvent rapporter les sensations de la mélancolie. Pour moi, je trouve que ce sont les affections de l'âme les plus voluptueuses. « La mélancolie est friande », dit Michel Montaigne. Cela vient, ce me semble, de ce qu'elle satisfait à la fois les deux puissances dont nous sommes formés, le corps et l'âme, le sentiment de notre misère et celui de notre excellence.

Ainsi, par exemple, dans le mauvais temps, le sentiment de ma misère humaine se tranquillise, en ce que je vois qu'il pleut, et que je suis à l'abri : qu'il vente, et que je suis dans mon lit bien chaudement. Je jouis alors d'un bonheur négatif. Il s'y joint ensuite quelques uns de ces attributs de la Divinité, dont les perceptions font tant de plaisir à notre âme, comme de l'infinité en étendue, par le murmure lointain des vents. […]

Si je suis triste et que je ne veuille pas étendre mon âme si loin, je goûte encore du plaisir à me laisser aller à la mélancolie que m'inspire le mauvais temps. Il me semble alors que la nature se conforme à ma situation, comme une tendre amie. Elle est d'ailleurs toujours si intéressante, sous quelque aspect qu'elle se montre, que, quand il pleut, il me semble voir une belle femme qui pleure. Elle me paraît d'autant plus belle, qu'elle me semble plus affligée. Pour éprouver ces sentimens, j'ose dire voluptueux, il ne faut pas avoir des projets de promenade, de visite, de chasse ou de voyage, qui nous mettent alors de fort mauvaise humeur, parce que nous sommes contrariés. Il faut encore moins croiser nos deux puissances, ou les heurter l'une contre l'autre, c'est-à-dire, porter le sentiment de l'infini sur notre misère, en pensant que cette pluie n'aura point de fin ; et celui de notre misère sur les phénomènes de la nature, en nous plaignant que toutes les saisons sont dérangées, qu'il n'y a plus d'ordre dans les élémens, et nous abandonner à tous les mauvais raisonnemens où se livre un homme mouillé. Il faut, pour jouir du mauvais temps, que notre âme voyage et que notre corps se repose.

C'est par l'harmonie de ces deux puissances de nous-mêmes, que les plus terribles révolutions de la nature nous intéressent souvent bien plus que ses tableaux les plus rians. Le volcan de Naples attire plus les voyageurs que les jardins délicieux qui bordent ses rivages ; les campagnes de la Grèce et de l'Italie, couvertes de ruines, plus que les riches cultures de l'Angleterre ; le tableau d'une tempête, plus de curieux que celui d'un calme ; et la chute d'une tour, plus de spectateurs que sa construction.

(Étude XII, « Du sentiment de la mélancolie »)

[Plaisir de la ruine]

Le thème préromantique des ruines, paradoxalement si présent dans Paul et Virginie, *dont l'action se déroule pourtant dans une colonie presque privée d'histoire, n'est nullement spécifique à Bernardin. L'originalité de ce dernier est de poser à partir de ce motif d'époque la question sadienne : pourquoi l'homme tire-t-il du plaisir du spectacle de la destruction et de la mort ?*

Quoi qu'il en soit, le goût passif de la ruine est universel à tous les hommes. Nos voluptueux font construire des ruines artificielles dans leurs jardins ; les Sauvages se plaisent à se reposer mélancoliquement sur le bord de la mer, surtout dans les tempêtes, ou dans le voisinage d'une cascade au milieu des rochers. Les grandes destructions offrent des effets pittoresques nouveaux ; ce fut la curiosité d'en faire naître, jointe à la cruauté, qui porta Néron à mettre le feu à Rome, pour avoir le spectacle d'un incendie. Le sentiment d'humanité à part, ces longues flammes qui, au milieu de la nuit, lèchent les cieux, pour me servir de l'expression de Virgile ; ces tourbillons de fumée rousse et noire ; ces nuées d'étincelles de toutes les couleurs ; ces réverbérations scarlatines dans les rues, au haut des tours, sur la surface des eaux et sur les monts lointains, plaisent même dans les tableaux et les descriptions. Ce genre d'affection, qui n'est point lié avec nos besoins physiques, a fait dire à quelques philosophes que notre âme étant un mouvement, aimait toutes les émotions extraordinaires. Voilà pourquoi, disent-ils, tant de gens courent voir les exécutions à la Grève. À la vérité, dans ces sortes de spectacles, il n'y a aucun effet pittoresque. Mais ils ont avancé leur axiome aussi légèrement que tant d'autres dont leurs ouvrages sont remplis. D'abord, c'est que notre âme aime autant le repos que le mouvement. Elle est une harmonie fort aisée à renverser par de grandes émotions ; et quand elle serait de sa nature un mouvement, je ne vois pas qu'elle dût aimer ceux qui la menacent de sa destruction. Lucrèce, à mon avis, a bien mieux rencontré, quand il dit que ces sortes de goûts naissent du sentiment de notre sécurité, qui redouble à la vue du danger dont nous sommes à couvert. Nous aimons, dit-il, à voir des tempêtes, du rivage. C'est sans doute par ce retour sur lui-même que le peuple aime à raconter dans les soirées de l'hiver, auprès du feu, en famille, des histoires effrayantes de revenans, d'hommes égarés la nuit dans les bois, de voleurs de grand chemin. C'est aussi par le même sentiment que les honnêtes gens aiment à voir des tragédies, et à lire des descriptions de batailles, de naufrages et de ruines d'empires.

(Étude XII, « Plaisir de la ruine »)

[Plaisir des tombeaux]

Il faut voir dans le goût paradoxal des tombeaux un accomplissement du raffinement sensuel, qui vient pimenter des plaisirs usés et stimuler des jouissances blasées : le rappel de la mort érotise la sensation. Mais, en un temps où fleurit le culte des « grands hommes », le tombeau est aussi investi d'une signification collective, politique et civique. Comme ceux de Paul et Virginie dans les dernières pages du roman, les tombeaux sont le lieu d'ancrage d'une communauté, ce qui lui confère une histoire et une mémoire.

Les tombeaux ont fourni aux poésies d'Young et de Gessner des images pleines de charmes. Nos voluptueux, qui reviennent quelquefois aux sentimens de la nature, en font construire de factices dans leurs jardins. À la vérité, ce ne sont pas ceux de leurs parens. D'où peut leur venir ce sentiment de mélancolie funèbre au milieu des plaisirs ? N'est-ce pas de ce que quelque chose subsiste encore après nous ? Si un tombeau ne leur faisait naître que l'idée de ce qu'il doit renfermer, c'est-à-dire, d'un cadavre, sa vue révolterait leur imagination. La plupart d'entre eux craignent tant de mourir ! Il faut donc qu'à cette idée physique il se joigne quelque sentiment moral. La mélancolie voluptueuse qui en résulte, naît, comme toutes les sensations attrayantes de l'harmonie, de deux principes opposés, du sentiment de notre existence rapide et de celui de notre immortalité, qui se réunissent à la vue de la dernière habitation des hommes. Un tombeau est un monument placé sur les limites des deux mondes.

Il nous présente d'abord la fin des vaines inquiétudes de la vie, et l'image d'un éternel repos ; ensuite il élève en nous le sentiment confus d'une immortalité heureuse, dont les probabilités augmentent à mesure que celui dont il nous rappelle la mémoire a été plus vertueux. C'est là que se fixe notre vénération. Et cela est si vrai, que, quoiqu'il n'y ait aucune différence entre la cendre de Socrate et celle de Néron, personne ne voudrait avoir dans ses bosquets celle de l'empereur romain, quand même elle serait renfermée dans une urne d'argent ; et qu'il n'y a personne qui ne mît celle du philosophe dans le lieu le plus honorable de son appartement, quand elle ne serait que dans un vase d'argile.

C'est donc par cet instinct intellectuel pour la vertu, que les tombeaux des grands hommes nous inspirent une vénération si touchante. C'est par le même sentiment, que ceux qui renferment des objets qui ont été aimables nous donnent tant de regrets ; car, comme nous le verrons bientôt, les attraits de l'amour ne naissent que des apparences de la vertu. Voilà pourquoi nous sommes émus, à la vue du petit tertre qui couvre les cendres d'un enfant aimable, par le souvenir de son innocence ; voilà encore pourquoi nous voyons avec tant d'attendrissement une tombe sous laquelle repose une jeune femme, l'amour et l'espérance de sa famille par ses vertus. Il ne faut pas, pour rendre recommandables ces monumens, des marbres, des bronzes, des dorures. Plus ils sont simples, plus ils donnent d'énergie au sentiment de la mélancolie. Ils font plus d'effet, pauvres que riches, antiques que modernes, avec des détails d'infortune qu'avec des titres d'honneur, avec les attributs de la vertu qu'avec ceux de la puissance. C'est surtout à la campagne que leur impression se fait vivement sentir. Une simple fosse y fait souvent verser plus de larmes que les catafalques dans les cathédrales. C'est là que la douleur prend de la sublimité ; elle s'élève avec les vieux ifs des cimetières ; elle s'étend avec les plaines et les collines d'alentour ; elle s'allie avec tous les effets de la nature, le lever de l'aurore, le murmure des vents, le coucher du soleil et les ténèbres de la nuit. Les travaux les plus rudes et les destinées les plus humiliantes n'en peuvent éteindre l'impression dans les cœurs des plus misérables.

(Étude XII, « Plaisir des tombeaux »)

5. Voyage à l'île de France *(1773)*

Il faudrait à peu près tout citer du Voyage à l'île de France. *C'est la véritable matrice de* Paul et Virginie *: Bernardin y puise l'essentiel de ses descriptions de flore, de faune et de paysages, sans compter diverses ébauches d'épisodes narratifs : la lettre XVI du* Voyage *contient une bonne partie des éléments mis en œuvre dans celui de l'aventure des deux enfants à la Rivière-Noire. C'est aussi la version « réaliste », documentaire et le plus souvent très négative du mythe de l'île heureuse – d'ailleurs beaucoup moins homogène qu'il n'y paraît – traditionnellement associé au roman. On s'est borné à reproduire partiellement l'ultime lettre, « Sur les voyageurs et les voyages »,* *à la fois bilan désabusé d'un périple décevant par un voyageur atrabilaire et réflexion très neuve sur la « poétique de l'ailleurs » par un artiste pleinement conscient d'ouvrir à la sensibilité de nouveaux territoires.*

LETTRE XXVIII ET DERNIÈRE
Sur les voyageurs et les voyages

[...]

L'art de rendre la nature est si nouveau que les termes mêmes n'en sont pas inventés. Essayez de faire la description d'une montagne de manière à la faire reconnaître : quand vous aurez parlé de la base, des flancs et du sommet, vous aurez tout dit. Mais que de variété dans ces formes bombées, arrondies, allongées, aplaties, cavées, etc. ! Vous ne trouvez que des périphrases. C'est la même difficulté pour les plaines et les vallons. Qu'on ait à décrire un palais, ce n'est plus le même embarras. On le rapporte à un ou à plusieurs des cinq ordres : on le subdivise en soubassement, en corps principal, en entablement ; et dans chacune de ces masses, depuis le socle jusqu'à la corniche, il n'y a pas une moulure qui n'ait son nom.

Il n'est donc pas étonnant que les voyageurs rendent si mal les objets naturels. S'ils vous dépeignent un pays, vous y voyez des villes, des fleuves et des montagnes, mais leurs descriptions sont arides comme des cartes de géographie : l'Indoustan ressemble à l'Europe. La physionomie n'y est pas. Parlent-ils d'une plante ? Ils en détaillent bien les fleurs, les feuilles, l'écorce, les racines : mais son port, son ensemble, son élégance, sa rudesse ou sa grâce, c'est ce qu'aucun ne rend. Cependant la ressemblance d'un objet dépend de l'harmonie de toutes ses parties, et vous auriez la mesure de tous les muscles d'un homme que vous n'auriez pas son portrait.

Si les voyageurs en rendant la nature pèchent par défaut d'expressions, ils pèchent encore par excès de conjectures. J'ai cru fort longtemps sur la foi des relations que l'homme sauvage pouvait vivre dans les bois. Je n'ai pas trouvé un seul fruit bon à manger dans ceux de l'Île de France : je les ai goûtés tous au risque de m'empoisonner. Il y avait quelques graines d'un goût passable, en petite quantité ; et dans certaines saisons on n'en eût pas ramassé pour le déjeuner d'un singe. Il n'y a que l'oignon dangereux d'une espèce de nymphéa, encore croît-il sous l'eau dans la terre, et il n'est pas vraisemblable que l'homme naturel l'eût deviné là. Je crus au Cap que l'homme avait été mieux servi. J'y vis des buissons couverts de gros artichauts couleur de chair, qui étaient d'une âpreté insupportable. Dans les bois de la France et de l'Allemagne, on ne trouve de mangeable que les faines du hêtre et les fruits du châtaignier ; encore ce n'est que dans une courte saison. On assure, il est vrai, que dans l'âge d'or des Gaules nos ancêtres vivaient de glands ; mais le gland de nos chênes constipe. Il n'y a que celui du chêne vert qu'on puisse digérer. Il est très rare en France, et il n'est commun qu'en Italie, d'où nous est venue aussi cette tradition. Un peu d'histoire naturelle servirait à écrire l'histoire des hommes.

On ne trouve dans les forêts du nord que les pommes du sapin dont les écureuils s'accommodent fort bien. Il est fort douteux que les hommes pussent en vivre. La nature aurait traité bien mal le roi des animaux, puisque la table est mise pour tous excepté pour lui, si elle ne lui avait pas donné une raison universelle qui tire parti de tout, et la sociabilité, sans laquelle ses forces ne sauraient servir sa raison. Ainsi d'une seule observation naturelle on peut prouver :

1. que le plus stupide des paysans est supérieur au plus intelligent des animaux, qu'on ne dressera jamais à semer et à labourer de lui-même ;

2. que l'homme est né pour la société, hors de laquelle il ne pourrait vivre ;

3. que la société doit, à son tour, à tous ses membres une subsistance qu'ils ne peuvent attendre que d'elle.

Les voyageurs pèchent encore par un autre excès. Ils mettent presque toujours le bonheur hors de leur patrie. Ils font des descriptions si agréables des pays étrangers qu'on en est, toute la vie, de mauvaise humeur contre le sien.

Si je l'ose dire, la nature paraît avoir tout compensé ; et je ne sais lequel est préférable d'un climat très chaud ou d'un climat très froid. Celui-ci est plus sain ; d'ailleurs le froid est une douleur dont on peut se garantir, et la chaleur une incommodité qu'on ne saurait éviter. Pendant six mois j'ai vu le paysage blanc à Pétersbourg, pendant six mois je l'ai vu noir à l'Île de France ; joignez-y les insectes si dévorants, les ouragans qui renversent tout, et choisissez. Il est vrai qu'aux Indes les arbres ont toujours des feuilles, que les vergers rapportent sans être greffés, et que les oiseaux ont de belles couleurs.

> *Mais j'aime mieux notre nature,*
> *Nos fruits, nos fleurs, notre verdure ;*
> *Un rossignol qu'un perroquet,*
> *Le sentiment que le caquet ;*
> *Et même je préfère encore*
> *L'odeur de la rose et du thym*
> *À l'ambre que la main du More*
> *Recueille aux rives du matin.*

On doit compter aussi pour un grand inconvénient le spectacle d'une société malheureuse, puisque la vue d'un seul misérable peut empoisonner le bonheur. Peut-on penser sans frémir que l'Afrique, l'Amérique, et presque toute l'Asie sont dans l'esclavage ! Dans l'Indoustan on ne fait agir le peuple qu'à coups de rotin, de sorte qu'on en a appelé le bâton le roi des Indes ; en Chine même, ce pays si vanté, la plupart des punitions de simple police sont corporelles. Chez nous les lois ont un peu plus respecté les hommes. [...]

Je préférerais de toutes les campagnes celle de mon pays, non pas parce qu'elle est belle, mais parce que j'y ai été élevé. Il est dans le lieu natal un attrait caché, je ne sais quoi d'attendrissant qu'aucune fortune ne saurait donner et qu'aucun pays ne peut rendre. Où sont ces jeux du premier âge, ces jours si pleins sans prévoyance et sans amertume ? La prise d'un oiseau me comblait de joie. Que j'avais de plaisir à caresser une perdrix, à recevoir ses coups de bec, à sentir dans mes mains palpiter son cœur et frissonner ses plumes !

Heureux qui revoit les lieux où tout fut aimé, où tout parut aimable, et la prairie où il courut, et le verger qu'il ravagea ! Plus heureux qui ne vous a jamais quitté, toit paternel, asile saint ! Que de voyageurs reviennent sans trouver de retraite ! De leurs amis, les uns sont morts, les autres éloignés, une famille est dispersée, des protecteurs... Mais la vie n'est qu'un petit voyage, et l'âge de l'homme un jour rapide. J'en veux oublier les orages pour ne me ressouvenir que des services, des vertus et de la constance de mes amis. Peut-être ces lettres conserveront leurs noms et les feront survivre à ma reconnaissance ! Peut-être iront-elles jusqu'à vous, bons Hollandais du Cap ! Pour toi, Nègre infortuné qui pleures sur les rochers de Maurice, si ma main, qui ne peut essuyer tes larmes, en fait verser de regret et de repentir à tes tyrans, je n'ai plus rien à demander aux Indes, j'y ai fait fortune.

À Paris, ce premier janvier 1773.

GLOSSAIRE

Abréviations et références :

— Arveiller : R. Arveiller, *Contribution à l'étude des termes de voyage en français (1502-1722)*, Paris, D'Artrey, 1963.
— Baudry : J. Baudry, *Le Vocabulaire de la flore exotique dans Paul et Virginie*, thèse dact., Poitiers, 1983.
— Chaudenson : R. Chaudenson, *Le Lexique du parler créole de la Réunion*, Paris, Champion, 1974.
— Jal : A. Jal, *Glossaire nautique*, Paris, Firmin Didot Frères, 1848.
— *VIF* : Bernardin de Saint-Pierre, *Voyage à l'île de France*, éd. Y. Benot, Paris, La Découverte-Maspero, 1983.

AGATHIS Le contexte suggère que l'auteur a commis une confusion entre l'agathis (grand arbre d'origine indienne) et l'agati, arbuste ornemental « dont la feuille est découpée et qui donne des grappes de fleurs blanches papillonnacées, auxquelles succèdent de longues gousses légumineuses » (*VIF*, p. 133). Il s'agit de l'une des rares erreurs botaniques de *Paul et Virginie* (Baudry, p. 18).

AJOUPA Hutte ou bivouac de bois et de feuillages. Le terme, emprunté à la langue tupi du Brésil, est en usage aux

Antilles dès le XVIIe siècle (Claude d'Abbeville, 1614) et se répand dans toutes les zones où l'on parle le « français des Isles ». Il est attesté aux Mascareignes en 1731 (Chaudenson, p. 599).

ALOÈS Plante à feuilles charnues de la famille des Liliacées, comportant plus de 270 espèces en majorité originaires d'Afrique. L'aloès amer (*Aloe fœtida*), qui pousse dans la région sèche de l'île, a des propriétés médicinales. Est-ce bien toutefois à cette plante que le texte fait allusion ? Celle décrite sous ce nom dans le *VIF* (p. 129) est en réalité l'agave, plante très commune dont il existe dans l'île deux espèces (*Furcraea fœtida* et *Agave Vera-Cruz*).

ALOUETTE MARINE Échassier (bécasseau selon Trahard).

ANSIÈRE Cette graphie, celle de toutes les éditions parues du vivant de l'auteur (1788, 1789, 1806), désigne selon Littré un « filet qu'on tend dans les anses ou petites baies », ce qui n'offre ici aucun sens satisfaisant : il s'agit de toute évidence d'un câble, non d'un filet de pêche. Pour Littré – suivi par Pierre Trahard, qui a corrigé en ce sens le texte de son édition de *Paul et Virginie* – « ansière » est une « mauvaise leçon pour hansière ou haussière », terme désignant un cordage à trois ou quatre torons. Mais E. Guitton a choisi de rétablir l'orthographe primitive en s'appuyant sur une autre définition que Jal donne d'« ansière » : « le câble de la plus petite ancre et celui dont on amarre l'esquif ». Il semble bien qu'il s'agisse d'un seul vocable à la graphie fluctuante (on trouve « ansière, aussière, hansière, haussière ») appliqué tantôt à un filet de pêche, tantôt à un cordage.

ARPENT Ancienne mesure agraire de superficie variable (de 30 à 50 ares selon les régions).

Glossaire 363

ATTIER, ATTES *Annona squamosa* ou corosollier écailleux, arbuste originaire d'Amérique tropicale cultivé dans les zones sèches, produisant un fruit appelé atte ou pomme-cannelle. Terme d'origine hispano-américaine (*ahate*) venu des Antilles. « Son fruit ressemble à une pomme de pin ; quand il est mûr il est rempli d'une crème blanche sucrée et d'une odeur de fleur d'orange. Il est plein de pépins noirs. L'atte est fort agréable, mais on s'en lasse bien vite. Il échauffe et donne des maux de gorge » (*VIF*, p. 133).

AVOCAT Fruit d'un arbre d'origine sud-américaine (famille des Lauracées), introduit au XVIIIe siècle. « L'avocat est un assez bel arbre. Il donne une poire qui renferme un gros noyau. La substance de ce fruit est semblable à du beurre. Quand on l'assaisonne avec le sucre et le jus de citron, il n'est pas mauvais. Il échauffe » (*VIF*, p. 135).

BADAMIER *Terminalia catappa*. Grand arbre ornemental très commun sur le littoral, dont les branches sont insérées par étages successifs. Il produit un fruit violacé enfermant une amande comestible. Description dans le *VIF*, p. 134. Le terme, francisation d'un emprunt à l'hindi, est attesté pour la première fois en 1750 dans le *Catalogue des plantes de l'île de France* de Fusée-Aublet.

BASILIC Sans doute *Ocimum gratissimum* (Baudry, p. 20). « Au bas des montagnes voisines de la ville croît un basilic vivace, dont l'odeur tient de celle du girofle. Sa tige est ligneuse. C'est un bon vulnéraire » (*VIF*, p. 76).

BASSIN « Trou d'eau dans le lit d'un torrent ou au pied d'une cascade » (Chaudenson, p. 601). En ce sens, le terme appartient au « parler des Isles ». Il apparaît aux Antilles au XVIIᵉ siècle (Du Tertre, 1654). Bernardin l'utilise également comme terme géographique pour désigner un cirque de montagnes ou un terrain encaissé.

BAUME (herbe de) Sans doute le « petit baume » (*Phlectrantus madagascariensis*) décrit dans le *VIF* : « Il croît en quantité, dans les défrichés, une espèce d'arbrisseau à grandes feuilles de la forme d'un cœur. Son odeur est assez douce et tient de celle du baume, dont il porte le nom. Je ne le connais propre à aucun usage. On l'emploie cependant dans les bains » (p. 77).

BENGALI *Estrilda amandava*, oiseau passériforme de la famille des Estrilidés, originaire de l'Inde. Le plumage est rouge carmin chez le mâle, gris beige chez la femelle.

BERCEAU Terme d'horticulture : treillage en voûte garni de feuillage ou allée de verdure.

BERNE Pavillon en berne : « On l'élève à la moitié de son mât sans le déployer : ce signal ne se fait guère que dans les dangers », précise Bernardin dans l'« Explication de quelques termes de marine » du *Voyage à l'île de France* (p. 241).

BOIS DE CANNELLE *Ocotea obtusata*, famille des Lauracées. Grand arbre utilisé en ébénisterie et en charronnage. « Le bois de cannelle, qui n'est pas le cannellier, est un des plus grands arbres de l'île. Son bois est le meilleur de tous pour la menuiserie. Il ressemble beaucoup au noyer par sa couleur et ses veines. Quand il est nouvellement employé, il a une odeur d'excrément ; elle lui est commune avec la fleur du cannellier. Sa graine est enveloppée d'une peau rouge d'un goût acide et assez agréable » (*VIF*, p. 79).

BOIS DE POMME Ce nom désigne plusieurs espèces dont les fruits ont la couleur et la forme d'une petite pomme. L'espèce décrite dans le *VIF* est *Eugenia glomerata* (Baudry, p. 27) ; « cet arbre produit un fruit appelé pomme de singe, d'une fadeur désagréable » (*VIF*, p. 79).

BOIS DE RONDE *Erythroxylon laurifolium*, aussi nommé bois de rongue, arbuste des régions chaudes et humides. Il a des propriétés médicinales. « Le bois de ronde est un petit bois dur et tortu. Il jette en brûlant une flamme vive. On s'en sert pour faire des flambeaux ; il passe pour incorruptible » (*VIF*, p. 79).

BOIS D'OLIVE Il existe sous ce nom deux espèces, le bois d'olive noir (*Olea chrysophylla*), arbre de taille médiocre produisant un bois dur utilisé en ébénisterie, et le bois d'olive blanc (*Olea lancea*), grand arbre au tronc clair dont le bois est utilisé pour la construction. Tous deux produisent des fruits rappelant de petites olives.

CABOT Le terme s'applique, aux Mascareignes, à divers poissons de rivière et de mer (gobidés et serranidés pour la plupart). Le mot est employé dans divers parlers provinciaux pour désigner les « poissons à grosse tête » (Chaudenson, p. 715).

CAFRE Le nom, venu de l'arabe *kafir* (païen), est passé en français *via* le portugais. Il s'applique, *stricto sensu*, aux populations bantoues originaires de la « Cafrerie », sur la côte orientale de la zone sud de l'Afrique. Mais, dans les Mascareignes, il désigne, quelle que soit leur origine ethnique ou géographique, les Noirs par opposition aux

Blancs. C'est apparemment en ce sens qu'il est utilisé dans *Paul et Virginie*.

CALEBASSE Le mot désigne, outre les récipients obtenus à partir des fruits séchés du calebassier, une cucurbitacée comestible (*Lagenaria vulgaris*) qui peut remplir le même usage.

CALEBASSIER Le terme peut s'appliquer à divers arbres ou arbustes, notamment à *Crescentia cujete*, arbuste de la famille des Bignoniacées produisant un fruit arrondi utilisable comme récipient, ou à *Cucurbita lagenaria*, arbuste antillais (Baudry, p. 29-31), voire au baobab, lequel toutefois est rarissime à l'île de France.

CANAL Dans le lexique de la navigation, « synonyme de détroit » (Jal).

CARDINAL *Foudia madagascariensis*. Oiseau passériforme de la famille des Plocéidés, originaire de Madagascar et très commun aux Mascareignes. Son nom s'explique par la couleur rouge vif des plumes du mâle à la saison de la reproduction (octobre à mai).

CARÈNE Partie normalement immergée des flancs du navire.

CASE Courant aux Antilles à partir de 1638 (R. Arveiller), le terme désigne d'abord les petites cabanes des Noirs, sens conservé en français standard. Dans le français régional des Mascareignes, le terme est attesté à partir de 1710 (Chaudenson, p. 606) avec le sens général de « maison », quels que soient les matériaux, l'étendue et le niveau social de l'édifice.

CAVER (SE) Se creuser. Terme déjà vieilli au XVIIe siècle, archaïque au XVIIIe siècle.

CÉDRAT Fruit du cédratier, sorte de gros citron à peau épaisse utilisé surtout en confiserie.

CHEVRETTE Terme générique désignant divers crustacés d'eau douce, en particulier le camaron (grosse crevette) et la chevaquine (petite crevette).

CIERGE (« les cierges épineux ») Le *VIF* décrit sous ce nom une variété d'aloès « droits comme de grands cierges à plusieurs pans garnis d'épines très aiguës ; ceux-là sont marbrés et ressemblent à des serpents qui rampent à terre » (p. 129).

COCOTIER Long développement sur le cocotier dans le *VIF* (p. 135-137). Pour Bernardin, « c'est un des arbres les plus utiles du commerce des Indes, cependant il ne sert guère qu'à donner de mauvaise huile, et de mauvais câbles ».

CONTESTER Discuter avec, débattre en compagnie (sans qu'il y ait nécessairement désaccord).

CORBIGEAU Cet oiseau, que Bernardin présente comme « le meilleur gibier de l'île » (*VIF*, p. 84), correspond à deux espèces (*Numenia arquata* et *Numenia phaeopus*).

CORPS Terme nautique : « On nomme Corps d'un navire, le navire lui-même, sans mâture, sans agrès, sans armement, sans lest, enfin complètement nu » (Jal).

CORSAGE Taille, buste. Terme déjà vieilli au XVIIe siècle et archaïque au XVIIIe.

Coupeur d'eau D'après Trahard, « *le coupeur d'eau* ou bec-en-ciseaux est un oiseau dont le bec rouge et noir a la partie supérieure beaucoup plus petite que la partie inférieure ; il pêche en rasant l'eau ».

Couronnement « Nom donné à la partie supérieure de l'arrière d'un navire, qui surmonte et termine toute cette partie de l'édifice dont la composition ornementale était vraiment une œuvre d'art, aux époques de la Renaissance et du XVIIe siècle » (Jal, I, p. 539). Sur les vaisseaux de ligne, ces motifs sculptés étaient surmontés par l'écu royal et la couronne, d'où leur nom.

Courtine Tenture (plus spécialement rideaux d'un lit).

Crédit Influence, réputation.

Créole Le terme, emprunté à l'Amérique espagnole (*criollo*, « élevé dans la maison »), entre en français par deux voies : par francisation « savante » du mot espagnol, notamment dans des traductions de cette langue ; par emprunts oraux directs dans le parler des Antilles (vers 1670). Aux Mascareignes, le vocable, dont l'extension est plus large qu'en français standard, ne désigne pas seulement les Blancs nés aux colonies, mais, quelle que soit son appartenance ethnique, tout individu né dans l'île par opposition aux éléments allogènes, y compris les Noirs dans certains cas : il apparaît dans les recensements d'esclaves dès le début du XVIIIe siècle (Chaudenson, p. 609). À l'île Maurice, aujourd'hui, ce mot s'applique exclusivement à la population noire.

Défriché L'emploi du terme comme substantif est rarissime. Il apparaît à plusieurs reprises dans le *VIF*.

Désert Retraite solitaire, lieu inhabité ou peu habité (mais non nécessairement aride).

Dessolé Dépouillé de sa terre arable. Le terme est plus fréquemment employé avec le sens de « dont on a changé l'ordre des assolements ».

Discrétion À discrétion : à volonté.

Domestique Employé comme substantif masculin, le terme désigne à la fois l'intérieur d'un ménage et l'ensemble des gens de service attachés à une maison.

Ébène Arbre à bois noir et compact, intensivement exploité depuis l'époque de la colonisation hollandaise et devenu rare dans l'île. « Il n'y a que le centre de cet arbre de noir, son aubier est blanc. Dans un tronc de six pouces d'équarrissage, il n'y a souvent pas deux pouces de bois d'ébène » (*VIF*, p. 80).

Éclairci Le sens correspond à celui donné par Littré pour « éclaircie » : « espace découvert, dégarni d'arbres, dans un bois ». Le substantif « éclairci » au masculin paraît rarissime ; Littré l'enregistre, mais seulement avec un sens météorologique.

Économie Sage administration, en particulier des choses de la maison.

Embrasure Terme de fortification : ouverture dans un parapet servant à pointer le canon.

Encablure Terme de marine : mesure de distance valant 120 brasses, soit environ 200 mètres.

ÉPOQUE Point de repère marquant le début d'un processus inscrit dans le temps.

FONTAINE Source (le mot a conservé cette valeur dans le français régional des Mascareignes).

FRÉGATE Oiseau de mer de la famille des Pélécaniformes, excellent voilier, répandu dans toutes les zones tropicales du globe, mais relativement rare dans les Mascareignes.

GALERIE Galerie de poupe : corridor ménagé à l'arrière du navire à la hauteur de l'entrepont. Le lexique des termes de marine du *Voyage à l'île de France* donne la définition suivante : « Espèce de balcon placé sur l'arrière des grands vaisseaux. C'est à la fois un ornement et une commodité. Il vient du vieux mot *gala, se galer*, se réjouir » (p. 244).

GIRANDOLE Chandelier à plusieurs branches.

GIRAUMON OU GIRAUMONT Sorte de citrouille. Le terme, d'origine brésilienne (*jurumu*), est attesté en français dès 1614 chez Cl. d'Abbeville (Chaudenson, p. 631).

GOUVERNEMENT L'administration dépendant du gouverneur de l'île. Ce sens n'est pas enregistré par Littré.

GOYAVIER Arbre fruitier originaire de l'Amérique tropicale, naturalisé aux Mascareignes dès le début du XVIIIe siècle. Le terme, d'origine arawak, entre en français en 1643 *via* le parler des Antilles (Chaudenson, p. 612). « Le goyavier ressemble assez au néflier. Sa fleur est blanche. Son fruit a toujours une odeur de punaise. Il est astringent ; c'est le seul des fruits de ce pays où j'aie trouvé des vers » (*VIF*, p. 134).

HABITANT « Particulier auquel le souverain a accordé des terres à défricher dans les Colonies » (*Dictionnaire de Trévoux*, 1771). Dans *Paul et Virginie*, le mot est synonyme de « planteur » ou « cultivateur ». Ce sens propre au « parler des Isles » est attesté aux Antilles dès le milieu du XVIIe siècle (Du Tertre, 1656), puis aux Mascareignes (Chaudenson, p. 599). Dans le *VIF*, Bernardin prend soin de distinguer les « Européens », officiers ou cadres administratifs de passage dans l'île, et les « habitants », planteurs installés de longue date dans la colonie. Voir *Habitation*.

HABITATION « Exploitation agricole, champ cultivé » (Chaudenson, p. 597). L'« habitation » ne comporte en général aucun bâtiment à usage résidentiel : dans le « parler des Isles », c'est le terme d'« emplacement » qui est utilisé pour désigner le lieu de résidence. Ce sens spécifique, signalé d'abord aux Antilles au milieu du XVIIe siècle, est encore vivant dans le français régional parlé aujourd'hui dans les Mascareignes.

HARMONIER (s') S'harmoniser. Les deux exemples cités par Littré sont empruntés à Bernardin de Saint-Pierre.

HUNE Plate-forme horizontale située au sommet des bas mâts, à la jonction entre ceux-ci et les mâts de hune qui prolongent le gréement dans les mâtures comportant trois étages.

INDUSTRIE Technique artisanale, habileté ou aptitude manuelle. Le mot reçoit ici un sens intermédiaire entre celui de la langue classique et l'emploi moderne.

INTÉRESSANT Figure intéressante : qui suscite l'intérêt, qui inspire un préjugé favorable.

JACQ ou JAQUE « Le jacq est un arbre d'un beau feuillage qui donne un fruit monstrueux. Il est de la grosseur d'une longue citrouille ; sa peau est d'un beau vert et toute chagrinée. Il est rempli de grains dont on mange l'enveloppe, qui est une pellicule blanche, gluante et sucrée. Il a une odeur empestée de fromage pourri. Ce fruit est aphrodisiaque : j'ai vu des femmes qui l'aimaient passionnément » (*VIF*, p. 135). Cet arbre (*Artocarpus integrifolia*) n'a rien à voir avec l'arbre à pain. Le terme, d'origine « malabar », est entré en français vers 1625 (Chaudenson).

JAMEROSE Arbuste de la famille des Myrtacées (*Syzigium jambos*), d'origine indo-malaise, aussi nommé jam-rosat ou jambrosade, très commun dans les ravines et les zones humides. Terme d'origine indo-portugaise (*jambos*) issu de l'hindi *jambù* (Chaudenson, p. 580). « Ses fruits ont l'odeur d'un bouton de rose ; ils sont d'un goût un peu sucré et insipide » (*VIF*, p. 134).

LATANIER (*Latania lontaroïdes*) Le terme, attesté en français en 1645, désigne un palmier endémique des Mascareignes (dans d'autres régions, le même nom a été appliqué à des palmiers d'espèce différente). Ses larges feuilles en éventail étaient parfois utilisées pour la couverture des cases (Chaudenson, p. 613).

LILAS DE PERSE Ce nom a été donné à un arbrisseau en réalité originaire de Chine (*Vitex incisa*) assez commun à l'île Maurice (Baudry, p. 35). Mais il peut également s'appliquer à un grand arbre (*Melia azedarach*) aussi nommé lilas d'Inde ou margosier, dont les fleurs rappellent très lointainement celles du lilas d'Europe. Dans le *VIF* (p. 131), Bernardin précise que ce dernier « ne vient point » à l'île de France et distingue – sans les décrire – le lilas de Perse et le lilas des Indes, qui y sont représentés.

LISIÈRE Terme d'horticulture : bordure ou plate-bande occupant la limite d'un terrain.

MAÎTRE Dans la marine, le terme peut s'appliquer à différents grades ou fonctions. Il s'agit ici du maître d'équipage, sous-officier ayant autorité sur tout l'équipage.

MALABARES Nom donné, à l'île de France, à la population d'origine indienne et plus spécialement tamoule, bien qu'elle provienne le plus souvent de la côte de Coromandel (à l'est de la péninsule), non de celle de Malabar (à l'ouest). C'est la seule ethnie de l'île qui trouve grâce aux yeux de Bernardin : « C'est un peuple fort doux. Ils viennent de Pondichéry où ils se louent pour plusieurs années. Ils sont presque tous ouvriers […]. Il serait à souhaiter qu'il y eût un grand nombre de Malabares établis dans l'île, surtout de la caste des Laboureurs ; mais je n'en ai vu aucun qui voulût se livrer à l'agriculture » (*VIF*, p. 115).

MANDER Faire savoir, annoncer, notamment dans une correspondance ; en un autre sens, faire venir quelqu'un ou l'appeler auprès de soi.

MANGUIER, MANGUES Arbre fruitier indien (famille des Anacardiacées) introduit vers le milieu du XVIIIe siècle. « Le manguier est un fort bel arbre : les Indiens le représentent souvent sur leurs étoffes de soie. Il se couvre de superbes girandoles de fleurs, comme le marronnier d'Inde. Il leur succède quantité de fruits de la forme d'une très grosse prune aplatie, couverte d'un cuir d'une odeur de térébenthine. Ce fruit a un goût vineux et agréable ; et, son odeur à part, il pourrait le disputer en bonté à nos bons fruits d'Europe » (*VIF*, p. 133).

Manioc Plante introduite dans l'île (à partir du Brésil) par La Bourdonnais vers 1740 afin de nourrir les esclaves. « Il vient dans les lieux les plus secs. Son suc a perdu sa qualité vénéneuse. C'est une sorte d'arbrisseau dont la feuille est palmée comme celle du chanvre. Sa racine est grosse et longue comme le bras : on la râpe, et sans la presser on en fait des gâteaux fort lourds. On en donne trois livres par jour à chaque Nègre pour toute nourriture » (*VIF*, p. 124). Le nom vient de la langue tupi des Indiens du Brésil.

Marron, onne Le terme s'applique aux esclaves fugitifs. Il provient de l'espagnol *cimarron*, d'où il passe dans le parler des Antilles (1640), puis dans celui des Mascareignes (1690). Voir Chaudenson, p. 616.

Mât de pavillon À terre, mât haubané dont les drisses portent les pavillons utilisés pour les signaux échangés avec les navires au large. Sur un navire, « le Mât ou Bâton de pavillon […] est une perche plantée tout à fait sur l'arrière du navire ; on y hisse le pavillon quand on ne le hisse pas à l'extrémité de la corne d'artimon » (Jal, II, p. 989).

Médiocrité Condition moyenne, juste milieu.

Métairie Au sens propre, exploitation en métayage ; par extension, petite propriété agricole. Ce sens élargi est fréquent au XVIIIe siècle : on se rappelle la métairie de la Propontide dans *Candide*.

Mil « Le petit mil rapporte dans une abondance prodigieuse. On ne le donne guère qu'aux Noirs et aux animaux » (*VIF*, p. 125).

Morne Colline ou montagne de forme arrondie. Le terme, venu de l'espagnol (*morro*, monticule), apparaît dans le parler des Antilles (Du Tertre, 1654), puis entre en français courant à la fin du XVIIIe siècle (*Dictionnaire de l'Académie*, 1798). Voir Chaudenson, p. 619.

Mouiller Jeter l'ancre. Le mouillage est le site où l'on a jeté l'ancre, ou tout lieu qui se prête à cette opération.

Muscade Noix du muscadier (*Myristica fragrans*), arbre à épice originaire des Moluques. Le commerce de la muscade resta un monopole hollandais jusqu'en 1770, date à laquelle Pierre Poivre, intendant de l'île de France, parvint à se procurer des noix prêtes à germer qui furent cultivées au jardin botanique des Pamplemousses, d'ailleurs sans grand succès ; il y a donc ici un anachronisme, l'action du roman étant bien antérieure à l'introduction du muscadier dans l'île.

Nerveux Musclé, vigoureux.

Oiseau du tropique Il s'agit du phaéton (ou paille-en-queue, ou paille-en-cul), oiseau marin à plumage blanc dont la queue est constituée de deux longues plumes très fines. « Il y a des paille-en-cul de deux sortes : l'une d'un blanc argenté ; l'autre ayant le bec, les pattes et les pailles rouges. Quoique cet oiseau soit marin, il fait son nid dans les bois. Son nom ne convient pas à sa beauté. Les Anglais l'appellent plus convenablement l'oiseau des tropiques » (*VIF*, p. 84-85).

OURAGAN Le terme, issu probablement du caraïbe, est entré en français au XVIIe siècle *via* l'espagnol. Dans son sens spécifique, il s'applique aux cyclones tropicaux.

PACOTILLE Au sens propre, ballot de marchandises que les officiers ou les passagers des navires étaient autorisés à transporter gratuitement pour les revendre à leur compte à destination. Dans le *Voyage à l'île de France*, Bernardin regrette de n'avoir pu « pacotiller » comme ses compagnons, faute d'argent. Cette pratique, qui résultait d'une tolérance administrative plus que d'un droit, donnait lieu souvent à des abus.

PAGNE Emprunté à l'espagnol *paño*, le mot désigne soit un vêtement rudimentaire, soit, ce qui est le cas ici, une pièce d'étoffe, notamment celles en fibres végétales (fils de bananier ou écorce d'arbre) fabriquées à Madagascar.

PAILLE-EN-CUL Voir *Oiseau du tropique*.

PALANQUIN « C'est une espèce de litière enfilée d'un long bambou que quatre Noirs portent sur leurs épaules » (*VIF*, p. 113). Terme venu du sanscrit *palyanka*, *via* l'indo-portugais.

PALMISTE Le terme, répandu aux Antilles et aux Mascareignes, est enregistré par Furetière en 1694. Il désigne plusieurs espèces de palmiers dont le chou est comestible (Chaudenson, p. 620).

PAPAYER *Carica papaya*. Le terme, d'origine caraïbe, est attesté dès la fin du XVIe siècle. Arbre introduit à l'île de France avant 1750 (Chaudenson, p. 668). « Le papayer est une espèce de figuier sans branche. Il croît vite et s'élève comme une colonne avec un chapiteau de larges feuilles. De son tronc sortent ses fruits, semblables à de petits melons et d'une saveur médiocre : leurs grains ont le goût de cresson. Le tronc de cet arbre est d'une substance de navet. Le papayer femelle [erreur pour *mâle*] ne porte que des fleurs ; elles sont d'une forme et d'une odeur aussi agréables que celle du chèvrefeuille » (*VIF*, p. 134).

PATATE Terme d'origine arawak passé en français à la fin du XVIIe siècle *via* les Antilles. Les patates douces servent surtout à l'alimentation des esclaves (Chaudenson, p. 621).

PERCÉ Ouverture pratiquée dans un bois pour y ménager un point de vue. Ce substantif est plus courant au féminin (*percée*).

PERRUCHE « Il y a une espèce de perruche verte avec un capuchon gris. Elles sont grosses comme des moineaux. On ne peut jamais les apprivoiser. C'est encore un ennemi des récoltes. Elles sont assez bonnes à manger » (*VIF*, p. 85). Cette espèce est aujourd'hui éteinte.

PITON Montagne ou colline. Le terme est en usage aux Antilles et aux Mascareignes dès le XVIIe siècle (Du Tertre, 1654).

POINCILLADE Arbuste ornemental. « La poincillade, originaire d'Amérique, est une espèce de ronce qui porte des girandoles de fleurs jaunes et rouges, d'où sortent des aigrettes couleur de feu. Cette fleur est très belle, mais elle passe vite » (*VIF*, p. 130).

POMPE Somptuosité ou éclat ; cortège solennel. Bernardin utilisera successivement les deux acceptions.

POPULARITÉ Simplicité ; caractère d'une personne d'un abord facile.

PROPRETÉ Qualité de ce qui est conforme à ce qui doit être ; netteté, élégance, raffinement.

PRUDENCE Sagesse, discernement, prévoyance.

QUARTIER Le sens n'est pas celui du français standard (« partie d'une ville »). Dans le « parler des Isles », le « quartier » désigne une circonscription administrative et une entité territoriale équivalant approximativement à une paroisse. Une carte manuscrite de la main de Bernardin de Saint-Pierre fait apparaître la division de l'île de France en quartiers (reproduite par E. Guitton dans son édition de *Paul et Virginie*, p. 313).

RAQUETTE Cactus épineux (*opuntia*) similaire au figuier de Barbarie : « Les raquettes, dont on fait des haies très dangereuses, portent une fleur jaune marbrée de rouge. Cette plante est hérissée d'épines fort aiguës qui croissent sur les feuilles et les fruits » (*VIF*, p. 77). Le terme, apparu à la Martinique au milieu du XVIIe siècle (Du Tertre), n'est pas d'origine malgache comme on l'a dit (Chaudenson, p. 624-625).

RETENUE Terme de marine. Câble de retenue : câble employé à retenir à l'ancre un navire (Littré).

SCOLOPENDRE Fougère à feuilles lancéolées.

SERPILLIÈRE Étoffe grossière utilisée notamment pour emballer les marchandises.

SERVICE Emploi militaire.

SIGNALEMENT Le terme équivaut ici à « signal » dans son acception maritime (sens non enregistré par Littré ni par Jal).

TAMARIN, TAMARINIER *Tamarindus indica*, grand arbre originaire de l'Inde dont les fruits contiennent une pulpe aigre-douce. « Le tamarinier porte une belle tête ; ses feuilles sont opposées sur une côte, et se ferment la nuit comme la plupart des plantes légumineuses. Sa gousse donne un mucilage dont on fait d'excellente limonade » (*VIF*, p. 135). Le mot « tamarin », d'origine indo-portugaise (Chaudenson, p. 577), désigne à la fois l'arbre et le fruit.

TATAMAQUE Grand arbre du genre *Calophyllum* plus souvent appelé tacamaca ; la forme « tatamaque » est propre à l'île de France. Le nom est à l'origine un terme d'apothicairerie désignant une « drogue » venue d'Amérique (tacahamaca) et l'arbre dont elle est tirée ; aux Mascareignes, il a été appliqué à une autre espèce produisant une résine un peu similaire. C'est donc à juste titre que Bernardin le décrit sous le nom de « faux tatamaca » dans le *VIF* (p. 80).

TENURE Pour Littré, qui cite ce passage, « Bernardin de Saint-Pierre a dit tenure dans le sens de tenue. Rien ne paraît justifier cet emploi ; il y a confusion de termes ». La tenue est un terme de marine désignant « la qualité du fond sur lequel est mouillée une ancre » (Jal).

TILLAC Le pont du navire. D'après Jal, terme désuet dès la fin du XVIIe siècle.

VELOUTIER *Tournefortia argentea*. Arbuste aux feuilles veloutées fréquent sur le littoral mauricien. « Le veloutier croît sur le sable le long de la mer. Ses branches sont garnies d'un duvet semblable au velours ; ses feuilles sont semées de poils brillants. Il porte des grappes de fleurs. Cet arbrisseau exhale dans l'éloignement une odeur agréable qui se perd lorsqu'on en approche, et de très près est rebutante » (*VIF*, p. 77).

VERGUE Élément de la mâture supportant une voile. « Les vergues du mât sont comme les branches d'un arbre » (« Explication de quelques termes de marine », *VIF*, p. 250).

YOLOF Les Yolofs, originaires du Sénégal, passent pour particulièrement propres à l'agriculture. La traite vers les Mascareignes puise surtout à Madagascar et en Afrique de l'Est.

ORIENTATION BIBLIOGRAPHIQUE

Il était encore possible, lorsque fut publiée la première version de la présente édition (1999), de proposer une bibliographie critique relativement complète de l'ensemble de l'œuvre de Bernardin de Saint-Pierre, encore très peu étudiée, à l'exception de *Paul et Virginie*, qui semblait être le seul titre capable d'échapper à l'oubli et monopolisait l'attention des chercheurs. Délaissés par les commentateurs comme par les éditeurs, des ouvrages aussi importants que les *Études* ou les *Harmonies de la Nature*, voire le *Voyage à l'île de France* (publié certes, mais avec de regrettables coupures, en 1983 par Yves Benot), devaient être consultés dans l'ancienne édition Aimé-Martin des *Œuvres complètes* posthumes (1818-1820). Peu sûre, franchement suspecte même aux yeux des spécialistes, de plus presque dépourvue d'appareil critique, celle-ci cessa d'être rééditée après 1860, tandis que la réputation de l'auteur sombrait dans le discrédit, son roman seul continuant à bénéficier de l'indulgence amusée qu'on réserve aux « morceaux d'époque » devenus hors de mode.

La réémergence en cours de ces écrits oubliés, le travail d'édition critique dont ils font l'objet dans le cadre d'une version « savante » des *Œuvres complètes* qui entend répondre véritablement à son titre en intégrant les inédits, la prise de conscience des liens qui les unissent entre eux « en sorte que tout est lié dans tous les sens », selon une formule que le *Voyage* applique à la nature (lettre X) mais qu'on peut étendre aussi à l'univers mental de Bernardin, les progrès réalisés dans l'accès matériel aux textes et aux avant-textes (manuscrits et brouillons), enfin et surtout la prolifération des études critiques – sans doute plusieurs centaines aujourd'hui, principalement, il est vrai, sur *Paul et Virginie*, quelquefois fort heureusement dans une perspective « transversale » étendue aux corrélations et correspondances internes de l'œuvre bernardinienne prise comme un tout – excluent pour cette nouvelle édition du roman la prétention à l'exhaustivité.

Cette bibliographie est donc limitée aux références réellement susceptibles d'éclairer le roman ; à regret (car les écrits de Bernardin constituent un texte unique plutôt qu'une suite de publications séparées : *Paul et Virginie* est une composante ou une annexe des *Études*), nous en avons écarté celles, désormais nombreuses, qui ne le concernent pas directement. Elle est aussi inévitablement sélective, car elle privilégie les études les plus récentes. Si les recherches érudites et les travaux philologiques d'établissement des textes de Bernardin de Saint-Pierre sont particulièrement nombreux (l'abondance des manuscrits et les problèmes difficiles de leur transcription le justifient), notre choix a surtout mis l'accent sur les études proposant des interprétations, en regrettant que celles-ci se bornent en général aux dimensions d'un article : la très forte cohérence interne de l'œuvre, où les mêmes questions sont reprises sur une durée d'une cinquantaine d'années, fait regretter la rareté des ouvrages de synthèse. Il est vrai que certains articles « transversaux » qui prennent en compte tous les écrits de l'auteur à partir d'un point d'optique spécifique peuvent en tenir lieu. Notre inventaire remonte rarement en deçà des années

1980 ; pour les travaux antérieurs, on consultera la bibliographie de l'édition critique de Pierre Trahard [1964], de préférence dans la version revue et mise à jour par Édouard Guitton (Paris, Garnier/Bordas, 1989). Parmi les travaux les plus anciens, nous avons signalé toutefois ceux qui ont conservé une valeur d'études de référence, comme la thèse de Maurice Souriau *Bernardin de Saint-Pierre d'après ses manuscrits* (1905), ou ont fait date dans l'histoire de la réception critique de l'œuvre, comme l'article séminal de Jean Fabre qui ouvrit l'ère « moderne » des recherches sur *Paul et Virginie* (« *Paul et Virginie* pastorale », 1953).

PAUL ET VIRGINIE : ÉLÉMENTS DE CONTEXTE

Abréviations utilisées :

BSP : Bernardin de Saint-Pierre
DHS : *Dix-Huitième Siècle,* revue annuelle de la SFEDS
ECF : *Eighteenth-Century Fiction,* McMaster University, Canada
VIF : *Voyage à l'île de France*
EN : *Études de la Nature*
MLR : *Modern Language Review,* MHRA
PV : *Paul et Virginie*
HN : *Harmonies de la Nature*
PURH : Publications des universités de Rouen et du Havre
RHLF : *Revue d'Histoire Littéraire de la France,* SHLF
SVEC : *Studies on Voltaire and the Eighteenth Century,* Voltaire Foundation (Oxford)

1. Écrits de Bernardin de Saint-Pierre
en relation avec Paul et Virginie :
éditions et instruments de travail

BSP : *Œuvres complètes de BSP*, par Louis Aimé-Martin [1818-1820], nouvelle édition revue, corrigée et augmentée, Paris, Lequien Fils et J. Pinard, 1830-1831, 12 vol. Cette édition souvent critiquée a rendu de très grands services et a été la base de presque tous les travaux sur BSP.

BSP : *Œuvres complètes*, sous la direction de Jean-Michel Racault, Paris, Classiques Garnier, 2014, six volumes prévus. Cette édition « savante » ambitionne de devenir la nouvelle édition de référence. Le premier volume, *Romans et contes*, paru en 2014, comprend, outre *Paul et Virginie* et *L'Arcadie*, l'« Avis sur cet ouvrage » [Système des marées], qui les précède dans l'édition originale de 1788 au tome IV des *EN*, ainsi que les opuscules et contes philosophiques. Les tomes II (*Voyages,* incluant l'édition critique du *VIF* par Angélique Gigan et Vladimir Kapor, suivie du projet d'ouvrage inédit intitulé *Sur l'esprit de colonie*) et III (*Études de la Nature,* édition critique revue et augmentée sous la direction de Colas Duflo), actuellement sous presse, paraîtront en 2019. Les trois derniers tomes sont prévus pour 2020 et 2021.

S'agissant des écrits directement liés à la genèse du roman, on pourra en attendant se reporter à :

BSP : *Voyage à l'île de France. Un officier du roi à l'île Maurice, 1768-1770,* Introduction et notes d'Yves BENOT, Paris, Maspero-La Découverte, 1983 [édition aisément accessible et sérieusement annotée, mais texte incomplet].

BSP : *Voyage à l'Isle de France*, texte augmenté d'inédits avec notes et index par Robert CHAUDENSON, Île Maurice, Éditions de l'océan Indien, 1986. [Cette édition critique contient une partie des matériaux manuscrits amassés par Bernardin en vue d'une nouvelle édition augmentée du *Voyage*.]

BSP : *Études de la Nature*, édition présentée et annotée par Colas DUFLO, Publications de l'université de Saint-Étienne, 2007. [Première édition depuis le XIXe siècle, précédée d'une importante préface sur la philosophie de la Nature de Bernardin intitulée « Le hussard et l'inscription ».]

BSP : *Correspondance électronique*, dirigée par Malcolm COOK, in *Electronic Enlightenment*, Oxford, The Voltaire Foundation [édition intégrale et abondamment annotée en cours d'achèvement, consultable en ligne dans les bibliothèques abonnées]. À défaut :

BSP : *Correspondance*, éditée par L. AIMÉ-MARTIN, Paris, Ladvocat, 4 vol., 1826.

BSP : *Manuscrits du Fonds Bernardin de Saint-Pierre de la Bibliothèque Municipale du Havre* (consultables en ligne sur le site de l'université d'Exeter : https://projects.exeter.ac.uk/bsp/frameset.htm).

2. *Biographies, ouvrages généraux, contextualisation*

COOK (Malcolm) : *BSP, a Life of Culture*, London, Legenda, MHRA and Maney Publishing, 2006.

EL BEJAOUI (Moufida) : *L'Idée de nature au XVIIIe siècle. Le cas de BSP*, Saarbrücken, Éditions universitaires européennes, 2011.

GUYOT (Alain) : *Analogie et récit de voyage : voir, mesurer, interpréter le monde*, Paris, Classiques Garnier, 2012.

HOWELLS (Robin) : *Regressive fictions : Graffigny, Rousseau, BSP*, Oxford, Legenda, 2007.

RACAULT (Jean-Michel) : *Mémoires du Grand Océan. Des relations de voyages aux littératures francophones de l'océan Indien,* Paris, Presses de l'université de Paris-Sorbonne, 2007.

—, *Robinson & Compagnie. Aspects de l'insularité politique de Thomas More à Michel Tournier*, Paris, Pétra, « Des Îles », 2010.

SOURIAU (Maurice) : *BSP d'après ses manuscrits*, Paris, Société française d'imprimerie et de librairie, 1905.

SVAGELSKI (Jean) : *L'Idée de compensation en France, 1750-1850*, Lyon, L'Hermès, 1981. [Ce travail d'histoire des idées éclaire un concept-clé de la pensée de Bernardin.]

TAHHAN-BITTAR (Denise) : *BSP romancier*, université de Paris, thèse dact., 1970.

THIBAULT (Gabriel-Robert) : *Bernardin de Saint-Pierre. Genèse et philosophie de l'œuvre*, Paris, Hermann, 2016.

VAUGHAN (Meghan) : *Creating the Creole Island. Slavery in Eighteenth-Century Mauritius,* Durham and London, Duke University Press, 2005.

VELLENGA BERMAN (Carolyn) : *Creole Crossings. Domestic Fiction and the Reform of Colonial Slavery*, Ithaca and London, Cornell University Press, 2006 [partiellement résumé en version française sous le titre « Créoles de l'île de France : l'éducation sentimentale de Paul et Virginie », *BSP OI*, p. 373-390].

WERNET (Valérie) : *Écriture et philosophie dans l'œuvre de BSP*, thèse de l'université Marc Bloch, Strasbourg, 2006.

WIEDERMEIER (Kurt) : *La Religion de BSP*, Fribourg, Éditions universitaires, 1985.

ZATORSKA (Izabella) : *Discours colonial, discours utopique. Témoignages français sur la conquête des antipodes,*

XVIIe-XVIIIe siècles, université de Varsovie, 2004 [thèse d'habilitation].

3. Recueils d'études consacrées aux écrits de BSP, dont PV (collectifs, Actes de colloques, ensembles d'articles), classés par ordre chronologique (les abréviations servent de références dans la suite de la bibliographie)

Études sur PV et l'œuvre de BSP, dir. Jean-Michel RACAULT, Paris, université de La Réunion – Didier-Érudition, 1986 [*EPV OBSP*].

Bernardin de Saint-Pierre, Actes du colloque de la SHLF, dir. Édouard GUITTON, *RHLF*, 1989, 5 [*BSP RHLF*].

Autour de BSP. Les écrits et les hommes des Lumières à l'Empire, dir. Catriona SETH et Eric WAUTERS, Mont-Saint-Aignan, PURH, 2010 [*AD BSP*].

BSP et l'océan Indien, dir. Jean-Michel RACAULT, Chantale MEURE et Angélique GIGAN, Paris, Classiques Garnier, 2011 [*BSP OI*].

BSP au tournant des Lumières. Mélanges en l'honneur de Malcolm Cook, dir. Katherine ASTBURY, Louvain-Paris-Walpole, Peeters, 2012 [*BSP TL*].

BSP and his Networks, dir. Rebecca FORD, revue *Nottingham French Studies*, 54/2, été 2015 [*BSP N*].

BSP i jego koniec wieku / BSP et sa fin de siècle, Journée internationale pour le bicentenaire de la mort de l'écrivain, revue *Wiek Oswiecenia [Siècle des Lumières]*, université de Varsovie, 31, 2015 [*BSP JKW*].

RACAULT, Jean-Michel : *Bernardin de Saint-Pierre. Pour une biographie intellectuelle* [recueil d'articles], Paris, Honoré Champion, 2015 [*BSP PBI*].

Bernardin de Saint-Pierre : idées, réseaux, réception, dir. Sonia ANTON, Laurence MASSÉ, Gabriel-Robert THIBAULT, Mont-Saint-Aignan, PURH, 2016 [*BSP IRR*]

Lumières et océan Indien. BSP, Évariste Parny, Antoine de Bertin, dir. Chantale MEURE et Guilhem ARMAND, Paris, Classiques Garnier, 2017 [*LOI BSP*]

4. Études « transversales » (analyses thématiques de l'œuvre de BSP portant partiellement sur PV)

BONNET (Jean-Claude) : « Bernardin néologue à l'épreuve de l'océan Indien, ou l'art de rendre la nature », *BSP OI*, 2011, p. 405-422.

CUSSAC (Hélène) : « Aux sources du discours de BSP sur l'esclavage et la colonisation », *BSP OI*, p. 51-67.

DELON (Michel) : « Le bonheur négatif selon BSP », *BSP RHLF*, 1989, 5, p. 791-801.

DUFLO (Colas) : « La finalité dans le paysage : la description de la nature chez BSP », in *La Finalité dans la nature de Descartes à Kant,* Paris, PUF, 1996, p. 106-120.

ELMARSAFY (Ziad) : « Thalassophobia and Geolatry : BSP and the geography of Virtue », *ECF*, 15, 1, oct. 2002, p. 35-50.

FOUGÈRE (Éric) : « La nature à l'épreuve des îles, ou la goutte et le fraisier de BSP », *BSP OI*, 2011, p. 287-300.

FRUET (Arlette) : « BSP ou le regret des violettes », *BSP OI*, 2011, p. 201-213.

GIGAN (Angélique) : *L'Imaginaire colonial dans l'œuvre de BSP*, thèse de l'université de La Réunion, 2013.

GUYOT (Alain) : « BSP et la pensée analogique », *BSP IRR*, 2016, p. 181-193.

HOWELLS (Robin) : « "J'aime à voir l'univers peuplé" : Reenchanting the World in BSP », *MLR*, 112, 2, avril 2017, p. 341-361.

— « Bernardin et le peuple », *BSP TL*, 2012, p. 77-90.
LEFAY (Sophie) : « La voix des pierres : BSP et le goût des inscriptions », *AD BSP*, p. 187-197.
NAUDIN (Pierre) : « Le solitaire et l'ordre du monde selon BSP », *BSP RHLF*, 1989, 5, p. 802-810.
RACAULT (Jean-Michel) : « Le Solitaire contre les "corps" : l'imaginaire politique de BSP et la fin de l'Ancien Régime », *AD BSP*, p. 165-186, et *BSP PBI*, p. 69-93.
— « L'Homme et la Nature chez BSP », *DHS*, *La Nature*, 45, 2013, p. 305-328, et *BSP PBI*, p. 331-350.
— « L'île et le continent dans l'œuvre de BSP », *in* C. Imbroscio, N. Minerva et P. Oppici (dir.), *Des îles en archipel. Hommage à Carminella Biondi*, Berne, Peter Lang, 2008, p. 271-287 ; nouvelle version sous le titre « Cosmopolitique des îles chez BSP », in *Robinson & Compagnie, op. cit.*, p. 139-162.
— « L'amateur de tempêtes. Physique, métaphysique et esthétique de l'ouragan dans la philosophie de la Nature de BSP », *in* J. Berchtold, E. Le Roy Ladurie et J.-P. Sermain (dir.), *L'Événement climatique et ses représentations (XVIIe-XIXe siècles)*, Paris, Desjonquères, 2007, p. 194-214.
THIBAULT (Gabriel-Robert) : « Science de l'ingénieur et théologie naturelle dans l'œuvre de BSP », *AD BSP*, 2010, p. 141-156.
— « BSP et la physiocratie », *BSP TL*, p. 35-50.
— « Le paysage dans l'œuvre de BSP : fondements et perspectives d'une problématique », *in* D. Masseau (dir.), *XVIIIe siècle. Histoire, mémoire, rêve. Mélanges offerts à Jean Goulemot*, Paris, Champion, 2006, p. 191-201.

Paul et Virginie :
LE TEXTE ET SES INTERPRÉTATIONS

1. Outils documentaires
(bibliographie et iconographie)

CHEVAL (François) et TCHAKALOFF (Thierry-Nicolas), dir. : *Souvenirs de PV. Un paysage aux valeurs morales,* Saint-Denis de la Réunion, Musée Léon-Dierx, et Paris, diff. Adam Biro, 1995 [catalogue d'exposition].

DAVIES (Simon) : « *PV*, 1953-1991 : the present state of studies », in *SVEC*, 317, 1994, p. 239-266.

— « Bernardin de Saint-Pierre », *French Studies*, 69, 2, avril 2015, p. 220-227. [Cet « état présent » portant sur les recherches effectuées de 1992 à 2014 prend la suite de celui de 1994 sous un intitulé qui en élargit l'objet aux autres écrits de l'auteur.]

LEPRÊTRE (Élisabeth), dir. : *PV, un exotisme enchanteur*, Le Havre, N. Chaudun / Musées historiques de la ville du Havre, 2014 [catalogue d'exposition].

MATTLINGER (Florence), D'UNIENVILLE (Sandrine), LALOUETTE (Olivier) : *Paul, Virginie et Bernardin, histoire d'un mythe*, Île Maurice, Streak Designs, 2009 [« beau livre » abondamment illustré].

MENHENNET, D. : « International bestseller : *Paul et Virginie* », *The Book Collector*, XXXVIII, 1989, 4, p. 483-502.

TOINET (Paul) : *« PV », répertoire bibliographique et iconographique,* Paris, Maisonneuve et Larose, 1963.

2. *Éditions critiques de* Paul et Virginie

Paul et Virginie, texte présenté et commenté par Édouard GUITTON, Paris, Imprimerie Nationale, collection des Lettres Françaises, 1984.

Paul et Virginie, introduction, notes et variantes de Pierre TRAHARD, Paris, Garnier, 1959, rééd. 1963.

L'édition Trahard, longtemps édition de référence, a été revue et mise à jour par Édouard GUITTON, Paris, Classiques Garnier/Bordas, 1989.

L'édition de référence est désormais celle de Colas DUFLO, publiée dans le tome I des *Œuvres complètes*, Paris, Classiques Garnier, 2014, p. 103-434.

Pour la version primitive du récit, on se reportera à :

VEYRENC (Marie-Thérèse) : *Édition critique du manuscrit de* Paul et Virginie *de BSP intitulé « Histoire de Mlle Virginie de La Tour »*, Paris, Nizet, 1975.

Signalons enfin l'édition de Robert MAUZI, Paris, Garnier-Flammarion, 1966, dont l'appareil critique est sommaire, mais qui vaut par sa préface novatrice (p. 11-24).

3. *Histoire littéraire et ouvrages monographiques*

COOK (Malcolm) : « Une année dans la vie de BSP : 1788 », in *AD BSP*, p. 69-77.

COULET (Henri) : *Le Roman jusqu'à la Révolution,* t. 1, Paris, A. Colin, 1975, p. 458-467.

CUSSAC (Hélène) : « BSP et l'histoire littéraire au tournant des Lumières », *BSP JKW*, p. 73-86.

FABRE (Jean) : « *PV*, pastorale », *Annales de la Faculté des lettres de Toulouse*, 1953, p. 168-200. Repris dans *Lumières et romantisme, énergie et nostalgie de*

Rousseau à Mickwiewicz, nouvelle édition, Paris, Klincksieck, 1980, p. 225-257.

GOODDEN (Angelica) : « Tradition and innovation in *PV* : a thematic study », *The Modern Language Review*, 77, 3, juillet 1982, p. 558-567.

GOULEMOT (Jean-Marie) : « L'histoire littéraire en question : l'exemple de *PV* », *EPV OBSP*, p. 203-214.

HUDDE (Hinrich) : *BSP :* PV. *Studien zum Roman und seiner Wirkung,* Munich, Wilhelm Fink Verlag, 1975.

LABIO (Catherine) : « Reading by the gold and black clock, or the recasting of BSP's *PV* », *ECF*, 16, 4, juillet 2004, p. 671-694.

MYLNE (Vivienne) : *The Eighteenth-Century French Novel, Techniques of Illusion,* Manchester University Press, 1970 [nouvelle éd.], p. 222-257.

ROBINSON (Philip) : *BSP :* « *Paul et Virginie* », London, Grant and Cutler, « Critical Guides to French Texts », 1986.

SPAAS (Lieve) : « *PV* : the shipwreck of an idyll », *ECF*, 13, 2-3, janvier-avril 2001, p. 315-324.

STEIGERWALD (Jörn) : « Arcadie historique : *PV* de BSP, entre classicisme et préromantisme », *Revue germanique internationale*, 16, 2001, p. 69-86.

4. Genèse, sources, influences, intertextualité

BENREKASSA (Georges), « L'univers culturel de *PV* : texte, intertexte, contexte », in *Fables de la personne*, Paris, PUF, 1985, p. 57-133.

CASTONGUAY-BELANGER (Joël), « Le sort de Galilée : *PV* et la théorie des marées », *ECF*, 20, 2, hiver 2007-2008, p. 177-196.

Cook (Malcolm), « BSP, *PV* : premier essai autographe de la conversation de Paul et du Vieillard », *ECF*, 9, 2, 1997, p. 149-161.

— « La composition de *PV* : un manuscrit inconnu », *ECF*, 28, 1, automne 2015, p. 167-172.

Duflo (Colas) : « *PV*, tome IV des *Études de la Nature* », *BSP TL*, p. 125-136.

— « La théodicée hétérodoxe des *EN* et son expression dans *PV* », *BSP JKW*, p. 61-71.

Howells (Robin) : « Bernardin de Saint-Pierre's founding work : the *Voyage à l'île de France* », *MLR*, 107, 3, juillet 2012, p. 756-771 [le *Voyage*, texte fondateur des *Études* et de *PV*].

Larrère (Catherine), « Du jardin de Julie au jardin de Virginie », *DHS*, 33, 2001, p. 497-506.

Racault (Jean-Michel) : « BSP et les *Vies des Saints* : sur quelques réminiscences hagiographiques dans *PV* », *RHLF*, 1986, 2, p. 179-188, et *BSP PBI*, p. 255-264.

— « Le naufrage du *Saint-Géran*. Genèse et transformations d'un mythe de l'océan Indien », *BSP PBI*, p. 264-279.

— « Fortune d'un lieu commun : la condamnation de la navigation, des poètes latins à BSP », in *L'Aventure maritime*, université de La Réunion/L'Harmattan, 2001, p. 107-122, et *BSP PBI*, p. 201-217.

— « L'inceste à l'origine. Fictions insulaires et institution imaginaire de la société », *in* Christophe Martin (dir.), *Fictions de l'origine, 1650-1800*, Paris, Desjonquères, 2012, p. 135-163.

— « "Littérature mièvre" contre "littérature féroce" : Sade et BSP romanciers des "infortunes de la vertu" », revue en ligne *TrOPICS*, *Bonheur et mièvrerie*, hors-série n° 2, 2018, p. 33-50.

ROBINSON (Philip) : « Virginie's fatal modesty : thoughts on BSP and Rousseau », *The British Journal for Eighteenth-Century Studies*, 5, 1, 1982, p. 35-48.

5. Poétique des genres : roman poétique, pastorale, utopie

CHARARA (Youmna) : « Pensée morale et transformations génériques dans *PV* », *ECF*, 21, 2, hiver 2008-2009, p. 283-308.

— « *PV*, récit poétique », *Poétique*, 2010, 1, 161, p. 89-109.

COOK (Malcolm) : « *PV* : a *roman poétique* », *Australian Journal of French Studies*, XXIV, 3, 1987, p. 245-252.

GRELÉ (Denis) : « L'utopie inversée : le paradis de *PV* de BSP », *SVEC*, 12, 2003, p. 279-301.

KRAUSS (Charlotte), « Die alternativen Welten des BSP », *in* Barbara Kuhn et Ludger Scherer (dir.), *Peripher oder polyzentrisch ? Alternative Romanwelten im 18. Jahrhundert*, Berlin, Wiedert, 2009, p. 45-63.

PETERS (Karin), « Acadia [*sic*] goes overseas. Pastoral and planetary conscience in BSP's *PV* », *in* J. Hadjadj et F. Imlinger (éd.), *Globalizing literary genres. Literature, history, modernity*, Routledge, New York/Abingdon, 2016, p. 90-109.

RACAULT (Jean-Michel) : « *PV* et l'utopie : de la "petite société" au mythe collectif », *SVEC*, 242, 1986, p. 419-471.

— « "Pastorale" et roman dans *PV* », *EPV OBSP*, p. 177-200, et *BSP PBI*, p. 115-136.

— « L'île-Paradis de *PV* : Éden et utopie », *BSP PBI*, p. 221-233.

THIBAULT (Gabriel-Robert) : « La prose poétique de BSP, essai de sémiotique ethnographique », *in* Nathalie

Vincent-Munnia *et al.* (éd.), *Aux origines du poème en prose français*, Paris, Champion, 2003, p. 273-281.

6. *Exotisme, espaces, représentations*

Cassity (Conny) : « Cut up by the throat : anti-slavery assemblages in *PV* and *Belinda* », *ECF*, 31, 1, automne 2018, p. 99-115 [représentations de l'esclavage chez BSP et Maria Edgeworth].

Duflo (Colas) : « *PV* et l'émergence d'une littérature indianocéanique. Éléments et problèmes », *LOI BSP*, p. 149-158.

Howells (Robin) : « Formes et sensations : les "correspondances" de la nature dans *PV* », *AD BSP*, p. 115-128.

Kapor (Vladimir) : « Shifting edenic codes : on two exotic visions of the Golden Age in the late eighteenth century », *Eighteenth-Century Studies*, 41, 2, hiver 2008, p. 217-230 [*PV* et Bougainville].

Leclerc (Y.) : « Le paysage exotique de *PV*, dialectique du proche et du lointain », in *Exotisme et création*, Lyon, L'Hermès, 1985, p. 67-77.

Marimoutou (Jean-Claude Carpanin) : « Spectres et paysages chez BSP », *LOI BSP*, p. 159-176 [inscription mémorielle de l'esclavage dans *PV*].

Racault (J.-M.) : « De l'île réelle à l'île mythique : BSP et l'île de France », *in* F. Moureau (éd.), *L'Île, territoire mythique*, Paris, Aux Amateurs de Livres, 1989, p. 79-99.

— « Système de la toponymie et organisation de l'espace romanesque dans *PV* », *SVEC*, 242, 1986, p. 377-418, et *BSP PBI*, p. 137-184.

Robinson (Philip) : « The art of *PV* : articulations and ambiguities », in *Studies in French Fiction, in honour of Vivienne Mylne*, Londres, Grant and Cutler, 1988.

RODRIGUEZ (Pierre) : « Remarques sur le fonctionnement de l'exotisme dans *PV* », in *Exotisme et création*, Lyon, L'Hermès, 1985, p. 257-265.

7. *Mythes, philosophie, idéologie*

BENREKASSA (Georges) : « L'univers culturel de *PV* : texte, intertexte, contexte », in *Fables de la personne*, Paris, PUF, 1985, p. 57-133.

CHERPACK (Clifton) : « *PV* and the myths of death », *Publications of the Modern Language Association of America*, vol. 90, n° 2, 1975, p. 47-55.

COOK (Malcolm C.) : « Harmony and discord in *PV* », *ECF*, 3, avril 1991, p. 205-216.

— « Philosophy and method in BSP's *PV* », *in* Terry Pratt et David MacCallam (éd.), *The Enterprise of Enlightenment*, Berne, Peter Lang, 2004, p. 95-113.

DUNKLEY (John) : « *PV* : aesthetic appeal and archetypal structures », *Trivium*, n° 13, 1978, p. 95-112.

FLAHAUT (François) : « *PV* lu comme un mythe », *Revue philosophique*, n° 3, 1968, p. 361-379.

GIGAN (Angélique) : « Surnaturel et religion dans *PV* : configuration d'une utopie céleste », *BSP TL*, p. 137-149.

KISLIUK (Ingrid) : « Le symbolisme du jardin et l'imagination créatrice chez Rousseau, BSP et Chateaubriand », *Studies on Voltaire and the Eighteenth Century*, vol. 185, 1980, p. 297-418.

MENIN (Marco), « *PV*, or the enigma of Evil ; the double theodicy of BSP », *Journal of the History of Ideas*, 79, 4, oct. 2018, p. 593-612 [version italienne : « La doppia teodicea di BSP. Una lettura filosofica di *PV* », *Acta Philosophica*, 27, 2, 2018, p. 331-350].

RACAULT (J.-M.) : « Virginie entre la nature et la vertu : cohésion narrative et contradictions idéologiques dans *PV* », *DHS*, n° 18, 1986, p. 389-404, et *BSP PBI*, p. 283-297.
— « De la mythologie ornementale au mythe structurant : *PV* et le mythe des Dioscures », *EPV OBSP*, p. 40-63, et *BSP PBI*, p. 235-253.
— « *PV* comme bilan critique du Siècle des lumières », *BSP TL*, p. 151-165, et *BSP PBI*, p. 185-199.
ROBINSON (Philip) : « Virginie's fatal modesty : thoughts on BSP and Rousseau », *The British Journal for Eighteenth-Century Studies,* vol. 5, n° 1, 1982, p. 35-48.

Nous renonçons à proposer une bibliographie de ce qu'on pourrait appeler « l'après-texte de *Paul et Virginie* », soit l'ensemble des phénomènes se situant en aval de la publication de l'œuvre : accueil critique et réception, traductions, rééditions, diffusion, plus ceux qui concernent la naissance et l'essor d'un « mythe de *Paul et Virginie* » en voie d'autonomisation, véhiculé par les réécritures romanesques ou poétiques, les transpositions artistiques (arts plastiques : estampes, peinture, sculpture ; arts décoratifs ; adaptations dramatiques : théâtre, opéra ; dérivations cinématographique ou télévisuelles). Encore partiellement inexploré, ce domaine de recherches immense exigerait une bibliographie spécialisée.

On en trouvera une esquisse générale dans notre annexe à l'édition Duflo de *Paul et Virginie, OC*, tome I, « Le devenir de *PV*. Du livre au mythe », Classiques Garnier, 2014, p. 405-434, et, pour les réécritures, dans la belle étude de Marina GUGLIELMI, *Virginia, ti rammenti...*, Rome, Armando Editore, 2002.

NOTES

AVANT-PROPOS

1. Ce texte précède *Paul et Virginie* dans l'édition originale de 1788. Il est repris avec des variantes mineures dans l'édition séparée de 1789, puis dans les rééditions ultérieures, mais non dans celle de 1806. La version reproduite est celle de 1789.

2. Les *Idylles* de Théocrite et les *Bucoliques* de Virgile (inspirées, du reste, des précédentes) sont les modèles traditionnels de la pastorale, genre dont Bernardin se réclame tout en soulignant le renouvellement qu'il lui apporte, puisqu'il s'agit en l'espèce d'une pastorale exotique.

3. « La mer du Sud » (au singulier) est le nom usuel du Pacifique. C'est donc au mythe sensuel de la « Nouvelle Cythère » polynésienne, diffusé par le récit de l'escale à Tahiti du *Voyage autour du monde* de Bougainville (1771) et prolongé par les divers témoignages issus des trois expéditions du capitaine Cook, que Bernardin fait ici allusion. Présent à l'île de France lors de la relâche de Bougainville sur son trajet de retour en novembre 1768, Bernardin s'est entretenu sur le sujet avec le navigateur. Il y a aussi connu Commerson, naturaliste de l'expédition, qui joua un rôle important dans la diffusion du mythe par sa « Lettre sur la découverte de la Nouvelle Île de Cythère ou Tahiti » (publiée dans le *Mercure de France* de novembre 1769), et le Tahitien Autourou.

4. Cette indication inscrit *Paul et Virginie* dans une « série » très particulière, celle des récits où apparaissent des « petites sociétés » à valeur semi-utopique, composées d'êtres choisis vivant en marge du monde social une existence économiquement et spirituellement autarcique. On songera à la « petite société » du chapitre XXX de *Candide* et surtout à celle du domaine de Clarens dans *La Nouvelle Héloïse*.

5. *1788* : dans leurs principaux événements.

6. Selon toute vraisemblance, c'est une allusion à la lecture publique d'une première version du récit – alors intitulé *Histoire de Mlle Virginie de La Tour* – effectuée par Bernardin dans le salon de Mme Necker à une date que M.-Th. Veyrenc situe vers 1777. Parmi les « hommes graves » qui assistèrent à cette lecture figuraient Necker, Buffon, Thomas et l'abbé Galiani. Loin de faire verser des larmes à l'assistance, elle fut accueillie par l'indifférence et même l'hostilité si l'on en croit le récit d'Aimé-Martin, biographe de l'auteur.

7. Faut-il comprendre que l'auteur avait envisagé une publication séparée de *Paul et Virginie*, sous le titre de *Tableau de la Nature*, avant de se résoudre à l'annexer à la troisième édition des *Études de la Nature* ? Rien à vrai dire ne permet de confirmer cette intention, mais il n'est pas indifférent que Bernardin ait pu concevoir son ouvrage comme le second volet d'un diptyque plutôt que comme une suite des *Études*. Quant à la modestie affichée du projet, elle résulte de la métaphore picturale que comporte le titre d'*Études de la Nature* : « Description, conjectures, aperçus, vues, objections, doutes, et jusqu'à mes ignorances, j'ai tout ramassé ; et j'ai donné à ces ruines le nom d'*Études*, comme un peintre aux études d'un grand tableau auquel il n'a pu mettre la dernière main » (*Études de la Nature*, I, « Plan de l'ouvrage »).

AVIS SUR CETTE ÉDITION

1. Ce texte précède la première édition séparée de *Paul et Virginie* (1789). Il n'a pas été repris dans l'édition de 1806 et ne présente donc pas de variantes.

2. Pionnier dans la lutte en faveur d'une législation du droit d'auteur afin de remédier au fléau des contrefaçons, source de grosses pertes financières pour les auteurs, Bernardin est également extrêmement attentif à tous les aspects matériels de la fabrication et du marché du livre : qualité du papier, typographie, format (l'in-18, très petit format choisi pour la première édition séparée en 1789, est souvent réservé à la poésie et à la littérature de divertissement). Les gravures, abondamment commentées ci-après, constituent également à ses yeux un argument de vente et un moyen de diffusion indirecte, car elles donnent lieu souvent à de multiples exploitations et dérivations iconographiques. Elles n'ont pas été reproduites dans la présente édition.

3. Jean-Michel Moreau, dit Moreau le Jeune (1741-1814), célèbre dessinateur et graveur, illustra, entre autres, les œuvres de Molière, de Voltaire et de Rousseau.

4. Joseph Vernet (1714-1789), célèbre peintre, graveur et dessinateur, spécialiste des paysages, des décors alpestres et des marines, est un ami de longue date de Bernardin, qu'il consola de l'échec de la lecture publique de *Paul et Virginie* dans le salon de Mme Necker.

5. « Un examen minutieux des deux états du texte, ponctuation comprise, confirme absolument ces déclarations. L'édition de 1789 offre une perfection qui, sans être absolue, ne sera pas surpassée », commente Édouard Guitton. Outre les corrections de vocabulaire, de ponctuation et de style, les modifications majeures concernent la chronologie de l'action romanesque (de 1735 à 1752 dans l'originale de 1788, de 1726 à 1744 dans cette nouvelle version) ; la plupart des indications temporelles ont été revues afin d'offrir une cohérence interne et une conformité avec les données de l'Histoire.

6. Le compte rendu de Delandine dans le *Journal général de la France* du 13 mai 1788 est en effet enthousiaste : « J'avais retrouvé mon cœur de dix-huit ans ; et il m'a fallu le sublime et consolant morceau qui termine l'ouvrage, pour me consoler moi-même », écrit le journaliste au terme de sa lecture.

7. Le tome IV de la troisième édition des *Études de la Nature*, dans lequel *Paul et Virginie* fut publié pour la première fois en 1788, comporte également le premier livre de *L'Arcadie* intitulé « Les Gaules », le seul achevé sur les douze prévus. Ce « roman archéologique » imité du *Télémaque* de Fénelon (1699) et du *Sethos* de Terrasson (1731) eut peu de succès. Le compte rendu enthousiaste de la célèbre revue du parti antiphilosophique *L'Année littéraire* fut l'un des rares échos dont bénéficia *L'Arcadie* dans la presse.

8. L'édition originale de *Paul et Virginie* au sein du tome IV de l'édition de 1788 des *Études de la Nature* est précédée d'un très long « Avis sur cet ouvrage », sans rapport apparent avec le récit, offrant un exposé complet du système des marées et courants marins. Si le jugement du *Mercure* concernant le roman est très élogieux, son avis sur ces théories parascientifiques (sans doute la partie essentielle du volume aux yeux de l'auteur, qui se veut « savant » tout autant qu'homme de lettres) est plus que réservé. L'explication des marées par la fonte alternée des glaces polaires et la réfutation de la thèse de l'aplatissement du globe terrestre aux pôles, marottes habituelles de Bernardin à partir des *Études*, s'inscrivent dans le cadre d'une réaction contre la cosmologie newtonienne qui culminera avec les *Harmonies*.

9. Sur ces divers points, voir notre article « Géologie, volcanologie et imaginaire chez Bernardin de Saint-Pierre », *Revue italienne d'études françaises*, 1, déc. 2011, p. 37-54 (en ligne).

10. Tous ces points – théorie du volcanisme superficiel, rôle des montagnes « hydro-électriques » dans l'alimentation des cours d'eau, fonction réfléchissante des pétales des fleurs, loi de convenance harmonique entre le végétal et son milieu – déjà

esquissés dans les *Études*, seront développés en système dans les *Harmonies de la Nature* posthumes.

11. Ce qui revient à justifier le finalisme non parce qu'il est vrai ou pourrait l'être, mais parce qu'il est consolant dans ses effets. Toutefois, il ne faut voir là aucune contradiction, l'attitude finaliste consistant précisément à substituer à la cause efficiente la cause finale – autrement dit l'effet à atteindre – en tant que principe explicatif.

12. Bernardin fait allusion ici, notamment, aux soucis causés par la défense de son frère Dutailly, interné à la Bastille sous l'inculpation de trahison au bénéfice de l'Angleterre (1779), puis frappé de folie, et aux démêlés qui, dès le début de sa propre carrière, l'opposèrent au corps des officiers nobles et à celui des ingénieurs ordinaires, enclins à considérer comme un imposteur cet ingénieur au diplôme aussi douteux que ses quartiers de noblesse. L'hostilité aux « corps » reparaît dans l'entretien entre Paul et le Vieillard.

13. Empruntée à l'*Énéide*, la devise *Miseris succurrere disco* (« J'apprends à venir en aide aux malheureux ») figure en effet sur la page de titre de l'édition de 1789.

14. Cette devise exprimant une conception autoritaire du pouvoir du roi, qui le tient de Dieu seul et l'exerce par la force sans être soumis à la contrainte des lois, a été attribuée à divers monarques, de Saint Louis à Louis XIV. Il se peut que Bernardin fasse référence à Henri III, assassiné par le moine ligueur Jacques Clément, qui passe pour s'être réclamé lui aussi de ce principe.

15. Louis Philippe Joseph d'Orléans, dit plus tard Philippe Égalité, cousin de Louis XVI (dont il vota la mort avant d'être guillotiné lui-même), grand seigneur favorable aux « idées nouvelles », fut sous la Révolution député aux États Généraux, puis à la Convention.

16. Cette formule de Sénèque a été paraphrasée par Antoine de Rivarol (« La parole est le vêtement de la pensée, et l'explication en est l'armure »), peut-être l'homme de lettres dont il est question. Il se peut que l'auteur fasse aussi implicitement

allusion à la célèbre formule de Buffon dans son discours à l'Académie de 1753 (« Le style est l'homme même »), opposant ainsi à la conception du style-ornement qui est un simple « vêtement » l'idéal du style-vérité exprimant l'authenticité de la personne.

17. Citation approximative de l'*Art poétique* d'Horace, v. 311.

18. L'opposition entre la démarche analytique, qui isole et sépare, et la synthèse, qui « va du simple au composé » (*Harmonies*, I), faisant ainsi surgir les rapports harmoniques entre les choses, est familière à la pensée de Bernardin.

19. Stratège et chef du parti aristocratique d'Athènes, Phocion était estimé pour son éloquence par son adversaire politique Démosthène.

20. Bernardin a été un familier de Rousseau de la fin de juin 1771 jusqu'à la mort de ce dernier en 1778. Avec Fénelon, auteur du *Télémaque*, Rousseau occupe la première place dans son panthéon personnel.

21. Le développement qui suit ne doit bien évidemment pas être pris à la lettre. La dénégation de la fiction et l'affirmation d'une prétendue exactitude documentaire appartiennent, au XVIIIe siècle, aux normes de l'expression romanesque. Si le naufrage du *Saint-Géran* est historique, rien ne permet en réalité d'identifier le personnage de Virginie avec l'une des jeunes filles qui y trouvèrent la mort.

22. Cette critique rejoint celle du plus inattendu des lecteurs du roman, Casanova, qui en fit à la demande de la princesse Maria-Cristina, fille du prince de Ligne, émue aux larmes à sa lecture, un très long et très remarquable compte rendu. S'il admire l'art de l'écrivain, l'auteur des *Mémoires* n'adhère pas à la pudeur fatale de Virginie, « admirée parce qu'elle préféra une mort certaine à l'espoir de se sauver aux dépens d'un petit sacrifice dépendant du plus *aérien* de tous les préjugés », soulignant cependant que « malgré cela, ce n'est pas ridicule ».

23. Nouvelle preuve des dangers de la démarche analytique, qui détruit ce qu'elle veut observer, et illustration du privilège

accordé aux causes finales – l'effet esthétique et moral du récit sur le lecteur – sur la réalité factuelle. La vérité du roman réside dans l'émotion vertueuse qu'il suscite, non dans l'authenticité supposée des faits rapportés. « Clarisse » renvoie au roman de Richardson *Clarisse Harlowe* (1748), diffusé en France dans l'adaptation de l'abbé Prévost, puis tout récemment (1785) dans une traduction nouvelle de Le Tourneur.

24. L'île Bourbon (aujourd'hui île de la Réunion) a été brièvement visitée par Bernardin à son voyage de retour (novembre-décembre 1770). Quoique plus peuplée que sa voisine, elle passe alors pour avoir conservé des mœurs vertueuses et frugales qui contrastent avec la corruption de l'île de France. Le mythe patriarcal des « anciens habitants de Bourbon », évoqué dans le *Voyage à l'île de France* (lettre XIX), est probablement l'un des modèles de la « petite société » de *Paul et Virginie*.

25. Il s'agit de Michèle de Sentuary d'Azan, épouse de Bonneuil, née à l'île Bourbon en 1748, rendue célèbre par sa liaison avec André Chénier qui l'évoqua sous le nom de Camille. Sa mère était la sœur de Louise-Augustine Caillou, l'une des trois jeunes filles qui trouvèrent la mort dans le naufrage du *Saint-Géran* en août 1744. Le « témoignage » de Mme de Bonneuil sur des faits antérieurs à sa naissance est évidemment peu probant, notamment quant aux circonstances précises de la mort de la jeune fille qui aurait servi de modèle au personnage de Virginie.

26. *Paul et Virginie* donna lieu à diverses adaptations théâtrales : comédies, ballets, pantomimes, drames, etc. Une comédie en trois actes et en prose mêlée d'ariettes fut publiée sans nom d'auteur à la suite d'une contrefaçon antidatée du roman sous le faux millésime de 1789, de sorte qu'on put croire que Bernardin en était l'auteur. Cette adaptation, due à Edme-Guillaume-François de Favières, servit elle-même de base à l'opéra-comique de Kreutzer, représenté par les Comédiens-Italiens le 27 janvier 1791 et exhumé en 1988 par l'Atelier lyrique de Tourcoing. Un dénouement heureux y corrige les données du roman dans un

sens plus conforme à la convention de la pastorale, au prix d'une trahison complète de l'esprit de l'œuvre.

27. Bernardin esquisse ici la réflexion sur la théodicée qui sera développée dans les dernières pages du récit. S'il est manifeste que la vertu ne conduit pas nécessairement au bonheur terrestre – les « infortunes de la vertu » dont Virginie est l'exemple le montrent –, le bonheur qui doit en être la récompense ne peut résider que dans l'au-delà, et par conséquent il n'y a pas lieu de redouter la mort, qui y donne accès. Voir Colas Duflo, « La théodicée hétérodoxe des *Études de la Nature* et son expression dans *Paul et Virginie* », revue *Wiek Oswiecenia* [*Siècle des Lumières*], université de Varsovie, 31, 2015, p. 61-71.

28. La légende d'Ariane abandonnée sur l'île de Naxos par son ravisseur Thésée a inspiré la tragédie *Ariane* de Thomas Corneille (1672). *Tite et Bérénice* est une tragédie de Pierre Corneille (1670).

29. Le courant abolitionniste se développe dans les années 1770 sous l'influence des philosophes, particulièrement Marmontel (*Les Incas ou la Destruction du Pérou*, 1770) et l'abbé Raynal (*Histoire philosophique des deux Indes*, 1770 pour la première édition). Depuis 1788, il dispose d'une tribune avec la Société des amis des Noirs, fondée par Brissot. L'abolition de l'esclavage, décrétée par la Convention en 1793, ne sera pas appliquée dans les Mascareignes en raison de l'hostilité des colons.

30. Une première traduction anglaise anonyme est signalée dès 1788 (*Paul and Virginie* [*sic*]. With a frontispice, an engraved title and 4 plates by G. Barrett, Londres, 1788), précédant celle qui est attribuée à Daniel Malthus, mais dont l'auteur véritable est Jane Dalton, amie et correspondante de Bernardin (*Paul and Mary, an Indian Story* [*sic*], translated from the French of *Paul et Virginie*, Londres, J. Dodsley, 1789). Il ne peut s'agir à cette date de la traduction nettement postérieure (et très peu fidèle) de la femme de lettres Helen Maria Williams (*Paul and Virginia*, translated from the French of Bernardin Saint-Pierre

[*sic*], Londres, 1795). Sur les premières traductions anglaises du roman, voir Philip Robinson, « Traduction ou trahison de *Paul et Virginie* ? L'exemple de Helen Maria Williams », *Revue d'Histoire Littéraire de la France*, n° 5, 1989, p. 843-855.

PAUL ET VIRGINIE

1. La rédaction primitive du manuscrit apporte ici une précision. *MS* : à la naissance d'un vallon appelé l'enfoncement des Prêtres.

La vallée des Prêtres, où coule la rivière des Lataniers dont il sera question un peu plus loin, s'enfonce dans le massif montagneux situé à l'est de Port-Louis et s'achève en un cirque escarpé délimité par la montagne du Pouce, celle de Pieter Both et le pic de la Vierge.

2. Ce détail a une valeur symbolique : cette ouverture sur le monde extérieur de l'univers clos du « bassin » – et aussi la faille par où s'introduira l'influence délétère du monde extérieur – est symboliquement tournée vers le nord, direction de l'Europe. Le site du « bassin » n'a rien d'imaginaire. Dans le *Voyage à l'île de France* (lettre XVIII), l'auteur envisage d'en faire un camp retranché pour la défense de l'île en tirant parti de sa difficulté d'accès : « Le fond du bassin, formé derrière la ville par les montagnes, comprend un vaste terrain où l'on peut rassembler tous les habitants de l'île et leurs Noirs. Le revers de ces montagnes est inaccessible, ou peut l'être à peu de frais.

« Il y a même un avantage fort rare : c'est qu'au fond de ce bassin, dans la partie la plus élevée de la montagne, à l'endroit appelé le Pouce, il se trouve un espace considérable, planté de grands arbres, où coulent deux ou trois ruisseaux d'une eau très saine. On ne peut y monter de la ville [= Port-Louis] que par un sentier très difficile. On a essayé d'y faire, à force de mines, un grand chemin pour communiquer de là dans l'intérieur de l'île ; mais le revers de ces montagnes est d'un escarpement effroyable : il n'y a guère que des Nègres ou des singes qui y puissent grimper. Quatre cents hommes dans ce poste, avec des vivres, ne pourraient jamais y être forcés : toute la garnison même peut s'y retirer. »

3. *1788* : De cette ouverture on aperçoit sur la gauche.

4. La description se présente sous une forme plus ramassée dans *MS* : Elles sont situées de manière qu'en montant un peu au-dessus vous êtes sur la crête d'un rocher d'où vous voyez un autre vallon rempli d'arbres, le morne d'où l'on signale les vaisseaux, la ville qui est au bas du morne, la baie du Tombeau, et la plaine des Pamplemousses couverte d'habitations et terminée par une forêt qui s'étend jusqu'au rivage ; au-delà est la pleine mer où paraissent à fleur d'eau quelques îlots inhabités, entre autres l'île d'Ambre et le Coin de Mire que les flots ont coupé comme un bastion.

5. De sa formation d'ingénieur, Bernardin a conservé un sens de la précision topographique rarement pris en défaut dans l'ensemble du récit et particulièrement remarquable ici. Tous les sites mentionnés dans cette description inaugurale sont aisément repérables sur une carte :

— la ville de Port-Louis, homonyme de Port-Louis de Bretagne, près de Lorient, d'où partaient souvent les navires à destination de la « route des Indes », se trouve sur la côte nord-ouest de l'île, dont elle devient la capitale en 1735 sur la décision de La Bourdonnais ;

— le morne de la Découverte est l'actuelle montagne des Signaux, qui surplombe la ville. Ce nom a été donné à divers sommets où étaient installés des postes de vigie ;

— le quartier des Pamplemousses, région agricole située au nord-est de la capitale, est l'une des plus anciennes zones défrichées de l'île. Le mot *quartier* ne désigne pas ici un secteur urbain, mais une circonscription territoriale équivalant à une paroisse ;

— la baie du Tombeau, immédiatement au nord de Port-Louis, doit son nom, pense-t-on, au monument qui y fut élevé à la mémoire de l'amiral hollandais Pieter Both, naufragé en 1615 sur la côte ouest de l'île ;

— LE CAP MALHEUREUX, à la pointe nord de l'île, est prolongé en mer par l'îlot du COIN DE MIRE, ainsi nommé par analogie avec le coin de bois servant à ajuster le tir des canons, dont il a l'aspect.

La description est effectuée à partir d'un point d'observation situé à l'extrémité de la vallée des Prêtres, à environ quatre kilomètres de Port-Louis, l'observateur étant orienté vers le nord-ouest. Elle se déploie selon deux panoramiques successifs obéissant à un mouvement d'ouest en est ou de gauche à droite, le premier du morne de la Découverte aux « extrémités de l'île », le second de la baie du Tombeau au Coin de Mire.

6. L'intimité crépusculaire et close du « bassin » protégé par son enceinte de montagnes s'oppose donc à l'espace largement ouvert de la description panoramique initiale, livré au tumulte du vent et des vagues.

7. Cet « Européen » est évidemment le narrateur premier. Sous la plume de Bernardin, le terme désigne plus particulièrement les cadres administratifs ou les militaires de passage dans l'île – ce qui était son cas – par opposition aux colons ou « habitants ». La rencontre inaugurale de l'Européen et du Vieillard près des ruines des cabanes semble inspirée de la scène d'ouverture très similaire d'un livre à succès publié en 1784, le « roman archéologique » de Jean de Pechméja *Télèphe*, où coexistent, dans une atmosphère d'exaltation mélancolique, fiction antiquisante, sensibilité préromantique, utopie pré-révolutionnaire et positions antiesclavagistes. Comme chez Bernardin, les personnages sont un « Voyageur » et un « Vieillard » dont la première page du livre retrace la rencontre dans un « désert » symbolique semé de ruines et de tombeaux (« Je viens dans cet asile redoutable et sacré, m'abandonner à ma douleur solitaire », déclare le protagoniste de Pechméja).

8. *MS* : En 1728 un gentilhomme de Normandie. *1788* : En 1735, un jeune homme de Normandie.

9. Dans son article intitulé « *Paul et Virginie*, pastorale », Jean Fabre signale que ce nom a pu être emprunté à la famille de La Tour Saint-Ygest, anciennement implantée à l'île de France.

10. Les précisions sociales contenues dans cette dernière phrase n'apparaissent pas dans la première rédaction du manuscrit, où M. de La Tour est donné pour gentilhomme. Comme son origine normande, ce statut social incertain évoque la propre situation du prétendu « chevalier de Saint-Pierre », qui, à l'époque de son séjour à l'île de France, se parait encore volontiers d'un titre de noblesse qu'il savait au fond de lui-même illusoire.

11. Les tentatives d'implantation d'établissements coloniaux conduites à Madagascar au XVIIe siècle par de Pronis, puis par Flacourt, se heurtèrent à des révoltes indigènes et aux ravages du paludisme. La tentative conduite par le comte de Maudave à partir de l'île de France (1768-1771) pour relever l'ancienne colonie de Fort-Dauphin se solda elle-même par un désastre auquel Bernardin échappa, puisqu'il refusa de participer à l'expédition pour laquelle il avait été engagé.

12. Plusieurs fois occupée, puis abandonnée, par les Hollandais, l'île Maurice devint officiellement française en 1715, mais la colonisation effective ne commença qu'en 1721, avec un peuplement très réduit. En 1735, à l'arrivée de La Bourdonnais, la population n'excédait pas un millier de personnes, esclaves compris. Les concessions, trop libéralement accordées, restèrent souvent sous-exploitées.

13. L'état civil du personnage et les causes de son exil diffèrent dans la première rédaction du manuscrit ; Marguerite y porte le nom de Mme Ménard, plus tard biffé et remplacé par celui de Mme Léonard. *MS* : Dans ce lieu depuis quelques mois demeurait une femme franche, vive, bonne et très sensible. Elle était née en Touraine d'une simple famille de paysans, et ayant eu la faiblesse d'aimer un gentilhomme du voisinage appelé M. Ménard, elle eut le malheur de perdre son amant avant qu'il pût la reconnaître pour sa femme et assurer le sort d'un

fils dont elle venait d'accoucher. – Marqué dans son enfance par la lecture d'une *Vie des Saints* in-folio (d'où provient aussi la légende de saint Paul de Thèbes ; voir ci-après), Bernardin a pu s'inspirer de la vie très similaire de sainte Marguerite de Cortone (1247-1297), paysanne séduite et abandonnée avec son fils par un chevalier, puis recueillie par deux dames charitables, enfin, convertie et repentante, admise dans le tiers ordre de saint François.

14. La Montagne-Longue est une chaîne qui s'étend au nord-est de Port-Louis. C'est aussi le nom de l'un des « quartiers » de l'île. La lieue vaut environ 4 kilomètres.

15. *MS* : l'espace de deux habitations.

Le manuscrit porte la marque de nombreuses hésitations quant à la superficie de l'exploitation ; des ajouts raturés portent successivement : quatre cents arpents, cinquante arpents, une douzaine d'arpents. Les textes inédits qui devaient s'intégrer à une réédition du *Voyage à l'île de France* préconisent une limitation des concessions agricoles à cinquante ou soixante arpents au plus afin de favoriser, au détriment de l'économie de plantation, une petite polyculture vivrière permettant de se passer de l'esclavage.

16. L'Embrasure – la Fenêtre sur les cartes actuelles – se trouve sur le versant ouest de la vallée des Prêtres.

17. Même observation dans la lettre VII du *Voyage à l'île de France* : « Dans les sécheresses, la terre est extrêmement dure, surtout aux environs de la ville. Elle ressemble à de la glaise, et pour y faire des tranchées, je l'ai vu couper comme du plomb avec des haches. »

18. *1788* : qu'en cessant de l'être.

MS : « Ce sera une vierge, dit-elle, elle sera heureuse. Je n'ai connu le malheur qu'en cessant d'être fille. »

La rédaction initiale du manuscrit suggère très clairement l'interdit charnel qu'implique le prénom de l'héroïne et la prédestination qui s'attache à sa destinée.

19. Ce nom pourrait avoir été inspiré par un passage de l'*Histoire des Antilles* du P. Du Tertre (1667) cité dans l'Étude XII,

« Plaisir des tombeaux » : « Pendant l'espace de deux ans, dit le père Du Tertre, notre nègre Domingue, après la mort de sa femme, ne manquait pas un seul jour, sitôt qu'il était revenu de la place, de prendre le garçon et la petite fille qu'il en avait eus, et de les porter sur la fosse de la défunte, où il pleurait devant eux une bonne demi-heure, ce que ces petits enfants faisaient souvent à son imitation. » « Quelle oraison funèbre pour une épouse et pour une mère ! ce n'était pourtant qu'une pauvre esclave », commente Bernardin.

20. Bernardin a corrigé ultérieurement cette phrase embarrassée :

1806 : dont il avait épousé la Négresse à la naissance de Virginie.

21. La traite vers les Mascareignes est alimentée surtout par les ports de la côte est de Madagascar : Antongil, Tamatave, Foulpointe, Fort-Dauphin.

22. Toile grossière dont une pièce est remise chaque année aux esclaves afin d'assurer leur habillement, en application des dispositions du Code Noir.

23. Ici, le manuscrit insère la phrase suivante : J'aurais bien voulu les servir de ma bourse comme du travail de mes mains, mais j'avais moi-même bien de la peine à entretenir ma femme et deux enfants.

Ces indications, par la suite raturées, suggèrent que Bernardin a hésité sur l'identité sociale du Vieillard, dont nous apprendrons ultérieurement qu'il vit seul, sans femme, sans enfants et sans esclaves.

24. Cette vision très idyllique de la condition servile ne correspond guère à l'image beaucoup plus sombre qu'en donne le *Voyage à l'île de France* ; quoique visiblement idéalisée, elle n'est pas cependant nécessairement mensongère : des voyageurs du temps signalent chez certains « petits Blancs » de l'île Bourbon des relations similaires entre maîtres et esclaves.

25. *MS* : qu'une table, et hors le lit tout entre elles était commun.

Étrange précision, où il n'est pas interdit de lire sous le masque de la dénégation quelque scabreuse suggestion. Le saphisme est alors un poncif de la littérature galante.

26. Ce motif des amants dès l'enfance destinés l'un à l'autre, puis contraints de surmonter quelque obstacle pour réaliser leur union, appartient aux conventions du genre pastoral. Quant à l'image horticole de la greffe, qui donne analogiquement pour origine aux deux enfants un processus non sexué d'échange végétal, elle parachève l'élimination des pères, rejetés dès les premières pages de l'univers romanesque.

27. Les deux enfants figurant traditionnellement le signe zodiacal des Gémeaux représentent les jumeaux Castor et Pollux, ou encore les deux étoiles principales de la constellation qui porte ce nom.

28. De toutes les scènes du roman, c'est probablement celle qui a le plus souvent inspiré les illustrateurs, et c'est aussi la clé du mythe gémellaire qui structure le roman. À en croire Aimé-Martin, ce morceau extrêmement travaillé trouverait son origine dans une scène enfantine observée par l'auteur au faubourg Saint-Marceau un jour de pluie.

Ce paragraphe, absent du manuscrit, a été introduit postérieurement à partir d'une difficile élaboration dont le fonds Bernardin de Saint-Pierre de la B M du Havre conserve quatre états successifs reproduits dans l'édition Trahard.

29. Léda, épouse de Tyndare, roi de Sparte, donna naissance à deux couples de jumeaux, enclos dans deux œufs, Hélène et Clytemnestre d'une part, Castor et Pollux d'autre part, après avoir été séduite par Zeus sous la forme d'un cygne. Si Pollux et Hélène sont donnés pour enfants de Zeus, donc participant de la nature divine, Castor et Clytemnestre passent pour enfants de Tyndare et sont donc mortels. Toutefois, lorsque Castor est tué au combat, son jumeau divin Pollux obtient de Zeus qu'il lui soit réuni dans le ciel. Le couple gémellaire des Dioscures se trouve ainsi éternisé sous la forme de la double étoile de la constellation des Gémeaux.

30. Quoique conforme aux principes d'« éducation négative » de l'*Émile*, cette éducation « naturelle » des jeunes créoles est jugée beaucoup moins favorablement dans le *Voyage à l'île de France* (lettre XI) : « À peine sont-ils nés qu'ils courent tout nus dans la maison : jamais de maillot ; on les baigne souvent, ils mangent des fruits à discrétion, point d'étude, point de chagrin. En peu de temps ils deviennent forts et robustes. Le tempérament s'y développe de bonne heure dans les deux sexes : j'y ai vu marier des filles à onze ans.

« Cette éducation qui se rapproche de la nature leur en laisse toute l'ignorance ; mais les vices des négresses qu'ils sucent avec leur lait et leurs fantaisies qu'ils exercent avec tyrannie sur les pauvres esclaves y ajoutent toute la dépravation de la société. »

31. Bernardin, qui conserve un très mauvais souvenir de son éducation dans les collèges religieux à Caen, puis à Rouen, abhorre les méthodes de dressage fondées sur la crainte de l'enfer, et plus généralement toutes les conceptions répressives de la religion.

32. Le manuscrit insère ici une première rédaction des chants alternés de Paul et de Virginie (« Quelquefois, seul avec elle... et elle lui donnait plusieurs baisers »), déplacés dans la version imprimée afin de précéder immédiatement le tableau des signes précurseurs de l'ouragan et la scène fameuse du « bain de Virginie ».

33. *1806* : leurs feuilles larges, longues, et lustrées.

34. Trop fière de ses sept fils et de ses sept filles, Niobé, épouse d'Amphion, roi de Thèbes, se vanta d'être supérieure à Léto (ou Latone), qui n'en avait que deux, Apollon et Artémis. Ceux-ci vengèrent leur mère en tuant à coups de flèches les enfants de sa rivale. Ces derniers – ou Niobé elle-même dans d'autres versions – furent métamorphosés en rochers.

35. La première version manuscrite de ce développement, très différente, rajeunit le couple enfantin de deux ans, donne plus d'ampleur à la comparaison mythologique, mais ne fait pas apparaître la nature angélique des « enfants du ciel ». *MS* :

Ainsi se passa leur enfance comme une belle aube qui annonce un plus beau jour. Déjà ils ajoutaient à leur bonheur les plaisirs de leur première raison. Virginie avait dix ans et Paul en avait onze. Dès que le soleil commençait à poindre, on s'assemblait chez Madame de La Tour. Virginie, douce, calme, reposée, modeste, assise auprès de sa mère, cherchant à lire dans ses yeux ce qui pouvait lui plaire, à l'arrivée de la voisine et de son fils une joie plus vive les animait tous [*sic*]. Paul, toujours en mouvement, prodiguait également à ses deux mères ses caresses et revenait bientôt se fixer auprès de sa sœur. Alors la société commençait une courte prière suivie d'un long déjeuner préparé par les soins de Virginie. Une nourriture saine et abondante développait leur corps, et leur éducation heureuse développait sur leur physionomie leur âme pure et contente. Leur taille légère, leur fraîcheur, la beauté de leur visage et de leurs pieds nus, la naïveté de leur attitude et de leurs mouvements, les faisaient ressembler à ces beaux groupes de marbre antique, où l'élégance des proportions s'embellit sous la légèreté de la draperie. Qui les eût vus rassemblés auprès de leur mère, qui eût vu leurs yeux cherchant leurs yeux, les eût pris pour les enfants de Niobé qui égalaient en beauté Diane et Apollon, et si tendrement unis qu'en périssant par la jalousie de Latone ils ne demandaient à Jupiter [*sic*] « envoie à mon secours celui qui est l'objet de mon amour ».

36. *MS* : Enfin, en 1746, à l'arrivée de M. de la Bourdonnaye, gouverneur de cette colonie. *1788* : Enfin en 1746, à l'arrivée de M. de la Bourdonnaye. – Ces hésitations témoignent des difficultés de Bernardin à faire coïncider la chronologie interne de l'action romanesque avec les données historiques. C'est la date de l'édition de 1789 (conservée dans les éditions ultérieures) qu'il faut considérer comme la bonne : La Bourdonnais est nommé gouverneur de l'île en 1735.

37. *1788* : ce nouveau gouverneur.

38. Mahé de La Bourdonnais, arrivé à l'île de France le 4 juin 1735, en demeura le gouverneur jusqu'en 1746. Ce grand administrateur, considéré comme le véritable fondateur

de la colonie, dut faire face à de graves accusations de corruption lancées par son ennemi Dupleix, qu'il réfuta dans un mémoire justificatif (*Mémoire pour le sieur de La Bourdonnais, avec les pièces justificatives*, 1750). Après trois ans à la Bastille, il fut innocenté. Pour Bernardin, La Bourdonnais est à la fois une victime de la calomnie et un administrateur enclin au despotisme, d'où l'ambiguïté du personnage dans *Paul et Virginie*.

39. Le manuscrit ajoute : un homme qui n'avait pas de pain.

40. La Bourdonnais lui-même tiendra plus tard des propos identiques : « Pourquoi vient-on aux îles ? n'est-ce pas pour y faire fortune ? »

41. *1806* : souvent funestes.

42. Le manuscrit développe le dernier membre de phrase en une éloquente apostrophe, *MS* : Ogres barbares qui joignez la perfidie à la dureté et qui, voulant vous décharger sur d'autres du soin d'obliger, pour justifier votre indifférence, ne craignez pas de calomnier votre protégé, faut-il le recommander pour l'avilir ?

43. L'épisode de la négresse marronne combine divers souvenirs personnels relatés dans le *Voyage à l'île de France*. La lettre XII rapporte ainsi deux anecdotes distinctes, ici refondues en une seule, qui en sont probablement le point de départ : « Une esclave presque blanche vint, un jour, se jeter à mes pieds : sa maîtresse la faisait lever de grand matin et veiller fort tard ; lorsqu'elle s'endormait, elle lui frottait les lèvres d'ordure ; si elle ne se léchait pas, elle la faisait fouetter. Elle me priait de demander sa grâce, que j'obtins. Souvent les maîtres l'accordent, et deux jours après ils doublent la punition. C'est ce que j'ai vu chez un Conseiller dont les Noirs s'étaient plaints au Gouverneur : il m'assura qu'il les ferait écorcher le lendemain de la tête aux pieds. »

44. La Rivière-Noire, située à une trentaine de kilomètres au sud de Port-Louis, traverse une région montagneuse en empruntant des gorges escarpées. Elle a donné son nom à l'un des « quartiers » de l'île. Le récit du retour nocturne des deux

enfants à l'« habitation » après qu'ils se sont égarés dans la forêt se calque étroitement sur la relation de la mésaventure similaire de l'auteur, perdu dans les bois entre la Rivière-Noire et l'« habitation » de M. de Cossigny à Palma, en rentrant d'un séjour chez M. de Messin, propriétaire d'une « habitation » dans cette région alors très isolée (*Voyage*, lettre XVI).

45. L'épisode est traité beaucoup plus sommairement dans le manuscrit, qui situe à une distance d'une lieue seulement, et sans la localiser, l'« habitation » d'où s'est enfuie la négresse marronne. *MS* : Une fois, à l'heure de midi, une négresse marronne entra dans la case de Madame de La Tour où Virginie était seule ; elle se jeta à ses pieds en lui disant : « Ma jeune demoiselle, ayez pitié d'une pauvre esclave qui meurt de faim. » Virginie tout émue lui dit : « Rassurez-vous. » Et elle lui donna le dîner de la famille qu'elle préparait. L'esclave, à jeun depuis trois jours, le dévora en entier. Après quoi elle lui dit : « Ma belle demoiselle, si vous vouliez demander ma grâce à mon maître qui demeure à une lieue d'ici, vous l'obtiendrez [*sic*] bien aisément. » – « Oh ! tout à l'heure, dit Virginie, tout ce que vous voudrez, pauvre créature ! » ; et la voilà qui appelle son frère pour l'accompagner. Ils marchèrent, conduits par l'esclave, par des chemins où ils n'avaient jamais été, et ils arrivèrent chez son maître.

46. Ce portrait évoque celui des libertins des romans de Sade.

47. Une vingtaine de kilomètres. Même à vol d'oiseau, la distance réelle paraît nettement supérieure.

48. Réminiscence biblique (Proverbes, XX, 17).

49. Cette confiance dans la générosité de la Nature et dans la bonté de la Providence, deux instances que l'anthropocentrisme finaliste des *Études de la Nature* a tendance à identifier, n'est pas confirmée cependant par le *Voyage à l'île de France* : Bernardin affirme n'avoir pas trouvé dans les bois de l'île un seul fruit qui fût bon à manger.

50. Le terme désigne le bourgeon sommital comestible.

51. Cette technique est décrite dans le *Voyage à l'île de France* (lettre XVI) ; les Noirs qui accompagnent Bernardin dans son excursion à la Rivière-Noire utilisent dans ce but « deux morceaux de bois, l'un de veloutier, l'autre de bambou ».

52. La montagne des Trois-Mamelles, proche de Palma, se trouve non loin de l'actuelle rivière du Tamarin, que les enfants devront traverser.

53. Fort ironiquement, c'est Bernardin lui-même qui a recours à ce mode de locomotion au même endroit de l'itinéraire, juché sur le dos de l'esclave qui l'accompagne : « De là, après une demi-heure de marche, j'arrivai sur le bord de la rivière de Tamarin dont les eaux coulaient avec grand bruit dans un lit de rochers. Mon Noir trouva un gué et me passa sur ses épaules. Je voyais devant moi la montagne fort élevée des Trois-Mamelles, et c'était de l'autre côté qu'était l'habitation de Palma » (*Voyage à l'île de France*, lettre XVI).

54. La forme *vieil* est plus courante devant un nom à initiale vocalique, mais *vieux* est aussi littérairement attesté dans cet emploi.

55. Leur présence dans l'île ne trahit pas une inadvertance de l'auteur : des cerfs de Java y ont été introduits au XVIIe siècle par les Hollandais.

56. Compatriote de Bernardin, Michel Jean de Crèvecœur, né à Caen en 1735, s'installa comme fermier dans la colonie de New York dont il devint citoyen (1765). Sous le nom d'Hector Saint-John de Crèvecœur, il publia, en anglais, ses *Letters from an American Farmer* (1782), traduites en français deux ans plus tard (*Lettres d'un cultivateur américain*, 1784), qui font de lui l'un des pères fondateurs de la littérature américaine. L'anecdote raconte le sauvetage du fils d'un colon égaré dans les bois grâce au flair d'un chien appartenant à un Indien (« Anecdote d'un chien sauvage », t. 1, p. 199-216).

57. La lettre XII du *Voyage à l'île de France* donne divers exemples de tels châtiments : « À la moindre négligence, on les attache par les pieds et par les mains sur une échelle. Le

commandeur [contremaître], armé d'un fouet de poste, leur donne sur le derrière nu cinquante, cent et jusqu'à deux cents coups. Chaque coup enlève une portion de la peau. Ensuite on détache le misérable tout sanglant ; on lui met au cou un collier de fer à trois pointes, et on le ramène au travail. » Le collier de fer à trois pointes, marque infamante et punition traditionnelle, apparaît dans la planche IV du *Voyage*.

58. Le résultat pour le moins contestable de ce « bienfait » (l'esclave dont les deux enfants avaient imploré la grâce a été férocement châtiée) laisse perplexe, de même que la surprenante bienveillance des Noirs marrons, pourchassés « comme des bêtes sauvages », dit le *Voyage à l'île de France*, puisque leur tête est mise à prix, et dont les incursions dévastatrices sont particulièrement redoutées dans les « habitations » isolées. L'astronome Pingré, qui visite l'île en 1761, évalue leur nombre à plus de 800 individus, chiffre considérable qui justifia l'envoi de détachements militaires spécialisés venus de l'île Bourbon.

Bernardin est sans nul doute conscient de l'idéalisation mensongère à laquelle sacrifie son roman : dans la version « réaliste » et vécue du même épisode (*Voyage*, lettre XVI), il raconte que, ayant aperçu un feu dans la nuit, il prend soin d'armer ses pistolets, « dans la crainte que ce ne fût une assemblée de Noirs marrons ». L'appréhension d'une mauvaise rencontre s'est ainsi transformée en une anecdote heureuse.

59. À signaler que l'aide alimentaire apportée aux esclaves en fuite (généralement contre une embauche clandestine aux champs) constitue un délit réprimé par les autorités. Considérablement amplifié dans la version imprimée, le récit du retour des deux enfants ne comporte dans la première rédaction manuscrite ni l'épisode où ils s'égarent dans la forêt, ni celui du palmiste abattu, ni l'intervention des Noirs marrons. Une comparaison des deux versions est particulièrement éclairante quant aux méthodes de travail de Bernardin (le texte ci-après correspond au passage débutant dans l'imprimé à « Ils remontèrent ensemble le revers du morne »). *MS* : Mais en se retournant,

Virginie qui, dans l'empressement d'être utile, avait oublié de se chausser, sentit qu'elle ne pouvait plus marcher. Les cailloux des chemins avaient mis en sang ses pieds délicats. Paul la mit sur son dos et descendit ainsi chargé la Montagne Longue, en passa à gué la rivière sur des roches glissantes, traversa le vallon qui est à côté de celui[-ci ?], et tous les bois, où il n'y avait pas une âme. Chemin faisant, Paul dit à sa sœur : « S'il t'avait refusé, je me serais battu avec lui. » – « Comment, dit Virginie tremblante, avec cet homme si grand et si méchant ? Mon frère, à quoi vous ai-je exposé ! Mon Dieu, qu'il est difficile de faire le bien ! Il n'y a que le mal de facile à faire. » En montant le revers de ce vallon, ils entendirent crier du haut de la montagne : « Paul ! Virginie ! où êtes-vous, mes enfants ? » et ils virent leurs mères, Domingue et Marie qui accouraient au-devant d'eux. Quoique Paul fût tout essoufflé et qu'il grimpât par des sentiers roides au milieu des roches, il voulut remettre lui-même dans la case de Madame de La Tour sa sœur dont les pieds saignaient. Virginie dit à sa mère : « Nous venons d'obtenir la grâce d'une pauvre esclave à qui j'ai donné le dîner de la maison parce qu'elle mourait de faim. » Madame de La Tour l'embrassa sans pouvoir dire un mot et Virginie, qui sentit son visage mouillé, lui dit : « Ma mère, vos larmes me paient de tout ce que j'ai fait. »

60. « La discorde règne dans toutes les classes, et a banni de cette île l'amour de la société qui semble devoir régner parmi les Français exilés au milieu des mers, aux extrémités du monde », note la lettre XI du *Voyage*.

61. Le manuscrit insère ici un développement qui n'a pas été conservé, mais où l'on peut trouver l'amorce de l'épisode des Noirs marrons que la version définitive a intégré aux pages précédentes. *MS* : En effet la bienfaisance régnait dans la cabane. Si quelque chasseur égaré y arrivait, il était sûr d'y trouver de l'hospitalité, et s'il en était besoin, à quelque heure de la nuit que ce fût, Paul se levait et allait le conduire, car il connaissait tous les sentiers de la montagne. Si la nuit les chiens à l'approche des Noirs marrons aboyaient, Paul allait

au-devant d'eux sans autre arme qu'un bâton à la main ; mais les Noirs ne faisaient jamais de tort à leurs plantations, car ils savaient que ces pauvres Blancs ne faisaient de mal à personne.

62. Le développement ci-après reprend le plus souvent les descriptions botaniques des lettres VII, VIII, XIII et XIV du *Voyage* (voir le Glossaire).

63. *MS* : des bambous qui croissent si rapidement et se lèvent comme d'immenses panaches.

64. Ces comparaisons, qui empruntent aux domaines de l'architecture et de la décoration, vont dans le sens d'une philosophie finaliste et anthropocentriste qui affirme l'unité des créations de la Nature et de celles de la technique humaine.

65. La rédaction définitive de ce paragraphe a amplifié considérablement les indications sommaires du premier jet manuscrit en mettant l'accent sur l'intention organisatrice et la philosophie de la nature qui l'inspire, comme le prouve la comparaison des textes. *MS* : Cet enclos ressemblait à un vaste amphithéâtre de divers étages de verdure, de fruits et de fleurs, où on entrevoyait parmi des ouvertures d'allées des prés de verdure, des berceaux, des champs de blé, des lisières, un coin de prairie.

66. À la place des deux phrases précédentes, le manuscrit indique : Et ne croyez pas que dans un terrain si inégal il y eût de la confusion.

67. Les pyramides figurent souvent parmi les « fabriques », ou constructions ornementales des jardins à l'anglaise.

68. L'esthétique de l'irrégulier, le refus de la symétrie au profit d'un apparent désordre, et de la ligne droite au bénéfice du sinueux, la recréation d'une image artificielle de la nature sauvage, tout cela est conforme au modèle du « jardin à l'anglaise » tel qu'il est mis en œuvre par l'héroïne de *La Nouvelle Héloïse* dans son Élysée de Clarens (J.-J. Rousseau, *La Nouvelle Héloïse*, IVe partie, lettre XI), dont Bernardin s'inspire de très près. Mais il a pu lire également les ouvrages de théoriciens tels que Jean-Marc Morel (*Théorie des jardins*, 1776) ou le marquis de Girardin *(De la composition des paysages,*

1777). Toutefois le « modèle anglais » se combine ici avec celui du jardin chinois, largement diffusé en Europe par le témoignage du missionnaire jésuite Attiret, qui fut inséré en 1749 dans la série des *Lettres édifiantes et curieuses*. Bernardin s'en fait précisément l'écho dans la lettre XIV du *Voyage à l'île de France* : « Si jamais je travaille pour mon bonheur, je veux faire un jardin comme les Chinois ; ils choisissent un terrain sur le bord d'un ruisseau. Ils préfèrent le plus irrégulier, celui où il y a de vieux arbres, de grosses roches, quelques monticules. Ils l'entourent d'une enceinte de rocs bruts avec leurs cavités et leurs pointes ; ces rocs sont posés les uns sur les autres de manière que les assises ne paraissent point. Il en sort des touffes de scolopendre, des lianes à fleurs bleues et pourpres, des lisières de mousse de toutes les couleurs. [...] On se garde bien de rien niveler ou aligner ; point de maçonnerie apparente : la main des hommes corrompt la simplicité de la nature. [...] Il n'y a point d'allées droites qui vous découvrent tous les objets à la fois ; mais des sentiers commodes qui les développent successivement. [...] Quelquefois on lit sur l'écorce d'un oranger des vers agréables, ou une sentence philosophique sur un vieux rocher. » On retrouve pratiquement tous ces éléments dans le jardin de *Paul et Virginie*

69. Tout le développement qui précède a été considérablement amplifié dans la version imprimée. Les deux dernières phrases, notamment, ne figurent pas dans le manuscrit.

70. Latinisme (*Quod si*) : « Et si ». Sur l'inscription à l'antique comme « voix des pierres » et la nomination des sites de l'île comme manifestation d'une parole vraie issue des choses mêmes, voir notre étude « Système de la toponymie et organisation de l'espace romanesque dans *Paul et Virginie* », Oxford, The Voltaire Foundation, *SVEC*, n° 242, 1986, p. 377-418, ainsi que Sophie Lefay, « La voix des pierres : Bernardin de Saint-Pierre et le goût des inscriptions », *in* Catriona Seth et Eric Wauters (dir.), *Autour de Bernardin de Saint-Pierre. Les écrits et les hommes des Lumières à l'Empire*,

Mont-Saint-Aignan, Publications des universités de Rouen et du Havre, 2010, p. 187-197.

71. Associé à la « poétique des ruines » que développent les *Études de la Nature* (voir notamment, dans l'Étude XII, le chapitre « Plaisir de la ruine »), le goût des inscriptions est également une composante du « modèle anglais » (ou plutôt, dans le cas de Bernardin, anglo-chinois) dans l'art des jardins. Les inscriptions en vers sur des rochers ou des « fabriques » abondent dans le parc d'Ermenonville, création du marquis de Girardin, l'un des principaux théoriciens du jardin à l'anglaise. Dans *La Nouvelle Héloïse*, si l'Élysée de Julie (IV, lettre XI) ne comporte pas d'inscriptions, les vers de Pétrarque et du Tasse gravés autrefois par Saint-Preux sur les rochers de Meillerie accentuent la nostalgie du pèlerinage au « monument des anciennes amours » (IV, lettre XVII).

72. Le manuscrit donne de cette citation d'Horace (*Odes*, I, III, v. 2-4) une traduction moins biaisée et plus exacte : « Que les frères d'Hélène, astres brillants, et que le père des vents vous dirigent et ne fassent souffler que le zéphyr. »

Il s'agit d'une nouvelle allusion aux Dioscures Castor et Pollux, ici invoqués dans leur rôle traditionnel de protecteurs de la navigation. La version définitive infléchit la traduction afin d'assimiler les deux enfants au couple mythologique.

73. Citation des *Géorgiques*, II, v. 493. Ici aussi, la traduction est tendancieuse. Le vers signifie : « Heureux aussi, celui qui connaît les divinités champêtres. »

74. *Géorgiques*, II, v. 467. La formule s'applique aux laboureurs, qui, assure Virgile, seraient trop heureux s'ils connaissaient leur bonheur. *Secura quies* signifie « un repos sans souci » plutôt qu'« une bonne conscience ».

75. Cette idée chère à Bernardin, qui l'a exprimée à diverses reprises sous des formes plus ou moins similaires, rejoint le principe harmonique des compensations autour duquel s'ordonne sa philosophie. Dans le *Préambule* à l'édition de 1806 de *Paul et Virginie*, il explique pourquoi il a fait suivre son portrait, reproduit en frontispice, d'une légende « qui peut aussi bien s'appliquer aux

lois morales de la nature qu'à ses lois physiques : *Stat in medio virtus, librata contrariis*. "La vertu est stable au milieu, balancée par les contraires." »

76. *1788* : Un cercle d'orangers et de bananiers plantés en rond, autour d'une pelouse.

Le texte de 1789 supprime le pléonasme.

77. L'Angola, région de la côte sud-ouest de l'Afrique où sont alors installés des comptoirs portugais, peut difficilement passer pour la patrie de Domingue, Noir Yolof (les Yolofs ou Ouolofs sont originaires du Sénégal). Foullepointe, localité de la côte nord-est de Madagascar, non loin de Tamatave, est alors l'un des centres de la traite à destination des Mascareignes. Marie est originaire de Madagascar, comme précisé au début du récit.

78. À partir de « Elles faisaient porter… », texte ajouté dans la marge du manuscrit.

79. L'ordre de la description a été fortement remanié par rapport au manuscrit et les noms plusieurs fois modifiés au fil des diverses révisions. LA CONCORDE a été nommée d'abord LA SALLE DU BAL, puis LA SALLE DES ACCORDS ; LA CONFIDENCE DU CŒUR devient LES LARMES ESSUYÉES, puis LES PLEURS ESSUYÉS ; LE REPOS DE VIRGINIE s'est appelé d'abord LES BAINS DE VIRGINIE.

80. *1806* : dès qu'elle fut accouchée de Virginie.

81. Absente du premier jet, l'évocation des deux cocotiers résulte d'une addition effectuée sur le manuscrit. Dans un fragment inédit cité par Souriau (*Bernardin de Saint-Pierre d'après ses manuscrits*, p. 239), Bernardin rapporte que Delille l'accusa d'en avoir emprunté l'idée à son poème *Les Jardins* (1780), et se défend de tout plagiat car, dit-il, « j'avais lu ma pastorale dans une maison très connue [celle de Mme Necker], plusieurs années avant qu'il eût publié son poème ».

82. *MS* : y apporta de la forêt des nids de pigeons bleus, des bengalis qui chantent comme des rossignols, des cardinaux dont le ventre est couleur de feu.

83. Ce passage démarque le développement parallèle de *La Nouvelle Héloïse* (IV, lettre XI). Julie a su attirer et retenir dans son Élysée une multitude d'oiseaux : « Avec le voisinage des matériaux, l'abondance des vivres et le grand soin qu'on prend d'écarter tous les ennemis, l'éternelle tranquillité dont ils jouissent les porte à pondre en un lieu commode où rien ne leur manque, où personne ne les trouble. Voilà comment la patrie des pères est encore celle des enfants, et comment la peuplade se soutient et se multiplie » (J.-J. Rousseau, *O.C.*, Pléiade, t. II, p. 477).

84. *MS* : de leurs yeux, de leurs amours faciles, de leurs besoins satisfaits.

85. Comme Rousseau, Bernardin se méfie de la violence inhérente à l'alimentation carnée. Il incline même au végétarisme, qu'il dut pratiquer involontairement en menant une « vie pythagorique » au cours de son séjour à l'île de France, en raison de l'extrême cherté des vivres.

86. *MS* : Elle l'écoutait avec la plus grande attention, et on la voyait se troubler d'être l'objet secret de toutes ses démarches.

Le manuscrit insère à la suite une nouvelle rédaction des chants alternés de Paul et de Virginie (« Quelquefois, seul avec elle... »), déjà apparus dans un épisode précédent. La version imprimée déplacera de nouveau ce morceau un peu plus loin.

87. La saison des pluies, qui correspond à la période cyclonique, s'étend approximativement de décembre à avril dans les Mascareignes.

88. C'est une première formulation du principe du « bonheur négatif », analysé avec une grande acuité dans les *Études de la Nature* (voir particulièrement l'Étude XII). Le manuscrit ajoute : Mais quelque mauvaise que fût la saison, on trouvait toujours un beau moment pour se promener dans le jardin. Quelquefois Mme M[énard] parlait des bords de la Loire et ne souhaitait pour combler son bonheur que d'y rassembler ses amis.

89. La référence à la Bible est absente du manuscrit, remplacée par un modèle païen, celui de la sagesse égyptienne. *MS* : On parlait de toutes sortes de sujets, et de la mort même, car pour apprendre à vivre il faut apprendre à mourir. Cette idée, qui afflige les gens riches, fortifie le pauvre vertueux. Ils avaient donc de leur expérience conservé cet usage des peuples naturels, de la considérer comme un bien, comme les Égyptiens, qui mêlaient l'idée avec leurs plaisirs, non pour les rendre tristes, mais plus durables, en les étendant à l'infini sur l'éternité.

90. Cette religion sans dogmes, sans prêtres, sans cultes et sans temples, proche de celle de la *Profession de foi du vicaire savoyard*, est un déisme naturaliste superficiellement christianisé.

91. Cette phrase condense un développement manuscrit. *MS* : Ainsi dans les âpres montagnes du Mexique naissent dans les montagnes [*sic*] des plantes de vanille qui, liées, entrelacées ensemble, résistent aux ouragans et élèvent leur parfum vers les cieux. Ainsi des oiseaux de mer, après avoir perdu leur mâle, élèvent dans le creux des rochers à l'abri des tempêtes leurs petits plus blancs que la neige.

Suit un passage supprimé dans l'imprimé : Mais, quelque mauvaise que fût la saison, il ne se passait guère de jour où il n'y eût un moment favorable à se promener dans le jardin. Les feuillages et les herbes humides brillaient d'un vert plus vif, de longues tiges sortaient de [lacune], les maïs avaient crû comme des grands roseaux et dans une nuit les bambous poussaient de terre leur long cornichon [*sic*]. Une vie, une création nouvelle agissait partout, et le jardin du jour ne ressemblait plus à celui de la veille. Des nids, d'où sortaient sous la ramée des familles nombreuses d'oiseaux, annonçaient de nouvelles promenades, et une saison plus favorable.

92. Le quartier des Pamplemousses, situé à une dizaine de kilomètres au nord-est de Port-Louis, possède d'après le *Voyage à l'île de France* la plus vaste des trois églises de l'île.

93. La vallée de la Montagne-Longue, à l'est de la vallée des Prêtres, est arrosée par la rivière La Bourdonnais.

94. *MS* : le long de la rivière où je les attendais avec mes Noirs qui portaient à dîner. Comme j'étais un peu plus à l'aise j'avais toujours de [*sic*] vin vieux. – « Habitant » aisé – et propriétaire d'esclaves – dans la première rédaction manuscrite, le Vieillard narrateur devient dans le texte définitif un « ermite » démuni.

95. L'opposition de la terre immobile et de la mer instable, associée à celle de l'agriculture vertueuse et du commerce impur, constitue un *topos* auquel Bernardin se réfère souvent. Il se charge bien évidemment dans *Paul et Virginie* d'une valeur prémonitoire. Sur l'histoire et les implications esthético-philosophiques de ce *topos*, voir notre étude « Fortune d'un lieu commun : la condamnation de la navigation, des poètes latins à Bernardin de Saint-Pierre », in *Bernardin de Saint-Pierre. Pour une biographie intellectuelle*, *op. cit.*, p. 201-217.

96. *MS* : Virginie au milieu de la pelouse, Paul dansant autour d'elle quelque danse pantomime à la manière des Indiens.

97. La pantomime, forme d'expression dramatique pratiquée surtout par le Théâtre de la Foire, a vivement intéressé les philosophes et notamment Diderot. À défaut de la « pantomime des gueux » du *Neveu de Rameau*, qu'il n'a pu connaître, Bernardin a pu lire les remarques sur le langage des gestes des *Entretiens sur le fils naturel* et de la *Lettre sur les sourds et muets*.

98. Le manuscrit insère ici un développement qui s'enchaîne directement avec le tableau du crépuscule (voir paragraphes suivants), lequel précède l'évocation des pantomimes inspirées de l'Ancien Testament. *MS* : Quelquefois nous faisions de petits voyages plus éloignés. C'étaient des pèlerinages à la nature. Quelquefois, à l'entrée d'un bois, sous quelque arbre détaché sur la pelouse, d'autres fois dans la forêt où des sentiers réunis formaient plusieurs ouvertures d'allées, là, à

l'abri des feux du soleil, nous les voyions au coucher comme une étoile à cinq gerbes lumineuses.

99. Le texte imprimé développe les deux pantomimes bibliques, seulement esquissées dans le manuscrit, mais élimine entièrement les scènes profanes qui les précèdent dans la première rédaction. *MS* : Au son du tam-tam, Virginie paraissait au milieu de la pelouse. Paul, une sagaie à la main, tournait autour d'elle comme son défenseur, se présentant à droite, à gauche, se jetant en avant ; puis, quittant son arme, une couronne de fleurs à la main, il feignait le mouvement d'un ennemi qui veut la surprendre. Après avoir parcouru autour d'elle différents cercles, il lui mettait sur la tête une couronne de pieds-d'alouettes dont le bleu relevait la blancheur de sa peau. Au bruit de nos applaudissements, vous eussiez dit la figure de Psyché couronnée par l'Amour. D'autres fois elle fuyait comme une colombe, là tournant autour d'un arbre, là fuyant dans la plaine. Léger comme un épervier, il la poursuivait, la saisissait, et sa poursuite était payée d'un baiser.

100. Il s'agit d'un épisode biblique de l'Exode (II, 15-22). Moïse, réfugié dans le désert de Madian, dans la région du Sinaï, prend la défense des sept filles du prêtre des Madianites, chassées par les bergers du puits où elles venaient abreuver les moutons de leur père Réuel [ou Raguel]. Celui-ci donne à Moïse sa fille Cippora [Séphora].

101. *1806* : il accordait l'hospitalité à l'innocence, et un asile à l'infortune.

102. Livre de Ruth, II, 1-23, et IV, 1-13. Bernardin simplifie le récit biblique et élimine ce qu'il pourrait avoir de scabreux. C'est évidemment le rôle de Booz qu'interprète Paul.

103. Le paragraphe ci-après est absent du manuscrit, où il est remplacé par la phrase suivante : La nuit nous surprenait bien souvent dans ces jeux ; alors, Domingue allumant des flambeaux de bois de ronde, nous retournions pleins de gaieté le long de la mer, et dans leurs courses légères on eût dit des Néréides sorties de la mer pour célébrer quelque fête marine.

104. Ces remarques s'appliquent en réalité à l'île Bourbon telle que la présente la lettre XIX du *Voyage à l'île de France* : « Les mœurs des anciens habitants de Bourbon étaient fort simples, la plupart des maisons ne fermaient pas. Une serrure même était une curiosité. Quelques-uns mettaient leur argent dans une écaille de tortue au-dessus de leur porte. » Bernardin ajoute toutefois que « la dernière guerre de l'Inde a altéré un peu ces mœurs ».

105. *MS* : c'était celle de leurs patrons.

106. Le manioc est la nourriture habituelle des esclaves. Si les « petits Blancs » étaient rares à l'île de France, ils étaient au contraire très nombreux à l'île Bourbon, où la pression démographique et la division des propriétés ont entraîné au XVIIIe siècle la prolétarisation d'une partie importante de la population blanche, chassée par le manque de terres cultivables vers les hauteurs de l'île où elle subsistait de façon précaire.

107. *MS* : Leurs plaisirs étaient toujours pleins, leur joie pure. Ils n'avaient pas besoin de société ni de parler, joyeux d'être pour ainsi [lacune] dans l'atmosphère l'un de l'autre.

108. C'est le narrateur premier – et bien évidemment, à travers lui, le lecteur – qui est visé par cette apostrophe du Vieillard.

109. Divinités champêtres de la culture antique, les faunes sont associés au monde masculin et à l'activité pastorale, les dryades au monde féminin et aux forêts. Pour Bernardin, ces entités mythologiques symbolisent les correspondances secrètes entre la Nature et l'Homme, développées par exemple dans la rêverie scientifique des « Entretiens sur les arbres, les fleurs et les fruits » annexés à la lettre XXVII du *Voyage à l'île de France*. En écho à la thèse « animalculiste » soutenue par le Voyageur (un arbre est une république de petits êtres), la Dame lui répond : « Vous croyez aux hamadryades ? Vraiment votre système est renouvelé des Grecs. Je suis fâchée qu'on ait quitté leur philosophie ; elle était plus touchante que la nôtre ».

110. Le paragraphe qui précède ne figure pas dans le manuscrit, à l'exception de la première phrase, mais un

développement sur la nature et la vérité du cœur occupe sa place. *MS* : L'esprit se lasse encore plus vite que le corps, mais le cœur est inépuisable. Cet attrait secret qu'on appelle le sentiment est le premier ressort de l'homme. Avant de raisonner, au berceau, il tend les bras vers ses parents, dans sa jeunesse vers ses amours, au tombeau vers ses enfants ; heureux quand, n'ayant pas saisi une chimère, il n'est pas forcé de les élever en pleurant vers son dieu. Voilà ce qu'est l'homme dans la nature. Mais si, quelque passion fautive et malheureuse ayant dépravé ce sentiment, le malheureux n'est plus sur la terre que pour haïr, ainsi le cœur est encore le centre de toutes ses actions, et quoi que fasse le sage, l'insensé ou l'ignorant, il est destiné à aimer ou à haïr.

111. Variante littéraire des « enfants sauvages » parfois découverts dans les forêts de régions écartées, comme le célèbre Victor de l'Aveyron, l'« enfant de la nature » tel que le conçoivent philosophes, pédagogues et romanciers des Lumières (Guillard de Beaurieu, *L'Élève de la Nature*, 1763 ; Dulaurens, *Imirce ou la Fille de la Nature*, 1764 ; Mercier, *L'Homme sauvage*, 1767) permet, grâce à la fiction d'une éducation purement « naturelle » à l'écart du monde social, d'illustrer sur le mode romanesque les thèses empiristes et de trancher « expérimentalement » le débat sur l'inné et l'acquis. L'influence de l'*Émile* de Rousseau est patente dans tous ces ouvrages. L'« enfant de la nature » réalise l'apparent paradoxe d'un savoir de l'ignorance, si l'on ose dire, dont l'Étude XII fait la théorie, car « la science nous montre le terme de notre raison, l'ignorance l'éloigne toujours ».

112. *MS* : et se connurent.

113. Les pages qui suivent ont été déplacées ; elles font suite d'abord dans le manuscrit à la scène célèbre du « jupon bouffant », située vers le début du roman, puis réapparaissent beaucoup plus loin, s'insérant à la suite du paragraphe qui s'achève sur « Virginie serait mieux là ». Ce duo lyrique a finalement trouvé la seule place qu'il pouvait occuper, à la fin de l'idylle enfantine, dont il constitue à la fois le sommet poétique et, par la

sensualité diffuse qui l'imprègne, l'annonce de ce qui va irrémédiablement la corrompre.

114. Cette indication a pour but de rendre vraisemblable la précision littérale de l'information du narrateur, bien qu'il n'ait pas assisté à la scène. Cette contrainte technique inhérente au point de vue subjectif, tant bien que mal respectée ici, sera oubliée plus loin dans l'épisode du bain de Virginie, dont le Vieillard n'a été ni témoin oculaire ni, semble-t-il, confident.

115. *MS* : Si je te touche le feu court dans mes veines. Ah ! quand sur mon dos je te portais à travers le vallon, il me semblait que j'avais des ailes de feu.

116. À défaut d'emprunts manifestes, on peut relever des analogies avec les chants alternés de l'Époux et de l'Épouse du Cantique des cantiques, notamment les reprises anaphoriques et l'imagerie « orientale » qui emprunte au registre animal ou végétal ses comparaisons avec l'être aimé.

117. *MS* : Tu me demandes pourquoi nous nous aimons. C'est qu'il y a en nous quelque chose d'aimant. Tout ce qui a de la vie s'aime.

118. Le manuscrit ajoute : seule dans sa grotte dont elle sortait les yeux humides.

119. Le manuscrit ajoute : C'était le premier chagrin qu'il éprouvait.

120. *MS* : qui désolent la côte malabare.

121. Le régime d'alizés dominant est en effet suspendu dans les Mascareignes pendant la saison chaude. Le *Voyage à l'île de France* (lettre X, « Journal météorologique ») relate longuement l'ouragan du 23 décembre 1768, auquel l'auteur a assisté. Les signes précurseurs sont similaires à ceux rapportés ici. Des réminiscences possibles de l'Apocalypse ont également été relevées par J.-L. Vissière (VII, 1 : absence de vent ; XVI, 12 : assèchement des rivières ; VIII, 7 : terre et herbe brûlées ; XVI, 3 : mer de sang ; VI, 12 : lune sanglante, etc.).

122. Le manuscrit ajoute : Ce jardin, l'objet de tant de soins, si couvert d'arbres verts, était désolé par la sécheresse.

123. Les deux phrases qui précèdent remplacent dans le manuscrit le passage suivant. *MS* : Une nuit au clair de la lune, elle sort, résolue de prendre le bain. Auprès de la grotte était une source qui formait un réservoir.

124. L'évocation des palmiers jumeaux projetant leur ombre sur le corps nu de la jeune fille, où l'on peut voir une figuration assez claire de la tentation charnelle et peut-être d'une relation incestueuse, n'apparaît que dans une addition au manuscrit. La version initiale leur substitue l'ombrage d'un myrte.

125. La zone torride est celle qui s'étend entre les deux tropiques. Chez les géographes de l'Antiquité, elle passait pour inhabitable, et même impropre à la vie humaine.

126. Cette phrase est absente de la rédaction primitive.

127. Cette image, qui redouble l'insularité du site, est introduite dans le manuscrit par une addition en bas de page.

128. *MS* et *1788* : vers le nord-ouest.

129. Les principaux éléments de ce récit sont présents dans la relation de l'ouragan du 23 décembre 1768 (*Voyage*, lettre X). L'auteur y rapporte pareillement les efforts des habitants pour étayer leurs maisons et en condamner les ouvertures, ainsi que la détresse de son hôtesse en larmes devant les dégâts subis par la case.

130. Phrase absente du manuscrit.

131. Saint Paul de Thèbes ou saint Paul Ermite, premier des anachorètes d'Égypte (vers 230-vers 350), se retira au désert pour fuir les persécutions de Dèce et y demeura jusqu'à l'âge de 113 ans. Sa vie, pleine d'éléments fabuleux, est retracée par saint Jérôme dans un récit qui fascina Bernardin enfant, ainsi qu'il le raconte dans les *Harmonies de la Nature* (VII) : retiré dans un espace clos dont un palmier dissimulait l'entrée et où coulait une fontaine, comme le jardin de *Paul et Virginie*, il fut miraculeusement nourri chaque jour pendant soixante ans par un corbeau qui lui apportait sa nourriture. Cette anecdote hagiographique, où l'on retrouve à la fois la thématique du refuge en marge du monde et celle

de la Nature-Providence, accompagna une fugue enfantine du jeune Bernardin « persuadé, dit-il, que comme un Paul ermite, Dieu me nourrirait dans le désert ».

132. *MS* : C'était un fort petit tableau représentant l'ermite Paul avec de grands yeux noirs, un teint frais, et qui par hasard ressemblait à Paul Ménard. Elle reçut cette image et lui dit […].

Le manuscrit ne comporte ici aucune allusion à Marguerite. À une ressemblance due au simple hasard, Bernardin a substitué une explication issue de la médecine populaire qui fait appel à la puissance de l'imagination sur la matière et revient à considérer Paul non plus comme un bâtard, mais comme le « fils », au moins spirituel, du saint dont il a pris les traits.

133. *MS* et *1788* : depuis quatorze ans.

La correction introduite par le texte de 1789 vise à ne pas heurter la cohérence chronologique : Madame de La Tour s'étant établie dans l'île en 1726, nous sommes donc en 1741, ce qui s'accorde mieux avec la durée de l'absence de Virginie et avec la date du naufrage (24 décembre 1744).

134. Bien que le *Voyage à l'île de France* reconnaisse la relative salubrité de l'air, il ajoute toutefois « qu'on jouit dans les pays froids d'une santé plus forte, et d'un esprit plus vigoureux » (lettre X). Lecteur de l'*Histoire philosophique des deux Indes* de l'abbé Raynal, Bernardin croit comme lui à la « dégénération » sous l'effet du climat des populations blanches transplantées sous les tropiques.

135. Il est remarquable que nul dans le roman ne conçoive l'avenir en dehors du système esclavagiste. L'île de France est alors en relation constante avec l'Inde française, notamment avec le comptoir de Pondichéry, dont elle est considérée comme la base arrière.

136. *MS* : Nous en parlerons à M. Mustel.

Il s'agit de l'un des rares passages du manuscrit où le Vieillard reçoive une identité précise. Ce nom, biffé dans la révision, est celui d'un journaliste français installé en Hollande dont Bernardin fit la connaissance à Amsterdam en 1762. Accueilli et secouru par Mustel, qui le fit collaborer à son journal, Bernardin voulut sans doute lui rendre hommage en donnant son nom au narrateur.

137. Le *Voyage* (lettre XVII) décrit pourtant un moulin à égrener le coton, invention de l'ingénieur de Séligny.

138. Cette phrase manque dans la première rédaction du manuscrit.

139. *MS* : Dans cet embarras, il arriva un vaisseau de France avec une lettre pour Madame de la Tour. Sa tante lui écrivait.

140. *MS* : J'avais moi-même apporté cette lettre de la ville, et à peine fut-elle lue que ce fut une désolation dans toute la famille.

141. *MS* : plus de félicité dans le travail, dans l'amitié.

142. *MS* : « je n'irai point aux Indes » manque dans la première rédaction.

143. *1806* : Elle parut le reste du jour.

144. Les trois phrases qui précèdent manquent dans la première version manuscrite.

145. La précision sociale « de qualité » ne figure pas dans la première rédaction.

146. *MS* : d'où dépend le bien-être de toute votre vie.

147. Cette formule correspond à une réalité sociologique si l'on en croit le *Voyage à l'île de France* ; d'après Bernardin, la population blanche est pour une bonne part composée d'aventuriers ruinés venus rétablir leur fortune : « Tous sont mécontents, tous voudraient faire fortune et s'en aller bien vite. À les entendre chacun s'en va l'année prochaine. Il y en a qui depuis trente ans tiennent ce langage » (lettre XI). Dans son discours aux habitants à son arrivée dans l'île, l'intendant Pierre Poivre constate que « jusqu'ici, chaque colon, aveuglé par son intérêt privé, n'a regardé cette colonie que comme un lieu de passage, et ne s'est attaché qu'aux moyens de faire une fortune rapide par toutes sortes de voies, pour retourner promptement en France » (*Voyages d'un philosophe*, 1768). En 1782 encore, Sonnerat écrit dans son *Voyage aux Indes orientales et à la Chine* qu'« aucun

Européen n'y passe dans le désir de s'y fixer ; on y va trois ou quatre ans, pendant lesquels on cherche à s'enrichir ».

148. Le mot désigne de manière générique diverses monnaies d'argent en usage dans différents pays (Espagne, Turquie, Inde, Amérique du Sud) et surtout dans les colonies européennes.

149. Il est possible, comme le signale P. Trahard, que Bernardin se rappelle l'accueil qui lui a été réservé dans l'unique pièce de la case par la famille Le Normand, installée dans une « habitation » isolée près du morne Brabant, au cours de son voyage à pied autour de l'île *(Voyage*, lettre XVII).

150. Phrase absente de la rédaction manuscrite initiale.

151. Étrange formule, où la dénégation enveloppe le rappel allusif de l'interdit de l'inceste.

152. Phrase absente de la rédaction manuscrite initiale.

153. *MS* : cèdent comme une digue trop faible.

154. *MS* : qu'elle voyait la main de la Providence qui dans sa mère ajoutait à ses forces et lui donnait une amie sûre, l'aiderait à résister sans qu'elle fût obligée de s'éloigner. Sa mère lui dit : « Mon enfant... »

155. Ici, le manuscrit insère un développement qui n'a pas été conservé. *MS* : Ces conversations particulières entre la mère et la fille, si nouvelles, donnèrent à Paul une tristesse sombre. « Qu'a-t-on résolu ? disait-il. On se cache déjà de moi ! »

156. *MS* : C'était le respectable M. Ignou, curé de l'île.

Ce nom (raturé et orthographié Higou, puis biffé définitivement) n'est probablement pas imaginaire : le P. Gabriel Igou, missionnaire lazariste, fut l'un des premiers ecclésiastiques affectés dans l'île. Il fut vicaire apostolique de la colonie dans les années 1730-1740.

157. « Espérez-vous que j'approuve un éloge de la pauvreté qui s'achève sur un *Dieu soit loué ! nous sommes riches* [sic] ? », s'exclame Étiemble dans son introduction au roman (*Romanciers du XVIII*ᵉ *siècle*, tome II, Paris, Gallimard, 1965, Bibliothèque de la Pléiade, p. XXXII). Il faut une

certaine distraction, ou une singulière mauvaise foi, pour refuser de voir la portée satirique de ce « mot » férocement anticlérical.

158. Ici, le texte définitif s'écarte beaucoup de celui du manuscrit. *MS* : Le missionnaire sorti, sa mère la prit en particulier et lui parla longtemps avec émotion, et Virginie se calma et on l'entendit dire avec fermeté : « Eh bien ! ce que vous me dites de M. Ménard [il s'agit de Paul] me décide tout à fait. » Ces mots furent entendus par lui et par sa mère et augmentèrent son trouble. Cependant, le bruit s'étant répandu...

Le long développement qui suit, notamment les réflexions du Vieillard, absent de la rédaction initiale, est seulement sommairement ébauché dans une addition postérieure.

159. À l'exception des pagnes de Madagascar, toutes les étoffes énumérées sont des « indiennes », toiles peintes de coton ou de soie originaires de l'Inde ou de la Chine. Les Mascareignes servaient de relais pour le commerce des « indiennes », qui connut un développement considérable après 1759, lorsque furent levées les restrictions qui frappaient leur importation en France. L'*Encyclopédie* en donne une description détaillée que nous résumons ci-après :

— *basin* : tissu blanc qui peut être croisé comme un sergé ou à carreaux, souvent orné de broderies en fil de soie, originaire de la côte de Coromandel ou de Goudelour pour les plus réputés.

— *mouchoirs* : les mouchoirs peints, éléments habituels de la coiffure créole, proviennent de la côte de Coromandel. Paliacate et Mazulipatan sont des villes de la côte sud-est de l'Inde.

— *mousseline* : étoffe de coton fine et transparente. Dacca est la capitale du Bengale.

— *bafta* ou *baffeta* : toiles de coton d'aspect variable, de la plus fine à la plus épaisse, teintes en blanc pour le marché européen, en rouge ou en bleu pour le marché asiatique, originaires du Gujarat. Surat est un port de la côte nord-ouest de l'Inde.

— *chitte* ou *chintz* : terme générique désignant diverses variétés de mousselines ou toiles de coton imprimées.

— *lampas* : étoffe de soie de Chine.
— *taffetas* : étoffe de soie mince et unie.
— *pékin* : étoffe de soie peinte.
— *nankin* : tissu de coton de couleur jaune chamois qui se fabriquait originellement à Nankin.

Au-delà de l'aspect documentaire, l'énumération vaut surtout pour l'effet exotique que ces noms permettent de créer, même – et surtout – s'ils n'évoquent rien de précis pour le lecteur européen.

160. L'imprimé modifie l'ordre de l'énumération et y ajoute quelques éléments absents dans le manuscrit.

161. Phrase absente de la première rédaction manuscrite.

162. La rédaction du manuscrit est ici très sommaire. *MS* : Il s'en vint chez moi d'un air triste et me dit : « Ma mère vous prie de de [*sic*] passer. »

163. C'est l'habillement des femmes créoles à l'île de France, comme le précise le *Voyage* (lettre XI) : « Leur propreté est extrême dans leurs habits. Elles sont habillées de mousseline, doublée de taffetas couleur de rose. » La toile bleue du Bengale est, en principe, réservée aux esclaves ou aux indigents.

164. Phrase absente du manuscrit.

165. *MS* : Mais la tristesse de Paul était si marquée que sa mère le prit en particulier et lui dit : « De quoi t'affliges-tu ? » – « N'avez-vous pas entendu comme moi "Ce que vous dites de M. Ménard me décide à partir" ? Elle m'appelle M. Ménard ! » – « Mon fils, il faut… »

166. Au lieu de *parente*, Édouard Guitton propose de lire *parenté* qui offre un sens plus satisfaisant.

167. La confession de la « faute » de Marguerite manque dans le manuscrit, quoique celle-ci révèle à son fils qu'il est un bâtard.

168. *MS* : C'était le 16 novembre après le souper. – Cette précision chronologique a été supprimée dans l'imprimé.

169. *MS* : La lune s'élevait au-dessus de la Montagne Longue dans un rideau de nuages.

170. Cette formulation bizarre, qui ne figure pas dans la version manuscrite initiale, résulte d'une addition insérée après « dans leurs nids » sans aucun signe de ponctuation ; l'auteur a d'abord écrit « tous jusqu'aux insectes sous l'herbe faisaient », puis biffé *faisaient* et introduit *bruissaient* après le mot *insectes*. Mais faut-il lire *bruissaient* ou *bruissant* ? L'écriture peu déchiffrable de Bernardin autoriserait cette hypothèse. Nous proposons donc du texte du manuscrit la lecture suivante (après restitution de l'orthographe et de la ponctuation), qui paraît offrir un sens plus satisfaisant : On entendait, au fond de la vallée, dans les bois, sur les flancs des mornes, de petits cris, de doux murmures d'oiseaux se caressant dans leurs nids, tous, jusqu'aux insectes bruissant sous l'herbe, réjouis par la beauté de la nuit et la douceur de l'air. – Reste que ce n'est pas cette leçon qui a été retenue par l'auteur ou du moins par son imprimeur. La phrase, jugée par Trahard inintelligible et absurde, qui figure dans le texte imprimé a même traversé sans modification toutes les éditions successives, ce qui semble suggérer que Bernardin n'a pas toujours apporté à sa relecture un très grand soin.

171. Répondant aux contraintes techniques de la narration à la première personne en point de vue subjectif, cette indication a pour but de justifier la transcription littérale de la conversation qui suit.

172. *MS* : une grande naissance, bien que je ne puis me donner.

173. « Il est dans le lieu natal un attrait caché, je ne sais quoi d'attendrissant qu'aucune fortune ne saurait donner et qu'aucun pays ne peut rendre », écrit Bernardin dans la conclusion du *Voyage* (lettre XXVIII).

174. *MS* : lorsque la nuit viendra, lorsque dans la montagne je verrai la grotte où vous ne serez plus.

175. *MS* : d'autres ombrages que celui de ces bois, d'autres plaisirs que mes caresses.

176. *MS* : je voulais que tu m'aidas [*sic*] à me séparer de toi.

La rédaction définitive introduit une dimension héroïque qui est absente du manuscrit.

177. Le passage « tous deux, nous nous le sommes dit mille fois... elle n'est pas votre sœur » est absent de la rédaction manuscrite initiale.

178. Ces imprécations qui appellent et préfigurent la catastrophe finale sont empruntées au répertoire des figures tragiques.

179. *MS* : la colère lui ôtait la raison.

180. *MS* : Je vous prends à témoin, vous, ma mère, qui connaissez mes secrets sentiments ; et vous, M. Mustel, qui m'avez tenu lieu d'un père. – On se rappelle que Mustel est le nom du Vieillard dans la rédaction initiale.

181. Cette comparaison de style épique est géographiquement incohérente : il n'y a pas de glaciers dans les Apennins, chaîne de montagnes qui traverse la péninsule italienne.

182. Constellation de l'hémisphère austral dont une branche indique la direction du sud.

183. De façon un peu plate, le manuscrit ajoute : mais, ô douleur, Virginie était partie.

184. Cette phrase, qui fait écho à l'image cosmographique de la division du globe entre un hémisphère obscur et un hémisphère lumineux évoquée plus haut par le Vieillard, souligne pareillement la construction de l'œuvre en deux grandes parties antithétiques, l'intervention du narrateur premier – la seule dans tout le roman, à l'exception du prologue et de l'épilogue – accentuant la valeur de charnière qu'on peut reconnaître à ce passage.

185. *MS* : Le premier objet que vit Paul en arrivant à l'habitation fut la négresse Marie qui pleurait. Il courut au port mais le vaisseau étant bien loin, il voulut se saisir d'une pirogue, mais le gouverneur qui était venu chercher Virginie lui-même en palanquin le voulut consoler.

186. La montagne du Pouce (850 m), qui surplombe la ville de Port-Louis, est évoquée dans les *Harmonies de la Nature* (livre IV, « Harmonies terrestres ») parmi les « montagnes

élémentaires » qualifiées d'hydrauliques, car elles « annoncent sous une figure humaine la vue des îles maritimes aux navigateurs [...]. Tel est [...] le sommet de la montagne du Pouce, qui représente le profil d'une tête d'Encelade regardant vers le ciel ».

187. Le sommet du Piterboth, surmonté d'un rocher d'une forme caractéristique, est situé à peu de distance de celui du Pouce, légèrement au nord. Il est évoqué dans les *Études* (Étude IV, « Réponse aux objections contre la Providence ») et dans les *Harmonies* (IV). Les Trois-Mamelles, situées plus loin au sud, ont été mentionnées dans l'épisode de l'expédition à la Rivière-Noire. L'île Bourbon (île de la Réunion) est normalement invisible depuis l'île de France (île Maurice).

188. Bernardin s'est intéressé aux expériences d'optique menées à l'île de France par l'inventeur de la « nauscopie », un certain Étienne Bottineau, qui se flattait de détecter la présence de navires en mer à très longue distance des côtes grâce à l'observation de la réfraction dans les nuages (*Harmonies de la Nature*, livre III, « Harmonies aquatiques »).

189. Ici commence un très long développement qui n'offre aucune correspondance précise avec le manuscrit à l'exception de quelques phrases isolées.

190. Ici s'achève le passage sans correspondance précise dans le manuscrit.

191. *MS* : ignorant comme un Créole qui croyait qu'il n'y avait au monde que son île et l'Europe.

192. *MS* : l'a rendu pour l'homme instigateur de mille besoins et le feu qui l'anime. – La thèse selon laquelle l'amour, et la passion en général, sont à l'origine de la société se trouve chez Rousseau (dans l'*Essai sur l'origine des langues* et l'*Émile*). Que la communication écrite ne soit que le substitut imparfait d'une relation immédiate entre les êtres devenue impossible est également une idée qui appartient à la tradition rousseauiste.

193. Avec l'œuvre de Rousseau, le *Télémaque* (1699) de Fénelon est le grand modèle littéraire de Bernardin de Saint-Pierre. Celui-ci a tenté d'imiter le « roman archéologique » fénelonien dans un récit d'aventures à sujet antique, *L'Arcadie*, dont seul le premier livre, intitulé « Les Gaules », a été effectivement achevé et publié aux côtés de *Paul et Virginie* dans l'édition de 1788 des *Études de la Nature*. Antiope ne désigne pas ici le personnage mythologique de ce nom, compagne de Thésée et mère d'Hippolyte, mais la fille du roi de Salente Idoménée, dont Télémaque s'éprend au livre XVII du roman de Fénelon. Quant à Eucharis, dont il s'est également épris au début (livre VI), c'est l'une des nymphes de Calypso, laquelle ne manque pas d'en concevoir de la jalousie.

194. *MS* : dans sa sœur.

195. *MS* : La lecture sert de consolation comme l'amitié, mais le choix n'est pas moindre.

Cette phrase est omise dans l'imprimé.

196. Bernardin a-t-il en tête des exemples précis ? Trahard évoque notamment *La Paysanne pervertie* (1779) de Rétif de La Bretonne ou *Les Liaisons dangereuses* (1782) de Laclos. Mais les « romans à la mode » désignés par la chronologie de l'action romanesque peuvent être également ceux des années 1730-1740. Cette période voit la publication de nombreux « classiques » du roman libertin, comme *Les Égarements du cœur et de l'esprit* (1736) ou *Le Sopha* (1742) de Crébillon, voire de la littérature pornographique : *Le Portier des Chartreux* de Gervaise de Latouche paraît en 1740. Au demeurant, le thème de l'influence corruptrice des romans est un lieu commun rebattu : « Jamais fille chaste n'a lu de romans […]. Celle qui, malgré ce titre, en lira une seule page, est une fille perdue », écrit Rousseau dans la préface de *La Nouvelle Héloïse* (1761).

197. *MS* : Depuis son départ un an et demi se passa. *1788* : En effet, près de deux ans s'étaient écoulés.

198. Cette phrase manque dans le manuscrit.

199. Le texte de la lettre de Virginie n'a pas d'équivalent précis dans le manuscrit, qui se borne à en donner au style indirect un résumé très sommaire. *MS* : Elle envoyait à Madame de la Tour des foins [?] et des fruits de la Touraine, des graines de toute sorte de fleurs, entre autres des violettes de la Touraine qu'elle regrettait tant. C'était tout ce qu'elle avait pu prendre pour ses épargnes. Elle avait bien sollicité sa tante pour procurer à sa mère de plus grands secours ; mais elle lui avait répondu que peu ne servirait à rien et que dans la vie simple qu'elle menait beaucoup l'embarrasserait. « J'obtiendrais tout, disait-elle, si je voulais être injuste. » Elle espérait beaucoup de sa conduite et de Dieu. Sa tante avait de bons moments ; elle l'avait mise dans l'état le plus brillant et lui faisait donner dans le monde le titre de comtesse. Mais elle lui défendait la lecture : « Elle ne veut point que je raisonne ; qu'elle m'empêche donc de sentir ! » Son espérance était en Dieu. Où était donc le temps où elle ne connaissait son cœur que par ses joies ? Mais Dieu élevait son âme par la privation. Elle recommandait dans les termes les plus tendres sa mère et la bonne Marie à son frère Paul.

À peu près rien dans le manuscrit ne correspond au postscriptum de la version imprimée.

200. À propos des dames de l'île de France, la lettre XI du *Voyage* regrette que leur éducation ait été négligée au point que certaines ne savent pas lire. Dans la « petite société », seule Madame de La Tour sait lire.

201. Ou boutons-d'or.

202. Faut-il souligner la valeur symbolique de cette tentative de réunion des deux mondes ? Mais les graines avorteront. La lettre XIV du *Voyage* signale la dégénérescence des arbres européens dont on a tenté l'acclimatation dans l'île.

203. Ce renversement de perspective est traditionnel dans la littérature « sauvage » des Lumières, des *Dialogues avec un sauvage* (1703) de La Hontan au *Supplément au voyage de Bougainville* (1772) de Diderot.

204. Les indications fournies au fil du texte permettent d'identifier ce rocher avec le site nommé précédemment LA

Découverte de l'amitié. Ce lieu hautement symbolique se situe au point de passage entre le monde extérieur et l'espace clos du « bassin ».

205. Seul le paragraphe ci-dessus (« La lettre de cette sensible et vertueuse demoiselle... elle en était inconsolable ») présente une correspondance approximative avec le manuscrit. Les deux paragraphes suivants (« Paul lui écrivit une lettre fort longue... qui ne put venir à sa perfection »), qui retracent le très symbolique envoi des cocos « parvenus à une maturité parfaite » et l'échec des semences européennes transplantées dans l'île, n'offrent de nouveau aucune correspondance avec le manuscrit.

206. *MS* : Cependant la calomnie et l'envie, qui commençaient à s'introduire avec le commerce dans cette île avec les mauvaises mœurs et l'oisiveté.

207. Le manuscrit ne parle pas de romans, mais, sans autre précision, de « livres », et un peu plus loin de « comédies ».

208. Ici, une phrase omise présente dans le manuscrit : « Comment, disait-il, ce sexe est léger et trompeur ! »

209. *1788* : dans l'espace d'un an.

210. *MS* : pour confirmer ou bannir ses craintes par mon expérience et il se fiait en moi parce que je ne l'avais jamais trompé.

Ici s'ouvre dans l'imprimé un très long développement (« Je demeure, comme je vous l'ai dit... par le sens de ses questions et de mes réponses ») correspondant à la confession du Vieillard et à la méditation sur la solitude. Il se referme avec le morceau sur le papayer. Toutes ces pages sont absentes de la première version manuscrite, qui enchaîne directement sur l'entretien entre Paul et le Vieillard. Toutefois une note marginale (p. 43, f. 23 r°) indique « ici la digression papapayer » [*sic* !]. Cette « digression » semble correspondre à un appendice ajouté à la fin du manuscrit (p. 89, f. 45 et 46 v°, M.-Th. Veyrenc, p. 545-546) appartenant à la révision 3, dont la rédaction assez chaotique préfigure de manière approximative et incomplète le texte définitif. Les pages qui suivent n'appartiennent donc pas, selon toute vraisemblance, au projet initial de l'œuvre.

211. Dans le manuscrit, le Vieillard est désigné comme un « habitant » père de famille et propriétaire d'esclaves. Le remaniement, qui retire au personnage tout ancrage social, en fait un exclu de la société à l'image du paria de *La Chaumière indienne* (1790), ou encore un « solitaire » méditatif, à l'instar du Rousseau des *Rêveries* (posth., 1782).

212. Les brames ou brahmanes sont les membres de la caste sacerdotale de l'Inde. Si le héros solitaire de *La Chaumière indienne* est un intouchable, Bernardin a fait d'un couple de brames les protagonistes d'un autre roman de la solitude demeuré inédit, l'*Histoire de l'Indien*, récemment publié par Chantale Meure dans le tome I de la nouvelle édition des *Œuvres complètes, Romans et contes*, Classiques Garnier, 2014.

213. Ces voyages et ces « persécutions » (sur lesquelles le texte ne fournit aucun détail) incitent à voir dans le Vieillard une sorte de double de l'auteur. Si Bernardin ne connaît de l'Amérique que les Antilles, découvertes dans son enfance à l'occasion d'un voyage avec son oncle Godbout (1749), et n'a eu d'autre contact avec l'Afrique qu'une escale au Cap à son retour de l'île de France (1771), il a sillonné l'Europe de 1760 à 1765 à la recherche d'un emploi (Allemagne, Malte, Hollande, Russie, Finlande, Pologne, Autriche, Prusse…). Ces errances relatées sur un mode impersonnel dans ses *Voyages dans le Nord* (publiés en 1818 par Aimé-Martin dans les *Œuvres complètes* posthumes) fournissent aussi la matière des *Voyages de Codrus*, vraisemblablement rédigés au cours du séjour à l'île de France. Sous le masque antique, le texte se présente comme une confession où l'auteur prend la pose de la vertu persécutée, à l'instar du Vieillard. Le lecteur trouvera des éditions critiques de ces deux ouvrages dans les tomes I et II de la nouvelle édition des *Œuvres complètes* (Classiques Garnier).

214. Les *Études de la Nature* (Étude XII, section « Du sentiment de la mélancolie ») formulent en des termes

pratiquement identiques le principe du « bonheur négatif » et le rattachent de manière explicite au motif du *suave mari magno* de Lucrèce (*De Natura Rerum*, II, 1), pour qui « ces sortes de goûts naissent du sentiment de notre sécurité, qui redouble à la vue du danger dont nous sommes à couvert. Nous aimons, dit-il, à voir des tempêtes du rivage ».

215. Ce développement sur la solitude s'inscrit dans la tradition antique, à la fois épicurienne et stoïcienne, de l'éloge de la retraite et de l'immobilité de la vie heureuse. Mais il comporte aussi beaucoup de réminiscences de Montaigne et de Rousseau.

216. Comme Rousseau évoquant dans la cinquième des *Rêveries du promeneur solitaire* son séjour dans l'île Saint-Pierre, « naturellement circonscrite et séparée du reste de monde », le Vieillard voit dans la fermeture spatiale et l'isolement social les conditions du bonheur autarcique de l'être qui « aime à se circonscrire ».

217. Ces oiseaux sont décrits dans le *Voyage* (lettre IX) : « Il y a une espèce de perruches vertes avec un capuchon gris. Elles sont grosses comme des moineaux. On ne peut jamais les apprivoiser. C'est encore un ennemi des récoltes. Elles sont assez bonnes à manger [...]. Il y a un ramier appelé pigeon hollandais [...]. »

218. Les singes (dont Bernardin conteste qu'ils aient été introduits dans l'île par les Portugais, thèse soutenue par l'abbé de La Caille) sont décrits en termes nettement moins favorables dans le *Voyage* (lettre IX) : « Ils viennent souvent piller les habitations. Ils placent des sentinelles au sommet des arbres et sur la pointe de rochers. Lorsqu'ils aperçoivent des chiens ou des chasseurs, ils jettent un cri, et tous décampent. » Le « cri aigu du singe malfaisant » (lettre VIII) est la hantise des planteurs, au même titre que les invasions de sauterelles ou de rats, selon les brouillons intitulés *Sur l'esprit de colonie* (voir la nouvelle édition des *Œuvres complètes*, tome II, *Voyages*, Classiques Garnier).

219. Le papayer étant un arbre dioïque, seuls les plants femelles fructifient. Par distraction sans doute, le *Voyage*

(lettre XIV) précise à tort que « le papayer femelle ne porte que des fleurs ».

220. *1788* : trois ans après.

221. *1788* : d'une décadence insensible.

222. Au sens classique, le terme ne désigne pas nécessairement un édifice, mais s'applique à tout ce qui perpétue le souvenir.

223. Cette précision assez lourde, qui résulte d'une addition effectuée sur le manuscrit, se justifie dans celui-ci par la présentation confuse du dialogue, où rien n'indique l'attribution des répliques. Mais elle est clairement spécifiée dans le texte imprimé (peut-être sur l'initiative de l'éditeur), ce qui rend l'indication superfétatoire et passablement maladroite. Au-delà de ce paragraphe, le texte définitif suit de nouveau linéairement le manuscrit.

224. *MS* : Melle de la Tour est partie depuis 4 ans, et depuis 2 ans passés, point de nouvelles. *1788* : Melle de la Tour est partie depuis trois ans et demi ; et depuis un an et demi, elle ne nous a pas donné de ses nouvelles.

225. Cette remarque faussement naïve, qui appartient à la tradition comique et notamment au rôle d'Arlequin, est absente du manuscrit.

226. *MS* : Mais les choses sont bien changées depuis Louis Quatorze.

Monarchiste (quoique futur personnage officiel sous la Révolution), Bernardin voit dans l'absolutisme une protection offerte à l'individu sans naissance contre le despotisme des « corps » et le pouvoir de l'aristocratie.

227. La haine des « corps » répond chez Bernardin à des motifs personnels et même autobiographiques : ingénieur sans véritable diplôme, de naissance roturière malgré le titre de chevalier qu'il s'est octroyé indûment, il a été mis à l'écart et parfois humilié dans ses différents postes, notamment à Malte et à l'île de France, par les ingénieurs titulaires et par les officiers nobles. Mais cette réaction dépasse son cas individuel : la dénonciation des « corps » et l'appel au pouvoir royal afin

de remédier aux blocages sociaux sont des composantes largement répandues de l'état d'esprit prérévolutionnaire. Voir notre étude « Le Solitaire contre les "corps" : l'imaginaire politique de Bernardin de Saint-Pierre et la fin de l'Ancien Régime », *in* Catriona Seth et Eric Wauters (dir.), *Autour de Bernardin de Saint-Pierre…*, *op. cit.*, p. 165-186.

228. Ces deux phrases manquent dans le manuscrit.

229. Dans les *Études de la Nature* (Étude XIII), Bernardin regrette également l'absence dans la société française d'une « noblesse d'adoption » à l'image du système romain (dans le droit romain antique, un plébéien pouvait être adopté par une famille patricienne), mais fondée sur le mérite personnel et permettant aux roturiers l'accès au statut nobiliaire.

230. L'échange ci-dessus (depuis « mais aujourd'hui, les distinctions… ») n'apparaît pas dans le manuscrit.

231. *MS* : Le roi doit être votre protecteur et la nation votre corps. Soyez attaché toujours à l'un et à l'autre. Les corps ont des passions ; une nation ne veut au-dedans que la justice, l'ordre.

La rédaction manuscrite exprime avec plus de netteté l'idéal politique de Bernardin, qui voit dans le Roi et dans la Nation un recours contre les privilèges abusifs des « corps », ce qui est assez conforme à l'esprit de la première Révolution.

232. *1788* : avec de l'étude et des livres.

233. Les trois dernières phrases ne figurent pas dans la première rédaction manuscrite.

234. L'adjectif doit probablement se comprendre dans son acception médicale : on appelle *point exquis* une zone présentant une vive sensibilité à la douleur.

235. La réplique qui précède est absente dans la rédaction manuscrite originale.

236. *MS* : a fait verser en Europe des flots de sang. – La version imprimée atténue la brutalité de la formulation.

237. Sur la vanité des livres, voir le « dialogue entre moi et mon ami » du *Préambule* de l'édition de 1806. Mais ces

considérations désabusées sont aussitôt corrigées par l'éloge des Lettres qui occupe les pages suivantes.

238. *MS* : Le meilleur des hommes, Socrate, fut condamné à la mort.

239. *MS* : par les Calydoniens. – La biographie de Pythagore, encombrée de légendes, donne de multiples versions de sa mort. Selon l'une d'entre elles, il aurait péri, avec tous ses disciples sauf deux, dans l'incendie criminel provoqué par les habitants de Crotone, en Italie, où la secte avait créé une école. Calydon, ville d'Étolie où un sanglier monstrueux fut l'occasion d'une chasse qui rassembla tous les héros grecs, semble n'avoir aucun lien avec Pythagore.

240. Peut-être faut-il voir ici l'écho d'une amertume personnelle. Dans une lettre à Hennin, du 29 décembre 1771, où il indique qu'il travaille à un mémoire sur l'île de France – c'est le futur *Voyage* –, il ajoute : « Non pas que je veuille devenir auteur, c'est une carrière désagréable et qui ne mène à rien » (*Correspondance de Bernardin de Saint-Pierre*, par L. Aimé-Martin, Paris, Ladvocat, 1826, t. I, p. 169). Il est probable que pour Bernardin, qui multiplie les démarches auprès des bureaux pour obtenir un emploi jusqu'à la période de la Révolution au moins, la carrière littéraire n'a été en effet qu'un pis-aller.

241. Le développement ci-dessus, à partir de « Autrefois, elles trouvaient des récompenses... », ne correspond que très imparfaitement au manuscrit, qui en donne une version incomplète et sommaire. Dans cette rédaction, la mission assignée aux Lettres consiste à « dire dans la solitude la vérité », belle formule qui n'a pas été conservée.

242. Cette intervention du Vieillard manque dans le manuscrit. Les *Études de la Nature*, qui comportent une section intitulée « Plaisirs de l'ignorance » (Étude XII), insistent sur ce que recèle de dangereux l'ambition d'un savoir excessif.

243. Les deux répliques ci-dessus manquent dans le manuscrit.

244. La sœur de Bernardin, Catherine de Saint-Pierre, restée vieille fille, y passa l'essentiel de sa vie en qualité de pensionnaire.

245. Ces idées ne sont pas si éloignées de celles qu'exprime, sous une forme plus imagée et plus brutale, le roman libertin de Diderot *Les Bijoux indiscrets* (1748).

246. *MS* : c'est la loi de la nature. (Se substitue aux trois phrases précédentes.) – « Tout est compensé », écrit Bernardin dans le *Voyage à l'île de France*. Le principe des compensations, fondement de l'harmonie naturelle, est fréquemment invoqué dans les *Études de la Nature*.

247. *MS* : C'est qu'en France le travail des mains déshonore. C'est ce qu'on appelle état mercenaire. [Se substitue à la réplique précédente.]

248. La dénonciation du mépris envers le travail de la terre est un thème physiocratique, mais l'opposition établie entre l'agriculture nourricière et l'artisanat pourvoyeur du luxe vient du *Télémaque* de Fénelon ; elle est fortement soulignée notamment dans l'épisode de la réformation de Salente sur les conseils de Mentor, qui incite le roi Idoménée à reconvertir les artisans en cultivateurs.

249. Phrase substituée à celle du manuscrit. *MS* : Par exemple on ne peut dire la vérité que d'une façon, mais on peut mentir de mille.

250. Le manuscrit ajoute. *MS* : Ainsi il faut plaindre la stérilité de ceux qui font des comédies, que vous trouvez se ressembler toutes.

251. Le manuscrit donne de la loi compensatrice énoncée ci-dessus une formulation imagée. *MS* : C'est une fleur sous des buissons.

252. *MS* : Mais, mon fils, ces distinctions-là qui divisent la société en deux extrêmes également difficiles à supporter ne conviennent point à l'homme, être faible dont les forces sont finies. Ainsi, quelque nom qu'on lui donne, c'est toujours un homme, et son bonheur, pauvre ou riche, résidera toujours dans la vertu.

253. Bien que conforme à celle qu'en donne l'Étude XII, cette définition de la vertu comme sacrifice personnel, voire comme anti-nature, mais aussi comme soumission au conformisme social, ne manque pas de poser problème.

254. La durée moyenne de la traversée est nettement supérieure. Celle de Bernardin à bord du *Marquis de Castries* (du 3 mars au 14 juillet 1768), effectuée sans escale, a exigé quatre mois et douze jours pour 3 800 lieues marines ou 4 700 lieues communes (*Voyage*, lettre IV).

255. Ces deux phrases manquent dans la rédaction originale.

256. En contraste avec les thèses antiesclavagistes du *Voyage*, le système servile n'est jamais remis en question dans *Paul et Virginie*, ni du point de vue moral, ni sous l'angle économique.

257. À partir de « Virginie étant riche… », ce passage manque dans l'original. Le morceau qui suit (éloge des Lettres et attente du retour de Virginie) se trouve rejeté dans le manuscrit aux pages 85 à 89, f. 45 et 46 (M.-Th. Veyrenc, *op. cit.*, p. 532-544) en raison d'une erreur de pagination.

258. Dans le manuscrit, Paul doute de sa propre « vertu », au sens psychologique plutôt que moral du terme, mais non de celle de Virginie. *MS* : Il me disait : « Je n'y puis tenir, tout travail me déplaît, toute société m'ennuie. Vous m'aviez dit que j'avais de la vertu, mais je n'en ai point. Je ne suis plus digne de Virginie. Je voudrais qu'il y eût guerre dans l'Inde ; je m'embarquerais et j'irais pour y mourir. »

259. Le texte imprimé condense la rédaction manuscrite pour une fois plus diffuse. *MS* : Mais cette vertu égale, constante, parfaite, qui trouve dans elle seule son bonheur, n'est donnée à l'homme que comme un modèle à imiter. Celui-là est le plus parfait qui en approche davantage. Comme le peintre qui imite le mieux les objets de la nature passe pour le plus habile, celui-là est le plus vertueux qui imite son auteur dans l'exercice de la justice universelle.

260. *MS* : Ce sont elles qui sont le fondement des sociétés.

261. Dans cette liste, seul Xénophon, auteur d'une importante œuvre d'historien et de philosophe, peut être considéré comme un homme de lettres. Chef de l'expédition des Dix Mille, il fut banni d'Athènes en raison de ses sympathies pour Sparte et pour la Perse. Scipion l'Africain se retira dans son domaine de Liternum où il se consacra à la littérature grecque après avoir été accusé de concussion. Lucullus, général romain ami de Cicéron, dut pour des raisons similaires se retirer près de Tusculum, menant une vie fastueuse grâce aux richesses amassées dans ses campagnes. Personnage moins controversé, Catinat, maréchal des armées de Louis XIV, fut vaincu par le prince Eugène et disgracié (1702). Il ne semble pas avoir eu d'activité littéraire.

262. Le manuscrit ajoute : La femme aimée est un livre toujours aimable et toujours nouveau, mais il n'y a que Dieu qui fasse de ces livres-là et qui nous les donne.

263. *1788* : avec plus de philosophie que vous.

264. *MS* : elle qui a supporté des persécutions bien plus difficiles à supporter qu'un ouragan.

265. *1788* : c'était le 24 décembre 1752.

La première rédaction manuscrite ne comporte pas d'indication de date. On a déjà signalé la valeur symbolique de cette précision chronologique, qui ne correspond pas à la réalité des faits : le naufrage du *Saint-Géran* eut bien lieu en 1744, mais un 17 août.

266. Il s'agit de l'actuelle montagne des Signaux, qui domine Port-Louis, site déjà évoqué à l'ouverture du roman. Un poste de vigie y était installé.

267. *1788* : *Saint-Gérand*. (L'édition de 1788 suit toujours cette orthographe.)

268. Le *Saint-Géran*, vaisseau de la Compagnie des Indes d'un port de 600 tonneaux (et non 700 comme l'indique le texte), avait été lancé à Lorient en juillet 1736. Il était commandé en réalité par le capitaine Gabriel Richard de Lamarre, de Lorient, vétéran des cadres de la Compagnie. Le changement d'identité pourrait s'expliquer par une confusion avec le nom d'un autre vaisseau commandé antérieurement

par le même capitaine, le *Saint-Albin*. Selon la déposition de certains des matelots survivants, le capitaine, peu avant le naufrage, aurait dit à ses officiers : « M^{rs} vous êtes plus pratiques de la coste que moy ; il y a vingt ans que je suis venu icy dans le *Saint-Albain*, mes idées sont effacées et je m'en remets à vous de la conduitte du vaisseau » (*in* Raymond Hein, *Le Naufrage du* Saint-Géran. *La légende de Paul et Virginie*, Île Maurice, Éditions de l'Océan Indien, et Paris, Nathan, 1981, p. 121).

269. Ce ne fut pas le cas dans la réalité, puisque l'arrivée du *Saint-Géran* en vue des côtes de l'île n'avait pas été signalée.

270. *MS* : Paul, transporté d'aise, grimpe la montagne et, tout hors d'haleine, crie, avant d'entrer, à sa mère : « Une lettre de Virginie ! Voilà une lettre de ma sœur ! » On se hâte de l'ouvrir.

La révision 3 donne de la lettre de Virginie une rédaction au style direct qui n'a pas été conservée.

271. *1788* : Maître et serviteurs.

272. *MS* : allez avertir M. Mustel.

273. *MS* : Il était dix heures du soir le 19 décembre 1752.

274. Au cours de son tour de l'île à pied, Bernardin a fait halte dans ce quartier, ainsi appelé, dit-il, à cause « de la couleur du sable, qui [lui] parut blanc comme ailleurs » (*Voyage*, lettre XVII). Le village de Poudre-d'Or est situé sur la côte nord-est de l'île, face à l'île d'Ambre, îlot d'environ deux kilomètres de longueur séparé de la côte par un chenal étroit.

275. *MS* : « Allons vers la Poudre-d'or ; il n'y a que trois lieues ; nous attendrons des nouvelles. »

276. L'ouragan et ses signes précurseurs font l'objet de deux descriptions développées dans le *Voyage à l'île de France*, lettre X (ouragan du 23 décembre 1768) et lettre XIX (ouragan du 2 décembre 1770, à l'île Bourbon).

277. Cette phrase ne figure pas dans le manuscrit.

278. Phrase absente du manuscrit.

279. *MS* : un feu où quelques habitants avec leurs Noirs étaient rassemblés. Ils nous contèrent que dans l'après-midi…

280. Cet îlot situé au large du CAP MALHEUREUX, à l'extrémité nord de l'île, a déjà été évoqué dans la description panoramique de l'ouverture du roman (voir note 4, p. 409).

281. À partir de « près duquel », texte sans équivalent dans le manuscrit.

282. Phrase absente du manuscrit.

283. Même remarque (« D'autres habitants... oisifs »).

284. *MS :* Dans l'épaisseur du brouillard, nous voyant [voyions ?] des nuages de couleur cuivrée courir au ciel et nous entendions les cris des corbigeaux, des paille-en-cul qui venaient se réfugier à terre.

Cette phrase est omise dans l'imprimé.

285. Dans la réalité, faut-il le rappeler, le naufrage du *Saint-Géran* n'eut aucun témoin. Il fut connu plusieurs jours après les faits par le témoignage des rescapés que des chasseurs trouvèrent par hasard, épuisés et affamés, errant dans l'île d'Ambre. Quant à la présence sur place de La Bourdonnais, elle est en effet prétendument attestée par des récits postérieurs, notamment celui d'un certain Jacques Mallet (publié en 1818 dans la revue *Archives de l'île de France*), lequel se présente comme le frère de Mlle Mallet, l'une des victimes du naufrage en qui d'aucuns ont voulu voir le modèle de Virginie. Ce « témoignage » pour le moins tardif est bien évidemment suspect et doit à peu près tout à la lecture du roman, comme le prouve la date donnée pour la disparition du *Saint-Géran* (nuit du 23 au 24 décembre 1744 au lieu du 17 août). Au reste, La Bourdonnnais se trouvait alors en mission à Bourbon, où il présidait le Conseil supérieur de l'île (voir Raymond Hein, *op. cit.*, p. 28). En choisissant, au mépris de la vérité historique, de faire mourir son héroïne devant la population de l'île rassemblée sur le rivage, autorités en tête, l'auteur a voulu conférer à cette mort une double signification ; l'une, d'ordre social et moral, revient à donner une valeur collective à un drame individuel en faisant de la jeune fille un modèle, voire une « sainte » ; l'autre, d'ordre esthétique, repose sur la mise en scène spectaculaire de la terreur

et de la pitié (*phobos kai eleos*, en grec) qui sont les ressorts de l'émotion tragique.

286. D'après les dépositions des matelots survivants (reproduites dans Raymond Hein, *op. cit.*, p. 121-145), le P. Burck, aumônier du *Saint-Géran*, fit chanter le *Salve Regina* et l'*Ave maris Stella* avant de donner la bénédiction et l'absolution générale. Bernardin, qui n'a pas de sympathie particulière pour l'Église institutionnelle, choisit de donner à la scène une coloration patriotique et monarchiste plutôt que religieuse.

287. *MS* : Depuis ce moment, le vaisseau ne cessa de tirer.

288. Ces localités, situées près de la côte nord-est, ont été visitées par Bernardin à l'occasion de son voyage à pied autour de l'île (*Voyage à l'île de France*, lettre XVII).

289. Ce paragraphe correspond à un ajout placé plus loin dans le manuscrit.

290. *MS* : Sur les dix heures.

291. *MS* : et dans l'instant la brume qui était sur la mer fut enlevée comme un rideau. – Cette rédaction souligne mieux la métaphore théâtrale sous-jacente à l'épisode.

292. Il s'agit de la passe aujourd'hui nommée LA PASSE DU SAINT-GÉRAN, qui sera évoquée dans l'épilogue du roman. Le naufrage eut lieu en réalité un peu plus au sud, dans la passe des Citronniers, où les vestiges du navire furent retrouvés en 1966 (voir Jean-Yves Blot, *À la recherche du Saint-Géran*, Paris, Arthaud, 1984).

293. Cette phrase correspond à un ajout placé plus loin dans le manuscrit. La suite du paragraphe amplifie beaucoup la première rédaction.

294. *MS* : Nous vîmes ces malheureux se jeter à le mer sur des planches, des vergues, des cages à poules, des vergues [*sic*].

Cette phrase a été modifiée et déplacée un peu plus loin dans l'imprimé.

295. Soit une distance d'une centaine de mètres. Dans la réalité, le naufrage du *Saint-Géran* eut lieu sur la barrière corallienne, à environ quatre kilomètres du rivage, d'où la

scène décrite était vraisemblablement difficilement observable, à supposer même qu'elle ait eu des spectateurs, ce qui ne fut pas le cas.

296. *MS* : Il s'approcha d'elle, se jeta à ses genoux, voulut la prendre, lui arracher ses habits.

297. La déposition d'Edme Caret, patron de chaloupe, rapporte que le capitaine refusa de se déshabiller, « disant qu'il ne conviendroit pas à la desence de son état d'arriver à terre tout nud et qu'il avoit des papiers dans sa poche qu'il ne devoit pas quitter » (reproduit dans R. Hein, *op. cit.*, p. 135). « La délicatesse du capitaine est devenue la pudeur de la vierge », commente Anatole France dans une note de son édition (Paris, Lemerre, 1877) ; rien n'est moins sûr, car il est fort douteux que Bernardin ait consulté ces documents. L'interprétation de l'attitude de Virginie est à replacer dans le débat philosophique des Lumières sur le caractère artificiel ou naturel de la pudeur. Dans la première option, le refus de l'héroïne de se dévêtir pour sauver sa vie pourrait être interprété comme la sanction, nullement positive, d'une altération de l'innocence naturelle par le contact corrupteur avec les convenances et les tabous de l'état social. Mais Bernardin semble plutôt se rallier à la thèse de Rousseau, pour qui la pudeur, notamment chez la femme, est un fait de nature.

298. Les deux enfants ont déjà été comparés à des « enfants du ciel », l'« obliquité naturelle vers le ciel » des yeux de Virginie préfigurant l'assomption céleste de la jeune fille esquissée ici. Le mouvement ascensionnel qui anime ce tableau pathétique le rattache à l'esthétique du sublime, notion qui fait l'objet d'une intense élaboration théorique dans les dernières décennies du XVIIIe siècle (voir par exemple les *Recherches philosophiques sur l'origine des idées que nous avons du beau et du sublime*, de Burke, 1765).

299. *MS* : Ô jour horrible ! ô victime de la pudeur, ô qui pourrait rendre notre désespoir ?

300. *MS* : si la mer n'apporterait rien sur la côte.

301. Comment rendre compte de la réalité du mal physique dans la nature et du mal moral parmi les hommes (notamment des « infortunes de la vertu », qui frappent les êtres qui le méritent le moins), sans remettre en question soit l'existence de Dieu, soit sa toute-puissance ? Sujet de *Paul et Virginie* comme du roman de Sade *Justine ou les Infortunes de la vertu* (1787), ce dilemme philosophico-théologique, souvent évoqué au XVIIIe siècle – voir par exemple le *Poème sur le désastre de Lisbonne* (1756) de Voltaire –, renvoie au débat sur la Providence des *Études de la Nature* : l'Étude III est consacrée aux « Objections contre la Providence », objections réfutées méthodiquement dans les Études IV à VIII. Voir Colas Duflo, « La théodicée hétérodoxe des *Études de la Nature* et son expression dans *Paul et Virginie* », revue *Wiek Oswiecenia* [*Siècle des Lumières*], université de Varsovie, 31, 2015, p. 61-71, et pour l'analyse comparée des deux romans notre article, « "Littérature mièvre" contre "littérature féroce" : Sade et Bernardin de Saint-Pierre romanciers des infortunes de la vertu », revue en ligne *TrOPICS* (université de La Réunion), *Bonheur et mièvrerie*, hors-série n° 2, 2018, p. 33-50.

302. *MS* : et je m'en revins avec M. Ignou, sans nous parler. – Le P. Ignou, missionnaire responsable de l'envoi de Virginie en France au même titre que le Gouverneur, joue un rôle important dans la première version de cet épisode. Peut-être son remplacement par Domingue dans la version définitive vise-t-il à atténuer les implications critiques, voire anticléricales, que sa présence ici pourrait faire naître.

303. Il s'agit de la vallée des Prêtres, au fond de laquelle se trouve la concession. La « baie vis-à-vis » est la baie du Tombeau, à trois kilomètres au nord de Port-Louis, sur la côte opposée de l'île par rapport au site du naufrage. Que le corps de Virginie y soit découvert est donc parfaitement invraisemblable. Bernardin a en réalité été guidé par le sémantisme du nom, qui ne doit rien à la catastrophe du *Saint-Géran*.

304. *MS* : À cette vue, je pleurai, et M. Ignou, se mettant à genoux : « C'est une sainte, dit-il, qui jusqu'au dernier instant

315. L'essentiel de ce qui précède, à partir de « Domingue et moi... », est absent de la rédaction initiale.

316. Cette page est à peine esquissée dans la première version manuscrite.

317. Ici, le manuscrit présente un développement omis dans l'imprimé. *MS* : Cela n'était guère aisé dans une île de peu d'étendue et où le retour fréquent des mêmes idées rend toutes les affections plus fortes. Mais, comme l'île de France offre, par ses irrégularités et ses hauteurs, des paysages et même des climats différents, un habitant me prêta à quatre lieues d'ici une cabane à quatre lieues d'ici [*sic*], aux plaines de Williams, où il n'avait jamais été.

318. Il s'agit du plateau central de l'île, situé à une altitude de 400 à 500 mètres, entre les actuelles villes de Rose-Hill et de Curepipe. Dans le *Voyage*, Bernardin le décrit comme « un des quartiers les mieux cultivés de l'île » (lettre XVII). La graphie actuelle est *plaine Wilhelm*.

319. *MS* : plusieurs longues pyramides qui s'élèvent comme les monuments antiques de l'Égypte.

320. *MS* : sur ce cœur dont les derniers mouvements ont été pour vous et dont l'âme est à présent dans le ciel.

321. Cette phrase manque dans le manuscrit.

322. *MS* : Il se jeta à genoux et, levant les mains au ciel : « Mon Dieu, dit-il, j'ai toujours cherché à vous plaire. Vous m'avez fait naître dans la pauvreté et j'y vivais content. Je vous priais de la lui conserver. Vous mêlez à ma vie des peines incroyables ; je vous demande la mort. » À cette prière de désespoir je lui dis...

323. Allusion probable au successeur de La Bourdonnais, Pierre-Félix-Barthélemy David, nommé gouverneur en 1746, libertin resté célèbre dans l'histoire de l'île pour ses débauches.

324. La bifurcation imaginaire de l'intrigue ici esquissée reviendrait à soustraire le récit au registre de la pastorale pour l'inscrire dans celui du roman réaliste. Le thème de la « paysanne pervertie », dont l'innocence a été corrompue au contact de la civilisation urbaine, a été traité par divers romanciers du

a concilié l'amour et la vertu. Ne prions point pour elle, mais prions-la pour nous : elle est au ciel. »

305. *MS* : Nous montâmes M. Ignou et moi chez [ces] dames. [...] « Madame, dit M. Ignou en entrant, Dieu a demandé à Abraham le sacrifice de son fils. » — « Ah ! lui répondit-elle, il ne l'eût pas demandé d'une mère » et ce fut des étouffements, des sanglots entrecoupés. – L'allusion à Abraham confirme la valeur sacrificielle de la mort de l'héroïne, mais la révolte de Madame de La Tour suggère que Bernardin lui non plus n'adhère pas à cette justification théologique du mal ici présentée par l'aumônier.

306. Le passage qui précède, à partir de « Elle ne reprit ses sens... », ne présente pas de correspondance précise dans la rédaction originale, plus brève, où l'aumônier, M. Ignou, continue à jouer un grand rôle.

307. *MS* : un repos semblable au sommeil.

308. *MS* : Au point du jour on m'envoya avertir que le convoi se préparait à partir. Je me rendis à la ville, où des habitants de tous les quartiers s'étaient rendus pour [y ?] assister.

309. Dans la tradition iconographique chrétienne, la palme est associée au culte des martyrs. Plus loin, Virginie est explicitement invoquée comme une « sainte » dotée de pouvoirs quasi surnaturels, ce qui justifie un peu la solennité incongrue de ses funérailles, dont les quelque deux cents autres victimes du naufrage sont apparemment exclues.

310. *MS* : tout ce que l'île avait de plus distingué, le Gouverneur, M. Ignou.

311. *MS* : des paniers de fruits et des oiseaux pour les sacrifier sur son tombeau.

312. La rédaction initiale intervertit l'ordre des deux paragraphes qui précèdent.

313. *MS* : Quand il put marcher, il s'achemina au nord de l'île.

314. *MS* : et quoiqu'il ignorât où on avait déposé le corps de sa maîtresse.

XVIIIe siècle, notamment Rétif de La Bretonne (*La Paysanne pervertie*, 1784). En évitant à son héroïne une semblable dégradation, Bernardin justifie du même coup sa mort.

325. *MS* : Vous l'avez perdue, et ce ne sont ni les hommes ni la mauvaise foi, ni la trahison, ni votre imprudence qui rendent les pertes si amères que les reproches qu'on se fait à soi ou aux autres. – Grand lecteur du Livre de Job, sur lequel il appuie son explication « scientifique » du déluge dans les *Études de la Nature* (Étude IV), Bernardin en retient ici plus classiquement la réflexion sur le scandale du mal lorsqu'il frappe le juste, sur la difficulté à le concilier avec la bonté de Dieu, et par conséquent sur la nécessité d'une théodicée.

326. Le manuscrit insère ici un développement dont la substance sera reprise plus loin : Elle a vécu heureuse avec nous par les biens naturels et l'amitié, elle l'a été en nous quittant par l'amour en voyant vos larmes, loin de nous par sa vertu qui la soutenait, par l'espérance qui l'a ramenée, et lorsqu'elle a vu sa fin approcher, témoin de la désolation universelle, elle a vu d'un visage serein la mort s'avancer au milieu des flots ; elle en a été si peu émue qu'elle a mieux aimé lui sacrifier sa vie que sa pudeur. Son âme s'est fortifiée par le souvenir de son innocence et elle a reçu en mourant le prix que le ciel lui accorde, celui d'élever son courage au-dessus du danger.

327. Les pages qui suivent contiennent à la fois une théodicée et une démonstration de l'immortalité de l'âme. Les arguments reprennent ceux des *Études de la Nature*, notamment de l'Étude VIII, « Réponses aux objections contre la Providence divine et les espérances d'une autre vie, tirées de la nature incompréhensible de Dieu et des misères de ce monde ». Bernardin y cite, entre autres, Lucrèce, l'Ecclésiaste, le Livre de Job, l'*Histoire naturelle* de Pline, les *Mémorables* de Xénophon, Leibniz et Newton.

328. Cette phrase manque dans le manuscrit.

329. *Idem.*

330. *MS* : Si elle a porté sa vue sur sa vie passée, son âme s'est fortifiée.

331. *MS* : et loin d'en être émue elle lui a sacrifié sa vie plutôt que sa pudeur.

332. La rédaction originale insère ici un très important développement qui n'a pas été conservé et dont on trouvera le texte en Annexe.

333. Phrase absente du manuscrit.

334. Nouveau développement omis dans la version imprimée et dont on trouvera le texte en Annexe.

335. La prosopopée prêtée à Virginie morte par l'entremise du Vieillard est pleine de réminiscences des dernières lettres de la sixième partie de *La Nouvelle Héloïse*. L'idée selon laquelle la mort autorise la réconciliation de l'amour et de la vertu est également formulée dans la lettre testamentaire de Julie : « La vertu me reste sans tache, et l'amour m'est resté sans remords » *(La Nouvelle Héloïse*, VI, lettre XII).

336. *MS* : a trouvé ma carrière assez éprouvée, et il m'en a donné la récompense avant d'être au milieu.

337. À la fois néo-platonicienne et chrétienne, l'opposition entre la « nuit de la vie » et la lumière inaltérable de l'au-delà doit être également rapportée à la pensée cosmologique de Bernardin de Saint-Pierre : pour lui, ainsi qu'il l'explique dans les *Harmonies* (livres II et III), la lumière est un fluide spirituel dont la source est le Soleil, forme visible de Dieu et point central de l'univers, où les âmes des justes sont réunies après leur mort pour jouir « des harmonies ineffables de la lumière au sein même de la lumière » *(Harmonies de la Nature*, III, p. 290). Voir sur ce point notre étude sur « La cosmologie poétique des *Harmonies de la Nature* », *Revue d'Histoire littéraire de la France*, n° 5, 1989, p. 825-842, ainsi que l'étude de Colas Duflo citée précédemment.

338. *MS* : d'où découlent la beauté dont se pare la terre, et les arts qui consolent les malheureux mortels.

339. *La Nouvelle Héloïse* (VI, lettre XI) oppose pareillement l'immédiateté de la connaissance céleste et l'imparfaite connaissance médiate de l'existence sensible à l'occasion d'une réflexion sur la présence des morts parmi les vivants : « Mais

j'avoue que je ne vois point ce qu'il y a d'absurde à supposer qu'une âme libre d'un corps qui jadis habita la terre puisse y revenir encore, errer, demeurer peut-être autour de ce qui lui fut cher [...] pour connaître elle-même ce que nous pensons et ce que nous sentons, par une communication immédiate semblable à celle par laquelle Dieu lit nos pensées dès cette vie, et par laquelle nous lirons réciproquement les siennes dans l'autre, puisque nous le verrons face à face. »

340. L'« orient éternel » désigne la mort dans le langage maçonnique. À défaut d'être formellement établie, l'appartenance de Bernardin de Saint-Pierre à la franc-maçonnerie paraît assez probable.

341. *MS* : tout ce que la reconnaissance inspire à un être malheureux envers la puissance et la bonté suprêmes nous remplit de ses doux mouvements. Aucun souvenir ne nous afflige ; seulement nous conservons celui de la terre pour accroître notre bonheur par la société de ceux avec lesquels nous avons été unis par la vertu.

342. Cette conclusion doit être rapprochée de celle de la lettre testamentaire de Julie dans *La Nouvelle Héloïse* (VI, lettre XII) : « Quand tu verras cette lettre, les vers rongeront le visage de ton amante, et son cœur où tu ne seras plus. Mais mon âme existerait-elle sans toi, sans toi quelle félicité goûterais-je ? Non, je ne te quitte pas, je vais t'attendre. La vertu qui nous sépara sur la terre, nous réunira dans le séjour éternel. »

343. Cette phrase manque dans le manuscrit.

344. Dans la première version manuscrite, Madame de La Tour survit à ces disparitions. *MS* : Mme d.L.T. [*sic*] est restée et il me semblait qu'une voix lui promettait un autre Paul et une autre Virginie.

Le texte de 1808 remplace « mais je l'ai vue » par « aussitôt je l'ai vue ».

345. Ce bref paragraphe manque dans le manuscrit.

346. À cette liste, le manuscrit ajoute « jusqu'au barbare Scilla [*sic*] ».

347. Les deux dernières phrases manquent dans le manuscrit.

348. *1806* : a bien le pouvoir. — À propos de la valeur d'avertissements surnaturels attribuée à certains rêves, l'auteur semble faire allusion d'une part aux techniques de cryptographie utilisées dans la correspondance diplomatique, d'autre part au cas des messages confiés à la mer et retrouvés à l'autre bout du monde, évoqués, entre autres, dans l'« Avis sur cet ouvrage » qui précède *Paul et Virginie* dans l'édition originale de 1788 : ces « bouteilles à la mer » illustrent à la fois les théories de Bernardin sur les courants marins et l'action de la Providence secourable à l'homme.

349. *MS* : pourquoi Dieu, dans le gouvernement de l'univers où il y a une intelligence si parfaite et qui agit par des moyens si cachés, Dieu n'emploierait-il pas la voix des songes pour engager, avertir ou détourner ? Y a-t-il quelque moyen surnaturel pour Dieu ?

350. Ce lieu commun a été abondamment développé par le théâtre baroque européen, de Shakespeare à Calderón. L'intérêt pour les rêves et ce que Nodier appellera plus tard les « phénomènes du sommeil » est caractéristique de la crise intellectuelle du tournant des Lumières, où s'affrontent l'exigence du rationalisme philosophique et la fascination de l'irrationnel ; ces thèmes sont présents notamment dans les courants mesméristes et illuministes, dont Bernardin était idéologiquement proche. Mais le songe prémonitoire appartient aussi à la tradition de la tragédie classique, et on en trouverait de nombreux exemples dans le roman du XVIIIe siècle, notamment dans *La Nouvelle Héloïse* (V^e partie, lettre IX) de Rousseau et dans *La Paysanne pervertie* (VIIIe partie, lettre CLXIV) de Rétif de La Bretonne.

351. Le manuscrit ajoute : Cette fermeté dans les femmes n'est pas si extraordinaire qu'on pourrait le croire. Les cordes de soie sont celles qui se roidissent davantage.

352. À partir de « Cependant... », texte absent dans le manuscrit, où Madame de La Tour survit au contraire aux autres membres de la « petite société ».

353. La rédaction du manuscrit accentue le rapprochement paradoxal avec les thèmes habituels du matérialisme athée. *MS* : que les noms de Dieu, vertu, d'humanité étaient des noms métaphysiques imaginés par la politique et par la crainte.

354. *MS* : elle imaginait des conjurations, des charmes, des paroles mystérieuses.

355. De tous les dogmes de l'Église institutionnelle, celui de l'enfer est le plus antipathique à Bernardin. « Si la superstition, se saisissant de nous dès l'enfance, nous montre l'enfer à franchir au-delà des barrières de la vie, c'est à l'étude de la nature à dissiper cette illusion tyrannique », écrit-il dans un passage des manuscrits du Havre (MS 31, f. 1, cité par K. Wiedermeier, *La Religion de Bernardin de Saint-Pierre*, Fribourg, Éditions universitaires, 1985, p. 164).

356. Le manuscrit ajoute ici : Tandis que Madame de la Tour, instruite de son triste état, priait Dieu de lui pardonner, et d'apaiser les troubles affreux de son âme. – Suit un développement sur les noms donnés aux sites de l'île qui sera repris en des termes presque identiques quelques lignes plus loin. *MS* : Les gens de mer, touchés de la mort de Virginie, ont donné à quelques parties de cette île des noms qui éterniseront cet événement.

357. Il s'agit de la touffe de bambous au pied de laquelle a été enterrée Virginie.

358. Sur la croyance aux revenants ou aux âmes errantes et sur la présence des morts parmi les vivants, voir *La Nouvelle Héloïse* (VI, lettre XI). Ce sont les valeurs mêmes de la « petite société » disparue que les ombres des deux héros s'attachent à entretenir au sein de la collectivité insulaire, comme pour en perpétuer le modèle élargi à la dimension d'une communauté entière.

359. Le manuscrit ajoute ici : Mais ces lieux surtout portent les marques d'un deuil éternel. – À l'exception du lieu-dit LA PASSE DU SAINT-GÉRAN, à la pointe sud-est de l'île d'Ambre, qui tire en effet son appellation du naufrage, les autres toponymes n'ont aucun lien avec lui et lui sont nettement antérieurs.

Si l'origine du nom du cap Malheureux est obscure, celui de la baie du Tombeau proviendrait d'un monument élevé sur le rivage à la mémoire de l'amiral hollandais Pieter Both, naufragé sur la côte ouest de l'île en 1615. En rattachant ces noms à l'histoire des deux enfants, Bernardin fait de son récit un mythe fondateur de l'identité insulaire, fonction qu'il remplira effectivement au XIXᵉ siècle auprès de la population d'origine française de l'île Maurice, devenue colonie anglaise après la conquête militaire de 1810.

360. Réminiscence d'une formule biblique (« Étrangers et voyageurs sur cette terre... », Hébreux, XI, 13) souvent reprise dans le Nouveau Testament (notamment I Pierre, II, 11), le *topos* de l'*homo viator* fait écho à la solitude initiale de l'« Européen » à l'ouverture du récit, mais aussi à la tonalité mélancolique de la lettre finale du *Voyage à l'île de France* intitulée « Sur les voyageurs et les voyages » (lettre XXVIII).

PRÉAMBULE (ÉDITION DE 1806)

1. Ce « Préambule » accompagne l'édition de luxe de *Paul et Virginie* vendue par souscription et publiée en 1806 par Didot l'Aîné. N'ayant pas été repris du vivant de l'auteur, il n'offre pas de variantes. Aimé-Martin, dans son édition souvent réimprimée des *Œuvres complètes* de Bernardin de Saint-Pierre (Paris, Méquignon-Marvis, 1818), en donne une version très abrégée. Ce long discours préliminaire dont Bernardin dit faire présent à ses souscripteurs « comme un dédommagement de leur longue attente » – les souscriptions avaient été lancées dès 1803 – a été en général sévèrement jugé. Comme introduction à *Paul et Virginie*, dont il parle à peine, le texte est en effet décevant et même irritant : l'œuvre n'est guère envisagée que comme une spéculation de librairie, et l'auteur ne nous laisse pas ignorer que la littérature est aussi un métier. À cet égard, le *Préambule* constitue un document

sur la carrière des lettres sous l'Empire, en cette époque cruciale où la condition matérielle de l'écrivain oscille entre deux modèles, l'un où il est tributaire des pensions et prébendes octroyées par le pouvoir politique, l'autre où l'accroissement des tirages et la législation de la propriété littéraire le rendent économiquement dépendant du marché du livre. Mais l'intérêt véritable du *Préambule* est ailleurs, dans la splendide envolée finale qui associe de la manière la plus étrange un hymne sensuel à la féminité, une célébration de l'Empire restaurant l'harmonie dans la France postrévolutionnaire, et une grandiose vision de rénovation cosmique empruntée aux *Harmonies de la Nature*, cette immense entreprise à laquelle Bernardin consacra les vingt dernières années de sa vie sans parvenir à l'achever. Les notes de l'auteur sont suivies de l'abréviation [N.d.A.].

2. Étrange inadvertance : *Paul et Virginie* paraît en réalité en 1788, quatre ans après la première édition des *Études de la Nature* (1784).

3. À commencer par Bernardin lui-même, qui donna ces prénoms à deux de ses enfants. Virginie naquit en 1794, Paul en 1798.

4. Bernardin donne au mot *classique* son sens pédagogique : « qui est étudié dans les classes ». Pour la bibliographie des traductions anciennes de *Paul et Virginie*, voir le *Répertoire bibliographique et iconographique* de *Paul et Virginie* de Paul Toinet (Paris, Maisonneuve et Larose, 1963), ainsi que la liste des traductions fournie par l'édition Trahard, liste apparemment fort incomplète, puisqu'elle ne mentionne à cette date (1806) que des traductions anglaises, italiennes et espagnoles. Mais les informations fournies par Bernardin sont peut-être sujettes à caution.

5. Ce « bon Créole » était vraisemblablement Henri Paulin Panon Desbassayns, riche planteur créole de Bourbon apparenté à Louise-Augustine Caillou, l'une des trois jeunes passagères victimes du naufrage du *Saint-Géran*, « modèle » supposé de Virginie. Il séjourna à Paris de 1790 à 1792. Plus difficile

à identifier, le « jeune homme nouvellement arrivé des Indes orientales » pourrait être soit Bory de Saint-Vincent, soit Milbert, membres de l'expédition scientifique du capitaine Baudin (1800-1804), qui tous deux publièrent des relations de leur voyage aux Mascareignes (en 1804 et 1812 respectivement). Sans toutefois véhiculer les informations fantaisistes signalées par Bernardin, leurs récits relatent bien des excursions sur le site du « bassin » de *Paul et Virginie*, devenu au début du XIXe siècle un lieu de pèlerinage littéraire. On soupçonne quelque ironie dans la relation de ces « témoignages » à l'appui de la véracité du récit ; Bernardin est bien placé pour en connaître l'inanité. La référence au « bon Créole » qui se prétend bizarrement « parent du *Saint-Géran* » (se dire parent d'un bateau, c'est à peu près prendre Le Pirée pour un homme) va de pair avec l'allusion à Ulysse, le « héros protégé de Minerve », patron des voyageurs, mais aussi des menteurs ; le développement renvoie au très vieux lieu commun qui fait du voyageur, surtout s'il vient de loin, un imposteur en puissance. Quant à Domingue, dans le roman, il est censé n'avoir pas survécu à ses maîtres.

6. C'est le principe du *major e longinquo reverentia* (« le respect est en proportion de la distance ») invoqué par Racine dans la préface de *Bajazet* pour se justifier d'avoir traité, contre les règles de la tragédie, un sujet presque contemporain, mais spatialement éloigné, puisque l'action se situe en Orient. L'argument de Bernardin est analogue : dans *Paul et Virginie*, un faible recul temporel est compensé par un important éloignement spatial.

7. Bernardin avait épousé en 1793 la fille de l'imprimeur des *Études de la Nature*, Félicité Didot. Veuf en 1799, il s'était remarié en 1800 avec une jeune fille de vingt ans, Désirée de Pelleporc.

8. « Terme de commerce. Celui qui charge un autre d'une affaire. Il se dit aussi en terme de négociation » (*Dictionnaire de l'Académie*, 1762).

9. Nommé en juillet 1792 à la tête du Jardin des plantes et du Muséum d'histoire naturelle, Bernardin fut victime en

juin 1793 de la suppression de son poste, mais une indemnité compensatoire de 3 000 livres lui fut accordée par la Convention.

10. Notamment William Bentinck (1764-1813), marin et administrateur, admirateur enthousiaste de la théorie des marées et courants de Bernardin, avec qui il entretint une correspondance.

11. Peut-être Henry Hunter, traducteur des *Studies of Nature* (1796).

12. Voir l'étude de Philip Robinson, « Traduction ou trahison de *Paul et Virginie* ? L'exemple de Helen Maria Williams », *Revue d'Histoire Littéraire de la France*, n° 5, 1989, p. 843-855, pour les traductions anglaises de *Paul et Virginie*.

13. « Qui peut être commercé avec facilité. *Effets commerçables. Billets commerçables* » (*Dictionnaire de l'Académie*, 1762).

14. Ayant recueilli chez lui en 1760 une jeune fille, petite-nièce de Pierre Corneille, tombée dans l'indigence et abandonnée de tous, Voltaire entreprit, afin de lui constituer une dot, la publication d'une édition monumentale du théâtre du grand dramaturge, augmentée de ses propres *Commentaires sur Corneille* (1764).

15. Cette théorie, amplement développée dans la longue note qui suit le *Préambule*, prétend réfuter la thèse newtonienne – les marées résultent de l'attraction lunaire – et expliquer le phénomène par la fonte alternée des glaces polaires sous l'effet de la chaleur solaire. Déjà présentes dans les *Études de la Nature*, ces rêveries scientifiques prendront à la fin de la vie de Bernardin un tour quasi obsessionnel.

16. Au sens de : attaques personnelles.

17. Bien qu'il ne partage ni le scepticisme religieux ni le rationalisme intransigeant de Pierre Bayle (1647-1706), Bernardin est un lecteur attentif de la somme érudite du *Dictionnaire historique et critique* (1695-1697).

18. Faut-il prendre à la lettre cette définition passablement réductrice du rôle de l'artiste ? Bernardin occupa lui-même un

poste de « Professeur de morale républicaine » (1794-1795) au sein de l'École normale nouvellement créée. Ses leçons, récemment publiées à partir des manuscrits par Barthélemy Jobert (in *L'École normale de l'An III*, Paris, Éditions Rue d'Ulm/Presses de l'École normale supérieure, tome IV, 2008), contiennent une première version des futures *Harmonies de la Nature* posthumes.

19. La version publiée en 1806, accompagnée de six gravures et un portrait, avait été précédée d'un projet plus ambitieux en comportant le double. Les figures projetées sont longuement décrites et commentées par l'auteur dans un manuscrit récemment découvert par Malcolm Cook ; voir son étude « *Paul et Virginie* : embellishing the text », *Modern Language Review*, 114, 2019, p. 22-34.

20. En entérinant cette erreur qui transforme le prénom rare de « Bernardin » en patronyme ou plutôt en nom de plume, l'auteur consacre en somme sa nouvelle identité d'écrivain et la relation privilégiée qu'il souhaitait entretenir (et qu'il entretient aujourd'hui encore) avec le public. En perpétuant cet usage, la présente édition entend considérer la personne biographique avant tout comme *auteur*, l'intéressé ayant validé ce nom qui le désigne comme tel.

21. C'est une application de la loi harmonique des compensations, longuement analysée dans les *Études de la Nature* (Étude X, « De quelque lois générales de la nature »), qui en donnent la formulation théorique suivante : « Tout est formé de contraires dans la nature ; c'est de leurs harmonies que naît le sentiment du plaisir, et c'est de leurs oppositions que naît celui de la douleur. » Bernardin en retrouve le principe dans l'Ecclésiastique : *Omnia duplicia, unum contra unum, et non fecit quidquam deesse* (« Chaque chose a son contraire ; l'une est opposée à l'autre, et rien ne manque aux œuvres de Dieu »).

Sur cette notion capitale de la pensée de Bernardin, voir Jean Svagelski, *L'Idée de compensation en France (1750-1850)*, Lyon, L'Hermès, 1981.

22. De forme arrondie ou circulaire. Ce terme rare semble avoir ici le sens d'« écarquillés ».

23. Guido Reni, dit le Guide, peintre italien du début du XVIIe siècle.

24. Anne-Louis Girodet de Roncy, dit Girodet-Trioson (1767-1824), célèbre peintre élève de David, avait fait sensation au salon de 1792 avec son tableau *Le Sommeil d'Endymion*. Si *Hippocrate refusant les présents d'Artaxerxès* relève du néo-classicisme, *Ossian recevant dans le Walhalla les généraux de la République*, exécuté en 1800-1802 pour la Malmaison, est indubitablement préromantique.

25. Il s'agit du *Mémoire pour le sieur de La Bourdonnais avec les pièces justificatives* (1751), rédigé par La Bourdonnais à la Bastille avec la collaboration de sa femme et de son avocat Pierre de Gennes. La publication de ce volumineux factum contribua à retourner l'opinion en faveur de La Bourdonnais ; le jugement du 3 février 1751 le lava des accusations de concussion et de haute trahison liées à l'affaire de la prise de Madras évoquée plus loin. Il fut libéré le 5 février 1751, mais, brisé, il s'éteignit deux ans et demi plus tard, le 10 novembre 1753.

26. Charlotte-Françoise de La Bourdonnais avait épousé en 1770 le marquis de Montlezun, brigadier des armées du Roi.

27. Une pension annuelle de 2 400 livres lui fut en effet accordée par la Compagnie des Indes, « en considération des importants services de M. de La Bourdonnais, pour lesquels il n'a eu aucune récompense, et de l'étroite situation de sa veuve, dont la fortune a été dissipée » (cité par Philippe Haudrère, *La Bourdonnais, marin et aventurier*, Paris, Desjonquères, 1992, p. 196).

28. François Gérard (1770-1837), peintre et illustrateur né en effet à Rome, fut le portraitiste officiel de la cour impériale.

29. Il s'agit de l'édition de 1789, première édition séparée de *Paul et Virginie* et première illustrée. Toutefois, comme le précise l'« Avis sur cette édition » qui l'accompagne, seules les trois premières planches sont de Moreau le Jeune (Jean-Michel

Moreau, 1741-1814, célèbre dessinateur et graveur), la quatrième – le naufrage du *Saint-Géran* – étant due à Joseph Vernet.

30. Pierre-Paul Prud'hon (1758-1823), peintre et graveur de style néo-classique.

31. Jean-Baptiste Isabey (1767-1855), peintre, dessinateur et miniaturiste, fut l'un des dessinateurs des uniformes et costumes de la cour impériale, et l'ordonnateur de ses fêtes.

32. La liste des cinquante-cinq souscripteurs figure dans l'édition de 1806. On y trouve, entre autres, les noms de Joseph Bonaparte, de l'Empereur et de l'Impératrice de Russie, de la fille de La Bourdonnais, etc. En raison du coût élevé de la souscription, ou du format in-4°, qui n'était plus à la mode, l'opération, sur laquelle Bernardin comptait pour restaurer sa situation financière, fut lourdement déficitaire ; d'après Aimé-Martin, l'édition aurait coûté 30 000 francs et en aurait rapporté 10 000.

33. Citation de l'*Énéide*, I, v. 62-63. Éole, dieu des vents, représente ici la censure impériale sur la presse, dont Bernardin, souvent tourné en dérision dans les journaux pour ses marottes scientifiques, semble se féliciter. Dès 1802, il s'est rallié à Bonaparte.

34. Il s'agit de la maison d'Éragny-sur-Oise où Bernardin s'est installé en 1806. Il y séjourna jusqu'à sa mort le 21 janvier 1814, partageant son temps entre Paris et Éragny.

35. Joseph Bonaparte (1768-1844), frère aîné de Napoléon, roi de Naples (1806-1808), puis roi d'Espagne (1808-1813), admirateur de *Paul et Virginie*, invita Bernardin dans son château de Mortefontaine le 16 septembre 1804 en compagnie de Parny et d'Andrieux, ses confrères à l'Académie française.

36. « Révolution. Le retour d'une planète, d'un astre au même point d'où il était parti. *La révolution des planètes. Les révolutions célestes.* [...] Il se dit aussi figurément du changement qui arrive dans les affaires publiques, dans les choses du monde, dans les opinions, etc. » (*Dictionnaire de l'Académie*, 1798). Jouant sur les deux sens du mot, retour d'un

cycle naturel à son point d'origine et bouleversement politique, Bernardin salue dans l'Empire l'annonce d'un renouveau conforme au cycle des saisons et le retour à la paix civile après le cataclysme révolutionnaire.

37. Au sens propre et étymologique de *renforcer*. Ici commence un long développement cosmologique apparemment sans lien avec les considérations politiques qui précèdent, mais s'articulant sur ces dernières par les divers sens du mot *révolution* : les bouleversements historiques de la France trouvent leur équivalent dans les « révolutions du globe », elles aussi processus cyclique et violent de rénovation périodique de l'ordre du monde. Ces pages évoquent beaucoup le *Fragment sur la théorie de l'univers* recueilli par Aimé-Martin dans les *Œuvres* posthumes, ainsi que les *Harmonies de la Nature* auxquelles Bernardin travaillait alors.

38. Au sens de « le plus haut point qu'une chose puisse atteindre », le mot *période* est masculin.

39. Aujourd'hui *diastole* et *systole* sont du féminin.

40. Cet appel de note renvoie à un très long développement qui n'est pas vraiment une note, mais plutôt un appendice offrant un exposé complet de la cosmologie des *Harmonies*. Le lecteur trouvera ce fragment à la suite du Préambule.

41. Faute d'impression pour *ses montagnes*, suggère Édouard Guitton.

42. Adepte en géologie comme en vulcanologie de l'explication « neptunienne » (par l'action lente des eaux et de la sédimentation dans les profondeurs océaniques) plutôt que de l'explication « plutonienne » (par le feu central et les catastrophes), Bernardin applique ces thèses à la question de l'origine des îles, mais y joint une conception providentialiste, anthropocentriste et finaliste de la nature, l'utilité pour l'homme étant posée comme principe explicatif des phénomènes. Voir le chapitre « Cosmopolitique des îles selon Bernardin de Saint-Pierre. De l'histoire de la Terre à l'union du genre humain », in J.-M. Racault, *Robinson & Compagnie. Aspects de l'insularité*

politique de Thomas More à Michel Tournier, Paris, Pétra, « Des Îles », 2010, p. 139-162.

43. Motif récurrent dans *Paul et Virginie*, l'opposition entre la dangereuse instabilité de l'élément liquide et l'immobilité paisible de la terre se résout ici, au bénéfice de la seconde, par le rattachement progressif des îles aux continents, métaphore de l'unification future du genre humain. L'utopie de Morelly, *Naufrage des îles flottantes ou la Basiliade* (1753), offre une fiction analogue.

44. Bernardin effectua en 1763 un voyage en Finlande en compagnie de son supérieur le général Du Bosquet pour l'inspection des places fortes aux frontières nord de la Russie.

45. La Nouvelle-Hollande est l'actuelle Australie, colonie pénitentiaire anglaise depuis 1788.

46. *L'Arcadie*, dont le premier livre, « Les Gaules », a été publié en 1788 avec *Paul et Virginie* à la suite des *Études de la Nature*, se propose pareillement de retracer « les trois états successifs par où passent la plupart des nations, celui de barbarie, de nature et de corruption ». Les Gaulois, opprimés par la caste aristocratique des iarles et soumis aux rites sanglants de la religion druidique, incarnent le premier état dans toute sa sauvagerie ; la description ci-après se borne à condenser celle du livre I de *L'Arcadie*.

47. Linus ou Linos, fils de l'une des muses (Uranie ou Calliope), aurait enseigné la musique à Hercule et à Orphée. Locman (ou Luqman) est un fabuliste arabe légendaire cité dans le Coran. On lui attribuait un recueil de fables imitées d'Ésope.

48. C'est le sujet de *L'Arcadie* : le jeune Égyptien Amasis et son précepteur Céphas s'efforcent d'apporter aux barbares gaulois les lumières de la civilisation.

49. L'esclavage des Noirs a été effectivement aboli par la Convention (décret du 16 pluviôse an II, 4 février 1794). Toutefois Bernardin semble oublier que le décret ne fut pas appliqué et que l'esclavage fut officiellement rétabli par Bonaparte (1802). Mais il se peut aussi que l'auteur fasse

allusion aux divers mouvements abolitionnistes, actifs à partir des années 1775 en Amérique du Nord et en Angleterre, de 1788 en France (création par Brissot de la Société des amis des Noirs).

50. Ce « fanatique » – le terme ne souffre d'aucune ambiguïté dans le langage du temps – est bien sûr un prêtre, et le livre visé est la Bible, sur laquelle l'Église institutionnelle s'appuie pour justifier le dogme de l'infériorité féminine et celui de la corruption de la nature par le péché originel. Malgré un retour à la pratique religieuse en conformité avec la politique concordataire officielle (en 1806, il loue des places pour sa famille et lui-même dans l'église d'Éragny), Bernardin est resté secrètement déiste et discrètement anticlérical.

51. Ce vibrant éloge des femmes et du lien amoureux, où Bernardin voit l'origine de la société, a sans doute des résonances biographiques : depuis 1800, il est l'époux vieillissant mais apparemment heureux d'une très jeune femme.

52. Prolongeant la tradition de la médecine populaire qui associe la femme à la lune et l'homme au soleil, ces idées sur le contraste et l'harmonie des deux sexes préfigurent celles qui seront développées dans les *Harmonies de la Nature* posthumes (voir notamment le livre VIII, « Harmonies conjugales »).

53. Le commerce des « indiennes », étoffes de coton ou de soie fabriquées en Inde et parfois en Chine, est évoqué dans l'épisode des marchands de *Paul et Virginie*.

54. Le mont Hekla est un volcan actif situé au sud de l'Islande. Une île de l'océan Arctique porte le nom de Vaigatsch, de même qu'un détroit. À l'appui de sa théorie des marées, Bernardin analyse longuement dans les *Études de la Nature* (Étude IV) les observations des voyageurs hollandais Jean-Hugues Linschoten et Guillaume Barents (1594-1595) sur la fonte des glaces en été dans le détroit de Waigats. Quant à Horrillax, il pourrait s'agir d'un lapsus pour Hortlax, nom d'une ville suédoise. Mais les sonorités « barbares » de ces

toponymes évocateurs de l'extrême nord comptent sans doute davantage que leur position exacte sur la carte.

55. Adjectif rare : qui a rapport avec la zone torride.

56. Autre mot rare : privé de son sol arable.

57. Bernardin est coutumier de ce barbarisme qu'on trouve aussi dans les *Études de la Nature* (« ceux des parties méridionales dont [le soleil] s'approche se revêtissent alors de teintes plus foncées », Étude VII).

58. Littré signale que « plusieurs naturalistes ont fait ce mot [*renne*] du genre féminin ». Bernardin suit cet usage.

59. Largement apocryphes et aujourd'hui attribués à l'écrivain écossais James Macpherson (1736-1796), les poèmes prétendument traduits de l'ancien gaélique et publiés sous le nom d'Ossian (*Fragments de poésie ancienne recueillis dans les montagnes d'Écosse*, 1760 ; *Fingal*, 1761 ; *Temora*, 1763) ont joui d'une très grande faveur dans la France révolutionnaire et impériale. Le goût de Napoléon pour Ossian étant notoire, la référence n'est peut-être pas exempte d'esprit courtisan.

60. Castor et Pollux, identifiés à la constellation des Gémeaux (ou parfois à l'étoile du matin et à celle du soir), sont les héros protecteurs de la navigation, ici invoqués pour mettre fin aux « affreuses tempêtes » de l'époque révolutionnaire. Ils sont aussi les symboles de l'union gémellaire et de la complémentarité de l'humain et du divin, leur mère Léda ayant été dans la même nuit fécondée par son époux Tyndare, roi de Sparte, et par Zeus sous la forme d'un cygne ; c'est ici à l'ouverture d'une nouvelle ère historique que préside le couple dioscurique, où le jumeau divin, Napoléon, est « secondé » plus modestement par son frère terrestre, Joseph Bonaparte. Le mythe des Dioscures rend compte également de l'intrigue romanesque de *Paul et Virginie*.

NOTE DE L'AUTEUR SUR LE PRÉAMBULE

1. Ce développement autonome assez artificiellement rattaché au Préambule de l'édition de 1806 est un résumé fidèle du système cosmologique des futures *Harmonies de la Nature* alors en cours d'élaboration. En attendant l'édition critique des *Harmonies* à paraître au sein des *Œuvres complètes de Bernardin de Saint-Pierre* (Classiques Garnier), on se reportera pour en comprendre l'architecture et les ambitions à : J.-M. Racault, « La cosmologie poétique des *Harmonies de la Nature* », *RHLF*, 1989, n° 5, p. 825-847 (art. repris dans *Bernardin de Saint-Pierre. Pour une biographie intellectuelle*, *op. cit.*, p. 312-329), et Colas Duflo, « Les habitants des autres planètes dans *Les Harmonies de la Nature* », *Archives de philosophie*, 60, 1997, p. 47-57.

2. Contre les newtoniens, Bernardin a toujours contesté l'aplatissement de la Terre aux pôles.

3. Jean-Jacques Dortous de Mairan (1678-1771), philosophe et savant, succéda à Fontenelle à la tête de l'Académie des sciences. Fidèle à la physique cartésienne, il combattit les newtoniens.

4. On sait que Bernardin nie l'explication des marées par l'attraction lunaire, les attribuant à la fonte alternée des glaces polaires.

5. Au sens propre : mer située à l'intérieur des terres.

6. Ce développement ne peut se comprendre qu'à partir du système exposé dans les *Harmonies de la Nature*. Bernardin y distingue treize harmonies fondamentales : la première est céleste ou soli-lunaire, complétée par six harmonies physiques et six harmonies morales. Les harmonies sont actives ou passives, positives ou négatives.

7. William Herschel (1738-1822), que les *Harmonies de la Nature* qualifient de « Christophe Colomb de l'astronomie », « a vu et revu que le soleil était un corps planétaire solide, environné à quinze cents lieues de distance d'une atmosphère

lumineuse et ondoyante » *(Harmonies*, t. III, p. 207). La nature planétaire du Soleil le rend habitable et donc, selon Bernardin, habité, puisque « la nature ne fait rien en vain ». Ces rêveries cosmologiques sont longuement développées dans les *Harmonies*, en parallèle avec une critique de la science mécaniste et mathématique des « attractionnaires » disciples de Newton.

8. Herschel découvrit la planète Uranus (parfois nommée Herschel) en 1781.

9. *Épître à Madame la Marquise du Châtelet* (1736), v. 45-48.

10. *La Pucelle* (1762), chant XI, v. 214-220.

11. Une polyglotte est une édition savante du texte biblique dans ses différentes versions (hébreu, grec, latin notamment). En marge de son œuvre scientifique, Newton s'est aussi consacré à l'exégèse de l'Écriture sainte, notamment de l'Apocalypse.

12. Cette conclusion rejoint la section « Plaisirs de l'ignorance » dans les *Études de la Nature* (Étude XII, t. III, p. 63) : « Pour un plaisir que la science donne et fait périr en nous le donnant, l'ignorance nous en présente mille qui nous flattent bien davantage. Vous me démontrez que le soleil est un globe fixe, dont l'attraction donne aux planètes la moitié de leurs mouvements. Ceux qui le croyaient conduit par Apollon en avaient-ils une idée moins sublime ? Ils pensaient au moins que les regards d'un dieu parcouraient la terre avec les rayons de l'astre du jour. »

TABLE

Introduction 7
1. Un art de la distance 12
2. Cercles, frontières, passages 30
3. Réception, réminiscences et réécritures 52
4. Le texte de *Paul et Virginie* 62

PAUL ET VIRGINIE

Avant-propos (1788) 81
Avis sur cette édition (1789) 83
Paul et Virginie (texte de 1789) 99
Appendice : Préambule (édition de 1806) 233

Chronologie synoptique 315

ANNEXES

Fragments manuscrits relatifs à *Paul et Virginie*
et extraits d'ouvrages 333

1. Nature et Providence (manuscrit intitulé
   « Géographie. Air, vents et tempêtes ») 333
2. Variantes non retenues dans la version
   imprimée de *Paul et Virginie* 337
3. Manuscrit intitulé « Article Madagascar »...... 341
4. Extraits des *Études de la Nature* 345
5. *Voyage à l'île de France* (1773) 355

Glossaire 361
Orientation bibliographique 381
Notes 399

Le Livre de Poche s'engage pour l'environnement en réduisant l'empreinte carbone de ses livres. Celle de cet exemplaire est de : **700 g éq. CO_2**
Rendez-vous sur www.livredepoche-durable.fr

PAPIER À BASE DE FIBRES CERTIFIÉES

Achevé d'imprimer en février 2022 en France par
La Nouvelle Imprimerie Laballery
58500 Clamecy (Nièvre)
N° d'impression : 111048
Dépôt légal 1re publication : novembre 2019
Édition 05 – février 2022

LIBRAIRIE GÉNÉRALE FRANÇAISE
21, rue du Montparnasse – 75283 Paris Cedex 06

88/2474/2